Enrico Galiano

UND DOCH FALLEN WIR GLÜCKLICH

Enrico Galiano

UND DOCH FALLEN WIR GLÜCKLICH

Roman

Aus dem Italienischen übersetzt
von Christiane Landgrebe

THIELE VERLAG

Für Bobby, mein neach-gaoil

Amo enim, et efflictim te, quicumque tu es.

Denn ich bin verliebt, und von ganzem Herzen,
wer immer du auch bist.

Apuleius, Metamorphosen V, 6

Die Geschichte von Amor und Psyche

Hast du dich nie wie eine Plastiktüte gefühlt,
die der Wind vor sich her treibt?

KATHY PERRY, Firework

ERSTER TEIL

begadang (indonesisch):

Die ganze Nacht über wach bleiben und reden

1

Luca, ich liebe dich für immer

Spataro, du altes Schwein

Liebe ist wie ein Parfüm – leicht aufzutragen, schwer zu entfernen und unmöglich zu vergessen.

Gestern hab ich mit Casali gefikt, es war unglaublich.

Du hast das Wichtigste vergessen: die Größe?

Schreib ficken wenigstens richtig, du Analphabet!

Gioia Spada kennt die Sprüche inzwischen auswendig, trotzdem kann sie nicht anders, als sie jeden Morgen wieder zu lesen, einen nach dem anderen, während sie im Schneidersitz auf dem Klodeckel sitzt und in ihr Cornetto beißt.

Vor der Tür hört sie ein paar ihrer Klassenkameradinnen lachen, die sich vor dem Spiegel schminken und gegenseitig um Rat fragen, was sie dem Blödmann schreiben sollen, der »nie was von sich hören lässt«. Sie würde ihre ganze Vinylplattensammlung von Pink Floyd darum verwetten, dass dieser Idiot von Casali die Sätze selbst an die Tür geschrieben hat. Er ist genau der Typ, der sich heimlich in die Mädchentoilette schleicht und solche Sprüche hinschmiert, damit alle Mädchen in der Schule denken, dass er ein Wahnsinnstyp ist. So eine Art Marketing-Maßnahme in eigener Sache. Ziemlich clever, aber auch verdammt geschmacklos.

Jetzt läutet es zum ersten Mal. Ihre Mitschülerinnen machen sich lachend davon, und Gioia hat ihr Cornetto

erst zur Hälfte aufgegessen. Sie fasst sich unwillkürlich an die kleine Narbe hinter dem rechten Ohr und zählt die Sekunden, die sie braucht, um nach draußen gehen zu können, ohne von jemandem gesehen zu werden.

Sie frühstückt immer in der Schule, denn zu Hause kann man es nur aushalten, wenn man schläft. Besser wäre es noch, dort einfach tot zu sein, denn nur ein Toter könnte sich in dieser Atmosphäre wohlfühlen. Deshalb kommt sie seit ein paar Monaten immer früher in die Schule, schließt sich auf dem Mädchenklo ein und isst ihr Cornetto.

Gioia ist siebzehn, sie hat rote Haare und unzählige Sommersprossen im Gesicht. Ihre Augen sind wie zwei große blaue Seen und scheinen stets ganz klar, auch wenn sie betrübt sind. Immer trägt sie eine karierte Flanelljacke, dazu eine abgerissene, löchrige Jeans, aber nicht von der Art jener abgerissenen, löchrigen Jeans, die zwei Monatsmieten kosten. Gioias Jeans sind einfach nur alt, und sie hat keine anderen. Sie ist ziemlich dünn, doch im Vergleich zu dem, was in ihrer Klasse die Norm ist, hat sie immer noch ein paar Kilo zu viel. Sie achtet nicht darauf, es ist ihr völlig egal; sie hat sich auch noch nie geschminkt und widmet dem Kämmen und Anziehen nicht mehr Zeit als ein Junge, vielleicht sogar weniger.

Für die Jungen ist sie jedenfalls ein Objekt, das kilometerweit vom Radar körperlicher Attraktivität entfernt ist. Bei der letzten Hit-Liste der schönsten Mädchen der Klasse, die mit sadistischem Grinsen herumgereicht wurde, stand Gioia an vorletzter Stelle. Vermutlich war sie nur deshalb nicht die Letzte, weil das Mädchen, das nach ihr kommt, eine Stoffwechselstörung hat und über hundert Kilo wiegt.

Jede andere, die sich auf diesem Platz entdeckt hätte, wäre vermutlich traumatisiert und könnte von diesem Schock nur

durch jahrelange Therapie geheilt werden, aber Gioia Spada ist es nicht.

Sie war nur sehr wütend auf den Verfasser der Liste und hat das Blatt mit all den Namen in den Papierkorb geworfen, bevor das Mädchen mit dem Übergewicht es lesen konnte.

Gioia Spada ist ein seltsames Mädchen.

Wenn sie es versuchen würde, könnte sie sehr apart aussehen, aber rechnen Sie nicht mit dem beliebten Klassiker, wo der Pechvogel der Schule seine Brille abnimmt und plötzlich wunderschön ist. So ein Mädchen ist sie nicht. Und eine Brille trägt sie auch nicht.

Es läutet zum zweiten Mal.

Gioia wirft den Rest des Cornettos in die Toilette, zieht ab und öffnet vorsichtig die Tür. Ihre Schulkameradinnen sind alle fort. Auf den Spiegel hat jemand mit Lippenstift etwas hingekritzelt.

Na, Trauerkloß, isst du vielleicht zu viele Pflaumen, dass du immer so lange auf dem Klo hockst?

2

Gioia, deren Name eigentlich »Freude« bedeutet und die von allen Mitschülern nur »Trauerkloß« genannt wird, betritt die Klasse, während sie in voller Lautstärke *The Great Gig In The Sky* hört. Das hat den Vorteil, dass sie nicht mitbekommt, was die anderen reden, vor allem aber kann sie sich so an ihren Tisch beim Fenster setzen und eins ihrer Lieblingsspiele spielen, das sie »Symposion« nennt. Sie schaut sich die Lippenbewegungen ihrer Mitschülerinnen an und legt ihnen Worte in den Mund, die sie sich ausdenkt. Rechts von ihr

sitzen Giulia und Silvia, die gerade darüber reden, wie lange ihr Lidschatten hält, und Gioia stellt sich vor, dass sie sagen: *Diese Szene aus* American Beauty *ist wirklich voll schön.*

Ja, jedes Mal wenn ich sie sehe, bin ich total gerührt.

Vor ihr, zwei Tische weiter vorne, streiten sich drei Jungen heftig über einen Elfmeter, den Juventus Turin nicht gekriegt hat, und Gioia stellt sich vor:

Aber was redest du für einen Müll, de Gregori ist doch viel besser!

Bist du bescheuert? Und was ist mit Vecchioni?

Ihr seid beide Idioten. De André ist der Beste von allen.

Gioia findet es unfair, dass man nicht den ganzen Tag seine Kopfhörer aufbehalten kann. Wenn das ginge, wäre die Welt ein besserer Ort.

Während sie darauf wartet, dass der Lehrer zur ersten Stunde hereinkommt, nimmt sie einen Kugelschreiber aus dem Federmäppchen und schreibt ein paar Worte auf ihren linken Arm. Langsam und sorgfältig malt sie die Buchstaben mit dem Tintenroller aus, damit man sie auch von weitem gut lesen kann, und so entsteht der Satz *Wenn ein Glückliches fällt.**

Gioia hält immer wieder inne, betrachtet ihren Arm aus einigem Abstand und bewundert das Ergebnis mit zufriedenem Lächeln. In ihren Ohren erklingt das Gesangssolo von Clare Torry, wunderbar, ja schicksalhaft, denn es bewahrt sie davor, das Gekicher der Klassenkameraden zu hören, die ihr morgendliches Ritual beäugen, bei dem sie immer denselben Satz auf ihren linken Arm schreibt. Keiner hat die geringste Ahnung, was diese Worte bedeuten. Seit Gioia vor drei Monaten in die neue Schule gekommen ist, wurde sie sofort

* Anm. aus Rilkes 10. Duineser Elegie: die an steigendes Glück / denken, empfänden die Rührung / die uns beinah bestürzt / wenn ein Glückliches fällt.

als »Das Mädchen-das-gewaltig-einen-an-der-Klatsche-hat« oder »Das-Mädchen-mit-den-Megaproblemen« klassifiziert, was nicht zuletzt daran liegt, dass sie sich jeden Morgen immer dieselben Worte auf den Arm schreibt.

»Was zum Teufel soll das sein? Ist das Polnisch – oder was?«, wurde sie am dritten Tag von Giulia Batta gefragt, dem Mädchen, das ganz oben auf der Liste der Klassenschönsten steht.

»Oder was«, hat Gioia gesagt und sie dabei nicht mal angesehen. Sie hätte ihr gern erklärt, dass es Deutsch ist und dass man diese Worte kaum übersetzen kann, die in etwa bedeuten: »Wenn das Glück herabfällt«, und sie hätte ihr auch gern gesagt, warum sie diese Worte jeden Tag immer wieder auf ihren Arm schreibt. Doch die Art, wie Giulia sie fragte und die feixenden Blicke der anderen ließ sie nur sagen: »Oder was.« Und das war im Übrigen auch das einzige Wort, das sie mit ihren neuen Klassenkameraden in den ersten Wochen wechselte. Manche Dinge kann man eben nur jemandem sagen, der sie auch versteht. Deshalb reden wir ja auch so wenig über das, was uns wirklich wichtig ist.

Nur einer, ihr Philosophielehrer Bove, kennt den Vers. Er kam an jenem Tag, als sie auf dem Schulhof stand, den Rücken an die Wand gelehnt, und einen Cracker aß, an ihr vorbei, ging wieder zurück, blieb kurz stehen, sah auf ihren Arm und sagte: »Ah, der gute alte Rilke.«

Gioia blieb mit offenem Mund stehen und sah, wie er pfeifend weiterging, ohne ein weiteres Wort zu sagen. Prof. Bove war der Einzige, der das Gedicht wiedererkannt hatte, aus dem diese Zeile stammt, und in dieser neuen Schule das Wort an sie richtete. Er war auch der Einzige, mit dem Gioia wirklich Lust hatte zu reden.

»Guten Morgen, Kinder«, sagte der Biologielehrer, aber niemand entgegnete seinen Gruß.

Früher hatte Gioia die Lehrer gegrüßt, aber dann merkte sie, dass ihnen das völlig gleichgültig war. Ihr »Guten Morgen« beim Hereinkommen war kaum mehr, als seine Karte in die Stechuhr zu stecken. Es war den Lehrern völlig schnuppe, ob auch nur irgendjemand ihren Gruß erwiderte. Vielleicht war es etwas kindisch, aber Gioia hätte es gefallen, wenn es so gewesen wäre wie früher, als die Kinder aufstanden, wenn der Lehrer hereinkam, und alle zusammen laut riefen: »Guten Morgen, Herr Lehrer.«

»Soll ich heute vortragen oder euch abfragen?«, fragt der Lehrer.

Die Antwort ist vorauszusehen und erfolgt einstimmig. »Vortragen.«

Eigentlich wissen sogar die Landkarten an der Wand, dass heute Montag ist und deshalb der Lehrer die Schüler abfragt.

»Seid ihr sicher? Ist heute nicht Montag?«

»Doch, aber letztes Mal haben Sie gesagt, dass Sie heute vortragen wollen«, sagt Casali von der letzten Bank mit seinem üblichen unvergleichlichen Arschgesicht.

Der Lehrer aber hat den Braten gerochen. Er zieht ein Heft aus der Tasche, wirft einen raschen Blick hinein und sagt:

»Tut mir leid, Ihnen widersprechen zu müssen, Casali, aber ich fürchte, Sie legen mir da Worte in den Mund, die ich nie gesagt habe.«

Die Lehrer reden immer so kompliziert, nur damit man sich klein und mickrig vorkommt. Wenn es nach Gioia ginge, müsste man für Lehrer einen extra Höllenkreis erfinden.

»Dann würde ich sagen, lieber Casali, dass Sie wegen Ihres ungeschickten Versuchs, mich zu täuschen, einer der beiden Glücklichen sind, die sich hier neben mich setzen dürfen, um sich mit mir über Lymphozyten und Leukozyten zu unterhalten.«

Casali wendet sich mit hilfesuchenden Blicken an seine Kameraden, aber nichts geschieht. Er sieht nach unten, tut so, als suche er etwas in seiner Schultasche, und dann Schweigen.

»Ich warte auf Sie, Signor Casali.«

»Ich komm ja schon!«, sagt Casali und tastet mit seiner Hand unter dem Tisch herum. Die ganze Klasse weiß schon, was passieren wird, das sieht man daran, dass alle außer Gioia anfangen, in ihrem Biologiebuch zu blättern und zu versuchen, in kürzester Zeit so viele Informationen wie möglich aufzunehmen. Die Hand unter dem Tisch bedeutet, dass bald ein anderer als Casali befragt wird.

Er steht auf und setzt sich neben den Lehrer, mit dem ruhigsten Gesichtsausdruck der Welt.

»Wie kommt es, dass Sie so vergnügt aussehen, Casali?«

»Weil ich mich vorbereitet habe und kaum erwarten kann, es Ihnen zu beweisen.«

»Sehr gut, Casali, dann fange ich gleich mit einer schwierigen Frage an.«

»So schwierig wie möglich.«

»Genau die richtige Einstellung, Casali. Also erklären Sie mir doch bitte mal die Etymologie des Wortes Leukozyten.«

Casali grinst. Man sieht, dass er in Gedanken schon rückwärts zählt.

Drei.

Zwei.

Eins …

Es klopft an die Tür des Klassenzimmers. Der Hausmeister Mario kommt herein. »Guten Tag, bitte entschuldigen Sie die Störung, aber es ist dringend. Eine wichtige Nachricht für …« Er schaut auf seinen Zettel: »Gianluca Casali. Sie sollen bitte sofort ins Sekretariat kommen.«

Die Schüler fangen an zu kichern.

»Was ist denn los?«, fragt der Lehrer.

»Ich weiß es nicht genau. Da ist ein Anruf aus dem Krankenhaus …«, antwortet der Hausmeister.

Casali macht ein besorgtes Gesicht. Er steht auf und sagt zu dem Lehrer: »Vielleicht können Sie mich ja nachher prüfen?«

»Schon gut, das ist jetzt nicht so wichtig. Schnell, Casali, gehen Sie!«

Casali springt auf, bereit, aus dem Klassenzimmer zu stürzen.

Keiner der Mitschüler verzieht eine Miene. Keiner hat den Mut, aufzustehen und zu sagen, was wirklich Sache ist. Und zwar allein aus Angst. Weil Casali ein Bandenchef ist, der abgefahrene »Killer«-Partys veranstaltet, und wer nicht eingeladen wird, fliegt aus der Kategorie »Jemand« in die Kategorie »Niemand«. Und außer Gioia vielleicht, der es egal ist, möchte kein lebendes Wesen zum »Niemand« werden – nicht mal die Lymphozyten oder Leukozyten.

Casali verwendet den Trick nun schon zum dritten Mal in diesem Schuljahr, bei verschiedenen Lehrern natürlich, aber tatsächlich zum dritten Mal.

Er gibt Mario zehn Euro, und Mario zieht eine riesige Nummer ab, kommt in die Klasse und tut so, als ob sich eine Familientragödie ereignet hätte. Drei Minuten später sind die beiden im Hausmeisterbüro und spielen Briscola oder sehen sich auf dem Tablet Pornos an.

Gioia wäre die Einzige aus der Klasse, die etwas sagen könnte, denn:

1. wird sie auf diese Partys sowieso nie eingeladen, und

2. selbst wenn sie eingeladen würde, könnte sie dort nur hingehen, wenn sie vorher Beruhigungsmittel nimmt.

Wenn sie etwas sagen würde, würde das allerdings bedeuten, dass sie eine miese Verräterin ist, ein elender Wurm, das niedrigste Wesen des Universums.

Dazu muss man jedoch sagen, dass der Trauerkloß Gioia Spada in den Augen der meisten Klassenkameraden von Anfang an eine miese kleine Person war. Und die, die nicht dieser Meinung sind, haben sie bisher vielleicht einfach bloß übersehen.

Nicht dass sie viel dafür tun würde, um dieses Etikett loszuwerden. Im Gegenteil. Obwohl sie weiß, dass sie durch das, was sie sagt oder tut, nur noch mehr gehässige Bemerkungen hinter ihrem Rücken provoziert und noch mehr spöttisches Lachen, schafft sie es manchmal nicht, sich zurückzuhalten.

Sie weiß, dass das falsch ist, sie weiß, dass sie mit blöden Kommentaren und Repressalien zu rechnen hat, sie tut es trotzdem. Dabei weiß sie gar nicht warum. Jetzt ist wieder so ein Mal. »Signore«, sagt sie zu dem Lehrer, während Casali noch in der Tür steht. Achtzehn Köpfe wenden sich ihr zu. Sechsunddreißig Augen schleudern wütende Blitze auf sie. Casalis Unterkiefer arbeitet und er wirft ihr einen drohenden Blick zu. Das Spiel ist gleich zu Ende.

»In Ordnung, Signorina Spada«, sagt der Lehrer.

»Wie meinen Sie das – in Ordnung?«, fragt sie.

»In Ordnung, kommen Sie her, dann frage ich Sie ab.«

»Nein, ich wollte etwas anderes sagen.«

»Das ist jetzt nicht der richtige Moment, wir haben sowieso schon Zeit verloren. Sie können mir das in der Pause erzählen, ja? Und jetzt gehen Sie schon, worauf warten Sie denn noch?«, sagt er zu Casali, der hinter dem Rücken des Lehrers eine obszöne Geste in Richtung Gioia macht.

Achtzehn Münder brechen in ein höhnisches Lachen aus. Als sie nach vorn zum Pult geht, sieht sie mindestens drei nach oben gerichtete Mittelfinger.

Gioia seufzt, beißt sich auf die Lippen und streicht mit dem Zeigefinger über die kleine Narbe hinter ihrem rechten Ohr. Dann flüstert sie ganz leise ihren Lieblingsfluch: »Scheißwelt«.

3

Es ist ja nicht so, dass sie es nicht versucht hätte. Sie hat es versucht, seit sie sich erinnern kann.

Sie hat versucht, so zu werden wie die anderen. Es hat nicht funktioniert. Sie hat versucht, sie selbst zu sein. Aber auch das hat nicht funktioniert. Als sie versuchte, wie die anderen zu sein, hat sie sich dauernd verhaspelt: Sie hat versucht, dieselben Sätze zu sagen, dieselben Gesten zu machen, aber alles kam irgendwie falsch rüber. Das Timing stimmte nie, die Tonlage war nicht richtig, alles. Sie lachte, ohne den Witz zu verstehen, und versuchte Witze zu machen, die niemand anderes verstand. Sie geriet ins Stolpern, nicht nur sprichwörtlich, sondern auch wirklich, und alle lachten. In dieser Zeit entstand der Name Trauerkloß.

Eines schönen Tages sagte sie sich: Wenn die mich wollen, wie ich bin, dann ist es gut, wenn nicht, dann Amen.

Und es wurde Amen.

Ein Flügelschlag, und alle sahen in ihr nur noch die Andere, das seltsame arrogante Mädchen, dem man aus dem Weg gehen musste wie der Beulenpest. Und ebenso machte sich keiner mehr die Mühe, herauszufinden, wer Gioia Spada wirklich war – dieses Mädchen, das nie redete, und wenn doch, dann spuckte sie defätistische Bemerkungen aus, als ob es kein Morgen geben würde.

Und ja – von außen betrachtet, ist Gioia vielleicht ein Mädchen, dem man besser aus dem Weg geht. Eine, die offen mit der ganzen Welt nicht klarkommt. Bei der man sich ernsthaft fragt, ob die Gesichtsmuskeln, die für das Lächeln verantwortlich sind, bei ihr nicht funktionieren.

Und doch. Vielleicht ist da doch noch etwas Anderes. Aber das weiß niemand.

Gioia Spada ist eine, die in der Lage ist, bei einem Geschenk nur das Kärtchen zu lesen und zu vergessen, das Päckchen zu öffnen. Gioia Spada nimmt keinen Regenschirm mit, wenn es regnet, und wenn sie doch einen dabeihat, spannt sie ihn nicht auf. Wenn sie ein Buch findet, das ihr gefällt, stürzt sie sich nicht darauf, sondern liest es ganz langsam, weil sie fürchtet, sie würde es sonst zu schnell auslesen. Gioia Spada lächelt nur selten, aber wenn sie es tut, ist es, als ginge das Licht an. Gioia Spada weiß nicht, wer Belén Rodrígez ist. Wenn sie einen Aufsatz schreibt, lässt sie alle Punkte und Kommas weg und setzt sie erst zum Schluss ein. Wenn sie einem Hund begegnet, streichelt sie ihn. Wenn sie eine Jacke anzieht, knöpft sie sie meistens falsch zu. Sie hat in ihrem Zimmer eine ganze Wand mit Fotos von Sängern, Schriftstellern, Malern und Dichtern, von denen 95 Prozent bereits gestorben sind. Wenn sie Pizza isst, fängt sie beim Rand an. Gioia Spada redet fast nie mit Leuten, besonders nicht mit denen ihres Alters, und nicht weil sie alle hasst oder sich für etwas Besseres hält, sondern weil sie genau hinsieht und spürt, dass sie alle eine veränderte Version ihrer selbst zeigen, eine Art schlechte Kopie, wie einen Doppelgänger, den man in die Schule, zur Arbeit, auf die Piazza schickt, während man selbst zu Hause bleibt, verborgen, in einem abgeschlossenen Zimmer, aus Angst, es könnte einen jemand sehen. Gioia Spada ist jemand, der – wäre da auch nur einer, der nicht seinen Doppelgänger rumschicken würde – nicht eine Sekunde zögern würde, sich dieser Person anzuheften wie ein Doppelklebeband. Von Gioia Spada sagen alle, dass sie die Menschen hasst und dass sie sich auf einer einsamen Insel am wohlsten fühlen würde, aber das stimmt nicht, sie mag die Leute, sie ist verrückt nach ihnen, sie hört genau zu und sieht genau hin, um sie zu verstehen.

Sie hasst nicht die Menschen – was sie hasst, sind die Lügen, und leider kann man das eine in der Regel nicht ohne das andere haben.

Niemand weiß es, aber als sie in der Grundschule war und man sie fragte: »Was willst du denn mal machen, wenn du groß bist?«, hat sie immer dasselbe gesagt: »Ich will jemanden glücklich machen.«

4

»Die völlig versifften Toiletten eines Nachtclubs putzen mit all der Pisse neben der Schüssel, dem Dreck und den Kotzeresten.«

»Ja, würd ich machen.«

»Mit der Hand alle Ein-, Zwei- und Fünfcentstücke in einer Bank zählen, wenn einer gleich neben dir steht und dauernd laut irgendwelche Zahlen sagt.«

»Das auch, klar.«

»Mit irgendeinem der Jungs aus deiner Klasse Sex haben.«

»Puh, das wäre zwar heftig, wär' mir aber trotzdem lieber.«

Gioia geht langsam, sie hebt kaum die Füße, und ihre Schuhe schleifen über den Boden. Sie spricht mit Tonia, die neben ihr geht. Wie jeden Tag zählt Tonia all das auf, was Gioia Spada lieber tun würde, als nach Hause zu gehen – in die winzige zweistöckige Wohnung, die sich in den riesigen Mietskasernen im Arbeiterviertel befindet. Jeden Tag denkt sich Tonia neue schreckliche Dinge aus, aber nur selten findet Gioia darunter etwas, was sie nicht lieber täte, als die Tür zu öffnen und den Mief zu atmen, der ihr aus der Wohnung entgegenschlägt.

Hässliche und baufällige Häuser hat sie in den siebzehn Jahren ihres Lebens schon oft gesehen, aber dieses hier hat die besondere Eigenschaft, in einem Vorort mit lauter

Sozialbauten zu stehen, zwischen grauen Betonblocks, auf deren Mauern Graffiti und obszöne Sprüche geschmiert sind, wo nur missgelaunte alte Leute mit mürrischen Gesichtern leben, denen man nicht einen guten Morgen wünschen und denen man schon gar nicht zulächeln möchte. Aber nach Jahren auf der Warteliste sind sie in der Rangordnung nach oben gerutscht, und eines Tages machte ihre Mutter im Morgenrock einen Brief auf und sagte mit Tränen in den Augen »Wir kriegen ein Haus!«, und so sind sie vor drei Monaten hierher gezogen.

»Eine schwere Hämorrhoiden-Operation, wo man anschließend eine Woche nicht sitzen kann«, sagt Tonia jetzt.

»Wär mir trotzdem lieber!«

Tonia ist ihre beste Freundin. Sie hat ein größeres Mundwerk als ein Kerl von der Marine und ist stets bereit, Gioia gute Ratschläge zu geben und ihr in schwierigen Momenten zu helfen. Sie ist groß, trägt einen kinnlangen Bob, und ab und zu kommt ihr südlicher Akzent durch. Sie ist die Einzige, die Gioia ein bisschen zum Lachen bringen kann. Sie ist die perfekte Freundin. Ehrlich, direkt, redet nicht um die Dinge herum und hält nichts von der Kunst, in der alle Mädchen, die Gioia sonst kennt, offenbar Experten sind – nämlich bittere Pillen zu versüßen. Gioia hat sich immer gefragt, warum die meisten Mädchen eine beste Freundin haben wollen, die total vorsichtig ist und stets nach den richtigen Worten sucht, um den anderen nur ja nicht zu verletzen. So eine wie Tonia ist viel besser, findet Gioia. Wenn sie sich schlecht benimmt, dann sagt sie nicht: »Vielleicht könntest du, na ja, eventuell mal versuchen …« sondern: »Das war total daneben, meine Liebe, aber wirklich!«

Tonia ist die perfekte Freundin, aus tausend Gründen, vor allem aber aus einem: Es gibt sie gar nicht.

Tonia Vicenzi, achtzehn Jahre alt, Tochter eines Vaters aus dem Piemont und einer Mutter aus Salerno, hat Gioia schon zwei Tage, nachdem sie mit ihrer Mutter und ihrer Oma Gemma hierher gezogen ist, kennengelernt. Sie existiert nur in Gioias Kopf. Sie ist ihre imaginäre Freundin. Sie hat sich in vielen Situationen als sehr nützlich, ja unersetzlich erwiesen. Sie spielt Volleyball (und es findet immer ein Spiel oder ein Training statt, bei dem man zusehen kann, wenn Gioia unbedingt von zu Hause wegwill), sie geht auf eine andere Schule (man weiß ja nie, wann ihre Mutter auf die Idee kommt, mit ihr Kontakt aufzunehmen, um herauszufinden, wie es in der Schule läuft), und die Eltern haben ihr verboten, ein Smartphone zu benutzen, bevor sie achtzehn ist, weil sie so altmodisch sind und strenge Prinzipien haben (und so besteht kein Risiko, dass ihre Mutter sich die Nummer beschafft und sie anruft). Auch Gioia hat kein Smartphone, ja, sie hat tatsächlich keins; vermutlich ist sie die einzige Siebzehnjährige der westlichen Welt, die kein Smartphone hat. Nicht etwa, weil Gioias Mutter gesunde Prinzipien hätte, nein, sie können es sich einfach nicht leisten, denn das einzige Einkommen, das sie haben, ist die Rente der Oma und ihre Witwenrente, und das muss für drei Personen und eine Katze reichen.

»Wie wäre es mit … Von Anfang bis Ende alle Folgen von *Reich und Schön* gucken.«

»Nein, Tonia, das geht jetzt echt nicht.«

Sie redet mit Tonia immer mit normal lauter Stimme. Sie redet sehr oft mit ihr, vor allem, wenn es ihr schlecht geht und sie jemanden braucht, der sie aufmuntert.

Seit der ersten Klasse hat Gioia die Eigenschaft, sich vor der Welt abzuschotten. Zuerst bemerkten es die Lehrerinnen. Dieses Mädchen verbrachte seine Zeit meistens damit, ins Leere zu starren, und passte im Unterricht nicht auf. Gioia hatte entdeckt, dass die Welt in ihrem Kopf wesentlich spannender war als die Welt draußen.

»Was hast du gegen *Reich und Schön*?«, fragt Tonia, als sie fast am Ziel sind.

»Das fragst du jetzt nicht im Ernst, oder?« Gioia verdreht die Augen.

Abgesehen von bescheuerte Serien wie *Reich und Schön* sich anzuschauen, würde sie wirklich alles tun, um nicht das Bild sehen zu müssen, was sich ihr bietet, sobald sie die Tür aufmacht. Ihre Mutter, die halb betrunken im Sofa vor dem Fernseher hängt, die Spüle, die vor schmutzigen Tellern überquillt, um die ein paar Fliegen kreisen, ihre Oma Gemma in der Kammer unter der Treppe mit ihrem Tropf und dem Katheter, der gewechselt werden muss, und Gacco, die Katze, die sich mit ihren scharfen Krallen unbeirrt über die Möbel hermacht. Dann der schreckliche Geruch nach ungelüfteten Räumen, die Schimmelflecken in der Ecke zwischen Küche und Wohnzimmer, der Wasserhahn, der unablässig tropft, seit sie hier eingezogen sind.

Manchmal hat ihre Mutter einen Freund bei sich. Das passiert immer wieder mal. Meistens sind es Kerle zwischen zwanzig und fünfundzwanzig, die sie kurz vor Feierabend in irgendeiner Kneipe kennengelernt hat, und die nur darauf warten, jedermann erzählen zu können, dass sie Sex mit einer MILF hatten; oder Männer über fünfzig, arbeitslos, abgerissen mit Drei-Tage-Bart und ein paar Koffern. Beim letzten Mal hat so ein fünfzigjähriger Typ mit überkämmter Glatze, als Gioia beim Reinkommen »Hallo!« sagte, nur gemeint: »Du hast mir ja gar nicht erzählt, dass du eine Tochter hast.«

Das Peinlichste an der Sache ist, dass ihre Mutter nie einem ihrer Freunde erzählt, dass Gioia ihre Tochter ist. Wenn sie sie überhaupt vorstellt, dann als ihre »Mitbewohnerin«

oder »jüngere Schwester« oder »Cousine, die mich gebeten hat, hier ein paar Tage wohnen zu dürfen«.

Gioia hat keine Ahnung, warum ihre Mutter das macht. Wahrscheinlich hat sie Angst, dass die jeweiligen Verehrer, wenn sie von der Tochter erfahren, gleich Reißaus nehmen. Dabei sollte es erstens ihr Ziel sein, diese Typen möglichst schnell wieder loszuwerden, statt sich zu fürchten, dass sie wieder gehen. Und zweitens sind die Männer, die sich ihre Mutter ins Bett holt (und zwar gleich am ersten Abend, manchmal schon nach der ersten Stunde) noch nie auf den Gedanken gekommen, dass sie mit ihr so etwas wie eine ernsthafte Beziehung aufbauen könnten.

Wenn sie an dem »Funky Pussy« vorbeigekommen ist, das jemand auf die Hauswand gesprüht hat, steigt sie die beiden Stufen zum Eingang hinauf, legt die Hand an den Türgriff und wartet einen Moment.

»Scheißwelt«, murmelt sie heute schon zum zweiten Mal.

Sie sagt es, weil sie von drinnen die Stimme ihrer Mutter hört, die gerade jemanden anschreit. Als sie die Antwort hört, weiß sie sofort, wer dieser Jemand ist.

»Vielleicht wäre es doch besser gewesen, alle Staffeln von *Reich und Schön* zu sehen«, sagt sie mit einem Seufzer.

5

»Du weißt doch genau, dass du dich diesem Haus nicht mal *nähern* darfst!«

»Wie viel Geld habe ich in all den Jahren zum Fenster rausgeworfen! Und dann hast du mich auch noch verlassen! Eigentlich bin ich derjenige, der hier die Miete zahlt, und deshalb habe ich jedes Recht, hier zu sein.«

»Das einzige Geld, das du rausgeschmissen hast, war für die beiden geschmacklosen Eheringe, und die waren auch noch gebraucht!«

»Du hast recht, es ist meine Schuld, alles meine Schuld! Ich hätte mich nicht in eine so blöde Kuh wie dich verlieben dürfen!«

»Hör auf, so zu brüllen, du weckst meine Mutter auf!«

»Ich brülle nicht!«

»Klar brüllst du!«

»Nein, ich brülle nicht!«

»DOCH, DU BRÜLLST, UND WIE!«

»NEIN, GANZ UND GAR NICHT!«

Die meisten Diskussionen zwischen ihren Eltern verlaufen so, sie sind laut, und immer wieder sagt sie zu ihm (oder er zu ihr), dass er (oder sie) brüllt. Dann entgegnet der andere, das sei nicht wahr, und beide werden immer lauter. Am Ende brüllen sie dann wirklich, was sie am Anfang nicht getan haben.

»Ciao«, sagt Gioia. Keiner antwortet ihr. Sie kommt herein, zieht sich die Schuhe aus, doch weder ihr Vater noch ihre Mutter scheinen sie bemerkt zu haben. Was eigentlich nur gut ist.

»Darf man erfahren, was du hier machst und wie du die Adresse herausbekommen hast?«

»Das habe ich dir doch gesagt. Ich brauche meinen Lebenslauf, mein PC ist kaputt, und ich weiß, dass in diesem Computer hier eine Kopie gespeichert ist.«

»Wir haben uns vor drei Jahren getrennt!«

»Na und?«

»Dein Lebenslauf ist nicht auf dem neuesten Stand.«

»Willst du damit sagen, dass ich in den letzten drei Jahren nichts gemacht habe?«

»Nein, ich wollte damit sagen, darin fehlen Sachen wie: ›Besuchte ständig Nutten, obwohl er eine Frau und eine Tochter hatte‹ oder: ›Beschimpfte dauernd seine Frau, weil er ständig betrunken war.‹«

Halt! Gioia begreift, was die Stunde geschlagen hat, und es ist besser, sich jetzt bemerkbar zu machen.

Die Stunde schlägt, denkt sie immer, wenn ihre Mutter etwas sagt, wodurch die Lage sofort ausufern könnte, wenn sie den Vater provoziert, einen wunden Punkt berührt, sich über ihn lustig macht und ihn in seiner Mannesehre verletzt, wenn man das so nennen kann. All das führte in früheren Zeiten zu Ohrfeigen, dann kam die Polizei ins Haus, schaulustige Nachbarn zeigten sich am Fenster und schüttelten den Kopf.

Sie hat sich immer gefragt, wieso ihre Mutter, die ihn doch kannte und wusste, dass er auf bestimmte Dinge, die sie sagte, mit Schlägen reagierte, nie einfach den Mund gehalten hat. Okay, sehr wahrscheinlich hätte er sowieso die Hand gegen sie erhoben, aber warum zum Teufel musste sie jetzt unbedingt diesen gemeinen Satz sagen?

Das ist Gioia echt ein Rätsel.

Dieser letzte Satz über seinen Lebenslauf ist ein typisches Beispiel für Alarmglocken. Wenn Gioia jetzt nicht gleich vor ihnen steht und laut und deutlich guten Tag sagt, liegt die Mutter bald am Boden, während der Vater türenschlagend das Haus verlässt – ohne seinen Lebenslauf. Und was noch schlimmer wäre: Nicht dass er ohne das Papier keine Arbeit findet, sondern dass er bald wiederkommt.

Lieber als die Aufmerksamkeit auf sich zu lenken, würde sie jetzt einen *Reich und Schön*-Marathon machen, aber ohne Werbepausen.

»Guten Tag!«, sagt sie laut und zeigt sich in der Tür.

»Mein Schätzchen!«, ruft die Mutter, läuft ihr entgegen und umarmt sie, als sei sie gerade von einem Afghanistan-Einsatz zurückgekehrt.

»Ciao, Gioia«, sagt ihr Vater leise und zündet sich eine Zigarette an. Die Mutter küsst sie, und Gioia fühlt etwas Nasses auf den Haaren, das heißt, ihr laufen schon die Tränen herunter.

»Ach, da ist übrigens noch etwas anderes ...«, fügt der Vater mit leiser Stimme hinzu.

Gioias Mutter erstarrt, wischt sich die Tränen ab und sieht ihn an. Die Katze Gacco läuft schnurrend unter ihren Beinen durch, als wäre dies ein schöner Moment.

»Was willst du noch?«

»Ich muss hier übernachten, nur ein paar Tage.«

6

»Was hat er da gesagt?«

Gioia Spada hat sich mit ihrer Oma Gemma in dem Zimmerchen eingeschlossen. Zwischen den Lippen hält sie einen Stift und starrt vor sich ins Leere, als versuchte sie sich zu erinnern. Vor ihr auf dem Bett liegt ein offenes Notizbuch. Darin stehen lauter Wörter, auf jeder Seite und hinter jedem Wort zwei Zeilen, wie eine Erklärung.

»Sieh mal, das fängt mit P an!«, sagt sie laut vor sich hin. Sie meint ein griechisches Wort, das sie heute in der Schule vom Biologielehrer gehört hat, als er ihr nach der Prüfung, die schwer war, eine Predigt hielt (in diesem Fall sagte er ihr, dass ein Jugendlicher in ihrem Alter schon in der Lage sein müsse zu entscheiden, was er aus seinem Leben machen wolle, und sie würde nichts dafür tun, wenn sie nichts lernte.

Das sei ein Widerspruch in sich, denn ja, man könne sich natürlich auch dafür entscheiden, nichts zu lernen).

»*Pro... Pro... Prohairesis!*«, sagt sie, schlägt mit der Hand auf das Bett der Alten und schreibt dann eilig das Wort ins Notizbuch, daneben ein Gleichheitszeichen und dann die Definition: »Die Fähigkeit, auszuwählen und vernünftig zu entscheiden.«

Sie schaut noch ein paar Sekunden hin, dann wiederholt sie leise den Satz, blickt ins Leere und denkt, dass sie zumindest zwei Personen außerhalb dieses Zimmers kennt, die mit über vierzig Jahren immer noch keine *Prohairesis* haben. Dann schließt sie das Notizbuch, legt den Stift auf den Nachttisch und schaut zu ihrer Oma hinüber.

Wenig später sitzt sie bei ihr, bei gedämpftem Licht und mit Kopfhörern, und hört in größtmöglicher Lautstärke *Another Brick In The Wall*.

Gioia hört nur Musik, die fast jeder andere normale Jugendliche alt oder genauer gesagt prähistorisch nennen würde. Diesen Vorteil – oder Nachteil, je nachdem, von welchem Standpunkt aus man es sieht – verdankt sie ihrem Opa Alfredo, Gemmas Ehemann, der starb, als Gioia neun Jahre alt war. Die ersten neun Jahre hat Gioia im Haus ihrer Großeltern verbracht, weil ihre Eltern ständig fort waren, um Arbeit zu suchen und sie noch öfter wieder zu verlieren. Es hat sie gerettet, dass sie so viel Zeit bei den Großeltern verbracht hat. Nachmittage lang hörte sie mit dem Opa diese Platten, er erklärte ihr, was die Worte bedeuteten, erzählte ihr, wie die Songs entstanden waren. Amerikanische und englische Gruppen, italienische Liedermacher, aber auch den Rock der Neunziger, all das haben ihre Klassenkameraden nie gehört. Opa Alfredo war früher nur einfacher Stahlarbeiter gewesen und inzwischen in Rente, aber seine musikalische Bildung war enorm. In jungen Jahren war er sogar DJ bei einem kleinen Lokalradio gewesen. Als er starb, hat er Gioia eine Sammlung aller Vinylplatten von Pink Floyd hinterlassen. Sie freut sich darüber nicht weniger als über sechs Häuser mit Swimmingpool.

Die Musik von Pink Floyd hat etwas, das es nirgendwo sonst gibt. Sie reißt einen nach oben, hat etwas Erhebendes, oft ist sie traurig, aber auch sanft, und inmitten dieser sanften Traurigkeit erwacht man und spürt, dass man nicht mehr traurig ist, dass man mit den Füßen nicht mehr den Boden berührt, dass man jenseits ist, dass die Welt dort unten liegt und man selbst darüber schwebt, dass man in Sicherheit ist, weit weg und deshalb sicher.

Das würde Gioia sagen, wenn jemand sie fragen würde, warum sie diese Musik so oft hört. Aber es fragt sie nie jemand. Es ist schwierig, jemanden zu finden, mit dem man reden kann, aber das ist nicht das Schwerste. Schwer ist es, jemanden zu finden, der einem die richtigen Fragen stellt, auf die man seit Jahren eine Antwort hat, ohne es zu wissen. Jetzt streiten sich ihre Eltern schon seit drei Stunden um Dinge, die passiert sind, als *Another Brick In The Wall* noch gar nicht geschrieben war. Gioia ist im Zimmer ihrer Großmutter, die weit über achtzig ist, weil nichts sie so beruhigt, wie sie anzuschauen.

Nicht nur ihre Oma, es sind vor allem die Falten, die Falten alter Menschen, die sie stundenlang ansehen könnte.

Diese Falten sind Straßen, Wege, Reisen, Irrtümer. Und je mehr Falten jemand hat, desto mehr Leben ist in seinem Gesicht zu lesen. Gioia Spada ist oft hier – weil sie sich oft entspannen muss, wenn sie zu Hause ist – und folgt dann dem Lauf dieser Rillen auf der Haut und versucht sich vorzustellen, durch wie viel Lachen, wie viele Tränen und wie viel Schmerz und wie viel Glück sie entstanden sind. Sie sind wie Berge, die sich am Horizont abzeichnen und einem von einer Landschaft erzählen, sie sind wie feste Punkte, Zeichen, Schilder, sie sieht sie an, und wenn es auch nur für ein paar Sekunden ist, weiß sie, wohin sie gehen, was sie tun soll, wer sie ist und wo ihr Platz ist.

Aus irgendeinem absurden Grund beneidet Gioia ihre Oma um ihre Falten. Sie hätte auch gerne welche. Nicht aus einer Laune heraus. Nicht weil sie ein Sonderling ist, sondern weil sie auch so viel Leben in ihrem Gesicht haben möchte. Sie möchte die Furchen mit den Fingern berühren und wissen, dass auf ihrer Haut etwas geschehen ist: dass sie nicht immer hier war, eingesperrt, dass das Leben ihr etwas hinterlassen hat. Ganz gleich, ob es ihr weh- oder guttut: Sie sehnt sich nach diesen Zeichen.

So wie die Narbe hinter ihrem Ohr, die vielleicht das Kostbarste ist, was sie hat. Sie berührt sie sehr oft, immer, wenn sie daran denkt, was sie nicht sein will, wohin sie nicht gehen darf.

Hinter der Tür wirft der Vater wahrscheinlich gerade der Mutter vor, sein Leben ruiniert zu haben, oder sie sagt ihm, er solle abhauen, dass er hier nicht schlafen kann, dass er es wegen des Scheidungsurteils gar nicht darf.

Oma Gemma hat die Augen geschlossen und atmet leise. Sie versucht zu sprechen, und Gioia nimmt die Stöpsel des Kopfhörers aus dem Ohr und beugt sich über die Lippen der alten Frau. Sie sagt nur noch selten etwas, das Sinn ergibt, aber manchmal geschieht es.

»Gghhh … gghhh.«

Nein, heute passiert es leider nicht.

Das Dumme ist, jetzt, wo sie die Ohrstöpsel herausgenommen hat, dringen die Stimmen dieser Verrückten im Zimmer nebenan zu ihr, okay, sie haben sie zur Welt gebracht, und sie müsste ihnen dankbar sein, aber von dieser einen Sache abgesehen, wäre es für sie und die Welt besser gewesen, wenn sie sich nie kennengelernt hätten.

»Das sind zwei Idioten, findest du nicht auch?«, sagt Gioia zu ihrer Oma, auch wenn sie weiß, dass keine Antwort kommt. Sie weiß nie genau, ob die Oma immer versteht, was sie ihr sagt, oder nur manchmal.

»Was wollt ihr euch noch alles an den Kopf werfen und euch gegenseitig anschreien? Ihr wisst doch, dass ihr euch nicht versteht: Soll jeder in ein Zimmer gehen, und Ende der Vorstellung.«

Oma Gemma versucht etwas zu sagen, aber sie bringt kein Wort heraus.

»Ich weiß, ich weiß, ich muss stark sein. Ich muss so tun, als ob nichts wäre. Es sollte mir egal sein. Das weiß ich schon.«

Oma Gemma seufzt tief.

»Wie gern würde ich rübergehen und den beiden mit der Bratpfanne eins überziehen, damit sie endlich still sind.«

Kaum hat sie diesen Satz gesprochen, da geht die Kammertür auf, und ihr Vater erscheint. Seine Augen sind rot, er ist außer Atem.

»Komm hier raus!«

Sie könnte ihm sagen, dass er weggehen soll, und sie nicht bereit ist, aufzustehen, aber mit den Jahren hat Gioia gelernt, dass es immer besser ist, dem Vater zu gehorchen, wenn er so ein Gesicht macht. Ja zu sagen, auch wenn sie aus Kilometern Entfernung sehen kann, dass sie nein sagen müsste. Oder zumindest zu schweigen und sich im Geiste die Sätze der Pink-Floyd-Songs aufsagen und warten, dass es vorbeigeht. Sie hat diese Narbe hinterm Ohr nicht, weil sie mit sieben Jahren im Garten hingefallen ist. Auch wenn sie das den Lehrern und Klassenkameraden immer erzählt.

»Du kommst sofort her und antwortest mir auf meine Frage!«

Gioia sieht ihn an, ohne sich zu rühren.

»Nur eine einfache Frage, komm jetzt!«

Gioia steht auf, wirft einen letzten Blick auf die Oma und versucht, sich die Falten um das linke Auge herum einzuprägen. Sie weiß, dass sie in den nächsten Minuten alle Ruhe der Welt braucht.

7

In der Küche sitzt ihre Mutter am Tisch. Auch ihre Augen sind rot. Es riecht nach Rauch, der Aschenbecher quillt über. Der Vater setzt sich der Mutter gegenüber.

»Komm setz dich her, ans obere Tischende.« Er sagt es mit ruhiger Stimme, aber sie merkt deutlich, dass diese Ruhe nur Schein ist, gespielt und nicht echt. Gioia setzt sich.

»Du bist jetzt sechzehn.«

»Nein, siebzehn, Papa.«

»Umso besser. Du bist jetzt groß, und sicher hast du dir auch schon Gedanken über die ganze Sache gemacht.«

Gioia weiß schon, worauf er hinauswill.

»Giorgio, lass sie in Ruhe, sie hat damit nichts zu tun!«

»Ich will meine Tochter nur eins fragen. Nur das, und dann kann sie zurück zu ihrer Oma gehen.«

Gioa weiß schon, was er fragen will, und würde am liebsten aufstehen und gehen, um nicht antworten zu müssen. Nein, eigentlich will sie richtig weggehen. Vielleicht in eine andere Stadt oder ein anderes Land, oder am liebsten gleich auf einen anderen Planeten.

»Du bist siebzehn, und ich will, dass du verstehst, dass ich dir mit dieser Frage zeige, ich vertraue dir und behandele dich wie eine erwachsene Frau. Deine Meinung ist mir sehr wichtig.«

Gioia hat nur zwei Worte im Kopf, die sich immer wiederholen: »Scheiße« und »Nein«.

»Ich will, dass du gut überlegst. Nimm dir dafür die Zeit, die du brauchst, aber ich möchte, dass du mir sagst, wer deiner Meinung nach an allem schuld ist. Ob ich es bin oder Mama.«

Scheiße nein, Scheiße nein, Scheiße nein.

»Ich weiß, dass du sicher sagen wirst, dass wir beide ein bisschen schuld sind, aber ich will, dass du uns jetzt sagst, wer mehr Schuld hat. Du wirst doch sicher eine Meinung dazu haben, und die wollen wir jetzt hören.«

Gerade als der Vater den Satz beendet, fällt Gacco, die Geisterkatze, wie vom Himmel mitten auf den Tisch. Deswegen heißt sie auch so: *Gacco* – Geist. Als sie in die neue Wohnung kamen, war sie schon da, als sei sie die wahre Eigentümerin, und seither macht sie es immer so, plötzlich taucht sie aus dem Nichts auf. Man findet sie in Schubladen, stolpert über sie, sie springt auf Leute, während sie sich unterhalten. Eine Geisterkatze eben.

Gioias Vater fegt sie mit einer unwirschen Handbewegung zu Boden, etwas mehr Schwung, und sie wäre gegen den Kühlschrank geknallt.

»Also los, sag es uns! Wer hat mehr Schuld, ich oder deine Mutter?«

»Giorgio, was soll sie dir denn sagen, du weißt es doch schon! Warum ziehst du sie da mit rein?«

»Weil wir früher oder später einen brauchen, der es uns sagt, und das soll nicht so ein Idiot von Richter machen oder einer der Anwälte. Außerdem muss dir endlich mal klarwerden, dass du an diesem ganzen Desaster schuld bist!«

»Meine Schuld, klar, meine Schuld«, höhnt die Mutter und klopft sich an die Brust.

Gioia hört sie schon nicht mehr.

Ihr Blick ist starr, geht ins Leere, sie sitzt reglos da, und ihr klappern die Zähne. Auch dafür gibt es ein Wort, und es steht in ihrem Notizbuch, das drüben bei der Großmutter in der Kammer liegt:

Shaghzhagh ist Persisch und bedeutet: Dir klappern die Zähne vor Kälte oder Zorn.

Dieses *shaghzhag* ist eindeutig Ausdruck einer Riesenwut.

»Klar bist du schuld! Wer sonst? Und es wird Zeit, dass du es endlich zugibst!«, schreit der Vater mit hochrotem Kopf.

Gioia fühlt sich wie unter Wasser: Sie hört die Stimmen ihrer Eltern nur undeutlich, gedämpfte Klänge, die keinen Sinn ergeben. Sie denkt nur eins: Hier sollte sie nicht bleiben, dies ist nicht ihr Platz, sie will auf solche Fragen nicht antworten, vielleicht hat sich Gacco wehgetan, ihre Oma ist allein, der Tag hat mit einer Fünf in Biologie begonnen und mit einem Klassenkameraden, der ihr von der Tür aus höhnische Zeichen machte. Und das war alles besser als das, was jetzt passiert. Ihre Mutter und ihr Vater sind Wahnsinnige, sie hat ihren MP3-Player nicht ausgestellt, und sie denkt, dass dort jetzt *Mother* dran sein müsste, der letzte Song der A-Seite der Platte *The Wall*. Wenn sie sich konzentriert und die Ohren spitzt, kann sie hören, ob dieser Song gerade durch den Kopfhörer kommt, der in ihrer Tasche steckt. Sie denkt, dass sie nicht mal gegessen hat, aber eigentlich hat sie auch gar keinen Hunger. Sie denkt, dass draußen Sterne am Himmel stehen und dass sie sich diesen Sternenhimmel ansehen will …

Ja, das will sie tun.

Nicht hierbleiben. Nicht auf diese bescheuerte Frage antworten. Nur raus, mehr nicht.

Und so steht Gioia auf, ohne dass ihre streitenden Eltern es bemerken, langsam, leise tritt sie einen halben Schritt zurück, und mit einem schnellen Satz verlässt sie das Zimmer, sie hat schon die Hand an der Türklinke, öffnet die Haustür, wirft einen hastigen Blick auf die beiden, die erst in dieser Sekunde realisieren, was passiert, geht hinaus, rennt los und verschwindet so schnell sie kann in die Nacht, die unter dem Sternenhimmel liegt.

8

Gioia rennt und rennt.

So schnell, wie sie noch nie gerannt ist. Sie atmet heftig, ihr Herz schlägt wild, sie weiß nicht, wohin sie eigentlich läuft, auch nicht, wie lange sie fortbleiben will. Sie weiß nur, dass sie sich so weit wie möglich von zu Hause entfernen will. Und das tut sie auch.

Als ihr schließlich der Schweiß kalt über den Rücken läuft, ihre Knie vor Müdigkeit zittern und die Milchsäure sich in ihren Muskeln sammelt und sie zum Anhalten zwingt, merkt sie, dass sie in diesem Stadtteil noch nie gewesen ist. Sie wohnt erst seit wenigen Monaten hier, und diese Häuser, die geschlossene Bar, vor der sie stehen geblieben ist, hat sie nie noch gesehen.

Sie ist müde, furchtbar müde, und sie setzt sich auf einen der Plastikstühle, die draußen rumstehen. Die Bar scheint nicht nur zuzuhaben, sondern auf Dauer geschlossen zu sein. Auf dem Schild müsste eigentlich *Bar Aonda* stehen, aber es fehlen vier Buchstaben und so steht da nur ein trauriges *Bar A*. Hinter der Bar erhebt sich ein kleiner Hügel mit einer kleinen Kapelle, und von der Straße hört man nur das Geräusch eines irgendwo plärrenden Fernsehers. Erst jetzt spürt Gioia, dass ihr kalt ist. Die Luft ist eisig, und sie hat nur eine Jogging-Hose und ein T-Shirt an, das völlig durchgeschwitzt ist.

Dennoch bleibt sie sitzen. Hier ist kein Mensch unterwegs. Wenn es nach ihr ginge, würde sie einfach hier schlafen, Schluss, aus, Ende. Plötzlich merkt sie, wie schwer ihre Lider sind. Sie weiß nicht warum, aber sie ist irrsinnig müde, kann die Augen kaum offen halten, trotz der Kälte und obwohl sie hier auf einem Plastikstuhl draußen vor einer Bar sitzt, die sie nicht kennt, in einem Stadtteil, in dem sie noch nie gewesen ist, in dem niemand unterwegs ist, und irgendwo sind ihre Eltern und haben keine Ahnung, wo sie ist.

So schläft sie schließlich ein. Obwohl ihre Arme eiskalt sind und ihre Nase läuft, schläft Gioia ein. Sie schläft so tief, dass sie sogar träumt. Es ist ein schrecklicher Traum, in dem sie eine Million riesengroßer, mit Lippenstift gemalter Schriften entfernen muss, die in der Schule auf Wänden, Bänken und Fußböden stehen, und zugleich stehen die Eltern hinter ihr und fragen immer wieder: *Wer ist schuld, sag schon, wer von uns ist schuld?*

Irgendwann wird sie durch ein Geräusch geweckt.

Es ist eine Art Knall, wie wenn jemand einen Plastikball gegen eine Wand wirft, aber dumpfer und lauter: *Tum! Tum!*

Gioia öffnet die Augen und sieht sich um, aber da ist niemand.

Tum! Wieder so ein Schlag.

Erst jetzt realisiert sie, dass hier Vergewaltiger oder Diebe sein könnten, die sie ungestört ausrauben und vergewaltigen können. Sie muss verrückt sein, um diese Zeit an so einen gottverlassenen Ort zu kommen, den sie nicht mal kennt.

Tum! Wieder ein Schlag.

Sie kann nur zwei Dinge zu tun – entweder weglaufen oder nachschauen, was da ist. Gioia weiß, dass in allen Horrorfilmen das dumme Mädchen, anstatt wegzulaufen, aus einer Mischung aus Neugier und Faszination heraus beschließt nachzusehen, und dann erstochen, zerstückelt oder erdrosselt wird. Dennoch geht sie los, um nachzusehen. Ruhig und leise nähert sie sich der Richtung, aus der das Geräusch kommt.

Und wieder dieses *Tum*.

Die Terrasse der Bar A hat die Form eines Ls, und das Geräusch kommt vom anderen Ende, deshalb kann sie nicht sehen, was da los ist. Vielleicht ist es eine Katze, oder der Wind, der eine Tür zuschlägt. Oder es ist ein Dieb und Vergewaltiger. Gioia schleicht dicht an der Mauer entlang, bleibt stehen und streckt den Kopf vor. Hinten in der Ecke sieht sie etwas – genauer gesagt, sie sieht *jemanden*.

Es ist ein Junge. Er hat eine Kapuzenjacke an. Und er spielt Darts. Ganz allein.

9

Er wirft einen Pfeil, holt ihn sich, wirft wieder einen Pfeil, nimmt ihn wieder ab. Er ist sehr geschickt: Immer wieder landen die Dartpfeile auf der 60 der Schießscheibe.

Aber er spielt allein, praktisch im Dunkeln, in einer heruntergekommenen Bar, die *Bar A* heißt und die offenbar keiner mehr betreibt.

Die Situation hat etwas Unwirkliches, und Gioia bleibt ein paar Minuten stehen und sieht ihm bei Spielen zu, während ihr dämmert, dass sie sich jetzt besser davonschleichen und den Weg nach Hause finden sollte. Doch als sie sich umdreht, stößt sie aus Versehen gegen einen Stuhl, auf den jemand einen Aschenbecher gestellt hat. Und dieser Aschenbecher fällt herunter und zerspringt mit einem lauten Klirren in tausend Stücke. Da dreht sich der Dartspieler um und ruft: »Wer ist da?«

Gioia hat sich am Knie verletzt, als sie gegen den Stuhl gestoßen ist. Selbst wenn sie wollte, könnte sie jetzt nicht mehr weglaufen. Deshalb antwortet sie: »Niemand, also, ich nur …«

Sie stöhnt leise. Das Knie tut höllisch weh, und der Dartspieler kommt auf sie zu. Genau das, was passieren musste.

»Bleib, wo du bist!«, versucht sie zu sagen.

»Hast du dir wehgetan?«, fragt er.

»Nein, nein, ist schon gut. Ich hab' nur meine Kniescheibe verloren. Sag mir, ob du irgendwo eine siehst«, sagt Gioia und hält sich ihr Knie.

»Setz dich hierher«, sagt er, hebt den umgefallenen Stuhl wieder auf und hilft ihr, sich zu setzen. In der Hand hält er ein Weckglas voller Steine. Er stellt es auf den Tisch, dann nimmt er ihr Bein und legt es auf einen anderen Stuhl.

»Vorsichtig!«, ruft sie.

»Ganz ruhig«, sagt er, »das ist nur eine Beule. Du kannst deine Beine noch benutzen.«

»Bist du etwa ein verkleideter Orthopäde?«, fragt sie und schiebt ihn von sich.

»Nein, *Cosa*, ich bin nur einer, der weiß, wenn man sich an einem Stuhl eine Prellung holt, geht es bald vorüber.«

Gioia vergisst eine Sekunde, dass sie sich beinahe die Kniescheibe zertrümmert hätte, und sieht ihn böse an.

»Entschuldigung, irre ich mich, oder hast du mich gerade Cosa genannt?«, fragt sie.

Auch wenn der Schmerz nicht wäre, wäre die Tatsache, Cosa genannt zu werden, Grund genug, aufzustehen und grußlos fortzugehen, obwohl er ihr so freundlich geholfen hat, sich hinzusetzen.

»Ich?«

»Nein, einer der anderen zweihundert Gäste dieser Bar.«

Er sieht sich suchend um.

»Okay, Cosa, wenn du ihn zufällig siehst, sag es mir, er muss es dann teuer bezahlen. So redet man junge Damen nicht an«, sagt er und grinst.

Er ist ein Junge, ungefähr so alt wie sie. Sie sieht nur den unteren Teil seines Gesichts und das rechte Auge, das dunkelbraun zu sein scheint. Er hat ein wenig Bart, aber eher spärlich. Er nimmt das Weckglas voller Steine wieder an sich und setzt sich ihr gegenüber.

»Cosa, darf ich wissen, was du zu dieser Stunde in einer verlassenen Bar machst, nur mit einem T-Shirt bekleidet? Bist du auf der Suche nach Verrückten?«

»Ich möchte dich bitten, mich nicht mehr Cosa zu nennen, und ich bin hier, weil … Warum spielst du hier eigentlich allein Darts, zu dieser Uhrzeit, und warum trägst du ein Weckglas voller Steine mit dir herum?«

»Vielleicht habe ich ja einen guten Grund, hier zu sein.«

»Und ich vielleicht auch.«

»In dieser Aufmachung?«

»Was ist damit?«

»Cosa, entschuldige, aber mir scheinst du vor allem eine zu sein, die einen guten Grund hat, nirgendwo *anders* zu sein.«

»Und du bist einer, der sich gefälligst um seinen eigenen Kram kümmern sollte.«

»Einverstanden, du hast recht, entschuldige. Ich nehm's zurück. Fangen wir nicht mit dem falschen Fuß an.«

»Anfangen, was meinst du denn damit?«, fragt Gioia und hält dabei den Kopf leicht schräg.

»Na ja, wir lernen uns doch gerade kennen, oder? Und ich glaube, du bist eine, die mit dem falschen Knie angefangen hat.«

Gioia sieht ihn schief an. Der Junge kommt einen Augenblick näher, vorsichtig. Er versucht, die Stelle zu befühlen, an der sie die Prellung hat. Sie hält seine Hand auf, presst die Lippen aufeinander und legt die Hand vorsichtig auf dem Tisch ab. »Es geht mir schon besser, danke!«

»Gut.«

»Ja!«

Er sieht sich ihren Arm an, mustert ihn aufmerksam. Er hebt die Augenbrauen hoch, kommt mit den Augen dichter heran.

»Was gibt's denn da zu sehen?«

»Was steht da?«

»Wörter«, antwortet Gioia und massiert sich ihr Knie.

»Ach – und ich dachte, das wären nur irgendwelche zufällig hingeschriebenen Buchstaben.«

»Das denken viele Leute.«

»Aber was bedeuten die Wörter? Das ist Deutsch, oder?«

Die Buchstaben sind mittlerweile ein wenig verwischt und schwer zu lesen. Er versucht, sie zu entziffern, aber Gioia legt ihre Hand darüber.

»So, es geht schon wieder. Ich könnte jetzt losgehen.«

»Könntest du nicht.«

Sie versucht aufzustehen und lässt sich aufstöhnend in den Plastikstuhl zurückfallen.

Er verschränkt seine Arme, legt die Füße auf einen der Tische und sagt zufrieden: »Siehst du?«

Gioia fasst sich an ihr Knie und seufzt.

»Noch so einer.«

»Was für einer?«

»Noch so einer von denen, die gerne sagen ›Siehst du‹, wenn sie recht haben.«

»Na ja, ich hätte auch ›Küss mir den Arsch!‹ sagen können. Es war ein harter Kampf, aber am Ende hat ›Siehst du‹ gewonnen.«

»Ich glaube, ich habe nicht richtig gehört. Du hättest beinahe zu mir gesagt, dass ich dir den Arsch küssen soll?«

»Wer? Ich?«

»Ja, du!«

Er zuckt die Achseln. »Nun ja, es besteht eine gewisse Wahrscheinlichkeit, dass das hätte passieren können.«

»Das sagst du zu einer, die du kaum kennst? So als ob ich deine Schwester wäre?«

»Ich habe keine Schwester, aber selbst wenn ich eine hätte, glaube ich nicht, dass ich so schlecht erzogen bin, dass ich ihr sagen würde, sie soll mir den Arsch küssen.«

Bei diesem Satz geschieht es.

Es geschieht etwas, was Jahrhunderte nicht passiert ist.

Gioia lacht.

Sie platzt nicht vor Lachen, es ist eher ein Lachen, das sie für zwei Sekunden überkommt und sich dann zurückzieht (in Wahrheit will sie sich nicht geschlagen geben), aber sie lacht.

»He, Mädchen, das mir beinahe den Arsch küssen sollte, du hast *gelacht*! Können wir uns darauf einigen, dass du nicht mehr sauer bist?«

Gioia versucht aufzustehen, der Junge tritt näher, um ihr den Arm zu reichen, aber sie schüttelt ihn ab. »Schon gut. Ich kann das allein.«

»Jetzt benimm dich nicht wie Miss Ich-nehme-von-Fremden-keine-Hilfe-an!«

»Du könntest mir ja vielleicht deinen Namen sagen, dann bist du nicht mehr ganz so fremd.«

»Vielleicht kannst du mir deinen sagen, dann kann ich aufhören, dich Cosa zu nennen.«

»Gioia, ich heißt Gioia. Und du?«

»Ich heiße Lo.«

Gioia sieht ihn kurz an. »Lo?«

»Lo.«

»Lo!«

»Ja, Lo. Sollen wir hier die ganze Nacht rumstehen und es immer wieder sagen?«

»Du heißt wirklich Lo, also, das ist dein richtiger Name.«

»Es ist eine Abkürzung. Meine Freunde haben mich immer so genannt.«

»Dann heißt du also Lorenzo?«

»Kann schon sein.«

»Ich habe dir meinen Namen doch auch gesagt.«

»Aber mir nicht gesagt, woher du kommst. Also, machen wir einen Tausch. Wenn du willst, sage ich dir, warum ich hier nachts Darts spiele, aber meinen Namen sage ich dir nur, wenn du mir sagst, warum du hier bist.«

»Okay. Warum bist du hier?«

»Das ist ganz einfach. Siehst du die Dartanlage dort? Sie ist die Einzige der ganzen Stadt, die im Freien steht.«

»Und?«

»Es ist die Einzige, die ich nachts benutzen kann, wenn keiner da ist.«

Gioia verdreht die Augen, als wollte sie sagen: »Und warum willst du hier nur spielen, wenn sonst keiner da ist?«

»Wenn mir einer zuschaut, werfe ich immer daneben. Es ist schon viel, wenn ich in den Kreis treffe, aber oft geht der Pfeil gegen die Wand. Wenn ich allein bin, treffe ich immer da, wo ich will. Frag mich nicht warum, ich weiß es selber nicht.«

Gioia fragt nicht, weil sie genau verstanden hat, was er meint. Sie hat noch nie im Leben Darts gespielt, sie weiß nicht mal, wie man den Pfeil hält, aber sie kennt das auch; wenn jemand in der Nähe ist, der ihr zuschaut, auch wenn er nur in der Nähe ist, lacht und sich über etwas ganz anderes unterhält, kommt sie nie mit den Dingen klar. Wenn sie allein ist, na ja, nicht immer, aber meistens schon, dann geht der Pfeil genau dahin, wo sie will.

»Und warum bist du hier?«, fragt er sie.

»Mhm«, sagt sie nur.

»Weißt du nicht, wie du hier gelandet bist?«

»Nein, ich habe nicht die leiseste Idee. Ich bin einfach losgelaufen, und als ich nicht mehr konnte, war ich hier.«

»Probleme zu Hause?«

»Ja, aber wieso weißt du das?«

»Cosa, man muss nicht Sherlock Holmes sein, um zu sehen, dass du fast nichts anhast. Oder gehst du immer so spazieren?«

»Wenn ich mich nicht irre, habe ich dir meinen Namen gesagt, also kannst du jetzt auch aufhören, mich Cosa zu nennen.«

»Weißt du, was? Mir gefällt Cosa. Macht es dir was aus?«

»Ja, es macht mir was aus.«

»Es gibt Schlimmeres auf der Welt, als Cosa zu heißen.«

»Zum Beispiel Der, Die oder Das.«

Der Junge sieht sie ernst an. Gioia fährt fort: »Lo, das ist ein bestimmter Artikel.«

»Ich weiß genau, was ein bestimmter Artikel ist. Lo könnte aber auch ein Pronomen sein.«

»Sagst du mir jetzt, wie du wirklich heißt?«

Sie ist mit ihrer Frage noch nicht fertig, da hört sie weit in der Ferne eine Stimme rufen. »GIOIA, GIOIA!«

»Ich glaube, sie suchen dich, was?«

»Scheiße, mein Vater! Wie hat er es überhaupt geschafft, bis hierher zu kommen?«

Gioia drückt sich in eine Ecke. Lo bleibt sitzen.

»Dein Alter soll dich wohl nicht finden, was?«, sagt er.

»GIOIA, GIOIA!« Das Rufen kommt näher.

»Ich will ihm nicht begegnen, nur das nicht. Und du, rede leiser, sonst hört er dich noch.«

»Komm mit!« Er nimmt sie bei der Hand und führt sie ans andere Ende der Terrasse, wo die Dartscheibe hängt. Zwischen ihm und der Wand ist ein Meter frei, und dort stellen sie sich hin. In der Dunkelheit sind sie so gut wie nicht zu sehen.

»Nicht schlecht unser erstes Rendezvous, oder?«, sagt er.

»Wie?!«

»GIOIA, GIOIA!«

»Na, wir sind in einer Bar, wir sind zu zweit, wir sind ein Mann und eine Frau: Wie würdest du das nennen?«

»Prellung am Knie und Idiot von Vater unterwegs?«

»Ach, die Jugendlichen von heute. Haben keinen Sinn für Romantik mehr.«

Gioias Vater entfernt sich, man hört sein Rufen kaum noch. Sie verlassen das Versteck.

»Jetzt wo dein Vater weg ist, könnten wir doch eine Partie Darts spielen.«

»Nein, ich glaube, ich sollte jetzt nach Hause gehen.«

»Hast du keine Angst, so ganz allein?«

Sie schüttelt den Kopf und grinst.

»Nachdem ich eben einen Kerl mit Kapuzenjacke gesehen habe, der mit Dartpfeilen um sich schießt und ein Weckglas mit Steinen mit sich herumträgt, kann mich nichts mehr erschrecken. Erklär mir nur den Weg ins Arbeiterviertel.«

»Wohnst du da?«

»Nein, aber nachdem ich in einer heruntergekommenen Bar war, die geschlossen ist, würde ich mir jetzt gern ein anderes berüchtigtes Viertel ansehen.«

Lo lächelt und erklärt ihr den Weg. Gioia fängt an zu zittern und mit den Zähnen zu klappern, diesmal nicht aus Zorn, sondern vor Kälte.

»Dir ist kalt, was?«, sagt er, als er mit seiner Wegbeschreibung fertig ist.

»Nein, stell dir vor, ich höre so gerne meine Zähne klappern.«

»Bist du immer so sarkastisch oder fordere ich das heraus?«

»Sagen wir, beides.«

»Komm, nimm wenigstens meine Jacke.«

»Und wie soll ich sie dir zurückgeben?«

»Ganz einfach, wenn du morgen um diese Zeit kommst, bin ich …«

»Hier.«

»Ja, genau.«

»Spielst so gern Darts?«

»Also, willst du oder nicht?«

»Ja gerne, danke. Aber nur, weil ich fast zu Eis erstarrt bin. Morgen bringe ich sie dir wieder.«

»Sehr gut.«

»Du bist sehr nett, Lo, Abkürzung von ich weiß nicht was.«

»Das ist nicht aus Nettigkeit, ich brauchte nur einen Vorwand, um dich wiederzusehen. Dann kannst du mir vielleicht erklären, was da auf deinem Arm steht.«

Gioia zieht sich die Sweatshirtjacke über und wirft Lo einen raschen Blick zu. Jetzt, da er keine Kapuze mehr trägt, kann sie sein Gesicht ganz sehen. Er hat kurz geschnittenes hellbraunes Haar, einen großen Mund, vielleicht etwas zu groß, aber doch irgendwie passend. Es scheint vor allem der Mund von jemandem zu sein, dessen Lachen ansteckend ist; dunkelbraune Augen, dichte Wimpern und oberhalb der Brauen ein dunkles Muttermal.

Er mag einen idiotischen Spitznamen haben, aber hässlich ist er nicht, denkt Gioia in diesem kurzen Moment.

Sie bemerkt, dass er sie seltsam ansieht. Sie könnte nicht genau sagen, wie, nur, dass sie noch nie jemand so angesehen hat. Als sähe er sie, aber zugleich etwas, das dahinter ist, als blicke er ins Leere. Aber er sieht nur sie an.

»Dann bis morgen. Ich werde mir was einfallen lassen, um herzukommen, und bringe dir dann deine Jacke wieder«, sagt sie. Vor allem, um die Verlegenheit zu durchbrechen, die sie verspürt, weil er sie so ansieht. Es sind nur wenige Sekunden, aber es kommt ihr viel länger vor.

»Ja. Ich habe sie dir ja nicht geschenkt«, sagt er, als wache er gerade auf.

»Ciao, Lo.«

»Ciao, Cosa.«

10

»Guten Morgen, Kinder«, sagt Prof. Bove, als er hereinkommt.

Niemand außer Gioia antwortet. Bei ihm macht sie es. So merkt er, dass er ihr wichtig ist.

Er ist sechzig Jahre alt, wirkt aber wie achtzig. Er hat schlohweißes Haar und einen ebensolchen Bart, ist hager, trägt stets altmodische anthrazitfarbene oder taubenblaue Zweireiher, deren Ärmel an den Ellbogen abgewetzt sind. Er unterrichtet Philosophie.

Er setzt sich und schaut die Klasse an. Jedem Einzelnen sieht er ein paar Sekunden in die Augen Das macht er immer so: Dies ist seine Art des Appells. So sieht er genau, wer da ist und wer nicht. Und manchmal findet er auch Schüler, die abwesend sind, obwohl sie in der Klasse sitzen. Er ärgert sich nicht, schimpft nicht mit ihnen.

Nach dem Appell öffnet er seine Tasche und holt einen Teller mit Gebäck heraus. Er stellt ihn auf das Pult, so dass es jeder sehen kann. Es sind nicht einfach Kekse, sondern richtige Kalorienbomben. Tennisballgroße, mit Sahnecreme gefüllte Krapfen, Cannoli, die dick sind wie Waschbeckenrohre, Blätterteigstücke, die man kaum in einer Hand halten kann.

»Jetzt ziehe ich das Los und rufe euch auf, und hier sucht ihr euch ein Gebäck aus, nehmt es mit an euren Platz und esst es.«

»Ich habe aber keinen Hunger«, sagt Giulia Batta, die so wenig isst wie ein Kolibri, der auf Diät ist.

»Na schön, ich bestehe nicht darauf, dann kann der, der nach dir kommt, zwei Stücke nehmen.«

Dann ruft er die Namen auf. Alle treten nacheinander ans Pult und nehmen sich ihr Stück Gebäck. Nur Casali hat was zu meckern. »Nee, das, was ich habe wollte, ist nicht mehr da.«

»Wagt es nicht, mit dem Essen anzufangen, bevor ich mein Gebäck gegessen habe, sonst kriegt ihr eine Vier.«

Als er seinen Krapfen gegessen hat, räumt Prof. Bove den Teller weg. Eine Sekunde sieht er die Schüler an, dann sagt er: »Los, jetzt könnt ihr essen!«

Von den Bänken hört man Kommentare.

»Wie nett von Bove, uns was mitzubringen.«

»Die sind sicher nicht mehr frisch!«

»Wahrscheinlich stammen die noch von der Kommunion seines Enkels vor zwei Jahren.«

»Meins riecht nach Spinat.«

Prof. Bove steht da und beobachtet die kauenden Schüler. Das Herunterschlingen dauert etwas, weil die Gebäckstücke wirklich riesig sind. Selbst Boccia, der eines Abends eine ganze Pizza in weniger als dreißig Sekunden verschlungen hat, ist noch nicht mit seiner Mini-Sachertorte fertig.

Während alle noch den Mund voll haben, schlägt der Lehrer auf sein Pult und ruft:

»Schluss jetzt! Hört alle auf! Schluckt den Kuchen sofort herunter!«

»Aber«, sagt Boccia, den Mund voll mit Schokoladenteig.

»Wer es wagt, weiterzuessen, bekommt eine Fünf!«

Prof. Bove macht keine Witze, wenn er so redet. Er meint es ernst, und es ist ihm egal, wenn die Eltern zum Direktor gehen und sich beschweren. Er ist ja fast pensioniert, und er lässt sich von keinem mehr etwas sagen. Er ist ein Lehrer, der sich vor nichts fürchtet. Selbst wenn der Bildungsminister in Person ihm Vorwürfe machte, würde er mit einem Zitat von Kant oder Plato kommen, würde ihn anlächeln und ihm höflich sagen, dass er ihm gestohlen bleiben kann.

Die ganze Klasse hört auf zu kauen. Keiner traut sich noch. Sie legen die Reste des Gebäcks auf die Tische.

»Könnten wir vielleicht erfahren, warum …«

»Sei ruhig, Casali. Wisch dir den Mund ab, er sieht aus wie die Bahnhofstoilette.«

Die ganze Klasse lacht.

Prof. Bove steht auf und stellt sich vor das Pult. Dann beginnt er:

»Das Leben, das uns zufällt, ist das Leben, das uns zufällt. Ich weiß, dass es Hunderte Theorien über das Schicksal gibt oder über das Karma oder die Gerechtigkeit Gottes. Aristoteles, Hegel bis hin zu Schopenhauer, alle waren überzeugt, dass es eine

Bestimmung gibt, ein schönes prästabiliertes Schema, miteinander verkettete Ursachen und Wirkungen. Meiner Meinung nach ist das alles immer nur eine Frage des Hinterns.«

Die Schüler sehen ihn zweifelnd an, einige lachen, aber nur, weil der Lehrer Hintern gesagt hat. Keiner hat bisher verstanden, was der Alte eigentlich meint und worauf er hinauswill.

»Euer Gebäck, euer Traumgebäck war hier auf diesem Teller. Nur ein paar von euch hatten das Glück, auswählen zu können, die, deren Namen zuerst gezogen wurden. Die anderen mussten sich mit dem Rest zufriedengeben.«

Die Klasse gibt ein einstimmiges »Aaah« von sich.

»Auch wenn es immer jemanden gibt, der darauf verzichtet, auszuwählen, der sich verweigert und andere sein Gebäck essen lässt.«

Alle schauen zu Batta, die verständnislos lächelt.

»Und als ihr es zu eurem Platz mitgenommen habt, hat jeder es auf seine Weise gegessen, in seinem Tempo, aber ihr habt fast alle dasselbe gemacht. Ist euch das aufgefallen?«

Die Schüler sehen sich verblüfft an. Nein, sie haben nichts bemerkt.

»Ihr habt mit dem Teil angefangen, der euch weniger gut schien. Auf allen Teilchen war Creme oder Schokolade, also wolltet ihr euch den besseren Teil bis zum Schluss aufheben. Habt ihr das gemerkt?«

»Das mach ich immer so«, sagt einer.

»Ich hau es mir so rein, wie es kommt«, erklärt Boccia.

Lachen.

»Aber als ihr anfingt zu essen, wusstet ihr nicht, dass ich euch sagen würde, dass ihr aufhören sollt. Keiner von euch konnte das wissen.«

»Ja, das war ganz schön mies. Hätte ich es gewusst, dann hätte ich erst die Cremefüllung gegessen«, sagt Casali.

»Das weiß ich, Casali. Deshalb habe ich euch ja gesagt, dass ihr aufhören sollt. Damit ihr wisst, wie es funktioniert.«

»Wie was funktioniert?«, fragt er.

»Alles, Casali, alles. Alles, was du über das Leben wissen musst, steckt in diesem halb aufgegessenen Kuchen.«

Ein erstauntes Raunen geht durch die Klasse.

»Weil es nicht so ist, dass es eine Zeit zum Spielen und eine zum Sich-Entscheiden gibt. ›Eines Tages werde ich dies oder jenes tun‹ funktioniert nicht. Ebenso wenig wie ›Diese Dinge mache ich, wenn ich eine Wohnung und eine Arbeit habe‹« – während der Lehrer spricht, ahmt er mit leichtem Falsett ihre Stimmen nach. »›Jetzt amüsiere ich mich, und später denke ich darüber nach‹, auch das funktioniert nicht. Nein, der richtige Moment ist immer jetzt, und ihr seid Idioten, wenn ihr denkt, man soll sich das Beste für den Schluss aufheben, wenn ihr brav und bieder seid und euch hinter der Ausrede versteckt, dass ihr jetzt noch klein seid, dass noch nicht der richtige Moment gekommen ist, dass ihr noch Zeit braucht. Wenn ihr hier seid und wartet, bis ihr sicher seid, bis ihr alles in Ruhe machen könnt, werdet ihr nie die Creme essen, denn die einzige Gewissheit, die wir haben, ist, dass keiner von uns jemals sein Gebäck ganz isst. Es gibt immer etwas, was übrig bleiben wird, was noch getan werden muss. Immer wird etwas unvollkommen bleiben.«

Ein paar Sekunden ist es in der Klasse still. Manche sehen den Lehrer an, manche starren auf ihr Gebäck.

»Und denkt bitte nicht, wenn ich sage Creme – dass ich dann meine: ausgehen, sich amüsieren, Drogen nehmen und all das, was ihr macht, wenn ihr glaubt, Creme zu essen. Die Creme, die ich meine, ist der Mut, ihr selbst zu sein, der Wille, deutlich zu machen, wer ihr seid, die Augen offen zu halten, eure Stimme hören zu lassen. Das ist die wirkliche Creme. Es läuft nicht so, dass da ein ganz bestimmter Moment ist, in dem man nicht anders kann, als etwas zu tun, eine Zeit der Erprobung, ein ›Jetzt ist noch nicht der richtige Moment‹. Man hat nur ein Stück Kuchen und wenig Zeit, um es zu essen.«

Wieder herrscht Stille, aber alle blicken jetzt auf ihre Kuchen.

»Dürfen wir es jetzt aufessen?«, fragt Boccia.

Die Klasse lacht. Auch der Lehrer lacht. Dann bleibt er stehen. »Versuch es, und du kriegst noch eins.«

11

Gioia steht mit dem Rücken an die Wand gelehnt, liest in ihrem Italienisch-Buch und wartet. Jeden Tag kommt Bove in der Pause bei ihr vorbei, bleibt stehen und stellt immer dieselbe Frage: »Was möchten Sie mich heute fragen?«

Gioia Spada hat ein Problem, oder besser gesagt, eines der vielen Probleme, die sie hat, ist ihre Schüchternheit. Es ist wirklich ein Pech mit dieser Ängstlichkeit. Sie möchte die Hand heben, etwas sagen, Fragen stellen, aber wenn sie es versucht, ist es, als ginge sie durch eine enge Gasse und unzählige Leute kämen ihr entgegen. Diese Leute sind ihre Gedanken, die sagen: Was tust du da? Nein, was du da sagen willst, ist dumm. Wie soll der Lehrer auf so eine idiotische Frage antworten? Und dann geht der Moment vorüber, plötzlich ist es zu spät, und sie sagt nichts. So geht es Gioia, wenn sie in der Klasse eine Frage stellen will.

Bove hat versucht, ihr zu erklären, dass sie sich deswegen keine Sorgen machen soll. »Frag alles, was du fragen willst, auch wenn dir die Fragen dumm erscheinen. Je dümmer sie sind, desto besser! Die Philosophie ist entstanden, weil jemand begonnen hat, Fragen zu stellen, die allen anderen dumm erschienen.«

»Aber meine sind besonders dumm!«

»Nur wer *keine* Fragen stellt, ist dumm.«

So steht Gioia in jeder Pause da, an der Wand im Flur, wenn es regnet, an der Hauswand, wenn die Sonne scheint wie heute. Sie steht da und wartet auf den Lehrer, der bei ihr stehen bleibt und sich auf seinen Stock stützt, ihr zulächelt und sagt: »Was wollen Sie mich heute fragen?«

»Ich weiß es nicht … Diese Geschichte mit der Creme und dem Gebäck war irgendwie seltsam.«

»Was ist Ihnen daran unklar?«

»Nein, alles ist völlig klar, aber eins verstehe ich nicht. Woher weiß man, dass das, was man in der Hand hat, der eigene Kuchen ist? Sie haben es ja selbst gesagt. Das Leben, das uns geschieht, ist das Leben, das geschieht. Es ist nur eine Frage des Hinterns und so weiter. Aber wenn jetzt ein anderer meinen Kuchen hat? Wenn das, was ich in der Hand habe, mir nicht gefällt oder ich dagegen allergisch bin? Wie haben Sie es mit Ihrem Stück gemacht? Haben Sie das gegessen, was Sie zufällig in die Hände bekamen, oder haben Sie es sich in der Konditorei ausgesucht?«

Als sie endet, ist Gioia ganz außer Atem. Sie hätte gern noch eine halbe Stunde weitergefragt, aber sie will nicht nerven. Der Lehrer stößt mit seinem Stock auf den Boden, sieht zuerst nach unten und dann Gioia in die Augen. Dann sagt er nur: »Wenn man sich fragt, ob der Kuchen, den man in der Hand hat, wirklich der eigene ist, wenn man denkt, dass vielleicht ein anderer … dann ist es nicht der eigene. Der eigene Kuchen ist der, von dem man sich nicht fragt, ob er der richtige ist.«

Er stößt noch einmal mit dem Stock auf die Erde, als setze er einen Punkt. Dann lächelt er und geht weiter.

12

In der vierten Stunde, als die Klasse langsam auf dem Weg ins tiefste Koma ist, dabei aber so tut, als höre sie aufmerksam zu, während Di Bernardo mit eigenen Worten das sechste Lied aus Donats Fegefeuer wiedergibt, klopft es an die Tür.

Es ist Mario, der Hausmeister. Er grüßt nicht, öffnet die Tür und sagt nur:

»Spada, zum Direktor!«

Gioia hat gar nicht mitbekommen, was passiert ist. Ihre Banknachbarin packt sie am Arm und sagt: »Hey, von dir ist die Rede!«

Gioia hat nicht die leiseste Ahnung, was der Grund sein könnte. Sie ist das Mädchen, das jeder übersieht, sie existiert praktisch nicht. Es ist schon viel, dass ihr Name überhaupt im Klassenbuch steht. Doch sie steht auf und geht hinaus.

Auf dem Weg nach unten versucht sie aus Mario herauszubekommen, ob er etwas weiß. »Ich … ich weiß gar nichts.« In Wahrheit weiß er immer alles.

Gioia klopft an die Tür. Sie hört die Stimme des Direktors »Herein« sagen.

»Setzen Sie sich, Signorina Spada.«

Früher hat Spataro, der Direktor, Mathematik unterrichtet. Er neigt dazu, sich um seine eigenen Dinge zu kümmern, und mischt sich in nichts ein, wenn ihn nichts zum Eingreifen zwingt. Deshalb passiert es ziemlich selten, dass jemand zu ihm gerufen wird. Wenn es geschieht, dann aus einem ernsthaften Grund. Gioia fällt nichts ein, was man gravierend nennen könnte, außer dass sie auf der Toilette frühstückt und im Unterricht *A Momentary Lapse of Reason* hört, anstatt den Lehrern zuzuhören.

»Ist etwas passiert?«, fragt Gioia, die Hand noch an der Türklinke.

»Ehrlich gesagt, ja. Aber setzen Sie sich zuerst.«

Gioia setzt sich hin. Der Direktor hält sich die gefalteten Hände vor den Mund, bevor er redet. Es ist die Haltung von jemandem, der schon weiß, dass er recht hat, dass er sich nichts von dem anhört, was der andere sagen will. Eigentlich würde sie jetzt mehr oder weniger dasselbe tun: sich nach vorn lehnen und dieselbe Bewegung machen, ihrem Gesprächspartner zulächeln und ihm in die Augen sehen. Das einzige Problem ist, dass dies gleich als mangelnder Respekt verstanden würde. Und das wäre gegenüber dem Direktor der Schule, die sie erst seit drei Monaten besucht, nicht gerade klug.

»Und das hat mit mir zu tun?«

»Deswegen habe ich Sie ja rufen lassen …«

»Ich habe keine Ahnung, was Sie meinen …«

»Gehört das Ihnen?«, unterbricht sie der Direktor und holt aus der Schublade eine Digitalkamera. Wer hat ihr die geklaut? Die war doch in ihrer Schultasche. Wie haben die das bloß geschafft?

»Ja, das ist meine Kamera, aber … wie kommt sie zu Ihnen?«

»Jemand hat sie mir auf den Schreibtisch gelegt und daneben lag ein Zettel, auf dem stand, ich solle mir die Fotos ansehen.«

»Aber das haben Sie sicher nicht getan.«

»Natürlich habe ich das getan!«

»Aber … aber das dürfen Sie nicht, es verletzt die Privatsphäre!«

»Genau deshalb habe ich Sie ja rufen lassen.«

»Und was ist damit?«

»Was damit ist? Ich habe die Fotos gesehen, die da drin sind, und ich glaube, Sie sind mir ein paar Erklärungen schuldig. Das könnte eine Anzeige geben, wissen Sie das?«

Der Direktor stellt den Fotoapparat an und sichtet ein paar der Bilder. Da er nichts erkennt, setzt er seine Lesebrille auf und hält das Display weiter vom Gesicht weg.

»Sehen Sie, hier«, sagt er und zeigt Gioia ein paar Fotos.

Sie schaut nicht mal hin. Sie kennt die Bilder schließlich alle.

»Sie dürfen keine Leute ohne deren Zustimmung fotografieren, Signorina Spada. Am wenigsten Ihre Schulkameraden. Und hier sind Hunderte Fotos drin.«

»Aber, wenn sie …«

»Ja, ich weiß, ich habe es gesehen. Sie sind alle von hinten aufgenommen. Das ändert aber nichts. Jemand hat mir Ihren Fotoapparat hier hingelegt, und auf dem Zettel steht, dass er bereit ist, Sie anzuzeigen, weil er sich darauf erkannt und seine Zustimmung nicht erteilt hat.«

Gioia steht der Mund halb offen, sie weiß nicht, was sie antworten soll, während der Direktor ihren Apparat auf den Fingern balanciert. Dann kommt ihr die Erleuchtung. »Also Entschuldigung, aber heute machen alle Leute ständig Fotos, und bei allen Aufnahmen geraten irgendwelche Leute hinein, und da will mich jemand anzeigen, weil ich ihn von hinten fotografiert habe?«

»Sie sind ihm offenbar nicht besonders sympathisch. Und ja, er hat durchaus das Recht, Sie anzuzeigen, das sollten Sie wissen. Ich habe das etwa zehnmal im Gesetz nachgelesen.«

Gioia sieht den Direktor ungläubig an.

»Diese Fotos sind doch nur für mich! Ich habe sie keinem Menschen gezeigt.«

»Das hat nichts zu bedeuten, Signorina Spada, Sie dürfen es nicht, begreifen Sie das doch! Es ist gesetzeswidrig.«

»Darf ich wenigstens wissen, wer so dreist war, meinen Fotoapparat aus meiner Tasche zu nehmen, ohne mich zu fragen?«

»Nein, dass können Sie nicht. Aus dem einfachen Grund, weil ich es auch nicht weiß. Ich habe die Kamera einfach hier auf meinem Schreibtisch vorgefunden.«

»Ich wette, das war Casali«, murmelt Gioia, »kaum ein Tag ist vergangen, und schon rächt er sich.«

»Was meinen Sie?«

»Nichts, gar nichts.«

Ja, das war bestimmt er. Es gibt ein Wort für Leute wie ihn: *schmegegge*. Das ist ein jiddisches Wort, das zwei Bedeutungen hat: saublöd und arschkriecherisch. Auch dieses Wort steht in Gioias Notizbuch, und es fällt ihr ein, während der Direktor mit ihr redet, weil Casali ein Prachtexemplar von einem *Schmegegge* ist, das perfekteste auf Erden.

»Ich gebe Ihnen jetzt Ihren Apparat zurück. Ich lösche die Bilder nur deswegen nicht, weil ich glaube, sie sind Ihnen wichtig. Sie müssen mir aber versprechen, dass Sie die Aufnahmen niemandem zeigen.«

»Das habe ich doch schon gesagt. Die Fotos sind nur für mich.«

»Und auch, dass Sie nicht mehr Ihre Schulkameraden fotografieren.«

»Okay, ich geben Ihnen mein Wort.«

»Wenn Sie Ihr Versprechen nicht halten, zögere ich keine Sekunde und fordere Ihre Klassenkameraden auf, Sie anzuzeigen.«

»In Ordnung, Herr Direktor.«

»Wenn Sie Ihre Mitschüler unbedingt fotografieren wollen, können Sie sie ja um Erlaubnis fragen, oder? Dann können Sie sie zeigen, so viel Sie wollen, und Sie könnten auch an unserem Wettbewerb teilnehmen«, sagt er schließlich und sieht nicht mehr ganz so streng aus.

»Was für ein Wettbewerb denn?«

»Wie, was für ein Wettbewerb? Ach so, Sie sind ja neu hier, es ist unser Wettbewerb ›Rahm es ein‹. Eine Woche im Jahr dürfen die Schüler unsere Flure mit Fotos und Zeichnungen schmücken, sie müssen aber eingerahmt sein. Sie könnten mit einem oder mehreren dieser Fotos teilnehmen, denn es handelt sich ja um Kunstfotografie, oder?«

Gioia sieht ihn an und denkt einen Moment nach. »Nein danke«, sagt sie schließlich. »Ich möchte die Fotos lieber für mich behalten.« Dann steht sie auf, um zu gehen.

»Einen Moment noch, bitte«, sagt der Direktor, als sie schon an der Tür ist.

»Was ist?«

»Nichts, ich wollte Sie nur fragen … warum?«

»Warum was?«

»Warum fotografieren Sie die Leute von hinten?«

»Einfach so.«

»Einfach so?«

»Ja, einfach so.«

13

In der neunten Klasse, als die Lehrer, meistens die, die Religion unterrichteten, psychologische Tests durchführten, die einem dabei helfen sollten zu verstehen, wer man ist, sollte Gioias Klasse einen Test machen, dessen erste Frage lautete: »Was ist für dich Glück?«

Die Jungen hatten Dinge geantwortet wie: »Bei AC-Mailand spielen«; »Jede Menge Geld im Lotto gewinnen«; »Einen Lamborghini-Diablo fahren.« Die Mädchen: »Die Liebe kennenlernen«; »Fünf Kilo abnehmen«; »Schauspielerin werden und mit Bradley Cooper spielen«.

Als sie an diesem Tag nach Hause kommt, muss Gioia an diesen Test denken. Deshalb, weil sich heute erfüllt hat, was sie damals auf den Zettel schrieb.

Sie öffnet die Tür, aber im Haus ist niemand. Ein Zettel liegt auf dem Tisch, und darauf steht. »Wir sind losgegangen, um Arbeit für Papa zu suchen. Wir sind zum Abendessen wieder da.«

Denn an jenem Tag in der neunten Klasse hatte Gioia geschrieben: »Dass keiner da ist, wenn ich nach Hause komme.«

Ihr Opa war damals schon gestorben, der Oma ging es nicht gut, und es waren die letzten Monate, in denen ihre Eltern noch zusammen waren. Nicht gerade die lustigste Phase ihres Lebens.

Gioa hängt die Jacke an den Haken im Flur und atmet erleichtert auf. Nur Gemma ist zu Hause, hinten in ihrem Zimmerchen, und Gacco, die Geisterkatze, hat schon einen Leuchter umgeworfen und einen alten Bilderrahmen in Einzelteile zerlegt.

Was für ein Traum. Was für ein Wunder. Es gibt Gott also doch.

Gioia nimmt ihren MP3-Player und geht zu ihrer Oma, sieht nach, ob alles in Ordnung ist, gibt ihr einen Kuss auf die Stirn und hält ihr das Display vor die Augen. Darauf steht: »Musik für Gemma«. Es sind alte Arien mit Pavarotti, Domingo, Carreras. Sie lässt ihre Oma die Musik so oft hören, wie sie kann, denn wenn sie diese Musik in den Ohren hat, nimmt ihr Gesicht plötzlich eine andere Farbe an, ihre Züge entspannen sich, und in ihren Augen ist ein kleines Licht, wie die Scheinwerfer eines Autos weit hinten auf der Autobahn in der Nacht. Die Oma sieht auf das Display, lächelt, als habe sie verstanden, was passiert, und sagt:

»Ggghh.«

Gioia geht ins Wohnzimmer, verbindet den MP3 mit der Stereoanlage und stellt die Musik ganz laut.

Diese alte Musik, in der von unglaublicher Liebe die Rede ist und die jetzt in voller Lautstärke durch das Haus schallt, hat sie nicht aufgelegt, um zu tanzen, zu randalieren oder die Wohnung zu verwüsten. Sondern nur, um sauberzumachen.

Jeder andere hätte die Situation ausgenutzt, um sich einen schönen Nachmittag zu machen, sich bequem aufs Sofa zu legen und fernzusehen, Chips und Nutella gegessen, aber nicht Gioia: Gleich nachdem sie den Zettel auf dem Tisch gelesen hat, ist sie entschlossen, in den nächsten Stunden Geschirr zu spülen, Staub zu saugen, Fenster zu putzen, abzustauben.

Fast alle Möbel im Haus sind gar keine Möbel mehr, sondern dienen nur noch als Abstellflächen. Im Spülbecken stehen so viele Teller, dass man sie, um sich die Hände zu waschen, erst beiseiteräumen muss. Der Boden ist verdreckt, er ist so voller Krümel, dass es krik-krik macht, wenn man darüber geht.

In dieser Wohnung herrschen immer Schmutz und Unordnung, doch sie ist früher nie auf die Idee gekommen, hier sauberzumachen. Nur jetzt, wo sie allein ist. Wenn ihre Mutter da ist, und vor allem, wenn sie einen ihrer Freunde mit nach Hause bringt, vergeht ihr die Lust. Nicht nur die Lust sauberzumachen. Auch die, aus dem Fenster zu schauen und zu sehen, was für ein Wetter draußen ist, oder sich einen Milchkaffee zu kochen und Kekse zu essen oder die Hausaufgaben zu machen. Sie hat keine Lust auf irgendwas. Alles, was sie dann kann, ist Musik hören oder lesen oder Filme ansehen. Doch jetzt, wo das Haus leer ist, hat sie wie durch einen Zauber plötzlich Lust, alles zu machen, einfach alles. Sie läuft von einem Zimmer zum anderen mit dem Besen in der Hand, sie tanzt mit einem Lappen in der Hand und wirbelt Gacco, die Geisterkatze auf dem Arm herum, während die Oma in ihrer Kammer liegt und Pavarotti *All'alba vincerò* singen hört. Sie ist verschwitzt und glücklich, springt herum, wirbelt mit den Fäusten durch die Luft und lacht.

Es passiert nicht oft, aber wenn Gioia lacht, dann wird alles hell.

14

Bin mit Tonia am Mac, steht auf einem Zettel, den Gioias Mutter auf dem Küchentisch findet, als sie nach Hause kommt.

Sie ist keine Mutter, die sich besonders um ihre Tochter kümmert. Meistens wegen Alkohol oder weil einer ihrer Liebhaber da ist, aber auch sonst stellt sie kaum Fragen, wenn Gioia abends weggeht. Meistens reicht ihr eine kurze Nachricht. Auf diese Tonia scheint im Übrigen Verlass zu sein. Sie hat sie zwar nie kennengelernt, aber sie vertraut ihr instinktiv und glaubt, dass diese Freundschaft ihrer Tochter guttut. Wenn sie weiß, dass Gioia bei Tonia ist, macht sie sich nie Sorgen.

Leider sind die Dinge nicht ganz so, wie es scheint, und diesmal mehr als sonst. Gioia hat aus ihrem Zimmer eine Kapuzenjacke genommen, ist nach unten gegangen, hat ihrer Oma einen Kuss gegeben und gesagt:

»Ich weiß, du glaubst es mir nicht, aber ich treffe mich jetzt mit einem Jungen.«

Die Oma hat sie angesehen, als habe sie es verstanden. Dann hat sie »Ggghh« gesagt.

15

Gioia geht mit der sorgfältig zusammengelegten Kapuzenjacke zu der Bar von gestern Abend. Sie weiß nicht, was sie hat, es ist vielleicht das erste Mal, dass ihr so etwas passiert, aber sie hat etwas. Angst ist nicht das richtige Wort, aber ein bisschen doch. Hoffnung ist auch nicht das richtige Wort, aber ein bisschen doch. Weder Furcht, noch Fröhlichkeit oder Bangen sind das richtige Wort, aber von allen ist etwas dabei.

Auf Englisch gäbe es ein Wort, um dieses Gefühl zu bezeichnen, wenn man so viele Gefühle in sich hat, dass man nicht weiß, wie man sie beschreiben soll. *Nonplussed* heißt es. Auf irgendeiner Seite ihres Notizbuchs steht dieses Wort, und es kommt ihr in den Sinn, während sie zur Bar A geht. Denn Gioia verspürt jetzt etwas, von dem sie nicht weiß, was es ist, und deshalb ist sie *nonplussed.*

Bevor sie aus dem Haus ging, hat sie sich die Haare gekämmt.

»Das hast du seit deiner Erstkommunion nicht mehr gemacht«, sagt ihr die eingebildete Freundin, während sie zusammen unterwegs sind.

»Du sicher auch nicht, Tonia.«

»Du bist wie die dummen Mädchen in der Schule, die immer anfangen zu kreischen, wenn sie von den Jungs reden.«

»Jetzt ist aber Schluss mit den Beleidigungen! Ich bringe nur eine Jacke zu einem Typ, von dem ich nicht mal den richtigen Namen kenne.«

»Selber schuld. Du hättest ihn doch fragen können. Fandest du das zu unhöflich?«

»Eigentlich schon, irgendwann schien mir die Frage unpassend«, sagt Gioia und beschleunigt ihren Schritt.

»Die Jacke ist schön. Es ist fast ein bisschen schade, dass du sie zurückgeben musst, die steht sogar dir!«

»Danke, Tonia, du bist eine echte Freundin, so wie immer.«

Als Gioia die Bar A erreicht, hört sie schon von der Straße aus das Geräusch der Pfeile, die auf der Zielscheibe landen. Als das *Tum* in ihre Ohren dringt, verspürt sie im Magen so etwas wie einen kleinen Fausthieb von innen. Er tut einerseits weh, andererseits aber auch nicht.

Lo ist da und wirft seine Pfeile. Er hat eine andere Jacke an, wieder mit Kapuze. Sie sieht ganz ähnlich aus wie die, die sie ihm gerade zurückbringt.

Sie geht in seinem Rücken auf Zehenspitzen an Tischen und Stühlen vorbei, damit er sie nicht hört. Als sie nur noch wenige Schritte entfernt ist, sagt er, ohne sich umzudrehen:

»Bist du schon da?«

»Wie hast du mich gehört?«

»Cosa, du bist nicht so leise, wie du glaubst«, entgegnet er, während er weiter die Dartpfeile auf die Scheibe wirft.

Gioia gibt einen unwilligen Laut von sich. »Ich habe dir doch gesagt, dass du mich nicht Cosa nennen sollst!« Dann wirft sie mit der Jacke nach ihm. Auf einem der Tischchen steht wieder das Weckglas mit den Steinen, und als sie näher kommt, um genauer hinzuschauen, sieht sie, dass die Jacke, die er heute trägt, nicht nur ähnlich ist, sondern genau gleich aussieht.

»Du bist ja wirklich sehr originell in der Auswahl deiner Jacken«, sagt sie. »Hast du vielleicht ein Dutzend davon?«

»Weißt du, wer Albert Einstein war?«, fragt er und spielt weiter.

Gioia antwortet nicht, sondern sieht ihn mit einem Gesichtsausdruck an, der bedeutet: »Willst du mich auf den Arm nehmen?«

»Weißt du, was er gemacht hat?«

»Nein, was denn?«

»Er hatte festgestellt, dass er jeden Morgen etwa fünf Minuten beim Auswählen seiner Kleider verlor«, sagt Lo, und wirft einen neuen Pfeil: 40 Punkte. »Und eines Tages hat er ausgerechnet, dass er dadurch pro Jahr etwa dreißig Stunden verliert, also mehr als einen ganzen Tag.«

»Aha«, sagt Gioia.

»Und dass das in zwanzig Jahren über zweiundsechzig Tage sind. Dass er also zwei Monate seines Lebens damit verlor, darüber nachzudenken, was er zur Arbeit anziehen sollte.«

Er wirft einen weiteren Pfeil: 48 Punkte.

»Und so ging er eines Tages in einen Kleiderladen, suchte ein Jackett, ein Hemd, ein Paar Hosen und ein Paar Schuhe aus, die bequemsten, die er finden konnte. Dann bestellte er alles siebenmal. Genau gleich. Seit diesem Tag zog er sich immer gleich an.«

»Ich verstehe. Du willst damit also sagen, dass du zu Hause noch fünf solcher Kapuzenjacken hast.«

Er wirft wieder einen Pfeil: 60 Punkte.

»Vier andere. Eine ist anders, für besondere Gelegenheiten«, sagt er, dreht sich um und setzt sich neben sie.

»Und wie sieht diese andere aus?«

»Wie die hier, nur schwarz.«

Gioia lehnt sich etwas nach vorn, um besser zu sehen.

»Die hier sind doch auch schwarz!«, sagt sie.

»Ach wirklich?«, sagt er. Gioia versucht, ernst zu bleiben, aber dann bricht sie in Lachen aus und sieht sich die geliehene Jacke an.

»Verdammte Farbenblindheit!«, sagt Lo.

Gioia hört auf zu lachen und nimmt ihm die Pfeile aus der Hand. Sie stellt sich hin und wirft sie nacheinander. Nur einer davon landet in dem Kreis.

Er kratzt sich am Hinterkopf. »Ich hab noch nie jemand gesehen, der so schlecht spielt.«

»Am Anfang warst du sicher auch nicht viel besser. Oder?«

»Klar, Cosa, aber nicht *so* schlecht.«

»Hör mal zu, Lo – du bestimmter Artikel auf zwei Beinen, gib mir zwei Minuten, damit ich verstehe, wie es geht, und dann sehen wir mal«, sagt sie und sieht ihn herausfordernd an. Dann nimmt sie einen Pfeil, schließt halb die Augen, um besser zu zielen, wirft.

Sie trifft die Mitte der Zielscheibe. 50 Punkte.

»Oh verdammt«, sagt er.

Gioia merkt am Anfang gar nicht, dass sie ins Schwarze getroffen hat, aber als sie zur Zielscheibe geht und ihren Pfeil sieht, dreht sie sich im Kreis und hüpft vor Lo hin und her, in einem Siegestanz, nur einen Schritt von ihm entfernt.

Keiner ihrer Mitschüler oder Lehrer würde glauben, wenn ihnen jemand sagte, dass Gioia Spada in der Lage ist, einen Siegestanz aufzuführen, um sich über einen anderen lustig zu machen. Aber genau das geschieht jetzt.

Zuerst sieht er sie irritiert an, dann zittern seine Lippen ein wenig und schließlich lacht er. »Alle Achtung«, sagt er.

»Da siehst du mal«, sagt sie. Und während sie es sagt, bemerkt sie, dass sie etwas denkt, und sie glaubt, dass sie dies zum ersten Mal von jemandem denkt, und dass sie jetzt einen Moment starr ins Leere sieht, ist nicht wegen der Sache selbst, sondern weil es zum ersten Mal geschieht. Was sie denkt ist: Verdammt, was für ein Lächeln!

Sein Lächeln ist wirklich umwerfend, und sie würde gern einen Weg finden, damit es sich wiederholt, irgendeine Albernheit tun, die ihn wieder zum Lächeln bringt.

»Los, versuch's noch mal«, sagt er da. »Mal schauen, ob du wieder in der Mitte landest!«

Gioia pflückt den Pfeil von der Scheibe, geht zurück, zielt und wirft. Diesmal landet der Pfeil an der Mauer, und die Spitze bricht ab.

Lo fängt an zu lachen. Gioia lacht auch, aber nur innerlich. Nach außen hin gibt sie sich ernst, sieht ihn schräg an, schließt die Augenlider ein Stück. Aber innerlich lacht sie.

»Endlich erkenne ich dich wieder!«, sagt er. Dann steht er auf und holt den kaputten Pfeil, und als er an ihr vorbeikommt, berührt er ihre Hand und bleibt stehen und fängt an, sie zu streicheln, ganz vorsichtig, nur ein wenig, und sie spürt seine Finger an den eigenen und versteht nicht, was geschieht, sie spürt nur wieder dieses Klopfen im Magen wie vorhin, nur stärker, und ihr Herz schlägt schneller, und da ist ein leises Pfeifen in der Luft, das über ihre Nase streift, und er kommt ihr näher, aber wie in Zeitlupe, und ein kleines Licht ist in seinen Augen, und sie schaut nach unten auf seine Wangen, sie möchte ihm in die Augen sehen, schafft es aber nicht, und als ob alles noch dunkler würde, als es jetzt schon ist, bewegt sich Gioia unsicher, und dabei stößt sie an das Glas mit den Steinen. Es fällt krachend herunter, und alles hallt wider auf der leeren Veranda der Bar, und es ist, als würde sie davon wach.

»Verdammt, das tut mir leid! Ist es kaputt?«, sagt sie und tritt ein wenig zurück.

»Nein, nein, alles gut. Es hält was aus. Ich habe extra so eines genommen«, antwortet Lo, sammelt die Steine ein, sieht sich das Glas im Gegenlicht an und stellt es wieder auf den Tisch. Ein paar Sekunden sind beide ganz still. Sie weiß, dass sie etwas sagen müsste, um die Verlegenheit zu beenden, und er vielleicht auch, aber keiner von beiden sagt etwas, und je mehr sie meint, etwas sagen zu müssen, desto weniger fällt ihr ein, und da wird die Verlegenheit immer größer, sie bläht sich auf wie eine kleine Montgolfiere, die zwischen ihnen hängt, so dass sie sich kaum noch räuspern kann. Sie wünscht sich, dass er etwas sagt, irgendetwas, nur damit diese kleine Montgolfiere mit Namen Verlegenheit ein Loch bekommt.

»Lorenzo«, sagt er schließlich und setzt sich.

»Wie?«

»Ich hatte dir noch nicht gesagt, wie ich heiße. Lorenzo Vita. Jetzt sind wir quitt, oder?«

Gioia zittert noch ein wenig, einmal wegen des Schreckens über das heruntergefallene Glas, und warum noch, das weiß sie selbst nicht, und ohne Vorwarnung, ohne selbst darüber nachgedacht zu haben, blickt sie zu Boden, rückt ein paar Stühle zur Seite und sagt:

»Okay, also, vielen Dank noch mal, es ist schon spät, ich muss nach Hause, *ciao.*« Und dann geht sie. Im Handumdrehen ist sie schon auf der Straße, und er blickt ihr bestürzt nach, und sie hat nicht mal den Mut, sich umzudrehen.

16

»Was um Himmels willen ist denn mit dir los?«

»Es ist schon spät, Tonia, das weißt du doch.«

»So ein Scheiß! Was heißt hier spät? Du hättest noch mindestens eine halbe Stunde dableiben können. Warum bist du abgehauen?«

»Tonia, ich weiß es nicht!«

»Du weißt nicht, warum du weggegangen bist, ohne dich richtig zu verabschieden, und das, nachdem er dir seinen Namen gesagt hat?«

»Ich weiß es nicht, es war einfach zu viel. Ich war durcheinander, und als unsere Hände sich berührten, wollte ich nur noch weg!«

»Dir geht es nicht gut.«

»Nein, wirklich nicht.«

»Dabei war es doch auch schön. Er hat dich sogar zum Lachen gebracht!«

»Ich weiß, wie es war, du brauchst mich daran nicht zu erinnern.«

Gioia weiß immer wenigstens annähernd, was sie tut. Was vorhin passiert ist, hat sie noch nie erlebt. Etwas zu tun, ohne dass sie weiß, warum. Nur, als irgendwann seine Hand so nah war und dann sein Gesicht und das Leuchten in seinen Augen, der Augenblick, in dem alles dunkel war ... Da packte sie eine Angst, wie sie sie noch nie verspürt hat. Eine seltsame Angst, denn im Grunde gefiel ihr ja, was passierte – so viel war es ja auch nicht. Er hat ein paar Sekunden lang ihre Hand berührt, und es gefiel ihr und zugleich machte es ihr Angst, und was für eine.

»Jetzt gehst du zu ihm zurück und machst diesen blöden Fehler wieder gut. Du hast dich benommen, als wärst du ein Baby! Geh und frag ihn, ob ihr euch wiedersehen könnt.«

»Wie?«

»Du hast gehört, was ich sage, bete, dass er noch da ist!«

Gioia bleibt stehen. Tonia ist zwar nur ihre eingebildete Freundin, aber sie kann sie genau vor sich sehen, ihr Blick ist streng.

»Er hält mich sicher für verrückt, wenn ich wiederkomme.«

»Er hält dich für verrückt, wenn du nicht wiederkommst.«

Also dreht sich Gioia um 180 Grad und läuft zurück. Tonia folgt ihr. Ein paar Minuten später steht sie wieder vor der Veranda der Bar A Er ist noch da, sitzt an derselben Stelle, an der sie ihn verlassen hat.

»Du, hör mal ...«

»Cosa! Hast du was vergessen?«

»Ja ... nein. Könnte ich vielleicht die Kapuzenjacke noch mal bekommen? Mir ist kalt. Glaub ich.«

Er legt den Kopf schief, sieht sie fragend an und reicht ihr dann die schwarze Jacke.

»Normalerweise heißt es von mir, dass ich nicht ganz richtig im Kopf bin, aber du bist auch nicht gerade in Bestform.«

Gioia ist sich selten so blöd vorgekommen wie jetzt. Aber sie sieht Tonia vor sich, die ihr zuwinkert, so nimmt sie ihr Herz in beide Hände und sagt:

»Finde ich dich morgen wieder hier?«

»Wenn du mir sagst, dass du kommst, bin ich da.«

17

Gioia Spada hat noch nie einen Jungen geküsst.

Über Liebe hat sie schon viel gehört. In all den Büchern und Filmen kommt sie ja fast immer vor. Dennoch weiß sie nicht, was Liebe ist. Welche Form sie hat, welchen Geruch, welche Stimme.

Die Mädchen ihres Alters haben schon in der sechsten Klasse die ersten Küsse ausprobiert. Vielleicht sollte sie darüber nachdenken, sich Sorgen machen, sich fragen, ob mit ihr etwas nicht stimmt, aber daran denkt sie gar nicht. Bei ihr ist es mit der Liebe so wie mit Gott, alle behaupten, sie glauben an ihn, aber keiner hat ihn je gesehen.

Sie jedenfalls nicht.

Manchmal schien die Liebe in Reichweite, sie hat es wirklich versucht, da gab es Jungs, die sich etwas mit einem leicht verrückten Mädchen vorstellten, weil sie dachten, leicht verrückt hieße, leicht zu haben. Doch Gioia hatte gerade Zeit, einen halben Satz zu sagen, irgendein altmodisches Wort, einen ihrer üblichen Scherze, da waren sie schon wieder verschwunden. Entweder verstanden sie es nicht, oder wenn sie es verstanden, dachten sie vielleicht: Die ist ja ätzend, bloß nicht mit der, und weg waren sie.

Natürlich hat auch sie immer mal wieder das Gefühl gehabt, dass ihr etwas fehlt. Immer mal wieder hat sie an die Liebe gedacht, aber eher aus der Ferne.

Manchmal war einer darunter, der anders zu sein schien, aber wenn sie ihn dann aus der Nähe erlebte, war es sofort wieder vorbei.

Bisher ist es immer so gewesen. Sobald sie jemanden an sich heranließ, war es gleich wieder vorbei.

18

Dieser Platz ist einfach perfekt.

Sie hat danach gesucht und ihn schließlich gefunden. Eine kleine Bank, die etwas abseits steht, unter zwei dicken Pinien. Hier setzt sich nie jemand hin, weil die Bank zu dicht an den Bäumen steht und oft Zapfen herunterfallen, die schwer sind wie Medizinbälle. Gioia weiß, dass ihr früher oder später einer dieser hölzernen Brocken auf den Kopf fallen kann. Sie setzt sich trotzdem dorthin, schließlich muss sie ihre Fotos machen.

Dies ist der ideale Ort dafür. Von hier aus kann sie alle sehen, wird aber von niemandem bemerkt.

Sie setzt sich hin und wartet. Wenn ihr jemand den Rücken zudreht und nah genug ist, nimmt sie ihren Apparat und schießt ein Foto.

Sie kommt sehr oft hierher, denn während sie wartet, kann sie lesen oder Musik hören oder den Leuten zusehen, wie sie herumgehen, reden, spielen, sich küssen, laufen, lachen.

Aber heute läuft es nicht gut. Sie ist unkonzentriert. Passt nicht auf. Schon zum dritten Mal hat ihr jemand den Rücken zugedreht, nur ganz wenige Schritte entfernt, aber sie merkt es nicht einmal. Sie holt nicht mal den Fotoapparat heraus, rührt keinen Finger. Dabei gab es interessante Objekte. Zwei Frauen mit Einkaufstaschen, ein Mädchen, ein alter Mann. Sie sitzt einfach da und tut nichts.

Eigentlich ist sie zwar hier, aber in Gedanken ist sie immer noch auf der Veranda der Bar A. Jede Sekunde kommt ihr ein neues Detail in den Sinn, sie riecht den feuchten Geruch der Wände, sieht den zerbrochenen Pfeil, hört Lo lachen. Es ist, als ob ein Lastwagen tonnenweise Momente vor ihr abladen würde, Hunderte von Fotos in Polaroid, vor allem das von den zwei Sekunden, in denen ihre Hände sich berührt haben.

»Ist das immer so, Tonia?«

»Das glaube ich nicht, ich glaube nicht, dass es andere Verrückte gibt, die für zwei Nanosekunden jemanden berühren und dann den ganzen Tag darüber nachdenken.«

»Da hast du recht.«

Gioia seufzt. Ein Mädchen geht vorbei. Es telefoniert, dreht ihr den Rücken zu, in der richtigen Pose für ein Foto, aber auch jetzt rührt Gioia sich nicht.

»Darf ich dir etwas sagen?«

»Ach Tonia, wenn ich jetzt nein sagen würde, dann würdest du es mir ja trotzdem sagen. »

»Ich fürchte, ja.«

»Siehst du.«

»Also ich freue mich für dich und über diesen irre idyllischen Augenblick in dieser schäbigen Bar, wirklich, ich bin schon versucht, dem Signore Dartpfeil einen Pokal zu überreichen, aber etwas stimmt nicht an der Geschichte.«

»Was meinst du damit?«

»Na, findest du es nicht merkwürdig, dass er dir keinen anderen Ort für ein Treffen vorgeschlagen hat?«

»Gestern hab ich ja gesagt, wir sollten uns an der Bar treffen.«

»Ich weiß, das habe ich ja gehört. Aber er hätte ja auch sagen können, ihr seht euch irgendwo anders.«

»Mir gefällt es, dass wir uns dort wiedersehen, wo sonst kein Mensch ist.«

»Schätzchen, eine Verabredung in einer verlassenen Bar mitten in der Nacht, die treffen nur zwei Arten von Menschen.«

»Welche denn?«

»Verrückte oder solche, die schon eine Freundin haben.«

»Wenn er verrückt wäre, hätte er schon längst die Gelegenheit gehabt, etwas Verrücktes zu tun, oder?«

»Dann wird der Kreis enger.«

»Willst du sagen, er hat eine andere?«

»Was soll es sonst für einen Grund geben, sich heimlich zu treffen?«

»Ich weiß es nicht, vielleicht …«

»Vielleicht ist es besser, dass du ihm heute Abend ein paar Fragen stellst.«

19

Gioia hat sich schon oft gefragt, wie es kommt, dass ihre beste Freundin keine richtige Person ist, sondern nur in ihrem Kopf existiert. Gibt es auch einen anderen Weg als den, mehr in seiner Phantasie als in der Wirklichkeit zu leben?

Schnell und mit gesenktem Kopf, die Kapuze tief ins Gesicht gezogen läuft sie durch die Straßen der Innenstadt. Die Jugendlichen aus ihrer Siedlung lungern auf den niedrigen

Mauern oder auf dem Platz herum oder sie gehen zusammen durch die Straßen, und einerseits beneidet sie sie, weil die eine Gioia in ihr würde gern sein wie die anderen, würde gern so reden wie sie, wissen, wovon sie sprechen. Doch andererseits, und das ist seltsam, sind die einzigen Menschen, denen sie mehr zu sagen hätte als nur ein paar Silben, Kinder unter zehn oder Leute über sechzig. Oder es gibt sie eben nicht. Alle anderen versteht sie nicht, oder besser gesagt, sie bräuchte wohl einen Übersetzer, um mit ihnen reden zu können.

Ja, einen Übersetzer.

Manchmal geht ihr etwas durch den Kopf und sie weiß, dass es keiner verstehen wird, wenn sie es so sagt, wie es ist. Sie hat es schon so oft erlebt, hat die Dinge ausgesprochen, wie sie ihr in den Sinn kamen, und die anderen haben sie nur schief angesehen, als wollten sie sagen: »Bist du bekifft oder was?«

Deshalb verwendet Gioia jetzt immer den Übersetzer. Er nimmt sich der Gedanken in ihrem Kopf an, ordnet sie, findet die richtigen Worte, und dann werden sie manchmal auch verstanden. Natürlich entspricht die Übersetzung nie genau dem Original, es geht viel verloren oder hört sich plötzlich lächerlich an. Deshalb mag Gioia auch Worte, die man nicht übersetzen kann, und die schreibt sie in ihr Notizbuch, wann immer sie sie findet. Die Tatsache, dass es Wörter gibt, die in anderen Sprachen nicht existieren, fand sie schon immer faszinierend.

Beim Lesen oder wenn sie im Internet surft, ist sie immer ganz glücklich, wenn sie auf eins dieser magischen Wörter stößt. Dann schreibt sie es schnell auf und lernt es auswendig, um es zu verwenden, in ihren Gedanken oder in den Gesprächen mit Tonia. Ein Wort, das sie besonders gern mag, ist das deutsche Wort *Fernweh*. Es bedeutet: »Sehnsucht nach Orten, in denen man nie gewesen ist«. Gioia verspürt *Fernweh* mindestens hundert Mal am Tag.

Gut gefällt ihr auch das japanische Wort *komorebi*. Es bezeichnet den besonderen Lichteffekt, wenn die Sonne durch die Blätter von Bäumen fällt.

Sie fühlt sich oft wie eine *potschemutschka*, was auf Russisch bedeutet »eine Person, die sich zu viele Gedanken macht«. Ja, das ist Gioia ganz bestimmt, eine *potschemutschka*.

Es sind Wörter, die eine ganze Welt in sich tragen, kleine Klangsplitter, zwei oder drei Silben, die zu erklären man viele Seiten bräuchte, aber man lässt sie, wie sie sind, denn man kann sie nicht einfach durch ein anderes Wort übersetzen, und sie sind wunderschön, so wie sie sind, unübersetzbar und geheimnisvoll, sie sind seltsam, aber musikalisch, schief und vollkommen zugleich.

Die beste aller Welten ist die, in der sich kein Mensch übersetzen muss, um von den anderen verstanden zu werden. Jedenfalls sieht Gioia das so.

Und die Einzigen, bei denen sie ihren unzureichenden Übersetzer nicht verwendet, sind Kinder, ihre Oma, ihr Lehrer Prof. Bove und Tonia natürlich.

Und jetzt Lo. Ja, auch bei Lo braucht sie eigentlich keinen Übersetzer.

Das wird Gioia gerade jetzt klar, als sie nach Hause geht, nachdem sie heute keine Fotos gemacht hat und nachdem Tonia ihr Zweifel eingeredet hat, Gedanken, die sich nicht gut anhören, so als ob man im Radio ein schönes Lied hört, dann den Sendern verstellt und alles immer schrecklicher klingt.

Gioia ist so in Gedanken, dass sie gar nicht bemerkt, dass vor ihr eine ganze Schar von Leuten geht, die sich gemessenen Schrittes vorwärtsbewegen.

Alle schweigend.

Alle in Schwarz.

Zweifellos ein Trauerzug.

Auch sie trägt Schwarz. Sie trägt noch immer Los Kapuzenjacke und ihre schwarzen Jeans. Sie weiß nicht genau warum, doch anstatt die kleine Trauergesellschaft zu überholen, folgt sie dem Zug, als sei sie eine Angehörige.

Gioia sieht sich die Leute an. Sie haben etwas Besonderes an sich. Sie kann nicht genau sagen, was, doch da ist etwas. Schmerz kann sie nicht entdecken, obwohl sie das erwartet, sie sieht nur lauter dunkle Brillen und reglose Gesichter, ausdruckslos, da ist etwas, aber sie versteht nicht, was es ist.

Dann kommt ihr der Gedanke. Sie bleibt stehen, fällt ein paar Schritte zurück, verlässt den Zug und lässt ihn vorübergehen. Sie nimmt ihren Fotoapparat. Sie sieht auf dem Display all diese schwarzgekleideten Leute von hinten, die dem Leichenwagen folgen. Dann drückt sie ab.

20

»Er hat sich geändert, ich sage dir, dass er sich geändert hat!«

»Mama, du weißt genau, dass Papa sich nicht ändert und das auch niemals tun wird. Du erzählst mir das jetzt schon zum x-ten Mal! Und einen Monat später wirfst du ihn dann wieder aus der Wohnung.«

»Ich sage dir: Er ist ein anderer Mensch, er hat vielleicht sogar eine Arbeit gefunden.«

»Mama, vielleicht wird Papa ein anderer, aber erst wenn er vorher alle Karmastufen durchlaufen hat: als Wurm, Wasserratte, Fledermaus, Hyäne, Ziege und Maultier, und dann wird er vielleicht ein Mensch. Aber selbst da habe ich Zweifel, dass er so anders sein wird, als er es jetzt ist.«

»Schätzchen, sag doch nicht so was! Hast du nicht die Blumen gesehen?«

»Ja, aber sie sind weder gebunden, noch ist da ein Kärtchen vom Blumenhändler dran.«

»Was meinst du damit?«

»Nichts, Mama, nichts.«

»Jetzt sag schon, was du sagen willst.«

»Geh mal auf den Friedhof und sieh nach, ob nicht auf irgendeinem Grab der Blumenstrauß fehlt.«

»Gioia, also wirklich! Wie kannst du so etwas sagen. Außerdem habe ich ihm ja nur gestattet, ein paar Tage hierzubleiben, das heißt nicht, dass wir wieder zusammen sind oder so. Außerdem ist er noch immer dein Vater!«

»Oh Gott, hör mir auf mit diesem Spruch!«

»Welcher Spruch?«

»Er ist noch immer dein Vater. Das höre ich jetzt schon mein Leben lang. Papa macht alles kaputt, was ihm in die Finger kommt, er richtet nichts als Unheil an, aber ›er ist noch immer dein Vater‹.«

»Ich halte es aber nicht mehr aus so allein. Ich bin auch nicht mehr ganz jung und will mich nicht mehr mit diesen jungen Typen abgeben oder warten, bis der perfekte Mann an die Tür klopft. Dein Vater ist ein Mann, der in seinem Leben viel einstecken musste. Nie hat er was gehabt, nur Schläge in den Nacken und Leute, die ihn mies behandelt haben. Er hat viele Fehler gemacht, das stimmt, aber ich kann vieles verstehen.«

»Na, dann ist ja alles perfekt.«

»Was ist perfekt?«

»Das weißt du doch.«

»Nein, das weiß ich nicht.«

»Du bist jetzt wieder in deiner Florence-Nightingale-Phase. Das ist ein neuer Rekord. Diesmal hast du nur zwei Tage gebraucht.«

»*Was* für eine Phase?«

»Die, in der du ihn immerzu entschuldigst. In der du für allen Mist, den er in seinem Leben angestellt hat, eine Erklärung hast: ›Der Arme, er hat es so schwer gehabt, das müssen wir verstehen!‹ Noch eine Woche, und du nimmst alles wieder zurück, wetten?«

»Jeder hat das Recht auf eine zweite Chance.«

»Eine zweite vielleicht, aber nicht eine vierunddreißigste!«

»Gioia, du darfst nicht so reden. Du kannst mir nicht vorschreiben, wie ich zu leben habe.«

»Mama, solange ich hier bin und Oma da ist, ist das nicht nur dein Leben, sondern auch unseres, verstehst du? Verstehst du das Wort ›unseres‹?«

»Klar verstehe ich es.«

»Nein, du verstehst es nicht. Du weißt nicht mal, was es bedeutet. Lies mal im Lexikon nach.«

»Schluss jetzt!«

»Hör du lieber auf! Du weißt genau, dass Papa total unzuverlässig ist, eine Riesenklappe hat und labil ist bis zum Geht-nicht-mehr! Dass hat er dir schon tausendmal gezeigt, er hat dich so schlecht behandelt, und jetzt kommt er her, tut ganz nett, ein paar Tage nur, dann sucht er sich eine Arbeit, klaut auf dem Friedhof halb verwelkte Blumen, und glaubst du ihm alles. Fällst ihm wieder in die Arme –«

Peng!

Die Ohrfeige lässt Gioia verstummen.

»Entschuldige.«

»…«

»Hast du gehört, was ich gesagt habe, Gioia? Entschuldige. Ich wollte dich nicht schlagen.«

»Mama, du brauchst dich nicht zu entschuldigen. War schon alles richtig.«

»Rede doch nicht so. Warum ziehst du dich an?«

»Du hast ja recht, es ist dein Leben.«

»Gioia, wo willst du hin?«

»Mein Leben leben.«

21

Mit jedem Schritt, den sie sich der Bar A nähert, wiederholt Tonia, die neben ihr geht: »Du musst ihn sofort danach fragen, frag ihn gleich danach!«

»Also, dann sag ich: Darf ich mal was fragen?«

»Das klingt zu sehr nach unsicherem Teenager.«

»Oder: Lo, ich muss dir etwas sagen.«

»Das ist zu direkt.«

Immer hört es sich falsch an. Verfluchte Tonia, warum hat sie sich nicht eine Freundin ausgedacht, die weniger unverblümt sagt, was sie denkt?

»Also schön: He, kannst du mir mal erklären, warum wir uns immer hier um diese Zeit treffen müssen?«

»Ja, so hört es sich schon besser an.«

Doch wie immer, wenn sie alles perfekt vorbereitet, wenn sie jeden Schritt genau überlegt, laufen die Dinge anders.

Er war da, saß diesmal an einem Tisch, spielte nicht Darts, starrte nur im Halbdunkel auf die Straße, und sie hat ihn gesehen und ist schneller gegangen, ohne es zu merken, und er ist aufgestanden, ihr entgegengegangen und hat sie umarmt, als sei das die natürlichste Sache von der Welt.

Und eine Umarmung genügte, und schon verging ihr Hören und Sehen.

Natürlich bedeutet eine Umarmung nichts, es ist nur eine Umarmung, das machen die Leute jeden Tag, was ist das schon im Vergleich zu Küssen oder Sex, es liegt weit unten auf der Skala, aber wer so denkt, hat vielleicht vergessen, was eine erste Umarmung ist. Es ist nichts Sentimentales, nichts Süßliches, es ist das erste Mal, dass ein Körper sich einem anderen nähert, und bei dieser Berührung ist es, als würde man hohl, man spürt, dass man ein Becher oder ein Glas wird und der andere frisches Wasser ist. Die erste Umarmung ist nicht nur eine Umarmung, zuerst ist man wie zwei Scherben eines Tellers, die sich langsam zusammenfinden, dazu braucht es viel Zeit, es geht also nicht schnell, vielleicht braucht man ein ganzes Leben, aber in diesem Moment fängt es an, genau da! Aus den Scherben entsteht etwas.

Die erste Umarmung hat ewig lange gedauert.

Nachdem sie sich voneinander gelöst hatten, nahm er ihre Hand und sagte: »Komm mit!«

22

»Und was ist das hier?«

»Siehst du das nicht? Eine kleine Kirche auf einem Hügel.«

»Ja, das sehe ich. Aber … kommst du oft hierher?«

»Ziemlich oft, ja.«

»Und was machst du hier? Pärchen erschrecken?«

»Ja, das auch, wenn ich mich langweile.«

»Und wann langweilst du dich nicht?«

»Nie. Ich komme einfach nur gern her, das ist alles.«

»Vielleicht auch, weil es dir gefällt?«

»Darüber habe ich nie nachgedacht. Vielleicht gefällt es mir, weil man von hier aus die Stadt sehen kann, die Stadt einen aber nicht.«

»Was hast du da gerade gesagt?«

»Ich?«

»Ja, du, Lo. Was hast du gerade gesagt?«

»Dass ich nie darüber nachgedacht habe?«

»Nein, das danach.«

»Dass ich es mag, weil man von hier die Stadt sieht und sie einen nicht. Warum?«

»Ach, nichts.«

»Was heißt hier ›Ach, nichts‹? Du siehst nicht aus wie ›ach, nichts‹.«

»Das ist eine lange Geschichte.«

»Cosa, ich habe heute Abend nichts vor.«

»Gut, aber ich musste versprechen, dass ich mit niemandem darüber rede, sonst kann ich angezeigt werden.«

»In Ordnung, dann frage ich nicht weiter nach.«

»Auch wenn ...«

»Auch wenn?«

»Du heißt doch nicht Niemand, oder?«

»Wie meinst du das?«

»Lo – dein Name ist doch gar nicht Niemand, stimmt's?«

»Cosa, mir scheint, dir geht's nicht gut.«

»Mag sein, aber du bestätigst trotzdem, dass du nicht Niemand heißt, sind wir uns da einig?«

»Nein, Gott sei Dank habe ich nicht so sadistische Eltern, dass sie mir einen Namen gegeben haben, der so idio...«

»Gut, dann zeige ich sie dir, aber du musst mir schwören, dass du schweigst wie ein Grab.«

»Ich schwöre wie zwei Gräber, wenn du willst. Es wird nie jemand etwas von dem hören, was du mir erzählst.«

»Dann schwörst du es also.«

»Ja, Nervensäge.«

»Hier, bitte sehr.«

»Was ist das?«

»Hast du noch nie einen Fotoapparat gesehen?«

»Willst du damit sagen, dass du noch so ein Ding benutzt? Kommst du vielleicht aus einem anderen Jahrhundert?«

»Sieh dir die Fotos an, die drin sind, und sag bitte nichts.«

»Hui! Hast du die gemacht?«

»Nein, meine Oma.«

»Sag deiner Oma, dass sie richtig gut ist. Sie gefallen mir.«

»Wirklich?«

»Ja, auch wenn ich nicht verstehe, warum sie alle von hinten aufgenommen sind. Ja, sie gefallen mir. Wie viele sind es?«

»Ein paar hundert.«

»Und sie sind alle so?«

»Ja, alle so.«

»Und nie hat sich einer umgedreht und dich angebrüllt?«

»Bisher nicht. Außer so einem Schwachmaten, der mich neulich beim Direktor verpfiffen hat … und der hat mich dann zu sich bestellt.«

»Na ja, ganz unrecht hat er ja nicht, oder?«

»Ich behalte die Bilder doch alle nur für mich.«

»Und was ist mit dem hier?«

»Das habe ich heute gemacht.«

»Das ist wirklich mega!«

»Gefällt es dir?«

»Und wie!«

»Wirklich?«

»Na klar! Das ist eine Beerdigung, oder?«

»Ja.«

»Sieh mal hier, diese drei Köpfe, die alle in verschiedene Richtungen sehen. Der Leichenwagen ist dort, und sie gucken ganz woanders hin. Als wollten sie dem Tod nicht ins Auge sehen. Oder so, als ginge sie die Sache in Wirklichkeit nichts an. Krass, dass man das alles sehen kann, ohne dass man die Gesichter sieht.«

»Deswegen fotografiere ich so.«

»Von hinten, meinst du?«

»Ja, weil von vorne … ich weiß nicht so recht.«

»Doch, das weißt du, Cosa.«

»Eigentlich nicht. Ich kann mir nicht erklären, warum es von vorne nicht geht.«

»Hast du Angst davor? Weil alles zu direkt ist, zu deutlich, meinst du das?«

»Ja, auch, aber nicht nur. Ich habe früher mal Fotos von Leuten von vorn gemacht. Man sah zwar gut die Gesichter, aber sie kamen mir alle irgendwie unecht vor. So gestellt.«

»Du hättest eben einfach Schnappschüsse machen müssen.«

»Das habe ich auch probiert. Ich stellte mich hin und wartete darauf, Leute von vorne zu fotografieren, wenn sie es nicht merkten, und abgesehen davon, dass es schwierig war, kamen mir die Fotos immer noch unecht vor.«

»Aha.«

»Verstehst du? Die Gesichter der Leute lügen, sie lügen *immer*. Auch wenn sie ›natürlich‹ wirken, sind sie es nie wirklich. Sie sind immer so beherrscht und achtsam, nie entgleitet ihnen etwas. Aber von hinten, also von hinten …«

»Ja?«

»Von hinten sagen sie immer die Wahrheit.«

23

Es ist schon nach 23 Uhr. Gioia und Lo sind noch oben auf dem Hügel, sie sitzen da mit dem Rücken an die Kirchenmauer gelehnt. Zu Hause werden sie Gioia zwingen, sich an den Küchentisch zu setzen, und sie ausfragen. Als ihr Vater weg war, konnte sie immer sagen, sie sei bei Tonia und für zwei Tage ins Nichts verschwinden, und ihre Mutter hatte nicht mit der Wimper gezuckt. Wenn sie überhaupt bemerkte, dass irgendwer nicht da war! Aber jetzt müssen sich die beiden voreinander als vorbildliche Eltern profilieren, die Regeln und Zeiten streng einhalten. Das hat sie alles schon erlebt. Sie haben sicher schon eine schöne, ewig lange Strafpredigt in petto.

Vielleicht aber auch nicht, weil sie so aufgebracht war, als sie vorhin weggestampft ist, nach der Auseinandersetzung mit ihrer Mutter. Vielleicht geben sie sich Mühe, damit wieder Friede ist. So oder so ist es Gioia egal. Sie beschäftigen ganz andere Dinge.

Sie hat es ihn am Ende doch gefragt. Sie hat sich bemüht, für dreißig Sekunden einen klaren Kopf zu behalten. Sie hat ein bisschen improvisiert, sich überlegt, ob es einen Weg gäbe, ihn zu fragen, ohne wirklich zu fragen. Und während sie so nebeneinander saßen, mit dem Rücken an der Mauer der kleinen Kirche, und auf die Stadt schauten, hat sie gesagt: »Wie kommt es, dass wir uns immer hier treffen?«

»Cosa, du hast vorgeschlagen, dass wir uns hier treffen sollen.«

»Ja, ich weiß, mir gefällt es ja auch hier, aber ...«

»Es liegt an meinen Eltern. Das sind richtige Faschos, weißt du? Ich darf immer nur für eine Stunde nach draußen, wenn ich mit den Hausaufgaben fertig bin. Und so komme ich immer hierher, um mich etwas zu entspannen.«

»Ach so.«

»Heute bin ich verdammt spät dran, und ich glaube, du auch, und deshalb gehen wir wohl besser.«

Gioia nickt stumm.

»Irgendwann werde ich sie überreden, und dann können wir uns woanders und auch zu einer anderen Uhrzeit treffen, versprochen!«

Gioia sieht auf die Stadt, die weit unten liegt, und verzieht keine Miene.

»Cosa? Ich scheine dich nicht richtig überzeugt zu haben.«

»Nein, es ist nur …«

»Was?«

»Es ist ja noch früh …«

»Erklär das mal meinen Eltern! Wenn die mich sehen, bombardieren die mich mit Fragen!«

Gioia nickt erneut, aber sie kann ihre Enttäuschung nicht ganz verhehlen.

Lo kommt auf zehn Zentimeter an sie heran, sieht ihr in die Augen und sagt: »Ich kenne mich mit Frauen nicht besonders gut aus, aber du machst ein Gesicht, als wolltest du etwas sagen.«

Gioia sagt nichts. Ein Teil von ihr würde gern reden, ihn fragen, was sie ihn fragen will, aber da ist noch dieser andere Teil, und der lässt sie schweigen, fast so, als wünsche er, dass Lo das, was sie sagen möchte, von selbst versteht.

Lo überlegt einen Moment. »Weißt du was? Wir machen es jetzt einfach so.«

»Wie so?« Sie sieht ihn neugierig an.

»Ich stelle jetzt die Stoppuhr an, drei Minuten, und in der Zeit kannst du mich alles fragen, was du willst, und ich antworte.«

»Na gut.«

»Aber dann muss ich wirklich los, sonst riskiere ich einen langen qualvollen Tod.« Er aktiviert die Stoppuhr in seinem Handy.

»Dann lege ich los?«

»Ja.«

»Gut. Was machst du mit den Steinen, die du immer in diesem Glas mit dir herumträgst? Wo wohnst du? Bist du gut in der Schule? Hast du zufällig eine Freundin? Magst du Pink Floyd? Leihst du mir weiter deine Kapuzenjacke? Und sehen wir danach weiter …«

»Halt, halt, Cosa! Ich hatte es nicht so gemeint, dass du drei Minuten zum Fragen hast und ich dann drei habe, um auf alle deine Fragen zu antworten!«

»Ach so.«

»Ich versuche es trotzdem.«

»Gut.«

»Allein für die Sache mit den Steinen brauche ich mindestens zehn Minuten.«

»Dann beeil dich.«

»Ich wohne ein paar Kilometer von hier, in einem schrecklichen riesigen Haus, das sie aus irgendeinem Grund noch nicht abgerissen haben.«

»Gut.«

»In der Schule geht es so einigermaßen. Sie sagen, ich komme klar, aber da sind ein paar Sachen mit der Disziplin, du weißt ja, wie das ist.«

»Oje.«

»Pink Floyd, ja, die mag ich, aber nur manchmal, wenn ich gerade ein Bad nehme oder mich in traurige Stimmung bringen will.«

»Aber …«

»Die Jacke schenke ich dir, das wollte ich dir eh schon sagen, und was waren da noch für Fragen?«

»Oh danke, ja, eine Frage war da noch.«

Lo sieht Gioia an und lächelt. Er weiß genau, welche Frage sie meint, und wahrscheinlich hat er sie absichtlich ausgelassen. Er steht auf, reicht ihr die Hand, um sie hochzuziehen, und sagt: »Nein, ich habe keine Freundin. Und jetzt muss ich wirklich los.«

24

Hätte ihr jemand das vor drei Tagen gesagt, dann hätte sie es nicht geglaubt. Sie hätte nicht geglaubt, dass sie zu diesen Dingen in der Lage wäre.

Sie hätte nicht geglaubt, dass sie eine halbe Stunde vor der üblichen Zeit aufwachen kann, glücklich, wach zu sein, ohne den Wecker sechsmal neu zu stellen wie sonst.

Nie hätte sie geglaubt, dass sie gut zehn Minuten und nicht wie sonst dreißig Sekunden braucht, um zu entscheiden, was sie anziehen soll.

Und nie hätte sie es für möglich gehalten, dass sie mal überlegt – getan hat sie es noch nicht –, ob sie sich die Wimpern tuschen soll, bevor sie das Haus verlässt, oder dass sie im Schminktäschchen ihrer Mutter stöbert und sich mit dem Stielkamm einen Scheitel zieht.

Vor allem hätte sie nicht geglaubt, dass sie mal in der Lage sein würde, ohne dieses Unwohlsein in die Schule zu gehen: In die Schule gehen an sich würde ihr noch gefallen, aber die Leute, die dort sind, machen ihr Angst.

Es ist so, wie wenn da jemand ist, der allgemein als Pechvogel gilt, aber vielleicht auch mal einen guten Witz macht und dann alle so komisch lächeln, als wollten sie sagen: »Ist das zum Lachen?« Wenn aber Casali denselben Witz macht, oder jemand, der als cooler Typ gilt, dann lachen alle. Dies geht ihr nicht gegen den Strich, nein, es macht ihr Angst. Angst, weil man, um sich wohlzufühlen, zu einer Gruppe gehören muss, zu irgendeiner Clique.

Und wenn sie zu dritt sind und reden und einer von den dreien weggeht, dann fangen die beiden Zurückgebliebenen immer sofort an, über den anderen herzuziehen. Es macht ihr Angst, dass die Leute nur darauf warten, dass du weggehst, um über dich zu reden, warum zum Teufel macht ihr es nicht, wenn ich noch da bin?, fragt sie sich.

Oder wenn ein Lehrer einen sehr schüchternen Schüler befragt und der vielleicht nicht viel sagen kann, auch wenn man weiß, dass er den ganzen Nachmittag über den Büchern gesessen hat, und der Lehrer dann einen anderen fragt, einen, der gut reden kann und schlagfertig ist, der noch nicht mal einen Blick auf die Bücher geworfen hat und sich lauter Unsinn ausdenkt und doch etwas sagen kann, und am Ende bekommen die beiden dieselbe Note.

All diese Dinge machen Gioia Spada Angst, weil ihr etwas in ihrem Innern sagt, dass sich das nicht ändern wird. Viele sind überzeugt, dass die Schule nichts ist als eine kleine Käseglocke, dass danach das Diplom kommt und die Uni oder die Arbeit, und dass die Welt da draußen ganz anders ist, dass es bestimmte Spiele und Regeln nicht mehr gibt. Doch Gioia weiß, dass es immer so sein wird, an verschiedenen Orten vielleicht, aber immer dasselbe, immer dieselben Unterschiede, dieselben Gemeinheiten, dieselben Machtspiele. Mit anderen Facetten, aber doch dieselben.

Heute aber hat sie keine Angst.

Heute ist sie hier und denkt nicht an das, was um sie herum vorgeht. Sie sieht, dass sich im Vergleich zu gestern nichts geändert hat, dass Casali immer noch da ist und sich übel benimmt, dass Batta und die anderen noch da sind und über andere herziehen, dass die Lehrer weiter in die Schule kommen, obwohl sie lieber anderswo wären. Um sie herum hat sich nichts geändert. Was sich geändert hat, das ist sie.

Auch wenn es etwas schwer ist, sich wiederzuerkennen, auch wenn Tonia auf dem Bett liegt und sagt: »Vor drei Tagen warst du noch Amy Winehouse und heute bist du Katy Perry«, auch wenn sie die Dinge nicht gut im Griff hat, entdeckt Gioia Spada, die vor dem Spiegel steht und sich die Flanelljacke anzieht, zum ersten Mal in ihrem Leben, dass es sehr schön sein kann, sich selbst nicht wiederzuerkennen.

25

»Nun, Signorina Spada, was möchten Sie mich heute fragen?«

»Heute ist es schwierig. Heute weiß ich, dass nicht mal Sie mir eine Antwort geben können, Prof. Bove.«

»Das hoffe ich doch. Ich finde es wunderbar, wenn jemand mich etwas fragt, was ich nicht beantworten kann.«

Gioia sieht ihn verblüfft an.

»Sehen Sie mich nicht so zweifelnd an, Signorina Spada. Wenn jemand einem Fragen stellt, die man nicht beantworten kann, ist man gezwungen nachzudenken. Und sich auf die Suche nach etwas zu machen, ist ein Segen, ganz gleich, ob es sich um eine Frau, ein Land oder eine Antwort handelt.«

In diesem Moment gehen hinter dem Rücken des Lehrers Boccia und Casali vorbei und zeigen Gioia den erhobenen Mittelfinger. Sie haben die Philosophiestunde geschwänzt. Bove, der Gioia weiterhin im Blick hat, holt mit seinem Stock nach hinten aus und trifft die beiden Jungen am Bein, die sofort ins Stolpern geraten.

»So was Dummes, Entschuldigung, ich hab euch gar nicht gesehen«, sagt er und zwinkert Gioia zu. Boccia und Casali entfernen sich hinkend und in dem Bewusstsein, dass sie es verdient haben.

»Nun, Signorina? Wie lautet denn Ihre heutige so brennende Frage?«

»Sie haben uns mal von Heraklit erzählt, und da haben Sie diesen Satz gesagt.«

»Man kann nicht zweimal in denselben Fluss steigen.«

»Genau.« Gioia nickt. »Damit meint Heraklit doch, dass sich immer alles wandelt und verändert, oder? Und dann haben Sie die Zellen in unserem Körper erwähnt, und dass die sich alle irgendwann auswechseln, als begingen sie Selbstmord.«

»Die Zellen sterben, ja. Sie machen das freiwillig, um anderen Zellen Platz zu machen.«

»Ja genau. Und wie in unserem Leben so gut wie alle Zellen sterben und ersetzt werden, so dass nach und nach der größte Teil von uns ausgetauscht wird, wie ein Auto, das während eines Wettrennens mit Ersatzteilen versehen wird, und am Ende ist es dann vielleicht zerbeult und rostig, aber es ist doch immer noch dasselbe Auto wie beim Start, auch wenn vieles ausgewechselt worden ist.«

»Alles ganz richtig, Signorina, aber was ist jetzt die Frage?«

»Ist es möglich, dass man in sich etwas spürt, was man nicht selbst ist, und zugleich weiß, dass das, was man nicht ist, doch man selbst ist?«

Prof. Bove sieht Gioia an, kneift die Augenlider zusammen und wiegt den Kopf nachdenklich hin und her.

»Oje! Ich weiß, es klingt sehr wirr. Kann ich es noch mal versuchen?«

»Nein, Signorina Spada, ich habe es schon verstanden. Und Sie haben recht, das ist ein ziemlich schwieriges Problem.«

»Hatte ich ja gesagt.«

»Wir sind keine einheitlichen Wesen. Das hätten wir gern, aber es ist eine Illusion zu glauben, dass wir nur eine Identität und eine Persönlichkeit haben.«

»Aha, und was bedeutet das?«

»Man muss sich seine Seele weniger als eine Solostimme vorstellen als einen Chor, der jeden Tag dasselbe Lied zu singen versucht, dem es aber nur selten gelingt. Wir haben in uns mehr Stimmen als in einem überfüllten Theater, das mindestens so groß ist wie die Welt.«

Gioia stellt sich die Bühne eines riesigen Theaters vor, voll mit unzähligen Tonias, die alle vor sich hinreden, und sie muss lächeln.

»Habe ich Ihre Frage beantwortet, Signorina?«

»Ja, ich glaube schon.«

Prof. Bove stößt seinen Stock in den Boden und geht los, nach ein paar Schritten dreht er sich noch mal um.

»Ach! Noch etwas!«

»Ja, Prof. Bove.«

»Stellen Sie sich darauf ein, dass es in Ihrem Alter oft passieren wird, dass in Ihrem Inneren Lieder gesungen werden, die Ihnen nicht gefallen. Lassen Sie es zu, verjagen Sie die Lieder nicht, denn diese Stimmen können Ihnen mehr sagen als jeder andere.«

26

»Lass uns ein Spiel spielen!«

Sie sitzen allein im Dunkeln, wieder mit dem Rücken an die Kirchenmauer gelehnt, Lo hat sein Weckglas in der Hand, Gioia dreht ein Blatt zwischen den Fingern und betrachtet es im Mondlicht.

»Was für ein Spiel?«

»Das vom letzten Mal, aber ohne die Drei-Minuten-Regel.«

»Und das heißt?«, fragt Lo, und nimmt ihr das Blatt aus der Hand.

»Wir stellen uns einfach Fragen. Ich mache das sehr gerne.«

»So eine Art Quiz?«

»Ja, so ungefähr.«

»Ich weiß schon, was du mich fragen willst.«

»Woher weißt du das?« Sie ist verblüfft.

»Das ist doch einfach«, sagt Lo und hält ihr das Glas mit den Steinen vors Gesicht. »Wie wär's hiermit?«

»Das wär schon mal ein Anfang. Kann ich wissen, was zum Teufel ein Junge deines Alters … wie alt bist du überhaupt?«

»Achtzehn.«

»Also, was bedeutet es, dass ein achtzehnjähriger Junge immer ein Weckglas mit Steinen bei sich hat, die er schützt, als wären sie heilig?«

»Vielleicht sind sie das tatsächlich, wer weiß?«, sagt er versonnen und schüttelt das Glas. Die Steine klappern leise.

»Wenn es zu persönlich ist, lassen wir es lieber.« Sie macht sofort einen Rückzieher.

»Nein, nein. Und ja, es ist sehr persönlich, aber ich sage es dir trotzdem, aber nur unter einer Bedingung.«

»Und die wäre?«

»Dass du mir sagst, warum du immer diesen Satz auf deinem Arm stehen hast.«

»Abgemacht.«

Lo steht auf, Gioia bleibt sitzen. Er sieht nach unten, als suche er etwas. Dann hebt er einen Stein auf, dreht sich um, setzt sich wieder neben sie und zeigt ihr den Stein.

»Seit ungefähr fünf Milliarden Jahren gibt es unseren Planeten, und es ist sehr schwer, etwas zu finden, was in dieser ganzen Zeit nicht zerstört worden oder verloren gegangen ist, etwas, das praktisch von damals stammt.«

Gioia sieht sich den Stein an, das Helldunkel auf seiner Oberfläche, das durch das Mondlicht entsteht.

»Felsen sind das Einzige, was es noch aus dieser Zeit gibt, auch wenn sie zersprungen und in kleine Stücke zerbrochen und überall hin verstreut sind. Es hat mich immer fasziniert, einen Stein in die Hand zu nehmen und zu denken, dass er schon fünf Milliarden Jahre erlebt hat.«

»Und du sammelst die schönsten?«

»Nein, Cosa. Ich nehme nur die von den wichtigsten Orten, an denen ich war«, sagt Lo, öffnet das Glas und kippt die Steine zwischen ihnen aus. »Sie helfen mir, mich an die Dinge zu erinnern, und manchmal daran, wer ich bin. Woher ich komme. Kennst du Pollicino?«

»Den aus dem Märchen?«

»Ja, den. Sie helfen mir immer, meinen Weg zu finden«, sagt er und lacht. Gioia hält den Stein fest, den er ihr gegeben hat, spürt seine glatte Oberfläche und fragt sich, welchen Weg er wohl gegangen ist, der Stein in ihrer Hand, bevor er hierherkam.

»Sieh mal, dieser hier kommt aus dem Garten des ersten Hauses, in dem ich gewohnt habe, als ich klein war«, sagt Lo, dann lässt er alle Steine nacheinander wieder vorsichtig in das Glas fallen. »Der stammt von einem Strand in Dublin, wo ich vor ein paar Jahren gewesen bin.«

»Ist es dort schön?«

»Wunderschön. Wenn ich je von hier wegmüsste, würde ich nach Irland gehen.«

»Und dieser hier?«

»Der kommt aus den Bergen, ich weiß nicht, ob du den Ort kennst. Hier in der Nähe gibt es Seen, und einer von ihnen ist etwas Besonderes, denn jeden Sommer trocknet er aus, und dann sieht man ein altes versunkenes Dorf. Es heißt Lago di Redona. Schon mal gehört?«

»Nein«, sie schüttelt den Kopf, »aber ich bin ja auch nicht von hier.«

»Als ich klein war, ist mein Vater mit mir dort hingegangen. Er erzählte mir, unter dem See läge eine Geisterstadt, der es ergangen sei wie Atlantis. Eines schönen Tages sei das Wasser gestiegen und alle, die dort gelebt hätten, seien ertrunken. Er sagte, genau wie in Atlantis hätte es auch hier nur zwei Regeln gegeben, nach denen alle lebten. Die eine: ›Grüße immer alle, die dir begegnen‹, und die zweite: ›Füge niemandem Leid zu‹. Die erste Regel war einfach, super einfach und alle folgten ihr problemlos, man brauchte in dieser Stadt nur immer alle zu grüßen, auch die Leute, die man nicht kannte, und das war schön, denn wer freut sich nicht, wenn er gegrüßt wird, auch von Unbekannten. Mit der zweiten Regel war es schon schwieriger, auch wenn man sich Mühe gab und aufpasste, denn irgendwann konnte man, ohne es zu wollen, anderen wehtun. Mein Vater sagte mir, Gott habe die Stadt untergehen lassen, und weißt du warum? Weil die Leute irgendwann begriffen hatten, dass es unmöglich war, anderen kein Leid zuzufügen, alle hatten gemerkt, dass sich keiner darum scherte, und so sagten sie, da man diese Regel nicht einhalten könne, brauche man sie nicht mehr zu beachten, und so war es nach einiger Zeit allen völlig egal, und sie taten den anderen weh, ohne weiter nachzudenken. Mein Vater sagte, deswegen hätte Gott den geheimnisvollen Ort versinken lassen. Aber es stimmt ja tatsächlich, es ist unmöglich, anderen nicht wehzutun. Aber was wir tun können, damit das nicht passiert, das sollten wir tun, und wir sollten nie damit aufhören, es zu versuchen.«

Gioia hat die ganze Zeit schweigend zugehört, und am Ende der Geschichte sagt sie nur »Wow!«.

»Früher bin ich oft mit meinem Vater dorthin gegangen …«

»Jetzt nicht mehr?«

Plötzlich entdeckt Gioia eine Mischung aus Traurigkeit und Wut in Los Augen. Sie kennt diesen Blick, denn sie hat ihn oft genug an sich selbst im Spiegel gesehen. Sie nickt, um ihm zu zeigen, dass sie ihn versteht.

»Weißt du, mit meinem Vater ist es genau so.«

»Was ist mit deinem Vater?«

»Also mein Vater ist auch … Ich meine, ich komme nicht mit ihm klar.«

Noch bevor Gioia ihren Satz beendet hat, wirft Lo die Steine auf den Boden, auf die kleinen Fliesen, auf denen sie sitzen. Plötzlich steht er auf und geht weg, als habe sie etwas gesagt, das ihn beleidigt hat. Gioia sitzt still da und regt sich nicht. Sie weiß nicht, was sie sagen oder tun soll. Nach einer Weile sammelt sie die Steine auf und legt sie alle ordentlich neben das Glas.

»Habe ich etwas gesagt, das …«

»Was hast du denn so Furchtbares? Einen Vater, der dir nicht zuhört. Einen Vater, der dich nicht versteht! Was habt ihr bloß alle, dass ihr über eure Eltern jammert, dabei sind sie doch nur die ganz normalen Eltern, die jeder hat. Du hast doch keine Ahnung!«

Seine Augen sind dunkel, sie sprühen vor Zorn, auf den Wangen hat er rote Flecken, und seine Stimme ist ganz rau und klingt plötzlich viel älter. Gioia steht neben ihm und sieht ihn nur im Profil, aber das genügt, um zu begreifen, dass im Bruchteil einer Sekunde Lo nicht mehr Lo ist. Plötzlich ist er ein anderer. Einerseits ist sie erschrocken, andererseits fühlt sie sich ganz schuldig, weil sie auf dieses Thema gekommen ist. Hätte sie doch bloß nichts gesagt, hätte sie bloß nicht »mein Vater auch« gesagt, dann wäre nichts passiert. Sie würde Lo gern in den Arm nehmen, ihn spüren lassen, dass sie da ist, dass sie, auch wenn er das nicht glaubt, genau weiß, wie er sich fühlt. Vorsichtig versucht sie, ihm eine Hand auf die Hüfte zu legen. Er schiebt sie brüsk beiseite, und es trifft sie wie ein Fausthieb. Wortlos entfernt er sich ein paar Schritte.

Gioia weiß genau, dass Lo jetzt in Ruhe gelassen werden will. Zugleich möchte sie ihm zeigen, dass er nicht allein ist. Denn das Vertrackte an der Sache ist doch das: Wenn es einem so geht und man sich furchtbar allein fühlt, dann will man zwar allein gelassen werden, aber gleichzeitig fühlt man sich gerade deshalb so schlecht, weil man allein ist. Es ist so, als ginge man durch einen Sturm, der einen daran hindert, klar zu denken. Es ist ein verrückter Wind, der alles durcheinanderwirbelt, zerstört und umwirft. Der Gedanke, dass man etwas hat, woran man sich festhalten kann, bringt den Wind zwar nicht zum Schweigen, aber es kann einem helfen, nicht weggeblasen zu werden.

Sie versucht es erneut, aber Lo schiebt sie wieder weg und sagt nur: »Bitte!«

Also tritt sie zwei Schritte zurück und setzt sich wieder.

Eine Weile sitzt Gioia so da und dreht den Stein hin und her, den er ihr eben in die Hand gegeben hat. Sie wartet, bis der Sturm vorüber ist. Irgendwo hört sie Tonia flüstern: »Du bist ja verrückt.«

Gioia antwortet nicht, aber Tonia flüstert wieder: »Besser du hörst mit diesem Thema auf, du bist ja so blöd!«

»Tja.«

Plötzlich, als sei nichts geschehen, kommt Lo zurück, er setzt sich neben sie, ein ruhiges Lächeln auf dem Gesicht.

»Na, wollen wir die Steine wieder reintun oder nicht?«, fragt er.

Goia sieht ihn verblüfft an. Vielleicht ist er so. Vielleicht braucht er fünf Minuten für einen Wutausbruch, vielleicht muss man ihn nur in Ruhe lassen, bis es vorüber ist, und dann wird alles wieder normal.

»Was machst du für ein Gesicht?«

»Nichts, gar nichts.«

Es ist, als sei nichts gewesen, und das ist ziemlich merkwürdig, aber auch schön, denn einen Moment hat Gioia gedacht, sie hätte alles vermasselt. Aber jetzt ist es wie vorher, und deshalb seufzt sie innerlich vor Erleichterung.

Inzwischen legt er wieder alle Steine in das Glas, und als Gioia gerade den Stein, den er ihr gegeben hatte, wegwerfen will, hält er ihre Hand fest und nimmt ihn an sich. Er sieht ihr eine Sekunde lang in die Augen, lächelt dann und legt den Stein zu den anderen.

Ein Stein, der ihn an sie erinnern soll, zusammen mit allen anderen.

Hätte er gesagt: »Du gefällst mir« oder »Ich möchte, dass du meine Freundin wirst«, hätte ihr Herz auch nicht heftiger geklopft.

»Und du? Was hat es damit auf sich, dass du dir jeden Tag denselben Satz auf den Arm schreibst?«

27

Es passierte an einem ganz gewöhnlichen Tag in der Oberschule.

Während der Bibliotheksstunde nahm Gioia aus dem Regal mit den deutschen Dichtern ein Buch, blätterte es durch, ohne den Titel gelesen zu haben. Dann fiel ihr ein Vers auf, und da wusste sie, dass er immer ihr gehören würde. Weil er unübersetzbar ist und weil dieser Vers besser als alle unübersetzbaren Worte genau das beschreibt, was sie immer empfindet, jeden Tag.

Wenn ein Glückliches fällt.

Es ist der letzte Vers eines Gedichts von Rainer Maria Rilke, das am Ende so lautet:

Und wir, die an steigendes Glück
denken, empfänden die Rührung,
die uns beinah bestürzt,
wenn ein Glückliches fällt.

Diesen Vers kann man nicht übersetzen. »Wenn eine glückliche Sache fällt« oder »Wenn das Glück etwas ist, das fällt«. Dieser Vers bedeutet mehr, viel mehr, gerade, weil man ihn nicht mit wenigen Worten übersetzen kann. Für Goia spricht dieser Vers von der Schönheit der Dinge, die fallen, von der Schönheit der Dinge, die niemand will, deshalb wurde es sofort ihr Vers, denn diese vier Worte von Rilke erzählen von der Wärme, die aus dem hervordringt, was wir nicht sehen, das wir nicht in Betracht ziehen, das, was uns unnütz erscheint, aber für Gioia ist der größte Teil der Schönheit der Welt dort verborgen, in den übersehenen Dingen, die fallen und die jedermann wegwirft.

28

»Aber warum schreibst du den Satz jeden Tag auf deinen Arm? Cosa, weißt du nicht, dass es eine Erfindung gibt, die man Tätowieren nennt?«

Gioia sieht Lo an, zieht die Augenbrauen lächelnd hoch und sagt: »Weißt du, du bist der Erste, der mir das sagt.«

»Tatsächlich?«

»Nein, ungefähr der Tausendste.«

Er grinst. »Und warum machst du es dann nicht?«

»Tätowierungen macht man einmal, und dann sind sie für immer da. Du siehst sie, aber du schaust nicht mehr hin. Aber die wichtigen Dinge …«

Gioia bricht ab, als suchte sie auf dem Boden nach den richtigen Worten, in den Grasbüscheln unter ihren Schuhen.

»Die wichtigen Dinge?«

»Für die wichtigen Dinge muss man sich Zeit nehmen und sich die Mühe machen, sich jeden Tag neu an sie zu erinnern.«

29

»Signorina Spada, wären Sie bereit, sich ernsthafte Notizen zu machen, oder wollen Sie weiter Graffiti in Ihr Heft kritzeln?«

Es ist 9 Uhr 30. Die Stimme des Biologielehrers bringt Gioia in die Wirklichkeit zurück. Während der Lehrer die Funktion des Immunsystems und verschiedene Autoimmunerkrankungen an der Tafel erläutert, hat sie die Seite in ihrem Heft mit Los Namen vollgemalt: zweidimensional, dreidimensional, einmal steht sein Name in großen Lettern auf einer Art Stein, dann wieder hat sie den vollen Name gezeichnet: Lorenzo.

Gioia Spada zeichnet den Namen eines Jungen.

Bis vor einer Woche waren die einzigen männlichen Namen in ihren Schulheften David Gilmour oder Roger Waters. Sie schreckt verlegen auf, als der Lehrer sie anspricht.

Es war sicher keine gute Idee, während der Biologiestunde ihren eigenen Gedanken nachzugehen und gedankenverloren immer wieder dieselben Buchstaben zu zeichnen, von denen manche von kleinen Herzen eingekreist sind. Und als ihr klar wird, was sie da macht, hat sich die Neuigkeit schon bis in die letzte Ecke der Klasse herumgesprochen. Gioia hebt den Kopf. Sie sieht sich verlegen um und bemerkt den gespannten Ausdruck in den meisten Gesichtern, vor allem denen der Mädchen. Sie tuscheln und fangen an zu kichern, und Giulia Batta starrt sie mit einem hämischen Grinsen an, bevor sie ihrer Tischnachbarin etwas ins Ohr flüstert.

Gioia würde das in ihrem Zimmer hängende Originalposter von The Wall verwetten, dass die anderen sagen: »Stellt euch vor, unser Trauerkloß hat sich verknallt« oder »Der wird genau so ein Opfer sein wie sie. Ein männlicher Trauerkloß eben« oder »Haha, wahrscheinlich ahnt der noch gar nichts von seinem Glück« oder »Dann ist sie vielleicht doch keine Lesbe«.

Gioia blickt in die feixenden Gesichter, und obwohl sie nicht zur Gewalt neigt, würde sie ihnen am liebsten eine in die Fresse hauen.

30

Bis zur Pause haben die anderen sich noch einigermaßen im Zaum gehalten, und Gioia dachte schon, dass sie sie in Ruhe lassen würden.

Sie dachte, dass sie im Grunde doch gar nicht so schlimm sind. Aber dann, in der Pause, als sie sich wie immer auf die hintere Ecke der Mauer setzte, kamen ein paar Mädchen dicht an ihr vorbei, in der Mitte die Batta. Sie haben nichts gesagt, nur hinter vorgehaltener Hand losgeprustet. Gioia glaubte, ein »Psst!« gehört zu haben.

Und da begriff sie, dass sie doch nicht so einfach davonkommen würde. Und dass die anderen irgendetwas im Schilde führten.

Als sie jetzt wieder in die Klasse kommt, sieht sie, dass sie richtig vermutet hat. Unter ihrem schönen LO in 3D mit den Herzchen steht:

Dein Vibrator heißt also Lorenzo?

Das Schlimmste daran ist nicht mal dieser Satz, sondern die Gesichter der Mädchen, als sie wieder in die Klasse kommen. Alle machen dieses feixende Gesicht, auch die, die sich sonst ihr gegenüber neutral verhalten haben, die sie mit ihrem richtigen Namen angeredet oder in Ruhe gelassen haben. Alle mit diesem hämischen Grinsen, diesen einvernehmlichen Blicken und dem Ausdruck von Zusammenhalt. Verrückt, wie das Bewusstsein, sich gemeinsam gegen eine Person zu verschwören, die Menschen verändert. Sie werden zu einem großen Ganzen. Auch die, die sich vorher herausgehalten haben. Sobald sie ein gemeinsames Opfer haben, verändern sich ihre Gesichter zu einer einzigen schadenfrohen Fratze.

Verrückt auch, dass offenbar niemand das geringste Problem damit hat, sich in die Dinge anderer einzumischen und etwas ganz Persönliches mit herzlosen Kommentaren zu beschmutzen. So als hätten sie ein Recht darauf, über sie herzuziehen und in ihr Heft zu schreiben: *Dein Vibrator heißt also Lorenzo.*

Es gibt ein chinesisches Wort für das, was ihre Mitschülerinnen nicht können. Ein Wort, *shu*, das Gioia zutiefst berührt, weil es in drei Buchstaben etwas ungeheuer Großes zum Ausdruck bringt: »den anderen ins Herz schließen«. Gioia gefällt dieses Wort so sehr, dass sie das entsprechende chinesische Schriftzeichen gelernt hat. In dem Buch, in dem sie es gefunden hat, einem alten philosophischen Text aus dem Orient, den ihr Prof. Bove vor ein paar Monaten geliehen hat, wurde erklärt, dass Chinesen nicht in der Lage sind, das *Ich* denken zu können ohne das *Du*, dass sich das *Ich* bei ihnen nur durch das *Du* definiert. Und dieses Wort bedeutet, immer die Gefühle des anderen im Auge zu behalten, sie nie zu vergessen oder mit Füßen zu treten. Um sich herum sieht

Gioia lauter Menschen, die im Grunde nichts anderes tun, als ständig nur Ich zu denken, als gäbe es kein Du.

Um sich herum sieht sie Jugendliche und auch Erwachsene, die keine Ahnung haben, was das *shu* ist.

31

»Und – was wollen Sie mich heute fragen, Signorina Spada?«

»Heute nichts, Signor Bove.«

»Sind Sie sicher? Mir kommt es so vor, als seien Sie heute nicht besonders gut drauf.«

»Jedenfalls habe ich keine philosophischen Fragen.«

»Alle Fragen sind philosophisch, Signorina Spada. Selbst das Aussuchen einer Pizza hat etwas Philosophisches.«

»Mag sein, aber ich habe heute keine Fragen, leider.«

»Ein Mädchen wie Sie ohne Fragen ist wie ein Himmel ohne Sterne.«

»Ja, und manchmal sieht man keine Sterne am Himmel.«

»Der Himmel hat Wolken oder auch nicht, aber Sterne hat er immer. Aber bei Ihnen gibt es im Moment offenbar ziemlich viele Wolken, scheint mir.« Er sieht sie freundlich an und wartet.

»Na gut, eine Frage habe ich doch.«

»Ich antworte Ihnen gern.«

»Wie kann ich es schaffen, dass sie aufhören?«

»Entschuldigung?«

»Na, dass sie aufhören, mich zu mobben. Sie haben doch sicher mitbekommen, wie die anderen mich nennen: Trauerkloß. Sie haben offenbar Spaß daran, mich wie eine Pestkranke zu behandeln und ständig über mich abzulästern. Bisher habe ich das immer irgendwie an mir abprallen lassen können, ich bin es ja fast schon gewohnt, aber manchmal verstehe ich einfach nicht, wie man so …«

»Wie man was?«

»Wie man so gemein sein kann. Wie es einem solchen Spaß machen kann, andere zu verletzen und zu verhöhnen. Sie machen es ja nicht nur mit mir. Ich weiß, dass ich nicht die Einzige bin, sie machen es auch mit den Dicken, den Strebern, mit allen, die ein bisschen anders sind. Und an manchen Tagen frage ich mich, wie ich es schaffen kann, sie davon abzubringen.«

»Ich habe eine schlechte Nachricht für Sie, Signorina Spada. Die, von denen Sie reden, werden nie damit aufhören.«

»Sehen Sie – das habe ich schon befürchtet.«

»Selbst wenn Sie sie dazu bringen könnten, es bei Ihnen zu lassen, würden sie bei einem anderen anfangen mit ihren Gehässigkeiten. Sie brauchen das, um sich über Wasser zu halten: die anderen nach unten drücken.«

»Ja, das hab' ich mir schon gedacht …«

»Wenn Sie also wollen, dass das aufhört, gibt es nur zwei Wege: einmal – so zu werden wie sie, zu handeln wie sie, sich mit ihnen zusammenzutun, mit dem Strom zu schwimmen – dann gehören Sie dazu. Aber ich glaube nicht, dass das Ihr Weg ist.«

»Und wie sieht der andere Weg aus?«

»Der ist schwieriger und verlangt viel Einsatz und Mut.«

»Und wie soll das gehen?«

»Wenn die anderen versuchen, Sie runterzudrücken, um sich selbst über Wasser zu halten, dann müssen Sie eben so hoch springen, dass keiner Sie erreichen kann. Wenn Sie oben sind, werden die anderen irgendwann aufgeben – egal, wie sehr sie ihre Kräfte bündeln oder versuchen, Druck auszuüben.«

»Das hört sich alles wunderbar an, aber was soll ich denn konkret machen?«

»Das müssen Sie selbst herausfinden, Signorina Spada. Suchen Sie sich etwas, womit Sie den anderen Ihren Wert zeigen können und Ihr Gesicht. Stürzen Sie sich hinein, und springen Sie hoch. Bringen Sie die Meute zum Schweigen, indem Sie etwas aus sich machen, was die anderen nie sein werden.«

32

»Manchmal bist du echt ein bisschen sonderbar, Cosa.«

»Das weiß ich selbst. Warum meinst du das?«

»Na, wegen der Fotos.«

Gioia und Lo sitzen auf der Veranda der Bar A. Heute kann sie nicht lange bleiben. Am Kühlschrank klebte nachmittags ein Post-it, auf dem stand, sie solle zwischen neun und halb zehn zu Hause sein. Wenn ihre Mutter das macht, will sie entweder beweisen, dass sie immer noch die Mutter ist, der sie zu gehorchen hat, oder sie will mit ihr reden.

Gioia fürchtet schon, dass es das Letztere ist.

Sie hat Lo von Prof. Bove erzählt und von ihrem kleinen Ritual, wenn er in der Pause bei ihr stehen bleibt und sie sich unterhalten, und von dem, was er ihr heute Morgen gesagt hat.

»Die Sache, von der dein Lehrer spricht – das sind deine Fotos!«

»Ja, aber Bove sagt, ich muss diese Sache verwenden, um mich auszuzeichnen, um den anderen zu zeigen, dass ich besser bin als sie. Was soll ich also machen – die Wände der Schule mit meinen Fotos pflastern, damit mich wieder einer verpetzt?«

Lo wirft im Sitzen einen Pfeil auf die Zielscheibe. Er trifft genau in die Mitte.

»Du könntest die Bilder an eine Galerie schicken, oder … keine Ahnung … eine Ausstellung machen. Du könntest an einem Wettbewerb teilnehmen.«

Bei dem Wort Wettbewerb leuchtet Gioias Gesicht auf.

»Habe ich was Richtiges gesagt?«, fragt Lo.

»Hmm … Ich weiß nicht … Aber ich habe gehört, dass es in der Schule bald so einen Wettbewerb geben wird, in der Projektwoche, das Ganze nennt sich ›Rahm es ein‹.«

»Was ist denn das?«

»Die Schüler dürfen eine Woche lang gerahmte Bilder oder Fotos in den Fluren aufhängen, und dann suchen die Kunsterzieher die besten Arbeiten aus und vergeben Preise.«

»Das ist ja super. Was kann man denn da gewinnen?«

»Keine Ahnung. Ich glaube Bücher, Schulmaterial, solche Sachen eben, aber darum geht es mir ja nicht. Ich würde es nur machen, damit die Batta und die anderen es sehen.«

Gioia schaut auf die Uhr, sie hat noch fünf Minuten Zeit.

»Dann machst du also mit?«

»Ich weiß nicht … Ich müsste die Fotos ja erst mal vergrößern und einrahmen. Ich habe einfach nicht das Geld dafür.«

»Ich kann es dir doch geben.«

Gioias Gesicht verdüstert sich. Sie blickt zu Boden, als hätte er sie beleidigt. Das hat er nicht, aber es fühlt sich so an.

»Cosa, he – was ist los?«

»Egal.«

»Ich würde dir das Geld leihen, es ist nicht als Geschenk gedacht …«

»Ist schon gut. Wirklich. Ich muss los. Tut mir leid.«

Gioia steht auf, ohne ihn zu umarmen.

Sonst umarmen sie sich immer, wenn sie sich verabschieden.

Lo sieht, wie sie mit gesenktem Kopf auf die Straße geht.

»He, warte doch mal!«

Aber Gioia dreht sich nicht einmal um. Lo läuft die Verandatreppen herunter und holt sie ein.

»Darf ich dich nach Hause bringen?«

33

Den ganzen Weg über schweigen sie. Keiner von beiden sagt ein Wort. Er bringt sie zum ersten Mal nach Hause, und sie verdirbt alles.

Was Prof. Bove über die vielen Stimmen in uns gesagt hat, dass es ein Chor von vielen Stimmen ist und nicht nur eine einzige, zeigt sich Gioia jetzt in seiner ganzen unumstößlichen Wahrheit. In ihr ist eine Stimme, die glücklicher nicht sein könnte, aber sie kann sich nicht äußern, weil da noch eine andere ist, wütend darüber, dass er ihr Geld leihen wollte, denn neben ihren Millionen anderen Fehlern hat Gioia auch den, von keinem etwas annehmen zu wollen, vor allem kein Geld. Eine weitere Stimme sagt ihr, dass es idiotisch ist, beleidigt zu sein, wenn einem jemand helfen will, und dass sie sich bei ihm entschuldigen sollte. Da sind aber so viele Stimmen, und sie reden alle auf einmal, und so macht Gioia nichts. Sie geht weiter und weiter, mit gramerfülltem Gesicht, ohne zu wissen warum.

Ja, wir haben wirklich zu viele Stimmen in uns.

»He«, sagt Lo und bleibt stehen. Gioia antwortet nicht.

»He«, sagt er noch mal, »kannst du nicht mal stehen bleiben?«

»Was ist?«

Gioia bleibt stehen, dreht sich um und sieht ihn mit einem Gänseblümchen in der Hand. Es ist erst Februar, aber ein paar sind schon auf der Wiese erblüht, kleine weiße mit gelben Punkten in der Mitte. Er hat eins gepflückt, um sie zum Lachen zu bringen, damit alles wieder in Ordnung ist. Gioia schaut auf das Blümchen und runzelt die Stirn.

»Was ist los, Cosa, gefällt dir mein Gänseblümchen nicht?«

»Blumen einfach so abzureißen gehört zu den Dingen, die ich am meisten hasse.«

»Da habe ich wohl wieder was falsch gemacht, oder?«

»Egal.«

Sie sagt es, obwohl es ihr keineswegs egal ist. Blumen stehen so friedlich da, leben ihr Leben, und dann kommt ein Mensch vorbei und denkt, es sei richtig, sie abzureißen, um sich bei der Ehefrau zu entschuldigen, um ihr ein Geschenk zu machen. Dafür haben sie eine Blume abgerissen, die bald darauf sterben wird. Gioia Spada hasst Leute, die Blumen abreißen, sie hasst es, dass Leute manchmal Böses tun, ohne es zu merken. Sie beschleunigt ihren Schritt.

Lo kommt hinter ihr her.

»Kann ich etwas tun, damit du mir verzeihst?«, fragt er und holt sie ein. Jetzt stehen sie vor ihrem Haus. Gioia setzt einen Fuß auf die erste Stufe, dreht sich halb um, und auch wenn sie am liebsten zu ihm gehen und ihn umarmen würde, sagt sie, bevor sie die Tür öffnet und drinnen verschwindet: »Ist schon gut. Ich muss jetzt gehen. Danke, dass du mich begleitet hast.«

34

»Ach, da bist du ja doch gekommen, mein Schätzchen.«

Dieses Getue ist höchst verdächtig. Ihre Mutter hat immer einen Grund, wenn sie nett zu ihr ist. Und tatsächlich sitzt da ihr Vater in der Küche, lächelt und isst eine Frühlingsrolle von der Imbissbude.

»Komm, setz sich«, sagt er.

»Wir haben auch für dich Essen gekauft«, säuselt ihre Mutter, die in die Küche kommt und eine Schachtel mit Nudeln und anderem Chemiezeug öffnet.

»Danke, ich habe keinen Hunger.«

»Bist du sicher, probier mal, das schmeckt toll!«, sagt ihr Vater, der auf einem Mischmasch aus Grünzeug und gebratenen Schalentieren herumkaut.

Sie brauchen ihr nicht zu sagen, was sie ihr erklären wollen, Gioia weiß es schon.

»Schätzchen, dein Vater hat eine Arbeit gefunden!«, meint ihre Mutter triumphierend.

»Wow«, sagt Gioia in beiläufigem Ton.

»Sie haben ihn genommen, in der Fabrik hier in der Nähe! Freust du dich denn gar nicht, Schätzchen?«

»Erst mal für drei Monate, und dann sehen sie weiter. Gut, dass es Agenturen für Zeitarbeit gibt«, sagt er und wischt sich die süßsaure Sauce vom Mund.

Wie vom Himmel gefallen taucht Gacco, die Geisterkatze, auf und sieht hungrig zum Tisch hinüber.

»War das alles, was ihr mir sagen wolltet?«, fragt Gioia seufzend.

»Nein, Schätzchen, da ist noch was anderes … Die Fabrik liegt hier gleich um die Ecke, und da dachten wir, es wäre am besten, wenn dein Papa noch eine Weile hier wohnen bleibt.«

Gioia wusste, dass es so weit kommen würde. Diese Szene hat sie schon fünf- oder sechsmal erlebt, seit ihre Eltern sich getrennt haben. Was ihre Mutter sagen will, ist: Im Grunde verstehen wir uns doch ganz gut, und wir haben beschlossen, es wieder zu versuchen. Gioia wirft noch einen Blick auf Gacco, die Geisterkatze, die auf dem Kühlschrank hockt, und hofft, dass sie sich gleich auf ihr Essen stürzt und alles vom Tisch fegt. Dann nickt sie und verlässt die Küche.

»Wo gehst du hin?«, fragt ihr Vater, aber sie ist schon in der Kammer bei ihrer Oma.

35

»Ich weiß, ich weiß, heute war ich nicht mal fünf Minuten bei dir, aber du musst mir verzeihen, Gemma.«

»Ghhh … ghhh.«

»Heute war wirklich kein schöner Tag, und ich komme nicht gern her und jammere dir was vor.«

»Ghhh … ghhh.«

»Du hast recht, ich sollte mich nicht so unterkriegen lassen, aber manchmal brauche ich das, ich weiß nicht, wie ich es dir erklären soll. Es hilft. Ich lass mich unterkriegen, damit ich mich hinterher wieder hochziehen kann. Verstehst du?«

»Ghhh … ghhh.«

»Ich weiß. Es ist idiotisch.«

Gioia setzt der Oma die Kopfhörer auf, damit sie ihre Lieder hören kann, und streichelt ihr sanft über die Wangen. Dann geht sie in ihr Zimmer. Sie zieht ihre Kleider aus, schlüpft in den Schlafanzug und legt sich unter die Decke. Sie sieht zur Decke und überlegt, dass sie sich Lo gegenüber nicht besonders fair benommen hat. Alles nur wegen ihrer eingebildeten Hyperaktivität, oder um ein jiddisches Wort zu benutzen, weil sie ein *Luftmensch* ist, jemand, der ständig mit offenen Augen träumt. Vielleicht hat sie in Lo mehr gesehen, als er ist, sie weiß, dass er ein bisschen naiv und exaltiert ist, aber zugleich schafft sie es nicht, die abgerissene Blume zu vergessen, und je mehr sie daran denkt, desto banaler kommt es ihr vor, das hätte in diesem Moment jeder Junge gemacht, alle können so etwas tun, aber doch nicht Lo, nicht der Lo, den sie kennt …

»Jetzt ist aber Schluss!«, hört sie plötzlich Tonias Stimme von unten. Sie liegt neben dem Bett auf dem Boden.

»Wie?«

»Hör auf, so blöd zu sein.«

»Warum?«

Tonia liegt auf dem Rücken, die Hände hinter dem Kopf. Während sie redet, blickt sie zur Decke.

»Dieses Gänseblümchen hat mit all dem nichts zu tun. Auch das Geld für die Fotos nicht. Und das weißt du genau.«

»Was meinst du damit?«

»Ich meine, dass du eine Höllenangst vor dem Wettbewerb hast, dass du dich nicht traust, mitzumachen, dich vor dem Urteil der Leute fürchtest. Nur deswegen hast du den armen Jungen so mies behandelt.«

Gioia richtet sich auf, sieht Tonia an und sagt nichts.

»Was guckst du so? Du weißt genau, dass ich recht habe.«

Gioia legt sich hin, wendet ihr den Rücken zu, schließt die Augen, versucht zu schlafen, aber der Chor der Stimmen in ihrem Kopf lässt sie nicht in Ruhe. Irgendwann schläft sie dann doch ein und fällt in einen tiefen, traumlosen Schlaf.

Um sieben Uhr morgens wacht sie von selbst auf. Sie schlüpft aus dem Bett, zieht ihre Jeans an, öffnet das Fenster, lässt frische Luft herein und atmet tief ein. Sie stützt sich mit den Händen aufs Fensterbrett, um noch mehr frische Luft einzuatmen. Da spürt sie etwas unter ihrer Hand und schaut nach unten, und da liegt ein kleiner Stein.

Sie nimmt ihn in die Hand und sieht ihn sich genauer an.

Kein Zweifel, das ist der Stein, den Lo am Strand von Dublin aufgehoben hat.

Gioia schaut hinunter und fragt sich, wie der Stein hierhergekommen ist. Unter ihrem Fenster ist ein Sims, auf dem man entlangbalancieren kann, wenn man Kopf und Kragen riskieren will. Aber wie ist er auf den Sims gekommen?

»Der Baum an der Hausecke!«, sagt Tonia, die sich jetzt auch aus dem Fenster lehnt.

»Dann ist er auf den Baum geklettert, auf das Sims geklettert und hat sich zehn Meter entlanggetastet, um mir einen Stein auf das Fensterbrett zu legen?«

»Ich wette zehn zu eins, dass du dir jetzt ganz schön mies vorkommst«, sagt Tonia.

Unter dem Stein liegt ein kleiner Zettel:

Ich habe versucht, das Gänseblümchen wieder einzupflanzen, vielleicht kommt es durch. Stattdessen schenke ich dir das hier. Wenn du traurig bist, kannst du dir sagen, dass es auf der Welt etwas so Schönes gibt wie Irland, das tröstet dich sofort.

Heute Abend in der Bar A?

Gioia nimmt den Stein, steckt ihn in ihre Hosentasche, liest den Zettel mindestens zehnmal, und bei jedem Lesen sagt sie sich, wie unendlich dumm sie doch ist.

36

»Wo willst du bei diesem Wetter hin?«

»Beruhige dich, Mama, ich habe einen Schirm.« Gioia ist schon durch die Tür und tritt in die Dunkelheit, während es draußen anfängt zu donnern und die ersten Tropfen auf die Regenrinne platschen. Es ist zehn nach neun, und sie weiß nicht, ob er da sein wird bei diesem Gewitter, doch sie will trotzdem hingehen. Um sich zu entschuldigen, um ihn zu umarmen und ihm zu sagen, dass es idiotisch von ihr war.

Unterwegs wird der Regen immer stärker, es ist die reinste Sintflut. Gioia geht schneller, fängt an zu rennen, der Regen spritzt ihr ins Gesicht, ihre Haare werden nass, und das gefällt ihr so sehr, dass sie den Regenschirm schließt und ohne ihn weiter läuft. Sie ist triefend nass und fühlt sich ganz leicht, ohne zu wissen warum. Sie wünscht sich fast, der Weg zur Bar A wäre noch weiter.

»Du bist verrückt!«, ruft Tonia, die neben ihr läuft.

»Ja, genau! Ist das nicht toll?«

Als sie bei der Bar A ankommen, ist er nicht da. Bei diesem Wetter würde ja auch nur ein Verrückter auf die Straße gehen.

»Jetzt haben wir uns ganz umsonst hierher geschleppt«, stellt Tonia außer Atem fest.

Gioia stellt sich auf der Veranda unter. Sie beugt sich nach vorn, schüttelt das Wasser aus den Haaren wie ein Hund, und als sie wieder hochkommt, steht er vor ihr, aus dem Nichts gekommen, wie es die Geisterkatze Gacco macht.

»Ciao, Cosa«, sagt er.

Gioia sagt gar nicht erst guten Abend, sie stürzt sich auf ihn und umarmt ihn fest. Sie spürt, dass auch er ganz nass ist, hört das schmatzende Geräusch des Wassers, das aus seinen Sachen quillt, während sie sich an ihn drückt. Es ist kalt, aber sie spürt es nicht. Er sagt nichts und sie sagt auch nichts, sie umarmen sich weiter und sehen einander in die Augen, aus ihren Haaren tropft Wasser, sie sehen fast nichts, und doch sehen sie sich weiter an, während der Regen weiter auf das Dach prasselt. Es macht einen Riesenkrach, und wenn sie jetzt etwas sagen würden, könnten sie sowieso nichts verstehen, und so sehen sie sich einfach weiter an. Gioia kennt ein

Wort dafür, ein sehr langes *mamihlapinatapai*, ein irre langes Wort der Aborigines von Feuerland, das sie mal in einer Zeitschrift gefunden hat, einem Rätselheft, *mamihlapinatapai* bedeutet: »sich ansehen und dabei Lust haben, sich zu küssen, aber keiner hat den Mut, damit anzufangen«.

Gioia weiß nicht, ob Lo dasselbe denkt, und hofft inständig, dass er den ersten Schritt macht, denn sie wird es sicher nicht tun, sie kann nichts anderes tun, als ihn anzusehen, bis zu dem Moment, in dem es passiert. Er nimmt ihr Gesicht in die Hände, drückt seine Lippen auf die ihren und küsst sie. Ihre Hände zittern, aber nicht vor Kälte, sie hat das Gefühl, dass das Rauschen des Regens zurückweicht, immer weniger wird, und schließlich ist es still. Das einzige Geräusch ist das ihrer Seufzer, sie kommen sich näher, verschlingen sich ineinander, ihre vom Regen nassen Münder küssen sich weiter, und dieser Kuss ist für die Lippen das, was für die Erde der Regen ist.

Es ist wie zu verschwinden, zu verschwinden und zugleich nicht mehr da zu sein. Nicht da zu sein und zugleich mehr da zu sein denn je.

Die Zeit vergeht, aber Gioia weiß nicht, wie viel. Vielleicht sehr viel, vielleicht wenig. Dann sagt er: »Das war dein erster Kuss, oder?«

Gioia hat mit so einer Frage nicht gerechnet. Warum fragt er das? Hat sie nicht richtig geküsst? Hat sie etwas falsch gemacht? Macht man das anders?

»Ja«, antwortet sie und wartet auf ein »Aha« oder »Das hat man gemerkt«.

Dann sieht er ihr in die Augen, lächelt und sagt: »Es war auch mein erster.«

37

»Kann ich dich etwas fragen, Goldfasänchen?«

»So viel du willst, Tonia, auch wenn ich vielleicht nicht antworte.«

»Wie war es?«

»Was meinst du?«

»Na ja, als ihr euch geküsst habt, wie war das?«

»Vielleicht wie beim Gitarrensolo von Coldplays *Fix You.*«

»Wie bitte?«

»Oder wie in der Szene von *American Beauty*, der mit der Plastiktüte, als er von Schönheit redet.«

»Goldfasänchen, fallen dir keine besseren Beispiele ein?«

»Hör zu, es war, als wäre ich diese Plastiktüte. Als würde ich in den Wind geworfen und hätte angefangen zu fliegen, und diese Bewegungen waren wie ein innerer Tanz, verstehst du?«

»Aber …«

»Also, der Wind ließ mich tanzen, er hat alles gemacht, und am Ende habe ich getanzt, so war das.«

»Na ja.«

»Kannst du vielleicht noch was anderes als na ja sagen?«

»Nein, mir fällt nichts anderes ein. Dass du dich wie eine Plastiktüte im Wind fühlst, ist ja wohl auch nicht das Größte.«

»Tonia?«

»Ja, was ist?«

»Es ist wunderbar, sich wie eine Plastiktüte im Wind zu fühlen.«

38

Viele Schriftsteller schreiben Seite um Seite, sie schreiben ganze Romane voll, um den magischen Moment zu beschreiben, in dem zwei Menschen sich zum ersten Mal küssen, in einer immer anderen Kulisse – Sonnenuntergang am Meer, wirbelnde Schneeflocken vor altmodischen Häuserfassaden –, aber keiner von ihnen sagt je genau, wann der wahre, unwiederbringliche, unglaubliche, unbeschreibliche Moment ist. Es ist der Moment, in dem man nach Hause geht. Wenn die Füße kaum noch den Boden berühren und das Herz wie wahnsinnig klopft.

Dieser Moment ist für alle, die ein Leben lang von solchen Dingen träumen, die in Liebesfilmen weinen, die jahrelang auf nichts anderes als ihre eigene Liebesgeschichte warten, sehr ergreifend. Wenn es aber einer Siebzehnjährigen passiert, die 1999 geboren wurde und Pink Floyd und die Musik der neunziger Jahre hört, einem Mädchen, das noch nie einen Rock getragen hat, sich nicht schminkt und *Fight Club* hundertmal lieber sieht als *Twilight*, dann ist »ergreifend« nicht das richtige Wort.

Es dreht einen von innen nach außen, es reißt einem die Gedärme raus und packt sie irgendwie wieder rein. Es fegt über alle Gewissheiten und Sicherheiten hinweg wie ein Tornado. Das ist die richtige Beschreibung.

Gioia Spada geht und zugleich geht sie auch nicht, sie gleitet über den Asphalt wie auf unsichtbaren Schlittschuhen, ihre Augen leuchten und sind noch ganz erfüllt von seinem Gesicht, ihre Lippen prickeln wie nach einem Stromstoß, ihre Kapuzenjacke ist nass, aber erfüllt von seinem Geruch, sie fühlt sich wie auf Anfang gestellt und zugleich als vollkommen sie selbst, völlig verloren und völlig am richtigen Ort.

Sie springt in die Pfützen. Sie weicht ihnen nicht aus, wie sie es sonst tun würde. Wenn sie eine besonders große sieht, nimmt sie Anlauf und springt hinein, Wasser und Matsch spritzen an ihr hoch, auf ihre Kleider, die Hände, ihr Gesicht. Es gibt dafür ein isländisches Wort. *Hoppípolla*, das bedeutet »In die Pfützen springen«. Auch dieses Wort hat sie aufgeschrieben und auswendig gelernt, hat es einmal in einem Musikvideo gesehen, aber nie gedacht, dass sie so etwas selbst machen würde.

Das Abendlicht, das Schweigen der Stadt, das Geplärre der Fernseher in den Häusern – all das wird zur Erinnerung, alles wird Zeuge von etwas Großem – sogar die Mülltonnen und die geparkten Autos und die heruntergelassenen Rollläden. Auch wenn der Verstand in diesem Moment gar nichts mehr zu sagen hat.

Immerhin gelingt es ihr noch, zu denken, dass sie froh ist, dass es mit ihm passiert ist. Lo ist genau der Richtige. Ansonsten herrscht in ihrem Kopf nichts als Chaos. Ein einziges, dummes, wunderbares Durcheinander.

Als sie nach Hause kommt, sind ihre Eltern im Wohnzimmer. Es herrscht merkwürdiges Schweigen. Gioia schaut durch die Tür und sieht, dass sie eingeschlafen sind. Sie auf dem einen Sofa, er auf dem anderen. Auf dem Tisch stehen sechs leere Bierdosen.

Gioia seufzt, tritt leise näher, sammelt die Dosen ein und wirft sie in den Mülleimer. Dann geht sie in die Kammer ihrer Oma, macht ein kleines Licht an und gibt ihr einen Kuss auf die Stirn. Gioia lächelt, als sie der alten Frau über das Haar streicht und sagt: »Ich habe ihn geküsst!«

Auch Gemma lächelt. Schwer zu sagen, ob sie es verstanden hat oder nicht, aber sie lächelt. Dann sagt sie: »Ghhh.«

39

Prof. Bove hatte recht, vielleicht nicht mit der Art, es auszudrücken, aber der einzige Weg, sich nicht von den anderen unterkriegen zu lassen, ist der, sich weiter nach oben zu bewegen.

Die Tage vergehen und Lo und Gioia treffen sich an dem gewohnten Ort. Es ist, als baue sie sich einen Panzer, eine Art unsichtbaren Mantel, der ihr Gelächter und ihre Beleidigungen nicht durchlässt, den »Trauerkloß«, den sie jeden Morgen verspotten, wenn sie in die Klasse kommt.

Der Gedanke an Lo führt sie weit fort von hier, wirkt genau wie die Kopfhörer oder ihre Existenz als *Luftmensch* – das Träumen mit offenen Augen –, nur viel, viel stärker, und vor allem: Lo gibt es wirklich, er ist ein Junge aus Fleisch und Blut.

Und er kann sehr gut küssen.

Aber es sind nicht nur Küsse.

Seit jenem Abend auf der Veranda der Bar A im rauschenden Regen haben sich ihre Küsse langsam, ganz langsam verändert. Es sind keine Küsse mehr. Der Grund für diesen raschen Übergang vom Küssen zu mehr ist der Tatsache geschuldet, dass Lo in den folgenden Tagen kaum noch von zu Hause wegkonnte, manchmal sogar nur einmal in der Woche: In letzter Zeit sind seine Noten schlechter geworden, und seine Eltern haben verlangt, dass er mehr für die Schule arbeitet. Sich immer weniger zu sehen, hat ihr Verlangen, sich zu küssen und sich zu berühren, so verstärkt wie der Gedanke an ein Glas Wein für jemanden, der aufhören will zu trinken.

Wenn es ihm gelang, wegzukommen, rief er sie um neun Uhr abends von zu Hause an. Gioia stürzte dann zum Telefon, wie ein Rugbyspieler, der sich auf den ovalen Ball stürzt, und er sagte nur: »In zehn Minuten dort« und legte auf. Wenn sie sich dann auf der Veranda trafen, küssten sie sich sofort, sagten davor nicht einmal ciao, dann liefen sie zu der kleinen Kirche und dort, an die Wand gelehnt, fernab von allen und allem, probierten sie aus, was geschieht, wenn sich Gerüche, Gefühle, Haut und Worte nahekommen.

Es herrschte nicht immer eitel Sonnenschein bei ihren Begegnungen. Manchmal wurde Lo düster, ja wütend, immer, wenn sie über ihre Eltern sprachen, besonders über seinen Vater. Gioia versuchte, Streit zu vermeiden, aber manchmal passierte es aus Versehen, dann rutschte ihr etwas heraus, und Lo war nicht mehr wiederzuerkennen, er schüttelte ihre Hand ab, wurde blass und sein Blick ganz hart. In solchen Momenten hatte sie Angst vor ihm. Fünf Minuten später war es dann wieder, als sei nichts geschehen.

»Dieser Typ ist doch nicht ganz dicht«, sagte Tonia ihr dann auf dem Nachhauseweg.

»Wer weiß, vielleicht ist sein Vater noch schlimmer als meiner.«

»Keiner auf der nördlichen Halbkugel hat einen schlimmeren Vater als du.«

»Komm, Tonia, ich finde es auch ätzend, wenn ich über meine Eltern reden muss.«

»Ja, aber du wirst nicht zu Doktor Jekyll und Mister Hyde, und ehrlich, ihr seht euch immer nur abends und in dieser verlassenen Bar. Wenn ich du wäre, würde es mir tierisch auf den Keks gehen, mich immer nur heimlich zu treffen.«

»Mir gefällt es aber. Auf diese Weise habe ich ein Geheimnis, nur für mich.«

»Aber das ist doch, als ob du mit einem Geist zusammen wärst!«

»Vielleicht mag ich Geister ja.«

»Du scheinst es auch zu mögen, wenn man dich verarscht.«

Irgendwo hatte Tonia natürlich recht. Das ging jetzt schon zwei Monate so, dass sie sich trafen, und niemals am Tag oder anderswo als an der Bar A oder der kleinen Kirche. Vielleicht wollte sie deshalb auch nicht weitergehen, weil sie spürte, dass etwas daran nicht in Ordnung war, und so hatte sie ihn immer gebremst in den Momenten, wenn sie sich hätten lieben können, statt sich nur zu berühren.

Und eines Abends, es war der letzte, hatte sie es ihm dann klar und deutlich gesagt: Entweder wir treffen uns am Nachmittag im Park, oder wir sehen uns besser gar nicht mehr. Es war ihr schwergefallen, hart zu bleiben, doch sie hatte es geschafft. Und dann hatte er geantwortet: »Tut mir leid, Cosa, du weißt doch, wie meine Eltern sind.«

Mit diesem Satz hatte er ihr den Weg versperrt. Sie wusste, dass sie nicht weitergehen, nicht mehr von ihm verlangen konnte, weil dann vielleicht alles verdorben gewesen wäre. Also sagte sie nur: »Okay. Dann sehen wir uns eben eine Weile nicht mehr. So lange, bis du auch mal am Nachmittag kommen kannst.«

Der Abschied war frostig, vielleicht noch schlimmer als bei der Sache mit dem Gänseblümchen, und auf dem Nachhauseweg sagte Tonia immer wieder: »Siehst du, ich habe es dir ja gesagt.«

An diesem Abend ging Gioia zu Bett und war todunglücklich, sie hatte ihren Schutzmantel nicht mehr, wusste, dass sie sich vom nächsten Tag an – der letzte, an dem sie sich für den Wettbewerb anmelden konnte – nicht mehr so sicher fühlen würde, so unerreichbar für die Beleidigungen und den Spott der Klassenkameradinnen wie bisher. Am Morgen, als sie das Haus verlassen hatte und mit hängendem Kopf zur Schule ging, auf dem besten Weg, wieder der alte Trauerkloß zu werden, fiel ihr etwas Seltsames auf. An der Außenwand hing an einer der verdreckten Leuchten an einer Kordel ein wunderschöner Rahmen aus dunklem Holz und darin war das Foto, das sie auf der Beerdigung aufgenommen hatte. Es sah aus, als hinge es dort schon immer.

Nur ein Mensch auf der Welt konnte das gemacht haben, und dieser Mensch war ein dummer Jugendlicher mit einem Namen, der nur aus einer Silbe bestand, und er war ausgerechnet derjenige, dem Gioia den ersten Kuss gegeben hatte.

Das war ja unglaublich! Jetzt konnte sie an dem Wettbewerb teilnehmen, konnte das Bild in die Schule mitnehmen und sich anmelden! Einen Moment lang fragte sie sich, ob sie das alles nur träumte, dann trat sie näher, um das gerahmte Bild in Augenschein zu nehmen. Sie nahm es vorsichtig in beide Hände, und ein Zettel fiel herunter. Sie hob ihn rasch auf und las staunend die Worte, die dort standen:

Es war mir immer egal, ob ich eine Freundin habe oder nicht, aber genau wie diese Leute da hast du mich von hinten eingefangen. Willst du meine Freundin sein?

PS: Ich bin heute Nachmittag um drei im Park. Vielleicht schaust du mal vorbei.

40

Wie lange können fünf Minuten dauern?

Normalerweise dauern sie fünf Minuten, aber manchmal dauern sie Stunden, Tage, Wochen.

So ist es jetzt.

Gioia sitzt auf der Bank, mit gelöstem Haar und einem Lidstrich – sie hat sich endlich dazu entschlossen. Das Treffen mit Lo ist um drei, und jetzt ist es schon fünf Minuten nach drei, aber es ist, als würde sie seit fünf Tagen warten und nicht erst seit fünf Minuten.

Seit sie ihn kennt, besteht ihr Leben nur noch aus Warten. Sie steht morgens auf, putzt die Zähne, zieht sich an. Sie geht in die Schule, nimmt den Füller aus dem Mäppchen, fragt, ob sie auf die Toilette darf. All diese Dinge machte sie vor einiger Zeit, um sie zu machen, aber jetzt tut sie das alles und fragt sich, wann sie ihn wiedersieht. Das Warten liegt zwischen einem Treffen und dem nächsten. Jetzt ist es sechs Minuten nach drei, und er lässt sich immer noch nicht blicken, und zum ersten Mal bekommt Gioia Angst, dass er nicht kommen wird, und für eine Sekunde überkommen sie die schlimmsten Gedanken. Also hatte Tonia doch recht, er kommt nicht, weil er eine Freundin hat und nicht mit mir gesehen werden will, er hat sich nur über mich lustig gemacht und auf dem Hügel so getan, als sei er in mich verliebt, und so, wie er aufgetaucht ist, ist er auch wieder verschwunden, wie dumm von mir, an ihn zu glauben, und jetzt habe ich mir sogar noch die Augen angemalt und habe mich so albern benommen, wie diese idiotischen Mädchen aus meiner Klasse!

Tausend Gedanken überfallen Gioia, während sie unter all den Jugendlichen im Park jemanden sucht, der er sein könnte. Manchmal denkt sie, das sei er, aber dann ist er es nicht.

Sechs Minuten, und noch nie ist sie sich so dumm vorgekommen.

Sie starrt auf die Erde, auf den Rucksack, in dem ihre Kamera ist, und ihre Wangen werden ganz heiß.

Dann schaut sie wieder auf.

Und da sieht sie ihn, weit hinten, in seiner Kapuzenjacke.

41

»Hier hast du dich also versteckt!«

Die Wiese im Park hat das erste Frühlingsgrün, die Sonne fällt durch die Zweige der Bäume, und so entsteht ein wunderschönes *komorebi.*

»Ich verstecke mich nicht, Blödmann. Ich habe mich hierher gesetzt und warte.«

»Und was machst du, wenn sich keiner von hinten zeigt?«

»Dann mache ich eben kein Foto.«

Auch wenn sie es noch nicht glauben kann, dass er da ist, wenn sie am liebsten einen Jubelschrei ausstoßen und Tonia mit ihrem ewigen »Ich hab es dir doch gesagt« triumphierend ansehen würde, so antwortet sie ganz normal, so als sei alles wie immer.

»Und was machst du dann den ganzen Nachmittag? Ich meine, wenn du nicht fotografierst?«, fragt Lo.

»Ich lese, oder ich höre Musik, solche Sachen.«

»Oh wow! Wie aufregend!« Er grinst.

Gioia sieht ihn mit zusammengekniffenen Augen an. »Da spricht der Abenteurer, der nachts Pfeile wirft.«

»Darts ist immerhin ein Sport.«

»Ja, und Justin Bieber ein großer Sänger.«

»Hey, lass bloß Justin in Ruhe.«

»Magst du Justin Bieber etwa?«

»Warum, gefällt er dir nicht?«

»Du machst Witze, oder?«

»Nein, wieso?«

»Bitte sag mir, dass du Witze machst.«

»Oh, sieh mal da!« Lo nimmt ihren Kopf in die Hände und dreht ihn um neunzig Grad zur Mitte der Wiese hin.

»Was?«

»Da, der Kerl mit dem Bart. Von hinten! Schnell!«

»Einen Moment, da hab' ich ihn!« Gioia macht das Foto und sieht gleich in den Apparat, um zu sehen, wie es geworden ist. »Es ist verwackelt«, sagt sie.

»Nein, es ist gut. Mir gefällt es. Schau mal genau hin! Ich glaube, er hat gerade ein Mädchen angebaggert, und sie hat nein gesagt. Sieh mal, wie er den Kopf hält. Seine linke Hand zur Faust geballt, er scheint sauer zu sein«, kommentiert Lo die Szene.

»Ja, das könnte sein. Vielleicht hatte er aber auch nur einen schlechten Tag bei der Arbeit.«

»Nein, nein, ich bin mir sicher, es geht um ein Mädchen«, sagt er und sieht ihr in die Augen.

Gioia hat noch nicht begriffen, dass er ihr etwas ganz Anderes sagen will, und so fährt sie mit ihren Überlegungen fort:

»Natürlich könnte es auch so sein, dass …«

»Gioia?«, unterbricht er sie. Er hat sie eigentlich noch nie Gioia genannt. Vielleicht ist es sogar das erste Mal überhaupt.

Jetzt erst merkt sie etwas. »Was ist?«, fragt sie aufgeschreckt.

»Ich habe dir auf dem Zettel … so eine Frage gestellt«, sagt er, bemüht, sich keinerlei Besorgnis anmerken zu lassen, was ihm aber nicht ganz gelingt. Gioia spürt es und hat ein seltsames Gefühl, als gefalle es ihr, ihn so unsicher zu sehen, und sie beschließt, etwas zu tun, wovon sie weiß, dass Tonia es ihr vorwerfen wird: ihn auf die Folter zu spannen.

»Was für eine Frage? Ich weiß nicht mehr genau. Stand da überhaupt eine Frage drauf?«, sagt sie und spielt dabei mit ihrem Fotoapparat. Er sitzt da mit offenem Mund, dann sagt er:

»Hat dir schon mal jemand gesagt, dass du eine blöde Kuh bist?«

»Oh ja, schon sehr oft.« Sie nickt.

»Da haben die Leute verdammt noch mal recht«, sagt er und schaut in eine andere Richtung.

Was sie gerade tun, nennt man in der Sprache von Sri Lanka *oodal*, was bedeutet: »Liebende, die so tun, als seien sie aufeinander böse«.

Da aber Gioias Verstellungskünste bei solchen Dingen gleich Null sind, legt sie eine Sekunde später ihren Kopf an seine Schulter und sagt:

»Hat deine Frage zufällig etwas mit Gefühlen zu tun?«

»Kann sein«, antwortet er, immer noch im *oodal*-Modus.

»Na ja, dann, in diesem Fall ... Muss ich dir sagen, dass meine Antwort auf die Frage ein einsilbiges Wort ist, das mit ›J‹ beginnt.«

Er denkt zwei Sekunden nach und sagt dann strahlend: »Dann ist deine Antwort also ja?«

Sie legt den Kopf schief, zieht die Augenbrauen hoch und lässt ihn noch einen Moment zappeln. Dann hält sie es nicht mehr aus, lächelt ihn an und sagt leise:

»Ja, Lo, ja, ich möchte deine Freundin sein!«

42

Es passierte, ohne dass jemand gesagt hätte: »Sieh mal, was gerade passiert!«

Normalerweise geben die Dinge Bescheid, bevor sie geschehen. Vielleicht kündigen sie sich nicht immer an, aber während sie geschehen, lassen sie dich wissen, dass es jetzt passiert.

Wenn man beispielsweise eine Prüfung hat, weiß man, dass man zu diesem Zweck an Ort und Stelle ist. Man ist nervös, wird von Angst geplagt, aber man weiß immerhin, was passiert.

Diesmal ist es anders. Es passierte, und erst als es passiert war, wurde Gioia klar, dass es passiert war.

Gioia und Lo sitzen nachmittags im Park auf der Bank.

Gioia und Lo reden und reden und reden. Noch nie hat sie mit irgendwem so geredet. Nicht mal mit sich selbst, dabei führt Gioia seit jeher Selbstgespräche.

Sie fotografiert einen kleinen Jungen, der am Boden sitzt und das Hinterrad seines Dreirads dreht.

Reden, reden, reden.

Das Foto von einer Frau, die sich abwendet und etwas in ihr iPhone tippt.

Reden, reden, reden.

Foto von zwei Hunden, die über die Wiese tollen.

Dann zieht Lo sie auf und sagt etwas zu ihr wie: »Kriegst du nicht Streifen am Hintern, wenn du hier den ganzen Nachmittag über sitzt?« Und Gioia entgegnet: »Hauptsache, du hast keine Streifen am Hintern«, und sie erinnert sich auch, wie es weiterging, sie hat ihn gefragt, ob er eine Stelle mit einem besseren Ausblick kennt als diese, und da hat er ihr eine Geschichte erzählt, dass er eines Tages durch eine Straße ging, immer an den Häusern entlang, und dass bei einem Haus die Tür offen stand und dass er hineingegangen ist, einfach so, mit dem Aufzug rauf- und runterfuhr und sich in dem Gebäude herumtrieb, und da macht sich Gioia über ihn lustig – nur in Gedanken natürlich, so unter dem Motto »Ich habe immer schon von einem geträumt, der in fremden Häusern Aufzug fährt« – aber dann zieht sie ihn wirklich auf und sagt, da hätte er Glück gehabt, dass sie nicht da war, denn wenn sie ihn dabei erwischt hätte, dann hätte sie sofort die Polizei gerufen, und er erzählt weiter, dass er nach zehn Minuten Rauf und Runter mit dem Aufzug in der obersten Etage ankam und sich sagte: Mal ausprobieren, ob man irgendwie aufs Dach kommt, er fand den Weg und, unglaublich!, die Tür war offen, die Tür zum Dach, er musste nur etwas dazwischenlegen, damit sie sich nicht hinter ihm schloss, und dann war er draußen auf dem Dach; Lo ist da oben und sieht die Stadt unter sich liegen, und er sagt sich, dass sich vor ihm eine Welt geöffnet hat, und dass dies ein Platz ist, an dem er sich zu Hause fühlt, auch wenn es nicht sein Zuhause ist, und wie schön es wäre, wenn man so über den Dächern leben könnte.

»Über den Dächern.«

»Ja, genau.«

»Und da hat keiner was gesagt?«

»Bisher hat mich noch keiner erwischt.«

Gioia sieht ihm in die Augen. Er hat schöne Augen, aber sie weiß instinktiv, dass es nicht das ist. Es ist das Licht, das aus seinen Augen leuchtet. Dieses Licht hat sie verführt.

»Hast du Lust, mit mir hinzugehen?«

»Wann?«

»Jetzt, Cosa, jetzt gleich. Ich habe wirklich Streifen am Hintern.«

Und so gehen sie beide durch den Strom der Leute, die von der Arbeit nach Hause kommen, sie reden nicht, haben ihre Kapuzen an und senken den Blick, sie folgt ihm auf dem Fuß, beide denken aneinander, sie sieht auf seinen Rücken, es gibt so viele Rücken, die sie normalerweise fotografieren würde, aber dieses Mal achtet sie nur auf seinen. Und ihr kommt es vor, als wäre es immer nur um ihn gegangen.

Lo bleibt vor einem zehnstöckigen Gebäude stehen.

»Ganz schön hoch, oder?«

»Je höher, desto besser.«

Und jetzt geschieht alles in dichter Folge, es bleibt gar keine Zeit zu begreifen, wo, was, wann, alles geschieht so schnell, so schnell, dass sie sich nicht mal fragt, wo sie ist, was sie tut, was sie will, es passiert einfach alles, sie und er sind auf dem Dach, sie läuft zu der Brüstung aus Beton und beugt sich hinüber, da unten sind Männer, Frauen, Kinder, Hunde, alle ganz winzig, und ein paar Wolken und der Sonnenuntergang, und er legt ihr von hinten die Arme um die Hüften, schiebt ihr Haar beiseite und küsst ihren Nacken, und sie schließt die Augen und spürt nichts mehr, spürt alles und zugleich nichts, die Geräusche verstummen, der Himmel ist nah und zugleich ganz weit weg, und die Zeit vergeht, sie weiß nicht, wie viel, es ist wie, als sie mit ihren Eltern in der Arena von Verona war, als sie stehen bleiben musste, weil ihr schwindelig wurde, weil alles angefangen hatte, sich zu drehen, auch jetzt dreht sich alles, und irgendwann hält Gioia an, hält ihn auf und sagt: »Hey!«

»Hey«, antwortet er.

»Alles gut?«, fragt sie.

»Was ist?«

»Ich glaube, unsere Kleider sind nicht mehr an ihrem Platz.«

»Na und«, sagt er und blickt nach unten.

»Weißt du, ich hab mal gehört, wenn Kleider nicht mehr an der richtigen Stelle sind, dann endet es irgendwann beim Sex.«

»Ja, das hab ich, glaub ich, auch schon gehört.«

Sie verharren eine Weile, und ihr Atem geht schnell. Der von Gioia aus Nervosität, der von Lo, weil er versucht, sie mit seinen Armen festzuhalten. Dann sagt sie: »Ich habe auch gehört, wenn zwei Leute, die Sex haben, nicht gut aufpassen, dann besteht die Wahrscheinlichkeit, dass in ungefähr neun Monaten ein Kind auf die Welt kommt.« Da lässt Lo sich auf die Seite fallen, und jetzt liegen beide da, die Augen zum Himmel gerichtet.

»Hast du keine Lust?«, fragt er.

»Nicht, dass ich keine Lust hätte, es ist nur ...« Gioia sucht nach den richtigen Worten, obwohl sie sie genau kennt.

»Es ist nur?«

Gioia reibt sich das Kinn, als dächte sie nach, seufzt ein paar Mal und sagt dann ganz ruhig: »Ich mache mir gleich vor Angst in die Hose!«

Als sie das sagt, fängt Lo an zu lachen, dann lacht auch sie, und sie hat immer noch Angst, aber sie lacht, und ihre linke Hand und seine rechte berühren einander, reiben sich aneinander, verflechten sich, während sie lachen, dann beugt er sich zu ihr und küsst sie, und während er sie küsst, lachen sie immer noch, und sie spürt die kalte Luft an ihrem nackten Hintern, sicher, dass sich früher oder später die Dachtür öffnet und einer auftaucht und sagt, sie sollten verschwinden, oder sie wegen unzüchtiger Handlungen auf einem Dach anzeigt, und währenddessen küsst Lo sie weiter und fasst sie an, dann legt er sich auf sie, und sie spürt, wie etwas sich bewegt, er auf ihr und etwas bewegt sich, etwas, das sie sucht, das sie will, und wenn es zuerst nur Angst war, dann ist das, was sie jetzt spürt, Erschrecken, und so schließt sie die Augen, kneift sie fest zu und sagt:

»Lo, tust du es? Tust du es wirklich?«

»Ja, Cosa, wenn du es willst.«

Gioia antwortet nicht, sie versucht es zwar, bringt aber kein Wort heraus, sie nickt nur schnell, damit er es versteht, und sie sagt nicht nur »ja«, sondern auch »Bitte mach es langsam« und auch «Pass gut auf!«, das alles mit einem einzigen Gesichtsausdruck, und dann macht sie die Augen zu, als wehte ihr ein kräftiger Wind ins Gesicht, und vielleicht passiert das gerade auch, denn spürt sie etwas, einen stechenden Schmerz, aber sie sagt nicht, dass er aufhören soll, sie hält nur weiter die Augen geschlossen, und sie drückt ihm die Nägel in den bloßen Rücken, sie hatte gar nicht mitbekommen, dass er seine Jacke und sein T-Shirt ausgezogen hatte, sie öffnet kurz die Augen, um zu sehen, was aus ihren Kleidern geworden ist, und ohne es zu wollen, spürt sie, dass der Schmerz nachlässt, wenn sie sich entspannt, und so gelingt es ihr sogar, etwas Lust zu empfinden, auf dem Grund dieses Schmerzes, so wie damals, als sie klein war und mit ihren Eltern mit dem Auto in einen Tunnel fuhr, den Kopf zwischen die Sitze gesteckt, und dann nach einiger Zeit hinten den Halbkreis der Ausfahrt entdeckte, zuerst ganz klein und dann immer größer, so ist es jetzt, langsam, ganz langsam, der Schmerz lässt nach, und die Lust nimmt zu, da ist eine Art Wärme, sie blickt nach oben, und da ist der Himmel und eine Wolke, in der Form eines Blattes, eine Wolke in Blattform ist am Himmel, und Lo und dieses Blatt liegen auf ihr, in ihr und was sie spürt, ist eine seltsame Lust, es tut ihr wohl und tut ihr weh und tut ihr wohl, sie versteht nichts mehr. Sie spürt nur das Pieksen seines Bartes auf ihren Wangen, etwas tropft auf ihr Gesicht, wahrscheinlich eine Schweißperle, und dann spürt sie seine Lippen und seinen Mund, und dann irgendwann, nur für den Bruchteil einer Sekunde, kommt der Moment, in dem der Tunnel zu Ende und da nur noch Himmel ist. Nur noch Himmel.

So viel Zeit ist vergangen, dass die Sonne untergeht, weit weg, hinter den letzten Häusern, dann ist über ihnen alles orange und in Stille getaucht, und Gioias linke Wange liegt auf Los Brust.

Gioia liegt da und hat nicht die geringste Lust, etwas zu sagen oder nach Hause zu gehen, zumindest für die nächsten zehn Jahre nicht, und doch denkt sie, sie müsste etwas sagen, ein neues Wort, das bedeutet: mit der Wange auf der Brust von jemandem liegen, den man gerade geliebt hat, und sie denkt, wenn es so ein Wort nicht gibt, will sie es erfinden, und sie möchte, dass es *cosalo* heißt, ja sie hat entschieden, es ist *cosalo*, von jetzt an, und immer wenn sie ihre Wange auf Los Brust legt, oder auf die eines anderen, immer wird es *cosalo* heißen.

»Geborgen«, sagt sie irgendwann. Unten von der Straße hören sie das Hupen eines Autos.

»Was?«

»Geborgen. Ich fühle mich hier geborgen. Wie fühlst du dich?« Aber Lo antwortet nicht. Gioia hebt das Kinn, um sein Gesicht zu sehen, und da merkt sie, dass Lo etwas hat.

»Alles okay?«

»Ja«, sagt er, auch wenn man genau sieht, dass es nicht stimmt.

»Bist du sicher? Du kommst mir ein bisschen …«

»Pass auf, es ist besser, wenn du jetzt gehst. Wir sehen uns morgen im Park, um drei, ja? Ich bleibe noch ein bisschen hier oben.«

43

»Meine Liebe, hier läuft aber grandios was schief. Das sag ich dir!«

»Was redest du da, Tonia! Das war ein wunderschöner Moment!«

»Ja sicher. Zwei Sekunden vorher habt ihr euch noch geliebt und alles war sanft und zärtlich, und dann wird er kalt wie Hundeschnauze. Dieser Typ ist nicht normal, das hab ich dir schon immer gesagt.«

Gioia geht die Straße entlang, die Hände in den Taschen vergraben. Es ist es schon dunkel. Wenn ein Stein am Weg liegt, kickt sie ihn weg.

»Und erklär mir mal, warum er da oben bleiben wollte und dich nicht mal nach Hause gebracht hat. Das ist doch das Letzte!«

Tonia ist nicht unbedingt der beste Gesprächspartner, wenn man einfach nur über schöne Dinge reden will, darüber, dass sie gerade zum ersten Mal im Leben mit einem Jungen zusammen war und nur über das nachdenken will, was auf dem Dach geschehen ist, während die Sonne unterging, mit einem Jungen, der ganz und gar dem entspricht, was sie immer gerne haben wollte.

»Jetzt reg dich mal ab, Tonia! Er hat doch gesagt, dass wir uns morgen wieder im Park treffen. Das ist doch ein gutes Zeichen, oder etwa nicht?«

»Ach komm, Gioia, mach dir nichts vor! Ich weiß ja, dass du jetzt am liebsten einfach weiterträumen möchtest, aber glaub mir: Das wird ein böses Erwachen geben«, sagt Tonia noch. Aber Gioia hört schon gar nicht mehr zu.

44

Am Tag nach dem Tag, an dem Gioia zum ersten Mal mit einem Mann zusammen war, ist der Himmel wolkig und grau, kleine unfreundliche Windböen zerren an den Zweigen vor ihrem Fenster.

Nein, das ist kein schönes Erwachen.

Es liegt nicht am Himmel und auch nicht am Wind, und auch nicht daran, dass es sicher bald regnen wird. Es liegt daran, dass es bald passieren wird, Gioia spürt es, bald wird sie aufwachen aus dem schönen Traum, und dann ist der Traum vorbei und die übliche stupide Wirklichkeit macht sich wieder breit.

Sie ist gerade vom Klingeln des Weckers aufgeschreckt und noch halb verschlafen, da meldet sich schon Tonias Stimme und sät den Zweifel: »Ich hab noch mal nachgedacht. Findest du es nicht komisch, dass er dich im Park kein einziges Mal geküsst hat?«

Natürlich wäre es schöner gewesen, mit Sonnenstrahlen auf dem Kopfkissen aufzuwachen, mit Vogelgesang und anderen schönen Dingen wie in *Schneewittchen*, aber in Wahrheit hat sie ihr Gehirn für einen Tag ausgeschaltet, und jetzt ist es wieder eingeschaltet und kann nicht anders, als zu fragen: »Was ist das für ein Schlamassel?«

Es stimmt schon. Bevor Tonia diese Zweifel in ihr geweckt hat, hatte Gioia auf dieses Detail nicht geachtet. Die ganze Sache war vielversprechend: ein Junge, der noch etwas anderes im Kopf hat, als einem direkt seine Zunge in den Mund zu schieben. Der lieber zwei Stunden dasitzt und mit dir redet und Fotos macht. Gioia hatte das als besonders vertrauenerweckend empfunden. Aber jetzt, wo der Schlaf dieses ganze Chaos an Freude und Lust und Sehnsucht und Hunger und Zärtlichkeit zum Schweigen gebracht hat, bohren sich Tonias Fragen wie kleine Reißnägel in ihr Herz. »Und wenn er dich nicht geküsst hat aus Angst, dass euch einer sieht? Und wenn er dich nur deshalb auf das Dach geführt hat, weil das der einzige Ort ist, wo er dich unbeobachtet vögeln kann? Und wenn er diese ganze Geschichte nur erfunden hat, um dich aus dem Park zu lotsen? Und ist er nicht vor dir her gegangen, die Kapuze ins Gesicht gezogen, anstatt neben dir? Warum wohl?«

»Tonia, hör auf, ich bin doch gerade erst aufgewacht!«

In der Grundschule hatte die Lehrerin der Klasse einmal ein Bild gezeigt, auf dem viele Menschen, Tiere und Gegenstände zu sehen waren. Sie sagte, alle sollten es sich eine Minute gut ansehen, und ob vielleicht jemand von ihnen darauf Katzen erkennen könnte. Nein, da seien keine Katzen. Die Lehrerin entgegnete, doch, da seien welche, nur gut versteckt, und das Spiel bestehe darin, alle zehn zu finden. Dies sei eine Übung, die das Wahrnehmungsvermögen stärke.

Jetzt, genau zehn Jahre später, hat Gioia das gleiche Gefühl: Sie hatte vorher keine einzige Katze gesehen, aber jetzt weiß sie, dass sie sie nur suchen muss, und jetzt, wo sie sich konzentriert, springt eine nach der anderen aus ihrem Versteck hervor.

Erste Katze: Warum hat Lo bisher nie daran gedacht, ihr seine Telefonnummer zu geben?

Zweite Katze: Gibt es Jugendliche von achtzehn, die kein Smartphone haben, außer Gioia und ihrer Freundin Tonia, die nicht einmal existiert?

Dritte Katze: Warum ist es für ihn so schwierig, über seine Eltern zu reden Warum hat er ihr nie gesagt, wo er wohnt, in welche Schule er geht, wer seine Freunde sind? Sicher, sie hat ihn nie danach gefragt, aber es ist doch eine ganz schön fette Katze, dass er nie über all das gesprochen hat. Viele Katzen, um genau zu sein.

Sie würde Lo jetzt gern hier haben, ihm alles sagen, was ihr durch den Kopf geht, ihn bitten, ihr tausend Dinge zu erklären, von denen sie, wie ihr jetzt erschreckend klar wird, keine Ahnung hat.

Siebzehn Jahre ihres Lebens hat Gioia praktisch nicht an Liebe gedacht, aber sie ist sicher, wenn sie daran gedacht hätte, dann wäre es etwas gewesen, bei dem man keine Erklärungen braucht. Sie weiß nichts über Liebe, aber das Wenige, was sie weiß, ist, dass man eigentlich keine Erklärungen brauchte.

»Es müsste genügen, sich anzusehen, sich nur anzusehen und zu verstehen. Mehr nicht. Auch, sich zu verstehen, ohne sich anzusehen«, sagt sie zu Tonia, die inzwischen am Schreibtisch sitzt und ihr beim Anziehen zusieht.

Ja, die Liebe, dass müsste bedeuten, dass man schon weiß, was geschieht, dass man es immer weiß, auch aus der Ferne, auch wenn man getrennt ist, dass man immer weiß, wer der andere ist, was er will, was er tut, woran er glaubt, es müsste sein wie bei einem Bild, einem Lied oder einem Buch: Wenn man es erklären muss, bedeutet das, dass es nicht stark genug ist, nicht klar genug und wahrhaftig genug, dass es sich von selbst erklärt.

45

Gioia betritt die Klasse und setzt sich an ihren Platz. Sie hat die Kapuze ihrer Jacke über den Kopf gezogen und ist entschlossen, heute Vormittag mit niemandem ein Wort zu wechseln. Sie hofft, dass ihr keiner zu nahe kommt und mit ihr reden will: Das würde heute nicht gut ausgehen. Aber natürlich, so wie es immer ist, wenn man hofft, dass etwas nicht passiert, ausgerechnet dann geschieht es. Zufällig schnappt Gioia ein Gespräch auf, das zwei Bänke hinter ihr stattfindet.

»Stell dir vor, dass eine wie die einen Freund hat!«

»Wenn sie einen hat, ist es entweder ein Giftzwerg oder ein alter Sack.«

»Nee, die hat sicher keinen. Nicht der Trauerkloß.«

Sie erkennt die Stimme von Giulia Batta. Am liebsten würde sie aufspringen und etwas zu Boden werfen. Oder so laut schreien, wie sie kann, dass sie sich um ihre eigenen Angelegenheiten kümmern sollen, dass es keinen etwas angehen muss, ob sie einen Freund hat oder nicht, dass man über Kinder in Sri Lanka, Organhandel im Sudan, Bodenminen in Ex-Jugoslawien und tausend andere wichtigere Dinge reden kann, und warum sie unbedingt über den Freund von Gioia Spada quatschen müssen, ob es ihn nun gibt oder nicht.

Aber wie immer schafft es Gioia nicht, all das zu sagen. Wie oft ist es ihr schon passiert, dass sie etwas sagen wollte, antworten, reagieren, aber nicht die richtigen Worte fand. Jetzt zum Beispiel wäre nichts einfacher, als zu sagen: »Was wisst ihr schon davon?« Aber Gioia kriegt es nicht hin, sie bringt kein Wort heraus, sie dreht sich nur mit einer heftigen Bewegung um, starrt die anderen böse an und fasst in diesem wilden, hasserfüllten Blick alle Beschimpfungen zusammen.

Das Dumme an der Sache ist, dass sie zu Hause, wenn es zu spät ist, genau weiß, was sie der Batta und ihren Freundinnen hätte entgegnen müssen, um sie endgültig zum Schweigen zu bringen. Auch dafür gibt es ein Wort, *trepverter*, ein jiddisches Wort, und es bedeutet: »Die richtige Antwort, wenn es zu spät ist«. Eigentlich ist Gioia schlagfertig, aber nicht, wenn sie so nervös ist wie jetzt.

Die drei Mädchen sitzen in ihrer Bank und für ein paar Sekunden steht ihnen der Mund vor Staunen offen. Als Gioia dann aber nichts sagt und sich nur mit einem wütenden Schnauben den Kopfhörer aufsetzt, sehen sie sich an und lachen weiter ihr höhnisches Lachen.

46

»Machen sie diesen Spiegel eigentlich nie sauber?«

»Die Frage ist, ob sie überhaupt je dieses Klo putzen.«

»Hat jemand das Geschichtsbuch aufgemacht?«

»Aufgemacht schon, aber nur, damit meine Eltern Ruhe geben.«

»Wenn er mich drannimmt, weiß ich nichts.«

»Hast du heute schon den Trauerkloß gesehen?«

»Wen?«

»Heute ist sie noch schlechter drauf als sonst.«

»Was erwartet ihr sonst bei so einer Familie.«

»Der Vater säuft.«

»Die Mutter auch.«

»Bei denen ist sogar die Katze ständig besoffen.«

»Ich hab' gehört, dass ihre Eltern getrennt sind.«

»Anscheinend sind sie wieder zusammen.«

»Wie krank muss man sein, wenn man sich einen Freund ausdenkt, den es gar nicht gibt?«

»Habt ihr das gerahmte Foto von ihr gesehen? Das ist wirklich ziemlich gut.«

»Ja, aber es ist ja bekannt, dass Künstler alle verrückt sind.«

»Irgendwann finden wir sie mit einem abgeschnittenen Ohr, das sage ich euch.«

»Voll krass.«

»Gibt es nicht für solche Fälle irgendwelche Aufpasser?«

»Therapeuten oder so.«

»Wundert es euch, dass man total depri wird in dieser Scheißschule?«

»Gestern habe ich sie gesehen, auf der Parkbank.«

»Allein?«

»Mutterseelenallein. Es war drei Uhr nachmittags, und sie starrte ins Leere. Irgendwie unheimlich.«

»Was willst du machen, sie ist eben total schräg.«

»Gib mir mal deinen roten Lippenstift.«

»Ja, mir auch, steht mir die Farbe nicht super.«

»Du siehst damit aus wie 'ne Nutte.«

»Genau!«

»Wir sollten was für sie tun.«

»Was denn? Einen Exorzisten rufen?«

»Nee, sei nicht blöd, wir müssen einen Kerl für sie finden.«
»Wer will denn mit so einer ausgehen?«
»Sie sähe eigentlich gar nicht so schlecht aus …«
»Wenn sie sich mal die Haare kämmen würde!«
»Ihr seid wirklich blöd!«
»Es hat geklingelt, los, lasst uns gehen.«
»Einen Moment, einen Moment!«
»Wenn ich in Geschichte drankomme, bin ich am Arsch!«

47

»Was möchten Sie mich heute fragen, Signorina Spada?«

Draußen hat es zu regnen begonnen, und so findet die Pause im Flur statt. Gioia steht da an die Wand gelehnt, ohne etwas zu essen. Sie hat auch das Schulbrot zu Hause vergessen. Aber sie hat sowieso keinen Hunger.

»Kann ich auch was Persönliches fragen?«

»Wie meinen Sie das?«

»Ich weiß nicht, ich möchte nicht indiskret sein.«

»Ein Mann namens Oscar Wilde hat einmal gesagt: ›Fragen sind nie indiskret. Manchmal sind es die Antworten.‹«

Gioia lächelt, auch der Lehrer lächelt, und die Falten lassen ihn zwanzig Jahre älter aussehen. Auf seiner taubenblauen Jacke glitzern ein paar Regentropfen, und Gioia würde sie gern anfassen und ihre Feuchtigkeit an den Fingerspitzen spüren.

»Waren Sie je verliebt?«, fragt sie ihn. Der Lehrer fängt an zu lachen. Einige Schüler in der Nähe drehen sich um.

»Ich nehme an, das bedeutet ja«, sagt Gioia.

»Ich sag's mal so: Wenn ich mich nie verliebt hätte, dann wäre ich jetzt tot oder im Gefängnis«, sagt er und lacht immer noch.

»Also, ich wollte Sie fragen … ich wollte Sie eigentlich fragen …«

»Nun fragen Sie schon, Signorina, heraus damit!«

Gioia holt tief Luft. »Hatten Sie jemals das Gefühl, dass jemand, der vor Ihnen steht, nicht der Mensch war, der vor Ihnen steht?«

Da hört Prof. Bove plötzlich auf zu lachen. »Was meinen Sie?«

»Ich meine: Hatten Sie nie Angst, dass Sie sich ein Bild von einem Menschen gemacht haben, das vielleicht gar nichts mit der eigentlichen Person zu tun hatte?«

Zuerst sieht der Lehrer sie etwas verblüfft an, dann tritt er näher und sagt leise: »Immer, Signorina, immer. Aber seien Sie unbesorgt. Wenn das Bild und die Wirklichkeit nicht übereinstimmen, werden Sie das sehr schnell merken.«

48

Nur die Ruhe. Keine Panik. Gestern ist er doch auch fünf, sechs Minuten zu spät gekommen. Vielleicht gehört er ja zu denen, die es nie schaffen, pünktlich zu sein. Ja, vielleicht.

Jetzt hat Gioia Zeit nachzudenken, aber es wäre ihr lieber, wenn sie keine Zeit dazu hätte. Denn es fehlt nicht viel, und schon überkommen sie wieder die Zweifel. Sie nutzen jeden kleinsten Riss, um ans Tageslicht zu kommen.

Sechs Minuten Verspätung.

Sie möchte ihn alles fragen, ein für alle Mal begreifen, was mit seinen Eltern nicht in Ordnung ist, und ihr ist es ganz egal, ob er gut reagiert oder ausrastet: Diesmal will sie es wissen. Sie möchte als seine Freundin nicht nur die schönen Dinge mit ihm teilen, das Leben ist nicht nur schön, es wäre künstlich, unecht, wenn immer nur alles schön wäre.

Sieben Minuten Verspätung.

Sie wird ihm direkt in die Augen sehen und ihn fragen: »Bist du sicher, dass du nicht schon eine Freundin hast?« Sie möchte wissen, ob er mehr ist als der typische Mann, der sich in Ausreden flüchtet, weil er glaubt, eine Dumme gefunden zu haben, die er ausnutzen kann.

Acht Minuten Verspätung.

Es gibt ein Wort in der Sprache der Inuit: *iktsuarpok*. Das bezeichnet »Die Enttäuschung, die man empfindet, wenn man auf jemanden wartet, der sich verspätet«. Wer weiß, vielleicht gibt es ja auch noch ein anderes Inuit-Wort für »Die Lust, jemanden ins Gesicht zu schlagen, der nicht nur zu spät zur Verabredung kommt, sondern gar nicht«. Wenn er nicht bald da ist, wird sie eins erfinden.

Vielleicht ist es besser, ein bisschen Musik zu hören, um nicht zu viel zu grübeln. Etwas Lautes, bei dem man nicht viel denken kann. *Smashing Pumkins*, 1979. Ja, das passt gut.

Neun Minuten Verspätung.

»Lo, wo bist du«, flüstert sie, als das Lied zu Ende ist. Es hat ihre Gedanken nicht zum Schweigen gebracht.

Zehn Minuten Verspätung.

»Lo, wenn du in fünf Minuten nicht hier auftauchst, bist du ein toter Mann«, sagt sie.

Fünfzehn Minuten Verspätung.

Zwanzig.

Eine halbe Stunde.

Eine ganze Stunde.

Er kommt nicht. Lo ist nicht gekommen.

Gioia steht langsam auf und geht zum Ausgang des Parks. Prof. Bove hatte gesagt, sie werde es bald wissen. Aber sie hatte nicht gedacht, dass es so bald wäre.

49

Im Haus brennt kein Licht. Das ist schon mal gut. Die beiden sind nicht zu Hause. Gioia kann sich aufs Sofa legen, ohne so tun zu müssen, als ginge es ihr gut.

Als sie dann aber die Haustür aufschließt, merkt sie, dass etwas nicht stimmt. Im ganzen Haus herrscht eine seltsame Unordnung. Anders als sonst. Gacco, die Geisterkatze, ist ihr nicht entgegengesprungen, wie sie es sonst immer tut, sie scheint nicht da zu sein. Als habe sie sich versteckt.

Gioia geht langsam durch die Wohnung und versucht zu verstehen, was passiert ist, sie macht Licht, geht ins Wohnzimmer, in die Küche. Sie geht auch in die Kammer, wo ihre Oma liegt, mit weit aufgerissenen Augen, so als sei sie zutiefst erschrocken.

Sie geht ins Schlafzimmer, und da sieht sie ihre Mutter im Schein der Straßenlaternen zusammengekauert auf dem Bett liegen. Sie braucht gar nicht erst das Licht anzumachen und zu fragen: Geht's dir gut?

Sie weiß die Antwort auch so, sie weiß, was passiert ist, wieder einmal, so wie immer.

Ihre Mutter dreht sich um, hebt den Kopf.

»Ach, du bist's. Im Kühlschrank ist etwas Hühnchen.«

»Ich habe keinen Hunger.«

»Tut mir leid wegen der Unordnung. Es war … ja, also …«

»Ich weiß schon, was passiert ist, du brauchst nichts zu sagen.«

»Nein, es ist nicht, wie du denkst. Wirklich nicht, ich war es …«

Gioia macht Licht. Ihre Mutter schließt geblendet die Augen. Sie ist rot im Gesicht. Die linke Wange sieht so aus, wie Gioia sie schon oft gesehen hat, sehr oft.

Sie sieht ihre Mutter an und sagt nichts, sie atmet nur schneller, ist entsetzt. Nein, entsetzt ist gar nicht das richtige Wort. Sie ist entsetzt und zugleich angewidert.

»Was ist los, Schätzchen?«

»Was los ist? Das fragst du mich?«

Ihre Mutter öffnet die Augen, das Licht tut ihr nicht mehr weh. Vorsichtig betastet sie ihr Gesicht, die Stellen mit den blauen Flecken, und es ist, als erinnerte sie sich erst jetzt an das, was passiert ist. Dann sagt sie nur: »Ach!« und senkt den Blick. »Es war so, Schätzchen, ich habe ihn provoziert«, stammelt sie. »Er hat nur ... ich hätte das nicht sagen sollen.«

Gioia schüttelt unmerklich den Kopf, und was gäbe sie darum, wenn sie nur eine Bühne vor sich hätte, aus Pappmaché, die sie zerreißen und zertreten könnte, alles, was sie vor sich hat, mit einem Fußtritt beiseitetreten könnte, um das Gesicht ihrer Mutter nicht mehr sehen zu müssen, weg mit der Bettwäsche, dem Staub auf der Kommode, weg mit den wirren Haaren dieser Frau, die sie einerseits bedauert, andererseits gern ins Gesicht schlagen würde, noch mehr, als es ihr Vater schon getan hat. Die Inszenierung ist unerträglich. Von den Schauspielern ganz zu schweigen. Nicht wegen der Schläge, der Tränen, wegen des Alkohols und all dem, sondern weil es vorherzusehen war. Das macht es so unerträglich – die Vorhersehbarkeit. Bei jeder Szene weiß man schon, wie es enden wird, und das ist das Traurigste von allem.

»Soll ich dir was kochen? Hast du gegessen?«, fragt ihre Mutter, und alles, was Gioia denken kann, ist, wie gern sie jetzt Lo hier hätte, wie gern sie ihn anrufen würde, um ihm alles zu erzählen, was sie hier gesehen hat, was hier passiert ist, und Schluss machen mit diesem ›Alles ist immer nur schön‹. Sie möchte ihm auch die schrecklichen Dinge zeigen, ihm die verquollenen Augen ihrer Mutter beschreiben und die dunklen Flecken auf ihrem Gesicht, sie möchte ihm erzählen, was für ein Schwein ihr Vater ist und wie unverzeihlich dumm ihre Mutter, dass sie immer wieder an ihn glaubt, nach all den Jahren, in denen sich immer wieder dieselbe dumme Geschichte abspielt.

Er fehlt ihr.

Lo fehlt ihr.

Aber mehr noch fehlt ihr, ihn an Stellen zu führen, die er noch nie gesehen hat, und die Orte zu sehen, von denen er sie immer ferngehalten hat.

Zum ersten Mal und auf eine Weise, bei der jede Faser ihres Körpers schmerzt, als würde sie mit einem Fleischerhaken langezogen, spürt Gioia, dass sie Lo haben will, hier und jetzt.

50

Prof. Bove kommt herein, im Arm einen Stapel Papier.

»Guten Morgen. Heute soll jeder von euch ein Blatt Papier bekommen«, sagt er und fängt schon an, die Blätter in den Bankreihen zu verteilen. Als er bei Gioia ankommt, zwinkert ihr zu, bevor er weitergeht und die restlichen Bögen verteilt.

»Aus einer Studie geht hervor«, sagt Bove, der jetzt wieder am Pult steht, »dass junge Leute zwischen fünfzehn und fünfundzwanzig im Durchschnitt über achthundert Wörter verfügen.«

Keinerlei Reaktion von Seiten der Klasse. Jemand gähnt. Die Batta sieht in ihren Schminkspiegel.

»Stimmt es, dass die Nashörner aussterben?«, fragt jemand aus den hinteren Reihen, und einige fangen an zu kichern. Bove geht nicht darauf ein.

»Könnt ihr euch vorstellen, was wir heute machen?«

Die Schüler sehen ihn an, und ihr Blick sagt: Nein, wir haben nichts kapiert. Bove könnte jetzt sauer werden und empört schnaufen, wie das die Lehrer normalerweise tun, sie ansehen mit einem Blick, der bedeutet: Was für eine fürchterliche Klasse, ihr seid die schlimmsten Schüler, die ich je hatte ... Aber Bove ist Bove. Er macht das nie, auch wenn die Unwissenheit seiner Schüler alle bisher bekannten Grenzen überschreitet, er behandelt sie nie schlecht, macht sich nicht über sie lustig, macht keine sarkastischen Bemerkungen, sondern lächelt wie ein Vater, der seinen Sohn stolpern lässt, damit er gehen lernt.

»Heute machen wir etwas wie der WWF, aber mit Worten. Wir wollen ein paar Worte retten. Jeder von euch rettet das Wort, das auf seinem Blatt steht. Ein Wort, das ihr euch aneignet und so oft benutzt wie möglich und dessen Bedeutung ihr erklärt, wenn euch jemand danach fragt.«

»Sie sind doch nicht unser Sprachlehrer!«, beschwert sich Casali.

»Nun, Signor Casali«, sagt Bove, wobei er lächelt und die anderen Schüler ansieht, »würden Sie denn mitmachen, wenn ich Ihnen hundert Euro gäbe?«

»Klar, was für eine Frage!«

»Ich bin aber kein Rubbellos.«

Gioia ist die Einzige, die lacht.

»Oje, mein Blatt ist schon auf den Boden gefallen«, sagt Boccia, Casalis Banknachbar.

»Na schön, Signor Boccia, dann heißt das wohl, dass in Ihrem Fall das passende Wort ›fünf‹ ist.«

»Jeder weiß, was ›fünf‹ bedeutet, das Wort stirbt doch gar nicht aus!«, erwidert Boccia, der noch nicht mitbekommen hat, dass der Lehrer das Klassenbuch geöffnet hat. Diesmal lachen alle.

»Und was soll das Ganze?«, fragt Casali aufsässig.

»Betrachten wir es mal so«, sagt der Lehrer, holt ein dickes Lexikon aus dem Schrank und legt es gut sichtbar auf das Lehrerpult. »Wenn Eltern ein Kind adoptieren, was meinen Sie, holen sie es dann im Waisenhaus ab, oder lassen sie es sich nach Hause schicken?«

»Wie? Was?«

»Nehmen Sie sich ein Wörterbuch, und suchen Sie nach der Bedeutung Ihres Wortes.«

Casali schnaubt und dreht sich zu Sara Costa, der Klassenstreberin um. »Was bedeutet Solipsismus?«, fragt er. Doch die Costa antwortet nicht.

Auch die anderen Schüler lesen das Wort, das auf ihrem Blatt steht. Manche murmeln es halblaut vor sich hin, andere fragen ihre Banknachbarn. »Und was hast du?« Wieder andere wiederholen es laut, ohne genau zu wissen, was sie da eigentlich sagen. Eine Weile hört man ein Stimmengewirr, das sich aus Wörtern zusammensetzt wie »Weissagen«, »Wortgewandtheit«, »atavistisch«, »Podrom«, »Tröpfeln«, »pantagruelisch«, »Überfluss« ... Gioia gefällt das. Auch wenn sie die meisten Wörter nicht kennt, findet sie es schön, sie zu hören, zu wissen, dass es sie gibt und dass da Dinge sind, die sie nicht kennt und eines Tages kennenlernen kann, und deshalb kann sie einen Moment aufhören, an Lo zu denken.

»Und Sie, Signorina Spada, welches Wort haben Sie?«, fragt Bove und lächelt sie an, und da merkt Gioia, dass sie ihr Wort noch gar nicht gelesen hat. Sie faltet das Blatt auf und liest: *abbacinare*: »Blenden«.

»Ich möchte Sie nun bitten, Folgendes tun, um Ihr Wort zu retten. Suchen Sie nach der Bedeutung, und verwenden Sie es so oft Sie können«, sagt Bove.

Von der letzten Bank ruft Boccia: »Muss ich jetzt andauernd ›fünf‹ sagen?«

51

»Blenden«: Mittelalterliche Strafe: Ausstechen der Augen; Behinderung der Sicht durch grelles Licht; Vortäuschen guter Kenntnisse und Eigenschaften, über die man kaum verfügt, s. »Täuschen«.

Manche Schönheiten täuschen den Geist, geben ihm einen falschen Glanz …

Gioia Spada geht über den Schulhof und wiederholt das Wort »Blenden«, leise und immer wieder, um es sich zu merken. Und sie fragt sich, ob sie so etwas schon einmal erlebt hat. Während sie gedankenverloren einen Cracker isst, kommt sie zu dem Schluss, dass dem nicht so ist, und sie denkt an Boves Lächeln, als er ihr den Zettel reichte.

Sie sieht den Lehrer weiter hinten auf einer Bank. Er liest ein Buch. *Die Welt als Wille und Vorstellung* von Arthur Schopenhauer. Vielleicht ist er jetzt so in sein Buch vertieft, dass er vergisst, wie sonst bei ihr vorbeizukommen. So geht sie zu ihm.

»Darf ich mich kurz zu Ihnen setzen?«

»Natürlich, Signorina Spada.«

»Heute würde ich Sie gerne fragen …«

»Ja«, sagt er, ohne den Blick von seinem Buch zu heben.

»Ja, was?«

»Ja, das können Sie.«

Er schaut immer noch in sein Buch und sagt dann: »Es gibt Dinge, die einen so blenden, dass man getäuscht wird. Wenn Licht zu hell wird, stört es unsere Wahrnehmung.«

Gioia sieht ihn verblüfft an.

»Ich habe Ihnen dieses Wort gegeben, weil ich weiß, dass Sie unübersetzbare Wörter lieben. Das Wort *abbacinare* gibt es nur auf Italienisch.«

»Wirklich?«

»Es ist die einzige Sprache auf der Welt, in der es bedeutet: ›So viel Licht, dass es wehtut.‹ Und das ist möglich. Deshalb kann man nicht in die Sonne sehen, wenn sie weit oben steht. Das tut wirklich weh. Blendung muss nicht unbedingt eine Folter sein. Zu viel Licht und zu viel Glück können auch zur Folter werden.«

Gioia bleibt sitzen und blickt zu Boden. Sie hört das Geschrei auf dem Schulhof, das Aufprallen eines Balles, das Lachen. Sie möchte den Lehrer etwas fragen, findet aber nicht die richtigen Worte. In ihr steigt etwas Unbestimmtes auf, das sie noch nicht genau formulieren kann. Prof. Bove klappt sein Buch zu, steht auf, und bevor er pfeifend davongeht, sagt er noch: »Denken Sie immer daran, Signorina Spada: Wir alle werden geblendet, jeden Tag, aber besser, es geschieht durch zu viel Licht, als dass wir wegen der Dunkelheit nichts sehen.«

52

Der erste Ort, an dem sie ihn sucht, ist die Bar mit der Dartscheibe.

Als sie dort ankommt, bemerkt sie, dass es hier tagsüber völlig anders aussieht. Das schäbige Mobiliar ist in Licht getaucht, und an den Tischen sitzen alte Leute und spielen Karten.

Sie tritt schüchtern ein und sieht hinter der Bar eine junge Frau im Tanktop, die mit ihren tätowierten Armen gerade einen Geschirrspüler anstellt.

»Entschuldigung …«

»Die Toilette ist dahinten, aber nur für Gäste«, sagt die Frau, ohne sich umzudrehen.

»Nein, ich brauche nur eine Auskunft …«

Die Frau, die an die weibliche Ausgabe eines Rockstars erinnert, dreht sich um und sieht sie leicht genervt an.

»Also schön, was willst du?«

»Ich suche einen Jungen.«

»Mein liebes Mädchen, da bist du nicht die Einzige. Aber wenn du glaubst, hier in diesem Loch findest du einen, kannst du lange suchen. Hier gibt es nur Rentner und Verrückte.«

»Nein, also ich …«

»Es gibt auch verrückte Rentner. Aber da musst du schon Glück haben.«

»Entschuldigung, ich habe mich sicher unklar ausgedrückt. Ich such einen ganz bestimmten Jungen. Er kommt manchmal her und spielt Darts.«

»Ach, ich verstehe, das muss einer von den Drückebergern sein, die hier den ganzen Nachmittag rumhängen und so viel Krach machen, dass meine Kleine nicht schlafen kann. Wie heißt er denn?«

»Lorenzo Vita, aber er nennt sich Lo.«

»Dann guck mal, ob er unter den Pechvögeln dahinten ist«, sagt die Frau hinter der Bar und zeigt auf ein paar Jugendliche, die draußen Darts spielen.

Gioia wirft einen Blick hinüber, sieht aber gleich, dass Lo nicht darunter ist. Sie hat auch gar nicht damit gerechnet, ihn um diese Uhrzeit hier anzutreffen.

»Nein, da ist er nicht. Er kommt vor allem nachts hierher.«

Die Frau verdreht die Augen. Sie sagt nichts, aber es ist deutlich zu erkennen, dass sie nicht besonders begeistert ist.

»In der Nacht.« Sie stemmt die Hände in die Hüften.

»Ja.«

»Du willst mir also sagen, dass da irgend so ein Idiot herkommt und sich nachts in meiner Bar amüsiert?«

»Ich weiß es nicht, aber … ja.«

»Dann tu mir einen Gefallen: Sag ihm, wenn ich ihn nachts dabei erwische, wie er hier mit meinen Pfeilen spielt, stecke ich sie ihm höchstpersönlich in den Hintern!«

Sie sagt das nicht so, als mache sie Witze. Ihr Gesicht sieht aus, als habe sie nie im Leben Witze gemacht. Gioia begreift, dass die Sache unangenehm wird, und geht zum Ausgang. An der Tür bleibt sie stehen, dreht sich um und fragt noch einmal: »Sie haben also wirklich hier in der letzten Zeit keinen Lorenzo oder Lo gesehen?«

Die Frau hinter der Bar seufzt schwer, als müsse sie sich zusammenreißen, dann sagt sie: »Nee, meine Kleine, kein verdammter Idiot, der Lo heißt. Ich hab' den Laden aber erst seit einem halben Jahr. Und jetzt mach die Biege und geh mir nicht länger auf den Geist mit deinen Fragen.«

53

Gioia sucht im Park, in den Straßen, auf dem Dach, wo sie sich geliebt haben. Sie sucht überall.

Im Telefonbuch steht der Name Vita nicht. Gioia hat so viel Pech, sicher steht dort nur der Name der Mutter. Unmöglich, herauszufinden, wo er wohnt.

Auch im Netz keine Spur. Sie hat versucht, ihn über das Profil ihrer Mutter zu finden, die auf Instagram und Facebook ist. Nirgendwo ein Lorenzo Vita.

Jetzt läuft sie durch die Straßen und hofft absurderweise, ihm irgendwo zu begegnen. Doch leider geschieht das nicht.

Ihre Füße brennen, so viel ist sie herumgelaufen, und immer, wenn ihr ein Junge mit Kapuzenjacke entgegenkommt, denkt sie für den Bruchteil einer Sekunde, dass er es ist – dieser Junge, der ihr Bauchschmerzen bereitet und durch den sie sich fühlt wie das verrückteste Mädchen der Erde, des Sonnensystems, des Universums.

Sie weiß, dass es ihn gibt. Sie hat ihn gesehen, berührt, geküsst, ihn in sich gespürt. Auch wenn die Kapuzenjacke, die er ihr geschenkt hat, nun der einzige Beweis dafür zu sein scheint, dass er wirklich existiert, spürt sie ihn am ganzen Körper, Lo ist überall.

Eigentlich müsste sie ihn doch hassen, aber das schafft sie nicht. Alles hindert sie daran. Sie möchte, dass er bei ihr ist, sie hat Hunger und Durst nach ihm. Sie denkt an das Licht in seinen Augen. Und an sein erstauntes Lächeln, hört sein »Hey, Cosa!«, spürt seine Hand in der ihren, seine Lippen auf ihrem Mund und wie er sich langsam in ihr bewegt. Sie denkt an den indigoblauen Himmel über ihnen, an seine schwarze Kapuzenjacke. An seine Scherze.

Es passiert ihr nicht zum ersten Mal. Zu wissen, dass man eigentlich ein negatives Gefühl haben müsste, es aber nicht hat. Mit ihrer Mutter ist es genauso. Sie weiß, dass sie sie hassen müsste, für alles, was sie ihr angetan hat, noch antut und antun wird. Aber es geschieht nicht, kurz vorher passiert immer irgendwas.

Während sie mit ihren müden Füßen weitergeht, sehnt sie plötzlich die Zeit zurück, als es Lo noch nicht gab. Die Zeit, bevor sie ihn kannte, mit ihm redete, ihn küsste, mit ihm geschlafen hat. Damals ging es ihr eigentlich nicht schlecht. Es ging ihr auch nicht gut, aber ihr schnürte sich nicht der Magen zu, sie hatte nicht die lächerliche Hoffnung, dass in jeder schwarzen Kapuzenjacke Lo steckt. Und das macht sie plötzlich wütend.

Sie ist wütend – nicht, weil er verschwunden ist, nicht, weil er vermutlich nur eins im Sinn hatte, nämlich sie flachzulegen und dann das Weite zu suchen, sondern weil er sie hat glauben lassen, dass es die Liebe gibt, dass sie möglich ist und keine Erfindung von Schriftstellern und Filmemachern. Und jetzt dieser gigantische Reinfall. Gioia weiß, dass nichts mit dieser Liebe verglichen werden kann, dass nichts mehr so sein wird, wie vorher, der Schleier ist zerrissen, sie hat das Licht gesehen, ist geblendet worden, das ist die wahre Folter, zu viel Licht, ein Licht, das Sehnsucht nach dem Dunkel erzeugt. Gioia beißt die Zähne zusammen, bis ihr der Kiefer schmerzt, am liebsten sie würde auf jemand oder etwas einschlagen, aber da das nicht möglich ist, macht sie das Nächstliegende. Sie holt ihre Kamera hervor und macht Bilder, aufs Geratewohl, nervös, wütend, ganz gleich ob von vorn oder von hinten, sie drückt auf den Auslöser und fotografiert einfach alles und jeden. Im Gehen, im Laufen, die Leute bemerken es, manche sehen sie böse an, aber sie reagiert nicht darauf, macht weiter, schießt ein Foto nach dem anderen, bis ein etwa fünfzigjähriger Mann mit Krawatte und Aktenkoffer sie plötzlich am Arm packt und sagt: »He! Warum fotografierst du mich?«, und Gioia reißt sich los und rennt weg, die Kamera in der Hand, während er ihr etwas hinterherbrüllt. Sie rennt weiter, bis sie den Marktplatz erreicht und sich atemlos auf eine Bank fallen lässt.

Sie holt tief Luft und legt den Kopf zurück. Aus ihrem linken Auge läuft ein Tropfen, und es ist kein Schweiß. Sie blickt in den Himmel über ihr.

Drei Sekunden.

»Wie blöd ich doch bin«, sagt sie, während sie immer noch nach oben schaut.

Dann steckt sie den Fotoapparat ein, steht auf und geht weiter. Zu dem Gebäude, auf dessen Dach sie sich geliebt haben.

54

Gioia sitzt auf dem Dach, genau an der Stelle, wo sie vor zwei Tagen für den Bruchteil einer Sekunde das Licht am Ausgang des Tunnels gesehen hat. Sie hat einen Bleistift in der Hand und ein Blatt, das sie aus ihrem Notizbuch herausgerissen hat. Sie kaut auf dem Bleistift herum, während sie zu den Dächern der anderen Gebäude hinübersieht, zu den Fernsehantennen, den Hochspannungsleitungen.

Als sie mit Schreiben fertig ist, nimmt sie die Spraydose mit der Farbe. Sie hat sie mit dem bisschen Geld gekauft, das sie noch in der Tasche hatte, dann ist sie nach oben gefahren. Sie schüttelt die Dose ein paar Mal und sprüht auf die Brüstung »Für Lo« und einen Pfeil, der auf einen Riss in der Mauer weist. Dort steckt sie den Zettel hinein.

He Lo,

ich weiß nicht, was passiert ist. Vielleicht bist du entführt worden, steckst jetzt in einer Höhle und wartest darauf, dass deine Eltern ein Lösegeld zahlen. Ich muss unbedingt mit dir sprechen. Wenn es dir passt und ich noch deine Freundin bin, ruf mich zu Hause an oder schreib etwas auf dieses Blatt.

Ciao, Gioia

Bevor sie »Gioia« hingeschrieben hat, hat sie zehn Minuten überlegt, ob sie »Deine Gioia« schreiben soll. Mehrmals hat sie den Bleistift angesetzt, hat es dann aber doch nicht geschrieben. Nein, kein »Deine«, auch wenn sie sich so fühlt und weiß, dass sie es ist. Sie will nicht, dass er denkt, sie gehöre ihm noch. Jedenfalls nicht einfach so.

Während sie das Blatt zusammenfaltet, denkt sie, dass sie solche Spielchen nicht mag. Vielleicht muss man es aber so machen, vielleicht funktioniert es nur so, man muss immer so tun, als sei man weniger interessiert, als man es in Wirklichkeit ist, denn, wenn man zu sehr auf etwas aus ist, dann verliert der andere das Interesse an einem, und bestimmt denken dort unten Tausende Mädchen gerade genau darüber nach und schicken sich Nachrichten und fragen ihre Freundin: »Was soll ich schreiben?«

So wie sie es gemacht hat, ist es sicher richtig, aber es fühlt sich nicht richtig an, als sie jetzt den Zettel in den Mauerriss steckt.

Nein, sie möchte nicht, dass es so läuft, jedenfalls nicht für sie. Keine Spielchen. Das möchte sie auf keinen Fall.

Lo wird den Zettel lesen, aber er wird nicht antworten. Das spürt sie. Vielleicht werden sie sich eines Tages zufällig begegnen. Werden so tun, als hätten sie sich nicht gesehen, ein gleichgültiges Gesicht machen, und dann geht jeder seines Wegs.

Schluss, aus, Ende.

Gioia blickt noch einmal über das Dach, es ist wie ein Abschied für immer.

55

Eine Woche ist vergangen.

Die sieben schlimmsten Tage in Gioia Spadas Leben. Wenn sie an die anderen schlimmen Tage ihres Lebens denkt, waren schon die ein harter Kampf. Es war schwer, das noch zu übertreffen, aber Lo hat es geschafft.

»Gratuliere, Lo, du bist noch besser als die beiden, die da unten auf dem Sofa liegen«, sagt Gioia, als sie im Bett ist und auf den Wecker schaut. Es ist zwölf Minuten nach zehn.

Die Zeiger der Uhr bewegen sich vorwärts. Doch es kommt kein Anruf. Kein Zeichen. Einfach gar nichts.

Am nächsten Tag geht Gioia wieder auf das Dach des Gebäudes. Gleich nach der Schule. Der Aufzug ist kaputt, sie läuft alle zehn Etagen zu Fuß hinauf, nimmt drei Stufen auf einmal, kommt oben an, das Herz klopft ihr bis zum Hals, sie ist schweißgebadet. In dem Mauerriss steckt ein gefalteter Zettel.

Ich habe einen Fehler gemacht. Entschuldige.

Ich hätte nicht so vorpreschen dürfen. Ich hätte dich nicht enttäuschen dürfen. Ich durchlebe gerade eine total krasse Zeit, das hast du sicher schon gemerkt. Ich will dich nicht in meine Düsternis mit hineinziehen. Ich schöre dir, es ist kein schöner Ort. Bitte verzeih mir, wenn du kannst,

Lo

Er ist also nicht entführt worden, keine unterirdische Höhle, kein Lösegeld und keine anderen unüberwindbaren Hindernisse wie der plötzliche Tod der Eltern oder ein Flugzeug, das abgestürzt ist, direkt auf sein Haus. Lo ist einfach nur genau wie die anderen, oder wie Tonia gesagt hat, ein Mistkerl wie alle anderen. Wahrscheinlich noch schlimmer, weil von allen, die er rücksichtslos betrügen konnte, verführen und im Stich lassen, hat er sich gerade die ausgesucht, die sich mit solchen Dingen und Spielchen absolut nicht auskennt.

Und dann noch diese pathetische Entschuldigung: »Ich will dich nicht in meine Düsternis mit hineinziehen.« Als ob sie, Gioia, nicht genau das will, sein Dunkel kennenlernen und ihm das eigene zeigen.

Es ist nicht so, als hätte er einem verwöhnten Kind ein paar Bonbons geklaut. Lo hat die Bonbons einem Kind weggenommen, das taub und blind ist und im Rollstuhl sitzt.

»Dieser Schweinehund!«, sagt Tonia.

»Genau, mach weiter, Tonia!«

»Was meinst du?«

»Sag mir, dass du es mir gleich gesagt hast. Jetzt ist der perfekte Moment dafür.«

Aber Tonia schweigt. Gioia fühlt sich auch so schon blöd genug.

Was ihr besonders wehtut, ist die Tatsache, dass sie genauso blöd ist wie alle anderen. Bisher hat Gioia sich immer anders gefühlt. Jetzt zu entdecken, dass sie es nicht ist, kommt ihr vor, wie an einem Lyrikwettbewerb teilzunehmen, zu glauben, man hätte das beste und originellste Gedicht der Welt geschrieben, und dann festzustellen, dass alle anderen Teilnehmer genau das Gleiche geschrieben haben.

Und so wälzt sich Gioia schlaflos in ihrem Bett herum, genau wie in den letzten sieben Nächten. Sie weiß, dass es irgendwann vorbeigeht, früher oder später, dass sie aufwachen und nicht mehr als Erstes an ihn denken wird, aber jetzt liegt sie einfach nur da und hadert damit, wie sehr sie benutzt und dann abserviert worden ist.

»Na ja ...«, hört sie plötzlich Tonias Stimme.

»Was ist, möchtest du nun doch loslegen?«

»Ich meine, es könnte doch sein, dass er wirklich in der Patsche sitzt!«

»Klar, er ist in internationale Drogengeschäfte verwickelt oder wird als KGB-Spion gesucht!«

»Nein, vielleicht ist diese Sache mit seinem Vater wirklich etwas Ernstes. Vielleicht hat er begriffen, dass er dir schaden könnte oder irgendetwas in der Art. Vielleicht will er dich schützen!«

Gioia seufzt tief und überlegt, dass ihre nächste imaginäre Freundin eine sein wird, die sie nachts in Ruhe schlafen lässt. Dann sagt sie: »Es reicht«, steht auf, zieht sich dunkle Klamotten an und öffnet leise die Zimmertür. Es ist jetzt zehn Uhr und vierzig Minuten.

56

Sie zieht die Kapuzenjacke über und geht auf Zehenspitzen die Treppe hinunter, die Schuhe in der Hand. Im Wohnzimmer liegen ihre Eltern in einer Art Koma vor dem laufenden Fernseher. Gioia drückt die Türklinke herunter, schlüpft in die Dunkelheit und schlägt den Weg Richtung Bar A ein.

Es ist schon spät, und es ist unwahrscheinlich, dass er da ist. Das spürt sie. Und so läuft sie schneller.

Hundert Meter vor der Bar geht sie wieder langsamer. Sie will nicht, dass er sie hört, falls er dort seine Pfeile wirft. Sie tastet sich leise vor, passt auf, dass sie nicht auf Zweige oder Altpapier tritt, irgendwas, das ein Geräusch machen könnte.

Diesmal ist er da. Sie hört es. Diesmal kann sie ihn sehen und kann ihn endlich fragen, was zum Teufel eigentlich los ist, in welcher Notlage er ist, denn sie hat keine Angst vor den dunklen Seiten des Lebens. Sie hat vor vielen Dingen Angst, aber vor dem Dunkel nicht.

Und sollte sie herausfinden, dass er sie doch nur reingelegt hat, dann wird sie ihn mit den Fäusten bearbeiten und ihm ins Gesicht spucken.

Sie schleicht sich näher heran. Noch zwanzig Meter und dann nur noch ein paar Schritte bis zum Eingang der Veranda.

Sie hört leise Schritte.

Das ist er, da ist sie sicher. Er hat sie kommen hören und versucht, abzuhauen. Gioia läuft los, will ihm nach, schlägt gegen die Holzbretter der Veranda und klettert über die

Wand, hinter der das Dartspiel hängt. Sie ist sicher, ihn hier zu erwischen, und dann liegt sie plötzlich, ohne zu wissen warum, am Boden, mit dem Gesicht nach unten, und hat sich die Nase gestoßen. Was zum Teufel ist passiert? Warum ist sie hingefallen? Da war doch nichts, worüber sie hätte stolpern können.

»Na, endlich!«, hört sie eine Stimme hinter sich. »Eine Woche lang hab ich auf diesen Moment gewartet.«

Es ist die Stimme einer Frau, und Gioia meint, sie zu kennen. Sie rappelt sich auf, die Lippen voll Staub, macht sich mit den Händen sauber, so gut sie kann, und dreht sich um. Eine Taschenlampe leuchtet ihr direkt ins Gesicht.

57

»Ach, du bist das, verdammte Hacke!«, sagt die Stimme, und Gioia weiß jetzt, wen sie vor sich hat.

»Warum, wer sollte ich denn sein?«

»Keine Ahnung. Ich warte auf einen von denen, die mir mein Dartspiel kaputt gemacht haben. Verfluchte Schweinebande!«

Gioia blickt auf, und die Frau mit den Tätowierungen leuchtet nun auf das Dartspiel. Es ist völlig zerstört.

»Wann ist denn das passiert?«, fragt Gioia.

»Vor einer Woche. Ich komme morgens an und finde diese tolle Überraschung vor. Da ist mir wieder eingefallen, dass du mir von diesem Typen erzählt hast, der nachts herkommt und sich mit Dartspielen amüsiert. Deswegen hab ich seit einer Woche hier übernachtet, um ihn zu erwischen. Der kann was erleben«, sagt sie grimmig und schwenkt einen Baseballschläger, der mit lauter Nägeln gespickt ist

»Und woher wollen Sie wissen, dass nicht ich es war?«, fragt Gioia.

»Ich weiß, was ich sehe. Und du siehst nicht wie jemand aus, der so was macht. Ich arbeite seit zwanzig Jahren hinter der Theke, ich weiß, wie Menschen ticken«, sagt die tätowierte Frau und reicht ihr die Hand. Dann setzt sie sich an einen Tisch, legt den Schläger ab und bewegt ihre Finger. Gioia sieht zu, wie sie sich einen Joint dreht.

»Dann erklär mir mal, was du hier mitten in der Nacht machst«, sagt die Frau.

»Na ja …«, sagt Gioia.

»Verstehe. Du suchst immer noch den Typ mit dem idiotischen Namen.«

Gioia schweigt.

»Sieh mal«, meint die Frau und zündet sich ihren Joint an. »Jeder würde sagen, du bist verrückt, hinter einem Kerl herzulaufen, der verschwunden ist. Ich sag das nicht!« Sie stößt zufrieden den Rauch aus.

»Da bin ich froh. Sie sind sicher die Einzige, die so denkt«, antwortet Gioia und ist erstaunt über ihre eigenen Worte. Dass sie einer Fremden das Herz ausschüttet, ist schon merkwürdig. Vielleicht liegt das an dieser blöden Veranda. Vielleicht übt sie einen Zauber aus, so dass man sich Unbekannten gern anvertraut.

»Nee, nee …«, die Frau sieht sie an und wartet darauf, dass Gioia ihren Namen sagt.

»Gioia.«

»Nee, Gioia. Du bist keine Verrückte. Du folgst nur deinem Herzen, das sieht man sofort. Und das Herz ist niemals dumm, auch wenn dir alle das Gegenteil sagen. Willst du einen Zug?« Sie reicht ihr den Joint. Gioia schüttelt den Kopf, und ohne zu wissen warum, erzählt sie der tätowierten Frau alles – von der ersten Begegnung mit Lo hier an der Bar, bis zu dem kostbaren Bilderrahmen, den er ihr geschenkt hat, und dem komischen Zettel, den er hinterlassen hat. Nur die intimen Details lässt sie weg und beschreibt nicht genau, was auf dem Dach geschehen ist.

»Oho«, sagt die Frau, »nicht schlecht für eine erste Liebesgeschichte. Zuallererst musst du deinen Stolz mal ins Klo werfen, ab in die Schüssel und weg damit.«

»Habe ich das falsch verstanden?«, fragt Gioia.

»Nein, keineswegs, du wirst es schon kapieren.«

»Was?«

»Für wen es sich lohnt und für wen nicht. Denn es gibt immer jemand, für den es sich lohnt, seinen Stolz zu vergessen.«

»Ach ja?«

»Klar. So sehr, dass man nachts losgeht, um ihn zu suchen«, sagt die Frau. Gioia muss lachen, dann lachen sie beide. Gioia fühlt sich ein bisschen unbeschwerter, seit sie ihre Geschichte erzählt hat, und die Frau ist ganz relaxed wegen des Joints. Und dann lachen beide immer noch, sitzen hier im Dunkeln und man hört ihre Stimmen, so laut, dass in manchen Häusern das Licht angeht.

»Geht wieder ins Bett, ihr Zombies«, ruft die Frau zu den Häusern hinüber und drückt ihren Joint aus.

»Ich heiße Giovanna, und du kannst du zu mir sagen«, sagt sie und reicht Gioia die Hand.

Sie schütteln sich die Hände, und dann steht Gioia auf, um zu gehen.

»Wie heißt der Typ mit dem kurzen Namen noch mal?«

»Lo.«

»Ja. Genau. Ich bin ja erst seit einem halben Jahr hier, aber ich hab' mir gedacht, dass der frühere Besitzer, der mir diese Spelunke verkauft hat, ihn vielleicht kennt. Er heißt Mario

Breda. Er wohnt am Ende dieser Straße. In dem alten Haus da hinten, das ganz verlassen aussieht.«

»Und du meinst, ich sollte da hingehen?«

»Vielleicht findest du was raus. Vielleicht ist dein Lo verschwunden, weil es ihm wirklich schlecht geht. Oder er ist der übliche Mistkerl. Du solltest dir Klarheit verschaffen, meinst du nicht?«

58

Das Haus am Ende der Straße sieht aus wie das von Norman Bates in dem Film *Psycho*, nur noch heruntergekommener. Hoch, schmal, mit einem Spitzdach, als sei das ganze Gebäude zusammengedrückt worden. Auf dem Schild am Eingang liest Gioia:

GOTT VERGIBT, TOBY NICHT

Darunter ein Bild von einem Dobermann, mit wildem Blick und gefletschten Zähnen. Als habe er gerade den Postboten zerfleischt.

Das Gras in dem kleinen Garten steht hoch. Es wurde vermutlich vor dem Tod von Kurt Cobain zum letzten Mal gemäht.

Das Haus ist in einem so schlechten Zustand, dass man sich kaum vorstellen kann, dass hier jemand wohnt.

Gioia drückt auf die Klingel und hört Hundegebell, aber es klingt nicht sehr bedrohlich. Der Hund ist ein kleiner Mischling, mit wuscheligem Fell, kaum größer als ein Huhn. Er stürzt schwanzwedelnd auf sie zu, springt an der Gittertür hoch und jault, als sei er gerade kastriert worden.

Das muss ein zweiter Hund sein, jedenfalls ist es nicht Toby, der blutrünstige Dobermann, denkt Gioia, während sie den kleinen Hund streichelt, der ihr gleich begeistert die Hand leckt.

»He, Kleiner, wie geht's? Wo ist denn dein Herrchen?«, fragt sie.

»Lassen Sie Toby in Ruhe!«, ruft da jemand von der Tür her mit einer brüchigen, rauen Stimme. Der Mann erinnert sie an Morgan Freeman, nur ist er schlohweiß und wesentlich kleiner.

Gioia blickt eine Sekunde auf das Hündchen, das noch mit dem Schwanz wedelt, dann auf das Bild mit dem satanischen Dobermann, dann wieder auf das Hündchen.

»Ich habe Ihnen doch schon gesagt, dass ich von Ihrer Religion nichts wissen will! Es gibt keinen Gott, und wenn doch, wird nur alles noch schlimmer!«

Man hat sie schon für eine Drogenabhängige gehalten, auch für eine Herumtreiberin, aber noch nie für eine Zeugin Jehovas.

»Wissen Sie, das ist ein Missverständnis, ich bin keine Zeugin …«

»Das ist mir egal! Ich brauche nichts, keine Religion und auch keine Staubsauger!«, ruft er und kommt ein Stück näher. »Toby, hierher!«

Der Hund lässt die Ohren hängen und verschwindet in einer Hundehütte neben der Eingangstür, die kaum größer ist als ein Schwalbennest.

»Ich möchte Sie nur um eine Auskunft bitten. Dann bin ich sofort wieder weg, versprochen!«, sagt Gioia.

Der Alte mustert sie misstrauisch, dann nimmt er die letzten Stufen nach unten und bleibt vor dem Törchen stehen.

»Ich weiß, wie ich Vertreter von Ihrer Sorte loswerde«, sagt er, und Gioia versteht kein Wort. »Haben Sie fünfzig Euro?«

Gioia schüttelt den Kopf. Sie hat vielleicht zehn Euro in der Tasche, die sie jetzt hervorkramt. Kaum hat sie die Münzen in der Hand, greift der Alte schon danach, schneller als ein Croupier in Las Vegas.

»So. Jetzt höre ich dir zu. Wenn ich am Ende merke, dass du mir nur etwas verkaufen wolltest, behalte ich das Geld. Wenn nicht, gebe ich es dir zurück.« Er starrt sie mit einem schlauen Lächeln an.

Gioia nickt.

»Gut, in Ordnung.«

»Dann sag mir, was du wissen willst.«

»Ihnen hat doch mal die Bar hinten an der Straße gehört, oder?«

»Ja, aber die hab' ich vor sechs Monaten an so 'ne durchgeknallte Rockerbraut verkauft, die ist voll tätowiert.«

»Gut. Ich wollte Sie nur fragen, ob Sie zufällig einen Jungen kennen, der dort immer Darts gespielt hat. Er heißt Lorenzo.«

Der Alte legt den Kopf schief und überlegt. »Nie gehört.«

»Er ist ungefähr so groß.« Gioia zeigt die Größe mit der Hand. »Er trägt immer schwarze Kapuzenjacken, und sein Name ist Lo, Lorenzo Vita.«

»Naa, den kenne ich nicht. Ich würde mich erinnern, wenn ich den Namen schon mal gehört hätte. Ich bin zwar alt, aber kein Trottel!«, brummt er. Dann dreht er sich um und schlurft wieder zum Haus zurück, ohne sich zu verabschieden.

»He!«, ruft Gioia.

»Was willst du denn jetzt noch?«, fragt der Alte und dreht sich halb um.

»Meine zehn Euro ...«

»Ach ja«, sagt er, holt das Geld aus der Tasche und gibt es ihr äußerst unwillig zurück. Gioia nimmt die Münzen und geht. Nach ein paar Metern zählt sie das Geld und merkt, dass drei Euro fehlen.

59

Sie weiß nicht, warum sie es getan hat.

Es gibt tausend Gründe dafür oder auch keinen einzigen.

Wenn ihr Vater hier wäre und wüsste, was sie gerade getan hat, würde er sie immer wieder fragen:

»Gioia, was ist der Punkt? Sag schon, Gioia, was ist der Punkt?«

Von jeher fragt er das, wenn sie etwas getan hat, was sie nicht tun soll: »Was ist der Punkt, Gioia? Was ist der Punkt?« Und immer, wenn er das sagt, denkt Gioia, dass das Problem weniger der Punkt ist als die Kommas. Sie verändern alle Dinge, diese Details. Wenn man ein Komma setzt oder wegnimmt, kann man den Sinn eines Satzes komplett verändern. Die Italienischlehrerin hatte ihnen mal folgendes Beispiel präsentiert:

»Einer feinen Jagdgesellschaft soll ein Pilzgericht vorgesetzt werden. Ein Hund soll testen, ob es giftig ist oder nicht. Es ist tatsächlich giftig. Was aber passiert, wenn der Diener der Köchin folgenden Satz schreibt und das Komma falsch setzt:

Hund frisst, nicht gefährlich.

Es wird den Leuten vorgesetzt, und sie sterben.

Was wäre geschehen, wenn der Diener notiert hätte:

Hund frisst nicht, gefährlich.

Die Leute wären am Leben geblieben.«

Die Schüler brauchten nur ein paar Sekunden, bis sie es verstanden hatten. Dann machten sie verblüffte Gesichter und lachten, auch Gioia lachte. Jedes Mal sagte der Vater: »Gioia, was ist der Punkt?« Und dann dachte sie immer an diesen Satz, an dieses Komma und daran, dass der Punkt am Ende des Satzes steht und nichts ändert, das Komma aber sehr viel: Kommata stehen innerhalb der Sätze und ändern alles.

Jetzt könnte sie ihrem Vater, würde er sie fragen, unmöglich den Punkt erklären. Es gibt so viele, und sie nehmen kein Ende.

Der Punkt ist, dass Lo erst nur schwarz und weiß war, danach kamen die Farben. Und jetzt geht es ihr so wie jemandem, der einen wunderbaren Film in Farbe gesehen hat und ihn anschließend sein Leben lang in Schwarz-Weiß sehen muss.

Der Punkt ist, dass die Jugendlichen ihres Alters alle so perfekt scheinen, so gedankenlos, so schön, so selbstsicher.

Der Punkt ist, dass die Lehrer nie etwas merken. Außer Prof. Bove natürlich.

Der Punkt ist, dass kein Junge sie je so zum Lachen gebracht hat.

Der Punkt ist, dass ein Junge, der einen so zum Lachen gebracht hat, nicht einfach im Nichts verschwinden darf mit den Worten »Sorry, du weißt, wie es ist, mein Leben ist einfach zu chaotisch«.

Der Punkt ist, dass so etwas gesetzlich verboten werden müsste.

Der Punkt ist, dass sie in den Fernsehnachrichten von Dächern reden.

Der Punkt ist, dass Gioia nie mehr als zehn Euro in der Tasche hat – wenn es gut läuft. Auch wenn ihr Geld nicht viel bedeutet, so kann man doch auf dem Planeten, auf dem sie lebt, mit zehn Euro kaum etwas anfangen.

Der Punkt ist dieses – verdammte! – Lächeln.

Der Punkt ist, dass sie Lo nicht aus dem Kopf kriegt.

Der Punkt ist, dass sie noch immer auf der Bank sitzt oder hier auf dem Dach oder auf dem Hügel: er nicht. Wer weiß, wo er ist. Vielleicht hat es ihn nie gegeben.

Der Punkt ist, dass sie wütend war und ihr das Blut stockte, als Giulia Batta an ihr vorbeiging und mal wieder höhnisch lachte. Sie lachte vor allen anderen, und ganz gleich, ob sie über sie lachte oder jemand anderen, sie hat gelacht, und zwar ganz laut. Da ist Gioia aufgesprungen, hinter ihr hergelaufen, hat sie am Haar gezogen und geschrien: »Was hast du hier so zu lachen?« Gioia tut so etwas normalerweise nicht, vielleicht hat sie es ein paar Mal tun wollen, hat es aber nie wirklich getan. Diesmal ist es passiert, sie weiß nicht warum, sie hat Giulia Batta an den Haaren gerissen, geschüttelt und heftig geschubst. Giulia stürzte zu Boden, und Gioia ist einfach weggegangen.

Der Punkt ist, dass Gioia spürt, dass sie sich verändert, und das gefällt ihr nicht, wirklich nicht, und doch kann sie nicht aufhören, sich zu verändern.

Der Punkt ist, dass Gioia auch diesmal in ihrer Not allein ist. Sie fühlt sich wie in dem deutschen unübersetzbaren Wort *Waldeinsamkeit*, das ausdrückt, was man empfindet, wenn man ganz allein im Wald ist. Mit siebzehn allein zu sein ist nicht wie mit dreißig, vierzig oder siebzig, es ist immer schrecklich, aber anders schrecklich. Wenn man älter ist, dann ist man allein auf der Welt, das ist schlimm, aber man weiß wenigstens, wer der Feind ist, er ist dort, und du bist hier. Allein zu sein mit siebzehn, das bedeutet, nicht genau zu wissen, wo man steht, wo der Feind ist, denn der Feind ist die Welt, die anderen, die Mutter, der Vater, Giulia Batta, Casali, das Pech, die Lehrer und alles andere. Aber mit siebzehn ist der Feind vor allen anderen: man selbst.

60

Unten im Haus herrscht eine eigentümliche Stille. Oder besser gesagt eine gefährliche Stille.

Wenn es im Hause Spada sieben Uhr ist, und es herrscht Schweigen, dann gibt es drei Möglichkeiten: die Eltern sind nicht da, die Eltern liegen betrunken auf dem Sofa oder …

»Bitte nicht, bitte nicht, bitte nicht«, flüstert Gioia.

Gioia versteht viele Dinge bei den Erwachsenen nicht. Dass sie sich darüber aufregen, wie schnell die Zeit vergeht, dass sie sich lächerliche Mühe geben, ihre Falten und weißen Haare zu verbergen. Dass sie sich jede Kritik verbitten. Warum? Was gibt ihnen das Recht dazu? Die Tatsache, dass sie älter sind? Erwachsene haben eine Wahnsinnsangst vor dem, was andere über sie denken. Diese Angst ist noch schlimmer als Gioias Angst vor ihren Klassenkameraden. Was sie aber am wenigsten versteht, sind all die Widersprüche, in die sich Erwachsene verwickeln. Erwachsene sind seltsame Wesen, die zum Beispiel sagen »Wie ich doch die Berge hasse!« – und zwei Tage später siehst du sie glücklich in den Schweizer Alpen. Erwachsene sind so, dass sie immer wieder sagen, sie möchten weiter träumen und reisen, und dann werden sie Bankangestellte und hängen sich Poster von den Malediven auf. Erwachsene sind wie Ärzte, die im Wartezimmer hunderte von Flyern ausliegen haben, auf denen steht, wie ungesund das Rauchen ist. Und dann sieht man sie ständig mit einer Zigarette im Mund.

Erwachsene sind wie ihre Mutter und ihr Vater, die einander hassen und allen erzählen, wie sehr sie sich hassen, und trotzdem haben sie Sex, leise, heimlich, weil sie nicht wollen, dass ihre Tochter sie hört. Aber vor allem, weil der Reiz des Verbotenen ihre Lust erhöht.

Erwachsene sind Kinder, etwas größer vielleicht, aber eigentlich auch nicht mehr.

Für Gioia ist diese eigenartige Stille schlimmer als hundert quietschende Kreidestücke an der Wandtafel, deshalb steht sie auf und dreht den Lautstärkeknopf der Stereoanlage voll auf – auch wenn das ihren Eltern die Möglichkeit gibt, dabei lauter zu sein. Sie zögert einen Moment, ehe sie auf die Play-Taste drückt, als sie plötzlich vor dem Fenster Blaulicht sieht und einen Wagen, der vor dem Haus hält.

»Scheiße«, sagt sie.

61

»Sind Sie Signor Giorgio Spada?«

»Ja, das bin ich. Habe ich etwas verbrochen?«

»Nein, Sie nicht. Eigentlich suchen wir Ihre Tochter. Sie heißt Gioia Spada, richtig?«

Die beiden Polizisten sind beide etwa zwei Meter groß. Ihre Autositze sind vermutlich extra tief gelegt, damit sie nicht mit dem Kopf an das Dach stoßen.

»Also, wohnt Gioia Spada hier?«

Gioia sieht ihren Vater oben von der Treppe aus. Wie versteinert steht er da und bringt kein Wort heraus. Dann dreht er sich um und brüllt nach oben: »Gioia!«

»Hier bin ich, Papa«, sagt sie und kommt die Treppe herunter. Jede Stufe fällt ihr so schwer, als steige sie steil nach oben.

Die beiden Riesen in Uniform bleiben an der Schwelle stehen. Sie überreichen Gioias Vater ein Blatt Papier.

Als sie näher kommt, sieht sie, dass er den Morgenrock ihrer Mutter trägt. Peinlicher könnte es nicht sein.

Sie sieht, wie sie leise miteinander reden, die Männer und ihr Vater. Sein Gesichtsausdruck ist halb erstaunt, halb genervt. Er tritt einen Schritt zurück und lässt die Carabinieri in den Hausflur. Sie bleiben stehen, die Hände hinter dem Rücken verschränkt, und sehen Gioia an.

»Stimmt das, Gioia?«, fragt ihr Vater und streicht sich über das Haar, das noch ganz zerwühlt ist.

Sie versteht sofort, worum es geht. Deshalb nickt sie nur.

»Warum hast du das getan?«, fragt er mit drohender Stimme.

Gioia blickt zu Boden und schweigt. Dabei wird ihr bewusst, dass ihr Vater sie jetzt mit Ohrfeigen bombardieren würde, wären dort nicht die zwei Gesetzeshüter. Einem geheimen Regiebuch folgend, kommt wie bei allen Momenten verlegenen Schweigens Gacco, die Geisterkatze, aus dem Nichts gesprungen. Sie verharrt im Flur und beobachtet die Szene mit ihren schillernden Augen. Einer der Polizisten räuspert sich.

»Wir haben einen Anruf von einer Ihrer Mitschülerinnen bekommen, Giulia Batta. Wir sind hingefahren und haben das Mädchen vorgefunden. Es war sehr aufgeregt und hatte ein paar Prellungen. Sie sagt, Sie wären einfach so auf sie losgegangen. Stimmt das?«

Gioia starrt auf die glänzenden Schuhspitzen der beiden Carabinieri und nickt.

»Auf dem Weg hierher haben wir ein paar Erkundigungen eingezogen und erfahren, dass Ihre Familie unter besonderer Beobachtung des Sozialamtes steht«, fährt der Polizist fort. »Giulia Batta hat erklärt, dass sie beabsichtigt, Anzeige zu erstatten …« Als der Vater das Wort Anzeige hört, ändert sein Gesicht die Farbe, als habe ihm jemand einen Eimer Kalk ins Gesicht geworfen. »Wie gesagt, sie wird Anzeige erstatten, und in den nächsten Tagen wird der Sozialdienst sich bei Ihnen melden.«

Die Gesichter der Carabinieri sehen gleichmütig aus. Das hier ist für sie eine ganz normale Situation, wie wenn ein Bäcker seinen Teig anrührt oder den Ofen anmacht. Gioia kommt das alles ganz unwirklich vor. Es könnten auch zwei Einhörner in Uniform bei ihnen im Hausflur stehen.

»Wir sind nur gekommen, um die Fakten zu überprüfen, aber dies ist ja nun erfolgt«, sagt eins der beiden Einhörner. Ihr Vater steht immer noch da wie zur Salzsäule erstarrt. Er sieht Gioia an und sagt kein Wort.

»Na, dann gehen wir mal wieder«, sagt das andere Einhorn.

Der Vater antwortet nichts.

»Auf Wiedersehen«, sagen die beiden wie im Chor, und dann gehen sie.

Aus dem Wohnzimmer taucht die Mutter auf, ebenfalls im Morgenrock, aber man sieht, dass sie darunter nackt ist. Gioia verspürt inneren Ekel und vergisst für einen Moment sogar die Anzeige und die Carabinieri.

»Ich hoffe, das ist ein Witz«, sagt die Mutter.

Gioia weiß nicht, was sie antworten soll. Ja, sicher sollte sie etwas sagen wie: »Nein, das ist kein Witz, das habe ich wirklich getan«, aber sie bringt kein Wort heraus.

»Hast du dieses Mädchen mitten auf der Straße verprügelt? Vor Zeugen?!«, fragt ihr Vater.

Autos, Stau, Hupen.

»Warum hast du das getan, Gioia?«, fragt der Vater.

»Gioia, was ist los? Was hast du? Sprich mit deiner Mutter, sieh mich an!«, sagt nun auch die Mutter.

Autos, Stau, Hupen.

»GIOIA, JETZT SAGST DU UNS, WAS DU GETAN HAST UND VOR ALLEM WARUM!«, brüllt ihr Vater.

Sie würde ihnen gern sagen, dass es nicht nur wegen Giulia Batta war und auch nicht, weil diese gelacht und sie verspottet hat. Es ist wie das dritte Newtonsche Gesetz der Dynamik. »Auf jede Aktion folgt eine gleiche und gegensätzliche Reaktion«, das erklärt alles.

Es war nicht Giulia Batta, es waren nicht die Klassenkameraden und auch nicht der Vater und ihre Mutter, die ganze Welt hat ihr wehgetan, und sie hat reagiert, indem sie ihr wehgetan hat. In diesem Moment war die Welt Giulia Batta. So einfach ist das.

»Gioia, du kannst mir vertrauen. Was ist denn nur los mit dir?«, fragt die Mutter jetzt. Gioia denkt nur, dass sie nicht weinen will. Da sind zwar schon ganze Wasserfälle, die herauslaufen wollen, aber sie will sie sich aufbewahren. Nicht vor diesen beiden hier, nicht vor ihrem Vater, der vor einer Woche noch ihre Mutter verprügelt hat und jetzt aufgebracht ist, weil sie dasselbe mit einer Klassenkameradin gemacht hat, nicht vor ihrer Mutter, die nackt ist unter ihrem Morgenrock, weil sie gerade mit dem Mann geschlafen hat, der sie noch vor wenigen Tagen misshandelt hat.

Nicht vor ihnen.

»Gioia!«

»GIOIA!«

»Gioia!«

»GIOIA, WAS IST DER PUNKT? WAS IST DER PUNKT?«

62

»Wie tief steckst du in der Scheiße auf einer Skala zwischen eins und zehn?«

»Ungefähr eine Million, Tonia.«

»Du solltest weinen. Lass den Tränen freien Lauf, das hilft. Jetzt bist du allein im Zimmer, da kannst du es!«

»Ich weiß, ich weiß! Aber sobald ich hier drin war, waren alle Tränen weg!«

»Und wenn sie dich anzeigt? Zeigst du dem Richter dann deine Bilder, damit er sieht, was für ein Psycho du bist?«

»Komm, ein paar Fotos sind gar nicht schlecht, sieh mal dieses hier!«

»Ja, das ist schön, aber was machst du damit?«

»Warte mal einen Moment …«

»Was ist?«

»Sieh mal hier, dieses Bild!«

»Oh verdammt!«

»Das kannst du wohl laut sagen.«

63

Gioia liegt auf ihrem Bett, neben ihr Gacco, die Geisterkatze, in der Hand hält sie die Digitalkamera. Auf dem Display sind die Fotos von dem Nachmittag, an dem sie vom Dach zurückkam: Passanten, im Vorbeigehen zufällig aufgenommen, lachende Gesichter, ausdruckslose Gesichter, von allem etwas. Die meisten sind stark verwackelt, andere sind wirklich sehr gut, und Gioia ist ganz erstaunt, dass ihr so schöne Bilder gelungen sind, einfach dadurch, dass sie das Objektiv hingehalten und abgedrückt hat. Bei Bild Nr. 37 hält Gioia inne.

Er.

Lo.

Das ist Lo.

Das Bild gehört zu den weniger verwackelten. Vorne sieht man zwei dunkel gekleidete Typen mit Köfferchen und Smartphone, und dahinter, nur ein paar Meter entfernt, Lo mit der Kapuze auf dem Kopf.

Er sieht zu ihr hin, auf die Kamera. Als wollte er etwas sagen. Mit ihr sprechen, hat aber nicht den Mut dazu. Jedenfalls wirkt es so. Gioia fragt sich, wie zum Teufel es möglich war, dass sie ihn nicht bemerkt hat. Sicher, sie war ziemlich durcheinander. In diesem Moment war ihre Sicht getrübt. Dabei war er da: fünf, vielleicht sechs Meter von ihr entfernt. Und sie hat ihn nicht gesehen. Er war da.

Gioia steht auf und vergisst alles, was vorhin passiert ist, die Carabinieri, die Anzeige, den Sozialdienst. Gioia will jetzt nur eins.

64

»Da bist du ja wieder! Die drei Euro habe ich nicht mehr.«

»Ich bin nicht deshalb gekommen, Signor Breda.«

»Was willst du dann noch hier? Ich habe dir doch gesagt, dass ich den Kerl nicht kenne.«

»Ich weiß, ich weiß. Ich möchte Ihnen nur etwas zeigen.«

Der Alte kommt die drei Stufen herunter und tritt näher. Gioia holt den Fotoapparat aus der Tasche, tippt ein paar Mal darauf und hält ihn Breda hin.

»Diesen Jungen da. Haben Sie den schon mal gesehen?«

Der Alte nähert sein Gesicht dem Display und schiebt seine Brille auf die Stirn.

»Nie im Leben gesehen! Und jetzt geh!«, sagt er und drückt ihr brüsk den Apparat in die Hand.

»Aber … sind Sie sicher? Haben Sie gut hingeschaut?«, hakt sie nach und hält ihm noch einmal das Foto hin. Darauf sagt er mit drohender Stimme: »Hör mal, mein Fräulein, wenn du nicht sofort von hier verschwindest, ruf ich die Polizei, hast du verstanden?«

65

»Und dann? Was hat er dann gesagt?«

»Er hat mich zum Teufel gejagt. Was ist das bloß für ein Typ?«

Gioia sitzt auf der Bank in der Bar A, und Giovanna macht den dritten Cappuccino für eine Frau, die die anderen hat zurückgehen lassen, weil ihr zu wenig Schaum drin war.

»Jetzt kriegt die blöde Kuh mehr Schaum als sonst was, da wird sie Augen machen«, sagt sie und lässt Dampf in einen Keramikkrug ab. »Was hast du gesagt?«

»Ich habe gefragt, was Breda für ein Typ ist, du kennst ihn doch.«

»Ach, das ist ein ganz armer Kerl. Der hat nicht mehr alle Tassen im Schrank. Sie sagen, vor zwanzig Jahren wäre sein Sohn gestorben, und seitdem ist er nicht mehr ganz richtig im Kopf. Es ist auch seine Schuld, dass nur noch so wenig Leute hier in die Bar kommen – außer alten Weibern«, sagt Giovanna, die noch an der Kaffeemaschine arbeitet. Sie hat nicht bemerkt, dass die alte Frau inzwischen an die Bar gekommen ist. »Also wirklich, so viel Schaum!«, sagt sie staunend.

Giovanna zwinkert Gioia zu. »Da siehst du mal.«

Sie stellt den Cappuccino auf ein Tablett und bringt ihn an den Tisch, während die Alte zufrieden hinter ihr her wackelt.

Als sie zurückkommt, fragt sie Gioia: »Warum bist du eigentlich so schick angezogen?«

»Ich muss zu einem Anwalt. In einer halben Stunde muss ich dort sein.«

»Du bist auch nicht gerade ein braves Mädchen, was? Zeig mir doch mal das Foto von Lo.«

Gioia holt die Digitalkamera heraus und legt sie auf die Bar. Giovanna sieht sich das Bild genau an. »Ganz unbekannt ist mir dieses Gesicht nicht«, sagt sie dann.

»Was? Kennst du ihn? Weißt du, wo er wohnt?«

»Nein, nein … ich weiß nicht … ich weiß nur, dass ich ihn nicht zum ersten Mal sehe. Diese Augen … dieses Gesicht, ein guter Junge und zugleich ein Krawallmacher …«

Da kommt die Alte schon wieder und kräht: »Entschuldigung, Signora, kann ich etwas mehr Schaum haben?«

Gioia sieht, wie Giovanna stumm ein paar heftige Flüche mit den Lippen formt. Sie lächelt und Giovanna grinst.

»Machen wir es so, Gioia. Wenn mir wieder einfällt, wo ich ihn schon mal gesehen habe, sage ich dir Bescheid. Gib mir mal deine Nummer.«

66

In Anzug und Krawatte hat sie ihren Vater bisher nur auf seinem Hochzeitsfoto gesehen.

Ein lächerliches Foto im Übrigen, lauter peinlich berührte Verwandte, die zu denken scheinen: »Wann kann ich endlich wieder wieder nach Hause, um das Fußballspiel zu gucken.«

Die Einzige, die auf dem Bild lächelt, ist ihre Mutter. Sie strahlt, als glaube sie, dass dies der schönste Tag ihres Lebens ist. Ganz sicher war er besser als alle Tage, die danach kamen.

Als Gioia klein war, hat sie sich das Fotoalbum oft angeschaut. Sie legte es sich auf den Schoß und blätterte lächelnd die Seiten um. Es war schön, ihre Eltern so jung zu sehen, es war, als wären dort ganz andere Leute zu sehen, und sie dachte sich jedes Mal neue Geschichten aus – dass er ein Prinz war, der eine Verkäuferin heiratete, dass sie eine reiche Erbin wäre und er ein armer Sänger. Der Grund für diese Phantasien waren die lautstarken Streitereien der beiden Menschen, die auf den Fotos zu sehen waren, und das Album auf dem

Schoß zu haben und sich wunderbare Geschichten über sie auszudenken, war der einzige Weg, wegzuhören.

»Warten Sie hier«, sagt die Sekretärin in Minirock, Blazer und riesiger Brille. Sie sieht eher aus wie das Brillenmodell einer Frauenzeitschrift als wie die Sekretärin eines Anwalts. Sie sagt es mit formellem Lächeln und weist auf zwei Ledersessel, die allein sicher so viel gekostet haben wie alle Möbel in Gioias Elternhaus. Sie kommt sich vor wie in einem Schönheitssalon und nicht wie im Wartezimmer eines Anwalts – überall Parkettböden und Wände aus glänzendem Mahagoni, gedämpftes Licht und Vanillegeruch. Bald wird man sie in einen Raum rufen, in dem auch schon die Batta sitzt, ihr Anwalt und die Sozialarbeiterin, und man wird ihr mitteilen, dass die Anzeige schon weitergeleitet wurde und dass sie bald vor ein Jugendgericht kommt, eine Anklage wegen Körperverletzung, und damit ist sie für ihr Leben gezeichnet – wegen eines winzigen Moments, in dem sie den Kopf verloren hat.

Der Vater ist in Anzug und Krawatte, weil er der Sozialarbeiterin gegenüber den Eindruck machen will, dass er ein vertrauenswürdiger, ordentlicher Mensch geworden ist. Dafür würden, so denkt Gioia, nicht mal ein Armani-Anzug und ein ganzer Tag bei der Kosmetikerin genügen.

»Gleich werden sie dich reinbitten. Setz dich hierher, ich geh noch mal einen Moment raus«, sagt ihr Vater und bedeutet ihr, dass er eine Zigarette rauchen will.

Er hat gesagt »dich« und nicht »uns«.

Gioia setzt sich und denkt, dass sie gleich in einen Raum gehen muss, in dem sich ihr Schicksal entscheidet, und sie dabei wie immer allein ist.

67

»Diese grässliche Ziege!«

Gioia hört deutlich Tonias Stimme, sie spricht die Worte noch deutlicher aus, sobald sie im Büro des Anwalts sind.

»Diese grässliche Ziege!«

Sie meint Giulia Batta, die mit ihren beiden Zeuginnen zum Termin gekommen ist (ihre Herzensfreundinnen, die sie vermutlich erpresst hat). Mit ihrem auffälligen Verband an Arm und Kopf sieht sie aus wie ein Kriegsheimkehrer der Marne-Schlacht. Neben ihr sitzt offenbar ihr Vater und stützt sie, und daneben die Sozialarbeiterin: eine Frau von dreißig mit ersten Falten und langem rötlichem Haar. Gioia hat sie schon am Tag nach dem Vorfall kennengelernt, da kam sie zu ihnen nach Hause, um mit ihr und ihren Eltern zu sprechen.

»Wo ist denn der Anwalt?«, fragt Tonia, die neben ihr steht (ihr Vater ist noch draußen) und bemerkt, dass außer Gioia fünf Leute anwesend sind.

»Komm herein und setz dich«, sagt die Sozialarbeiterin. Gioia tritt langsam näher, nimmt den Raumduft in der Luft wahr (diesmal nicht Vanille, sondern eher Honig und Zimt), dann setzt sie sich ihnen gegenüber. Das Ganze kommt ihr vor wie eine Abiturprüfung.

»Und dein Vater?«, fragt die Sozialarbeiterin.

»Er ist noch draußen, müsste aber gleich kommen.«

Die fünf Leute ihr gegenüber starren sie an wie ein Tier im Zoo.

»Also schön, dann stellen wir uns mal vor«, fährt die Sozialarbeiterin fort. »Ich bin, wie du weißt, die für diesen Fall zuständige Sozialarbeiterin. Und du weißt sicher, dass Giulias Vater auch ihr Anwalt ist, Doktor Flavio Batta.«

»Na gut, dann bist du offiziell am Arsch«, sagt Tonia, die neben Gioia sitzt.

Es war sicher nicht besonders schlau, eine Woche lang nicht in die Schule zu gehen. Dann hätte sie nämlich ein paar wichtige Dinge herausfinden können, zum Beispiel, dass der Vater des Mädchens, das sie auf der Piazza umgestoßen hat, Anwalt ist, dass es in seiner Kanzlei glänzende Mahagoniwände gibt und in jedem Zimmer einen anderen Duft.

»Du steckst nicht in der Scheiße«, fährt Tonia fort, »du bist in einem Schweinestall mit Massentierhaltung, der hundert Meter gegen den Wind stinkt. Von wegen schöner Duft.«

Auch wenn es genau so ist, wie ihre imaginäre Freundin sagt, auch wenn sie vor einem Exekutivkommando sitzt ohne ihren Vater, weil der noch draußen ist und vermutlich gar nicht kommt, tut Gioia das Letzte, was sie tun sollte: Sie fängt an zu lachen, zuerst leise und dann immer lauter.

Die fünf Leute ihr gegenüber sehen einander an, dann starren sie auf Gioia, dann sehen sie sich wieder an und finden keine Worte.

Eine gute Minute geht das so, ab und zu räuspert sich die Sozialarbeiterin, und der Anwalt Flavio Batta sieht sie streng an: Keiner scheint den Mut zu haben einzugreifen, bis die Tür aufgeht und Gioias Vater hereinkommt. Er hat schon das Wort »Entschuldigung« auf der Zunge, sagt es aber nicht, weil er seine Tochter lachen sieht und sich schämt wie bisher nur selten im Leben.

»Gioia, kannst du mir mal sagen, was es hier zu lachen gibt?«, fragt der Vater, der jetzt neben ihr steht.

»Nichts«, sagt Gioia und wischt sich die Lachtränen ab.

Während sich der Vater hinsetzt, ergreift die Sozialarbeiterin das Wort: »Wie ich dem Anwalt und Vater von Giulia bereits erklärt habe, ist die familiäre Lage von Gioia nicht ganz einfach. Dies hat gewiss dazu beigetragen, Stress und Spannungen aufzubauen, und ich glaube, das ist der Grund für ihre so unbedachte Reaktion.«

»Na ja, es könnte auch daran liegen, dass die Batta bei der Olympiade der Arschlöcher die Goldmedaille verdient hätte«, bemerkt Tonia. Gioia ist wieder zum Lachen zumute, aber sie kann sich im letzten Moment noch beherrschen. Die beiden Freundinnen der Batta werfen ihr missbilligende Blicke zu und schütteln empört den Kopf.

»Gioia bedauert zutiefst, was geschehen ist, nicht wahr Gioia?«, sagt die Sozialarbeiterin nun.

Alle sehen sie an. Gioia antwortet ohne große Überzeugung: »Ja, ich bedauere es sehr.«

»Deswegen habe ich den Vater von Giulia, die ebenso bedauert, was geschehen ist, gebeten, die Anzeige zurückzuziehen.«

»Ja, das ist gut, zurückziehen!«, sagt Gioias Vater. Er macht eine versöhnliche Geste und fährt fort: »Sicher können wir die Angelegenheit auch unter uns in Ordnung bringen.«

»Falls wir beschließen, die Anzeige zurückzuziehen«, entgegnet der Anwalt, und ahmt die Geste von Gioias Vater demonstrativ nach, »heißt das nicht, dass wir die Dinge unter uns ›in Ordnung bringen‹, wie Sie sagen. Wenn wir es tun, dann nur deswegen, weil wir verstanden haben, dass eine solche Anzeige die missliche Lage Ihrer Tochter noch weiter verschlimmern würde.«

»Ist ja gut, ist ja gut, machen wir nicht aus einer Mücke einen Elefanten. Das war doch nichts als ein Streit unter Mädchen!«

Giorgio Spada sollte an einem internationalen Wettbewerb für Ins-Fettnäpfchen-treten teilnehmen. Er würde alle Trophäen gewinnen.

»Ein Streit zwischen Mädchen? Meine Tochter hat die Nacht in der Notaufnahme verbracht!«, entgegnet der Anwalt, steht auf und schlägt mit der flachen Hand auf den Tisch.

Einen Moment sieht es so aus, als habe er seine Meinung geändert und wolle die Anzeige nicht mehr zurückziehen. Die Sozialarbeiterin will gerade das Wort ergreifen und die Gemüter beruhigen, als Gioia unerwartet zu sprechen beginnt:

»Nein, Papa, er hat recht. Was ich getan habe, ist schlicht und einfach unmöglich. Ich hatte keinen Grund, sie so anzugehen, sie hat nichts gemacht. Wenn Sie mich jetzt doch anzeigen wollen, kann ich das verstehen. Wenn ich Sie wäre, würde ich mich auch anzeigen.«

»Wow, was für eine Rede«, bemerkt Tonia. Gioia lächelt ihr unauffällig zu.

»Giulia und ihr Vater wollen dich nicht anzeigen, Gioia. Sie möchten, dass dir bewusst wird, was du getan hast, und dass du beim Sozialdienst ein paar Beratungsstunden absolvierst.«

»Beratungsstunden?«, fragt Gioia leise.

»Nichts Besonderes. Du sollst nur einmal pro Woche mit unserer Psychologin reden, die dir helfen wird, diese schwierige Situation in den Griff zu bekommen.«

»Jede Woche?«, fragt Gioia.

»Sehr gut, dann wäre das ja geregelt«, grätscht Gioias Vater dazwischen. Er will schon aufstehen und gehen.

»Nein, keineswegs«, sagt der Anwalt Flavio Batta in sarkastischem Ton und sieht ihm in die Augen.

»Die Sache ist die, Signor Spada«, erklärt die Sozialarbeiterin, »die Battas erwarten, dass die Arztkosten von Ihnen übernommen werden.«

»Aha«, sagt Gioias Vater. »Und wie wird das …«

»Achthundert Euro«, unterbricht ihn der Anwalt.

»Achthundert?! Was zum Teufel sagen Sie da?«

»Ich bringe Ihnen in Erinnerung, falls Sie es vergessen haben sollten, dass die Anzeige, die wir zurückziehen wollen, Ihre Tochter betrifft, da diese aber minderjährig ist, haften Sie für die volle Summe.«

Gioias Vater sieht seine Tochter an, als sei sie der Grund für all sein Unglück und für das des gesamten Planeten dazu. Er seufzt, sieht den Anwalt kleinlaut an und fragt: »Kann man das auch in Raten bezahlen?«

68

Es gibt ein japanisches Wort, das bedeutet: »Der erste kalte Windzug, der den bevorstehenden Winter ankündigt.« Das Wort heißt *kogarashi*. Es ist nicht der Name eines Windes, wie der Schirokko oder der Maestrale. Es ist nur dieser Windzug, der einem sagt, dass der Sommer vorbei ist, und die harten Zeiten beginnen. Jetzt ist gerade Frühling, aber als Gioia mit ihrem Vater aus der Anwaltskanzlei kommt und er sich die Krawatte auszieht, spürt sie an der Wange deutlich und unverkennbar den Windzug des *kogarashi*.

Es gefällt ihr nicht, dass sie zum Psychologen soll. Nicht weil sie etwas gegen diese Leute hätte, sie sind oft sehr gut, manchmal sogar richtig sympathisch. Das Problem sind ihre Ziele. Psychologen verfolgen, soweit sie bisher gesehen hat, immer ein ganz schlechtes Ziel.

Das Konzept ist sehr einfach: Nach ein paar Gesprächen kommt heraus, dass die Ursachen für ihre miese Lage an den Eltern liegen. Na super. Und was passiert dann? Sie muss zu den Treffen gehen, sie muss dorthin, sie braucht ja angeblich Hilfe. Es ist so, als habe ein Polizist einen Entführer vor sich, einen mit Kapuze, der nach einem Bankraub eine Geisel bei sich hat, und als würde er, wenn er den Entführer ermittelt hat, auf die Geisel schießen.

Nicht sie muss zum Psychologen, sie fühlt sich völlig gesund. Natürlich ist ihr etwas seltsam zumute, sie ist Opfer vieler sich widersprechender Gefühle, das schon, aber dennoch ist sie gesund. Ihre Eltern müssten in Behandlung. Sie sind nicht gesund. Sie sind die Entführer.

Sie spürt den kalten Windzug, weil wieder mal alles so zu sein scheint wie eh und je. Weil sie nichts von dem Foto für den Wettbewerb gehört hat, und weil ihre Oma auf ihre Frage »Heute?« nicht geantwortet hat. Seit ein paar Tagen geht Gioia, bevor sie zur Schule aufbricht, in die Kammer von Gemma, gibt ihr ein Guten-Morgen-Kuss, sieht ihr in die Augen und fragt: »Heute?« Sie ist überzeugt, dass sie ihr früher oder später etwas sagen wird oder ihr ein Zeichen geben wird. Und dass an diesem Tag Lo wieder auftaucht und alles wieder so sein wird wie vorher. Aber heute hat sie wieder nichts gesagt – *kogarashi*.

»Schätzchen, Telefon!«, ruft die Mutter von unten.

Gioia rennt die Treppe hinunter und stürzt ins Wohnzimmer. Vielleicht war es doch noch nicht der *kogarashi*. Vielleicht hat Lo sich entschlossen, sie anzurufen. Vielleicht passiert heute endlich das Richtige.

»Hallo?«

»Ich hab ihn gefunden!« Das ist nicht Los Stimme, sondern die Stimme einer Frau, die fast wie ein Mann klingt.

»Giovanna!«

»Komm schnell her! Mir ist wieder eingefallen, wo ich ihn gesehen habe.«

69

Völlig außer Atem erreicht sie die Bar A.

»Erzähl, was hast du herausgefunden?«, fragt sie Giovanna, kaum, dass sie die Bar betreten hat. Die Cappuccino-Frau ist auch schon wieder da.

»Willst du mich nicht begrüßen?«

»Du hast recht, Entschuldigung! Ciao, Giovanna!«, sagt sie und holt Luft. »Hast du ihn gesehen?«

»In gewisser Weise ja. Komm mit!«, sagt Giovanna und gibt ihr ein Zeichen, ihr ins Hinterzimmer zu folgen. Giovanna geht gefolgt von Gioia hinter die Bar, schiebt einen Perlenvorhang aus Plastik zur Seite und gelangt in ein dunkles Zimmer voller Flaschenkästen, Keksen und Kartons.

»Ich erklär es dir«, sagt Giovanna. Sie nimmt einen leeren Flaschenkasten, dreht ihn um und setzt sich darauf. »Ich habe ein wahnsinniges fotografisches Gedächtnis. Ich bin früh von der Schule abgegangen, denn mit sechzehn war ich schwanger, aber ich habe ein super Gedächtnis. Ich brauche nur kurz in ein Buch zu schauen und kann mir die Dinge sofort merken. Ich war ein kleines Genie, das schwör ich dir! Als du mir das Foto gezeigt hast, habe ich sofort gewusst, dass ich dieses Gesicht kannte.«

Gioia hört ihr zu, fragt sich aber, warum sie sie in das Hinterzimmer mitgenommen hat, um ihr die Geschichte zu erzählen.

»Okay. Und dann?«, flüstert Gioia und setzt sich Giovanna gegenüber auf den Boden.

»Ich habe immer wieder darüber nachgedacht, und dann fiel mir ein Karton ein, den der alte Breda hier hinten hatte stehen lassen, mit einem ganzen Haufen Zeugs drin … Und was finde ich ganz unten?«, sagt sie, hebt einen großen Karton hoch und öffnet ihn vor Gioias Augen.

»Ein Foto?«

»Nein, viel, viel besser!«, sagt Giovanna lächelnd, und dann holt sie aus dem Karton ein großes Stück Pappe, ein Rechteck mit lauter Notizen und verschiedenen Fotos. Gioia nimmt es ihr aus der Hand, legt es sich auf den Schoß und sieht es genau an. Darauf ist nichts Ungewöhnliches zu sehen, es ist die Tabelle eines Dartspiels, und darin sind die Punkte der verschiedenen Mitspieler eingetragen, dazu die Fotos der Sieger und ein paar Gruppenbilder. Da ist auch der Gewinner eines Spiels, das *Chiosco* heißt, eine Erinnerung an den besten Trinker des Turniers.

»Ich kann darauf nichts Besonderes erkennen«, sagt Gioia, die immer noch die Papptafel auf dem Schoß hat.

»Bist du blöd oder was? Guck doch mal hier unten!«

Gioia sieht sich den unteren Teil der Tafel an und bemerkt ein Foto mit Zacken am Rand, auf dem ein Gesicht zu sehen ist. Und jetzt sieht sie es auch.

Es ist Lo, kein Zweifel. Seine Haare sind etwas länger, sein Gesicht jünger, aber er ist es.

»Oh Mann!«

»Genau das hab ich auch gesagt.«

Neben dem Bild ist eine Sprechblase, die aus seinem Mund kommt und auf der steht: »Ich bin stolz auf meinen letzten Platz, den ich mir hart erkämpft habe.«

»Also ist er Letzter geworden«, sagt Gioia und zeigt mit dem Finger auf die Sprechblase, und dabei fällt ihr wieder ein, was er ihr am ersten Abend gesagt hatte – wenn ihm einer beim Spielen zusähe, würde er versagen.

»Ja, und das ist noch nicht alles. Sieh mal, wie er heißt!«, sagt Giovanna leicht grinsend.

Gioia sieht sich die Liste der Gewinner an und ruft erstaunt: »Was soll denn das heißen?«

»Das soll heißen, dass dir dein Freund einen ganz schönen Bären aufgebunden hat.«

»Da steht Luca de Paolo! Wer ist Luca de Paolo?«, sagt Gioia und liest sich mit ungläubiger Miene auch die anderen zwanzig Namen auf der Tabelle durch. Da ist nirgendwo ein Lorenzo.

»Alles ganz einfach, Gioia. Dein Lo heißt in Wirklichkeit gar nicht Lorenzo, sondern Luca. Er hat dir nicht nur seinen Nachnamen verschwiegen, sondern dir auch noch einen falschen Vornamen gesagt, der Gauner!«

»Aber was hat dieser Spitzname Lo bloß mit Luca zu tun?«

Giovanna setzt sich neben Gioia auf den Boden. Aus der Bar hört man die Stimme der alten Frau: »Signora! Kann ich etwas mehr Schaum für meinen Cappuccino haben?«

»Ich komme!«, ruft Giovanna und holt einen Stift aus ihrer Tasche. Sie malt einen Kreis um die beiden letzten Buchstaben des Familiennamens und sagt: »So ist der Spitzname entstanden, mit den beiden letzten Buchstaben des Nachnamens.«

»Signora! Ich habe keinen Schaum in meinem Cappuccino!«

»Grrr!«, sagt Giovanna, drückt Gioia den Bleistift in die Hand und geht zurück in die Bar. Gioia malt noch einmal den Kreis um die beiden letzten Buchstaben und sagt sich, das wäre typisch Lo, dass er nicht wie sonst üblich die beiden ersten Buchstaben als Kurznamen nimmt, sondern die beiden letzten. Während Gioia noch am Boden sitzt und sich die Tabelle, das Foto und den Namen ansieht, kommt Giovanna wieder und setzt sich auf ihren Kasten.

»Irgendwann bring ich die Alte um, das schwör ich!«

»Was meinst du dazu?«, fragt Gioia.

»Was ich wozu meine?«

»Warum sagt ein Junge einem einen falschen Namen? Was für einen Grund könnte er dafür haben?«

»Meine Liebe, da gibt es eine Menge Dinge, die er dir schon lange hätte erzählen sollen.«

»Willst du damit sagen, dass …«

»Wir machen es so: Ich stelle dir ein paar Fragen, und du antwortest mir einfach. Wie fändest du das?«

»In Ordnung, vielleicht nützt es ja was.«

»Hat er eine Weile gebraucht, bis er dir diesen falschen Namen gesagt hat? Hat er gezögert, darauf gewartet, dass du dich nach ihm sehnst?«

»Ja, aber warum …«

»Und dann noch was. Er hat immer Stellen gesucht, die abseits liegen, hat dafür gesorgt, dass man dich nicht mit ihm zusammen sieht.«

»Ja, aber …«

»Und jetzt die letzte Frage: Ist er verschwunden, bevor oder nachdem er das größte und heiligste Geschenk von dir bekommen hat?«

»Das heiligste was?«

»Hat er dich gebumst und ist dann abgehauen?«

Gioia senkt den Kopf, als müsste sie auf dem Boden des Hinterzimmers der Bar A tausend Scherben zusammensetzen. Auf die letzte Frage antwortet sie nicht. Aber das ist auch eine Antwort, und so zieht Giovanna den Schluss: »Meine Liebe, ich habe große Zweifel, dass dein mysteriöser Freund fair mit dir umgegangen ist. Das ist wieder mal so einer, der zum Club derer gehört, denen man ordentlich was hinter die Ohren geben sollte. Wenn ich ihn ausfindig mache, melde ich mich dafür gerne freiwillig!«

In der Bar ruft die Alte erneut, aber Giovanna tut, als hätte sie nichts gehört. Gioia sitzt am Boden und presst die Lippen aufeinander, weil sie es einfach nicht glauben kann. Sie kann sich nur schwer vorstellen, dass er alles, was passiert ist, die Steine, das gerahmte Foto, all die gemeinsamen Abende, nur gemacht hat, um sie ins Bett zu kriegen. Als Giovanna in die Bar zurückgehen will, hält Gioia sie am Arm fest und fragt: »Hast du vielleicht ein Telefonbuch?«

70

»Hallo, ist dort die Familie de Paolo?«

»Ja, wer spricht dort?«

»Guten Tag, ich heiße Gioia Spada.«

»Wenn das ein Verkaufsgespräch ist, sage ich Ihnen gleich, wir kaufen nichts.«

»Nein, keine Sorge. Ich rufe wegen Luca an.«

Schweigen.

»Hallo, sind Sie noch da?«

»Was wollen Sie?«

»Nichts, ich wollte nur wissen, ob er zu Hause ist.«

»Wer?«

»Luca: Luca de Paolo. Ist er zu Hause?«

»Wollen Sie mir bitten sagen, wer Sie sind?«

»Ich heiße Gioia Spada. Ich bin eine Freundin von Luca. Ist er zu Hause?«

»Soll das ein Witz sein?«

»Keineswegs.«

»Wenn das ein Witz sein soll, dann zeugt er von sehr schlechtem Geschmack, wissen Sie das?«

»Nein, ich möchte nur zwei Minuten mit Luca sprechen. Können Sie ihn mir geben oder ihm sagen, dass ich angerufen …«

Klick.

71

Normalerweise läuft sie in der entgegengesetzten Richtung so schnell, von zu Hause bis zur Bar. Diesmal ist es genau andersherum. Gioia läuft so schnell nach Hause, wie sie nur kann.

Sie will zu ihrem prähistorischen PC, der so viel Krach macht wie ein Lastwagen auf steiler Strecke. Sie will ihn finden. Sie will auf Google, auf Yahoo, überall suchen. Sie muss verstehen, warum er ihr einen falschen Namen gesagt hat. Warum er verschwunden ist. Ob er wirklich in Not ist, ob er sie braucht. Sie muss alle Stimmen zum Schweigen bringen, die ihr einreden wollen, dass er sich nur amüsiert hat, schon längst eine Freundin hatte und nur mal ein bisschen Abwechslung haben wollte.

»He du, was soll das, meinst du, du kannst hier kommen und gehen, wie es dir passt?«, hört sie ihren Vater schreien, sobald sie das Haus betreten hat, aber Gioia läuft einfach nach oben und stellt den PC an. Auf der Tastatur schläft Gacco, die Geisterkatze. Sie legt sie vorsichtig auf das Bett und drückt auf die On-Taste.

Da geht die Zimmertür auf. Der Vater steckt den Kopf herein, ohne Krawatte und mit zorngerötetem Gesicht.

»Ich habe dich etwas gefragt!«

Am liebsten würde sie sagen: »Warum klopfst du nicht an?«, doch es ist klüger, ihn nicht noch weiter zu provozieren.

»Sorry, ich hatte dich gar nicht gehört.«

»Ich habe dich gefragt, ob du meinst, du kannst hier kommen und gehen, wie es dir gerade passt?!«

Sätze schießen ihr durch den Kopf, Sätze wie »Dir war es doch sonst auch immer egal, was ich mache, warum fängst du jetzt damit an, den besorgten Vater zu spielen?«, aber sie will nichts riskieren, weder dass er ihr das Internet abstellt, noch dass sie sich Ohrfeigen einfängt wie in der guten alten Zeit, deshalb sagt sie nur: »Ich war bei einer Klassenkameradin wegen einem Referat. Und jetzt muss ich auf Google etwas heraussuchen …«

»Das geht nicht. Sie haben uns das Telefon abgestellt.«

»Warum denn das?«

»Ich kann nichts dafür, wenn deine Mutter die Rechnungen nicht pünktlich bezahlt. Ich kümmere mich morgen früh darum, aber es wird sicher eine Weile dauern, bis es wieder funktioniert.«

»Na gut, dann gehe ich eben ins Internetcafé.«

»Du gehst nirgendwohin. Nach dem, was du dir geleistet hast, wird's mal Zeit, dass dir einer Manieren beibringt. Von jetzt an weht hier ein anderer Wind«, sagt ihr Vater. Dann stampft er aus dem Zimmer und schließt die Tür von außen ab, ohne ihre Antwort abzuwarten.

So bleibt Gioia allein mit der Katze zurück. Mit der Geisterkatze und all ihren Zweifeln.

»Scheißwelt!«, sagt sie leise.

72

Das Haus ist wirklich schön. Eine supermoderne Villa, alles quadratisch, die Wände in leuchtendem Rot und auf der Garagenseite eine Art Mosaik aus Metallteilen in Sternenform.

Nach der Schule hat Gioia beschlossen, einen kleinen Umweg zu machen und bei der Adresse vorbeizugehen, die sie gestern im Telefonbuch gefunden hat.

»Er kam mir nicht gerade vor wie ein Papasöhnchen«, sagt sie zu Tonia, während sie stehen bleibt und sich das Haus genauer ansieht.

»Er kam dir auch nicht wie einer vor, der einen falschen Namen benutzt, oder«, sagt Tonia. Dann fügt sie hinzu: »Du weißt, dass du in einer halben Stunde bei der Psychologin sein musst.«

»Ja, ich weiß, ich weiß.«

Gioia späht in den Garten, der sehr gepflegt ist. Hinter der großen Hecke ist ein Schwimmbecken zu erkennen.

»So viel Geld und zieht sich immer gleich an«, sagt sie kopfschüttelnd. Auch Tonia ist ziemlich erstaunt.

»Schon verrückt, dass manche Kinder aus reichem Haus andere glauben machen wollen, dass sie Arbeiterkinder sind. Sie tragen in der Schule kaputte Schuhe und alte Jeans und immer dasselbe T-Shirt, dabei haben sie zu Hause Autos stehen, die mehr kosten als eine Wohnung. Offenbar denken sie, in ihrer Aufmachung sähe man ihnen ihren Reichtum nicht an. Als wäre Reichsein etwas, wofür man sich schämen muss.«

»Arme, die nicht arm aussehen, und Reiche, die nicht reich aussehen wollen. Niemand will als das erscheinen, was er ist. Wie lächerlich das ist«, meint Gioia.

Sie hofft, dass Lo nicht einer von denen ist, die vorgeben müssen, etwas anderes zu sein. Dass er sich deshalb immer gleich anzieht, weil es ihm so gefällt.

Sie geht zur Tür und klingelt.

Niemand antwortet.

Sie klingelt wieder.

Nichts.

Gerade will sie zum dritten Mal klingen, als sie sieht, wie sich an einem der Fenster die Gardine bewegt, so als habe jemand herausgeschaut und wolle nicht gesehen werden. Wahrscheinlich die Frau, die gestern am Telefon war.

Oder vielleicht …

»Wenn er das war, dann ist er wirklich ein …«

»Ein was?«

»Ach egal. Was soll dieses blöde Versteckspiel«, sagt sie und sieht zu der Gardine hoch.

»Tja«, sagt Tonia.

Da klingelt Gioia noch einmal, diesmal länger, und sagt dazu: »Wir wollen doch mal sehen, wer gewinnt.«

Aber niemand kommt an die Tür. Und auch die Gardine bewegt sich nicht mehr.

Gioia versucht es noch drei-, vier-, fünfmal. Keine Reaktion.

»Vielleicht sind in diesem Haus alle taub«, sagt sie zu Tonia.

»Oder vielleicht wohnen hier nur Arschlöcher«, gibt diese zur Antwort.

Schließlich ziehen sie unverrichteter Dinge ab

73

Die Poster an den Wänden zeigen Themen, die Gioia in den siebzehn Jahren ihres Lebens schon kennengelernt hat: Gewalt gegen Minderjährige, eine Versammlung der Anonymen Alkoholiker, Ehekrisen, und dann eines, das Opfer häuslicher Gewalt dazu auffordert, ihre Männer anzuzeigen.

Die Geschichte ihres Lebens auf vier Plakaten.

Gioia versucht, sich auf die Poster zu konzentrieren, denn die anderen Leute im Wartezimmer gefallen ihr nicht besonders.

Da ist ein Mann von ungefähr vierzig, der immer denselben Satz vor sich hin sagt: »Da stimmt doch was nicht!«

Da ist ein Mädchen, das ganz still in einer Zeitung blättert und so mager ist, dass man einen Schreck bekommt.

Da ist auch ein Junge, der dauernd aufsteht, im Wartesaal Kreise zieht und sich dann wieder hinsetzt, und das macht er ununterbrochen.

Die Einzigen, die kein Unbehagen in ihr auslösen, sind ein Mann und eine Frau, er um die sechzig und sie vielleicht vierzig, wahrscheinlich ein Paar. Sie sitzen ihr gegenüber. Er hat etwas im Blick, was ihr nicht gefällt, etwas Verschlagenes, als sei er nicht ehrlich; er ist ziemlich elegant angezogen und hält die Hand der Frau, die müde und etwas verloren vor sich hinschaut. Sie sieht aus wie jemand, der nachts nicht schlafen kann und ständig fernsieht.

»Spada!«, ruft jemand. Sie ist an der Reihe. Gioia steht auf.

Sie rechnet damit, in ein Sprechzimmer zu kommen, in dem lauter Reproduktionen berühmter Gemälde hängen, stattdessen sind nur Originalzeichnungen und echte Bilder an den Wänden. Besonders eins ist wirklich schön. Man sieht darauf ein großes rotes Herz, je näher man kommt, desto deutlicher erkennt man, dass die Umrisse des Herzens aus lauter Namen von Menschen und Orten bestehen, winzig klein geschrieben.

»Gefällt es dir?«, fragt die Therapeutin, die am Schreibtisch sitzt. Auch sie hat sich Gioia ganz anders vorgestellt. Sie ist vielleicht Mitte dreißig, hat schwarzes Haar, trägt eine Brille und einen Pony und hat ein paar lustige Sommersprossen. »Das sind alles Bilder von Kindern und Jugendlichen aus dem Psychiatrischen Zentrum. Das Bild, was du dir gerade anschaust, hat den ersten Preis eines Wettbewerbs bekommen.«

»Ich glaube, das hätte ich auch ausgesucht«, sagt Gioia und geht ganz nah an das Bild heran.

»Was gefällt dir an dem Bild?«

»Ich mag es, weil es bedeutet, dass das Herz aus den Menschen besteht, die man kennengelernt hat, und aus Orten, an denen man gewesen ist«, sagt Gioia und zeichnet mit dem Finger die Umrisse des Herzens nach.

»Und das findest du schön«, fragt die Therapeutin, die aufgestanden ist und sich jetzt neben sie stellt.

»Sagen wir schön und schrecklich zugleich.«

»Schrecklich?«

»Ja. So viele Leute in sein Herz hereinzulassen, kann ganz schrecklich sein. Es ist so, als würde man am Eingang eines wichtigen Museums keine Kontrolle haben, im Louvre zum Beispiel. Irgendwann ist die *Mona Lisa* dann zerkratzt.«

»Vielleicht hat der, der das Bild gemalt hat, die Menschen ja alle kontrolliert und war der Meinung, er sollte sie in sein Herz lassen«, schlägt sie vor, während beide weiter auf die Leinwand schauen.

»Ja, und dann ist er in der Psychiatrie gelandet.«

Die Psychologin sieht Gioia an, dann das Bild, bevor sie mit einem kleinen Lächeln auf den Stuhl deutet. »Bitte, nimm doch Platz.«

Gioia setzt sich, wirft aber vorher noch einen raschen Blick auf die beiden Fotos auf dem Schreibtisch: Eins zeigt die Ärztin mit einem Mann, der viel älter ist als sie (ihr Vater?), das andere ein kleines Mädchens (ihre Tochter?). Ein Foto mit Ehemann gibt es nicht. Sie muss geschieden sein. Oder sie ist mit einem älteren Mann verheiratet. Die Psychologin geht um den Schreibtisch herum und setzt sich ihr gegenüber.

»Du hast einen schönen Vornamen«, sagt sie. Sie hat einen leichten Akzent, offenbar ist sie keine Italienerin, vielleicht eine Russin.

»Danke«, sagt Gioia.

»Wie geht es dir?«, fragt sie jetzt. An ihrem Kittel steckt ein Schild, auf dem Verushka Roveredo steht. Vielleicht eine Russin, die einen Italiener geheiratet hat und dann …

»Gioia?«

»Ja.«

»Kannst du mir sagen, wie es dir heute geht, wie du dich fühlst?«

Ehrlich gesagt hatte sie nicht damit gerechnet, dass ihr jemand solche Fragen stellt. Sie hatte gedacht, sie machen einen Test mit ihr mit irgendwelchen abstrakten Bildern und einer Reihe von Fragen wie »Warum hast du das getan?« oder »Was hast du für eine Beziehung zu deinen Eltern?«. Nicht so eine einfache, banale, normale Frage wie: »Wie geht es dir?«

Auf diese Frage zu antworten ist nie einfach.

Unter allen Fragen, auf die Leute gern mit Lügenmärchen antworten, steht diese sicher an erster Stelle.

Gioia weiß nicht, warum, aber sie hat Lust, ehrlich zu antworten. Und heute, jetzt gerade gibt es nur ein Wort, das genau trifft, wie es ihr geht, es geht ihr ganz einfach beschissen.

»Beschissen«, sagt sie.

Die Therapeutin sieht sie an und meint: »Das denke ich mir.«

Gioia weiß nicht, was sie sagen soll. Auch damit hatte sie nicht gerechnet. Die Therapeutin fährt fort, mit ihrem leicht russischen Akzent, der plötzlich irgendwie sympathisch klingt. »Das ist alles ziemlich scheußlich, oder?«

Gioia überlegt einen Moment. »Nein, es ist nicht *scheußlich*. Sehen Sie …« Sie versucht, es zu erklären, aber dann fehlen ihr plötzlich die Worte. Gerade eben wusste sie sie noch.

Es dauert lange, bis sie die Worte wiederfindet.

Die Therapeutin schweigt und wartet, bis Gioia anfängt zu reden. Aber sie macht kein Gesicht, als ob es ein Drama wäre, wenn Gioia nichts sagt. Sie gibt Gioia die Zeit, die sie braucht. Und dann sind alle Wörter wieder da, und – was noch erstaunlicher ist – sie hat plötzlich Lust, sie auszusprechen.

»Nein, es ist nicht scheußlich. Es ist das genaue Gegenteil. Ich weiß, dass es sehr schön ist, alles, da draußen, aber es ist, als sei es nur dahinter schön, verstehen Sie? Darunter, dahinter, daneben – als sei alles verborgen, es ist wie … wie …«

Meine Güte, sie redet völlig wirr, vielleicht weiß sie selbst nicht genau, was sie da sagt. Doch die Therapeutin sieht sie ruhig an, mit einem Blick, der bedeutet: »Und wie ist es?«

»Es ist, als wüsste man, dass alles viel schöner sein könnte, es aber am Ende niemals ist. Es nicht unmöglich, es ist dort, es ist nur dahinter, darunter, daneben, aber es kommt nicht heraus, verstehen Sie? Warum kommt es nicht raus?«, fragt sie noch einmal, ohne zu wissen, dass sie vielleicht nicht nur von sich spricht. Dass das Thema »Warum kommt es nicht heraus?« etwas anderes ist, ein anderer.

Die Therapeutin seufzt, wartet ein paar Sekunden und sagt dann nur: »Ich weiß.«

»Sie wissen es?«

»Ich weiß es. So ist es. Du hast recht. Ich glaube, was du getan hast, hast du deshalb getan, damit das, was herauskommen soll, es endlich tut.«

»Vielleicht auch.«

»Sehen wir uns in einer Woche wieder?«

»Ja«, sagt Gioia und steht auf.

Seltsam. Sie hätte nicht gedacht, dass es ihr durch dieses Gespräch besser gehen würde, aber jetzt ist sie vom Gegenteil überzeugt. Sie geht zur Tür, öffnet sie, und dann hört sie die Therapeutin laut sagen:

»De Paolo!«

Gioia durchzuckt es wie ein Stromstoß.

»Was haben Sie gesagt?«, fragt sie.

»De Paolo. Das ist meine nächste Patientin«, antwortet die Therapeutin, während das Paar aus dem Wartezimmer an Gioia vorbeigeht, der Mann und eine Frau, die sich an der Hand halten.

74

»Das ist sicher reiner Zufall«

»Es gibt keinen Zufall.«

»Prof. Bove sagt, dass alles Zufall ist, Tonia.«

»Prof. Bove unterrichtet Philosophie.«

»Na und?«

»Das Leben ist etwas anderes.«

»Nicht immer.«

»Wenn es nicht so ist, dann, weil das Leben dich verarscht.«

»Tonia!«

»Ich sage dir, das sind seine Eltern!«

»Die von Lo?«

»Nein, die von Harry Potter.«

»Na ja, in diesem Augenblick frage ich mich, wer wirklicher ist, er oder Harry.«

Nachdem Gioia die Praxis verlassen hat, spricht sie mit Tonia, während sie draußen darauf warten, dass die Tür sich öffnet. Sie vermeidet es, laut zu sprechen, weil ihr klar ist, dass der Ort, an dem sie sich befindet, Leute auf die Idee bringen könnte, dass sie nicht ganz richtig im Kopf ist.

Sie geht einen Schritt vor, zwei zurück.

Sie weiß nicht genau, was sie tun soll, wenn der Mann und die Frau rauskommen: sie ansprechen und fragen, ob sie Luca kennen, und dass sie dann sagen: »Nie gesehen, nie von ihm gehört.«

Das wäre deprimierend.

»Also, ich halte noch mal fest«, hört sie Tonia da sagen, »du willst diese beiden fremden Leute aufhalten, hier vor dem Sozialdienstgebäude, und sie fragen, ob sie einen gewissen Luca de Paolo kennen? Ich glaube, da fällt dir noch was Besseres ein.«

Diesmal ist ihr Einwand nicht so dumm. Vielleicht gibt es tatsächlich einen besseren Weg, um herauszufinden, ob die beiden etwas mit Lo zu tun haben.

75

Die Tür geht auf. Man kann der Frau ihren Kummer ansehen. Sie geht gebeugt, der Mann stützt sie und macht ein seltsames Gesicht, und in Gioias Kopf laufen mindestens zehn Filme gleichzeitig ab: Vielleicht sind sie hier, weil die Frau Depressionen hat, vielleicht ist sie seine Schwester und psychisch krank, vielleicht sind sie verheiratet und in einer Ehekrise, und der Mann will sich eigentlich scheiden lassen, aber sie kommt damit nicht klar …

Als sie jetzt auf die Straße treten, wendet Gioia sich ab, zieht ihr Notizbuch hervor und tut so, als würde sie etwas hineinschreiben.

Dann folgt sie dem Paar unauffällig.

»Du gehst ihnen also nach«, stellt Tonia fest.

»Gut erkannt, Sherlock!«

»Und wenn sie es bemerken?«

»Die haben andere Probleme, glaube ich. Hoffen wir mal, dass sie nicht mit dem Auto gekommen sind.«

Die beiden nehmen die Hauptstraße, sie immer noch an seinem Arm. Sie gehen eine ganze Weile und reden dabei kein einziges Wort.

»Vielleicht ist er ihr Betreuer«, überlegt Gioia.

»Nein, dazu ist er zu liebevoll.«

Irgendwann schlagen sie eine andere Richtung ein und steuern auf das vornehme Haus zu, wo Gioia geklingelt hat, und wo man ihr weder geöffnet noch geantwortet hat.

Kein Zweifel, sie wohnen hier. Die beiden gehen durch die Gartentür, und als der Mann sie schließt, schaut er kurz zur Straße hin, genau in Gioias Richtung. Die taucht rasch hinter einer großen Mülltonne ab, stolpert dabei über eines der Räder, die dort stehen, und fällt hin. Tonia bricht in Lachen aus.

76

Mittlerweile wartet sie eine Stunde, achtzehn Minuten und sechsundzwanzig Sekunden.

Tonia macht sich schon darüber lustig, dass sie die ganze Zeit hinter der Mülltonne steht.

Gioia weiß nicht so recht, was sie machen soll. Weiter warten?

Aus dem Versteck hervorkommen und klingeln? Und wenn sie es machen wie beim letzten Mal und sie einfach vor der Tür stehen lassen? Wenn sie sie vom Fenster aus sehen und erkennen, dass sie das Mädchen aus dem Wartezimmer ist, und sie für eine Verrückte halten?

Sie steht schon eine Stunde, achtzehn Minuten und sechsundzwanzig Sekunden hier, hat ihren MP3-Player angestellt, auf dem eintausendzweihundertsiebenunddreißig Songs sind, und hofft darauf, dass etwas passiert.

Und nach siebenundzwanzig Songs geschieht tatsächlich etwas.

Der Bewegungsmelder des automatischen Garagentors leuchtet auf, das Tor öffnet sich langsam. Ein langer schwarzer glänzender Wagen rollt langsam heraus, nur wenige Schritte von Gioia entfernt, und am Steuer sitzt der Mann, der Ehemann oder Bruder der Frau. Der Wagen fährt an ihr vorbei und biegt ab, und in den Kopfhörern ertönt ein Lied von Katy Perry, *Firework*.

Als der Wagen am Ende der Straße angelangt ist, singt Bruce Springsteen *Born to Run* in ihr Ohr. Ein Wunder musikalischer Auswahl.

»Los, du Verrückte«, sagt Tonia. »Das ist dein Stichwort!«

Gioia verlässt ihr Versteck und geht zur Haustür. Sie läutet einmal, zweimal, dreimal.

Plötzlich hört sie ein Klicken in der Gegensprechanlage. »Wer ist da?«, fragt eine Frauenstimme, die ganz metallisch klingt.

»Sag bloß nicht, dass du nach ihm suchst!«, warnt Tonia.

»Guten Tag, ich würde gern mit Signora de Paolo sprechen.«

»Das bin ich, worum geht es?«

»Sag ihr, du kommst vom Sozialdienst. Dass der Mann, mit dem sie dort war, etwas vergessen hat.«

»Ich bin vom Sozialdienst und der Mann, der heute mit Ihnen dort war, hat etwas vergessen.«

»Mein Mann? Was hat er denn vergessen?«

Gioia weiß nicht, was sie antworten soll, und ringt die Hände.

»Hallo?«

»Nun sag schon was!«

»Er hat … seine Brieftasche vergessen«, sagt Gioia, nervös. Tonia verdreht die Augen.

»So was, die hat er noch nie vergessen.«

»Ich würde sie Ihnen gern zurückgeben.«

»In Ordnung, ich komme runter.«

77

Die Frau trägt eine Art Hausanzug und sieht aus, als sei sie gerade erst aufgewacht, nach einem Schlaf von mindestens achthundert Jahren.

Gioia weiß noch nicht, wie sie nach dem fragen soll, was sie eigentlich fragen möchte. Sie weiß nur, dass sie es unbedingt fragen muss.

»Wo ist denn nun die Brieftasche?«, fragt die Frau ungehalten und mustert Gioia misstrauisch.

»Ja, wissen Sie … Eigentlich bin ich nicht wegen der Brieftasche hier.«

»Wenn Sie mir etwas verkaufen wollen, sage ich Ihnen gleich, dass …«

Das scheint eine neue Mode zu sein, dass man sie für eine Hausiererin hält.

»Nein, Signora, ich heiße Gioia Spada und bin wegen Luca hier.«

»Ich wusste es, ich hätte es wissen müssen!«, sagt sie erregt, aber auch traurig. »Deshalb mache ich nie jemandem auf, wenn ich sehe, dass Jugendliche vor der Tür stehen. Ich schaffe das einfach nicht mehr …«

Gioia versteht nicht ganz, was sie damit sagen will. Sie überlegt krampfhaft, wie sie die Frau daran hindern kann, die Haustür wieder zuzumachen.

»Sag ihr, du hättest noch eine Kapuzenjacke von ihm, die du zurückgeben möchtest«, raunt Tonia ihr zu.

»Es ist nämlich so: Ich habe noch eine Kapuzenjacke von Luca zu Hause und würde sie ihm gern zurückgeben«, sagt Gioia mit leiser Stimme.

Sie hat das Gefühl, dass die Frau gleich in Tränen ausbrechen wird.

Und sie geht auch nicht ins Haus zurück, sondern bleibt einfach am Gartentor stehen.

Nach dem abweisenden Blick, dem verunglückten Beginn ihres Gesprächs und der seltsamen Sache mit der Klingel hat Gioia eigentlich erwartet, dass die Frau ihr sagt, sie könne die Jacke behalten und solle einfach verschwinden. Sie hat mit allem gerechnet, nur nicht mit dem, was die Frau jetzt sagt:

»*Wem* wollen Sie sie zurückgeben?«

Gioia sieht sie verblüfft an.

»Luca, ich möchte sie Luca zurückgeben.«

Die Frau öffnet den Mund, ohne etwas zu sagen. Sie zieht die Augenbrauen hoch und sieht Gioia an, als habe sie in einer fremden Sprache gesprochen. Eine Weile steht sie so da, mit diesem etwas ratlosen Gesichtsausdruck, dann geht das Licht auf dem automatischen Tor an und das Tor öffnet sich. Alles, was die Frau sagen kann, ist »Ach, Luca«. Dann fährt schon der Wagen in die Auffahrt, und der Mann springt heraus und kommt auf die beiden zu.

»He!«, ruft er Gioia zu. »Was machen Sie hier?«

Es hat den Anschein, als müsse er seine Frau vor einem gefährlichen Angriff schützen, und Gioia spürt, dass er sie gleich ins Haus bringen wird, ohne dass sie fragen kann, was sie fragen muss. Sie beugt sich zu ihr und sagt leise: »Ja, ich möchte sie Luca zurückgeben. Wissen Sie, wann ich ihn treffen kann?«

»Mein Kind«, sagt die Frau einen Moment, bevor der Mann sie erreicht und ins Haus zurückführt. »Ich weiß nicht, wer du bist und was für eine Jacke du zu Hause hast, und glaub mir, ich will es auch gar nicht wissen. Ich weiß nur, dass mein Luca vor zehn Monaten gestorben ist.«

ZWEITER TEIL

vybafnout (tschechisch):
»Überraschend hervorspringen und ›Buh!‹ rufen«

1

Drama in Redona: Siebzehnjähriger verschwindet
Der Vater: Er hat einen Abschiedsbrief hinterlassen

Am Samstag den 21. Mai 2016 um Viertel nach acht schickte das Gymnasium Grigoletti über sein Informationssystem per SMS eine Nachricht an den Ingenieur Marco de Paolo, dass sein Sohn nicht in die Schule gekommen ist. Diesen Dienst bietet die Schule wie viele andere in Italien seit einigen Jahren an: Wenn in der ersten Stunde der Lehrer das Fehlen eines Schülers meldet, versendet der Server automatisch eine Info an die Nummer der Eltern. Der Vater, der seinen Sohn jeden Morgen in die Schule bringt, ließ sofort nach ihm suchen. Offenbar hatte der Junge in der Vergangenheit schon öfter depressive Verstimmungen gehabt und litt unter Panikattacken, die sich in letzter Zeit allerdings scheinbar gelegt hatten. Nachdem die Polizei benachrichtigt und bei Bekannten und Freunden des Jungen gesucht wurde, fand man schließlich einen Abschiedsbrief unter dem Kopfkissen des Jungen, in dem er seinen Selbstmord ankündigte und auch einen Ort nannte. Die mobile Einheit der Carabinieri von Pordenone sucht derzeit in den Kommunen von Tramonti di Sopra und Tramonti di Sotto, besonders an den Seen, die offenbar in dem Brief erwähnt sind.

In den nächsten Stunden erfahren Sie mehr auf unserer Website.

Jugendlicher in Redona verschwunden,
Selbstmord sehr wahrscheinlich.
Der Vater: Er hat offenbar entschieden,
sein Leben zu beenden.

Während die Nachforschungen der Carabinieri und des Zivilschutzes der Kommunen von Meduno, Tramonti und Sequals weitergehen, hat der Vater des heute Morgen aus Pordenone verschwundenen Jungen eingeräumt, dass der unter dem Kopfkissen des Jungen gefundene Brief von seiner Absicht sprach, Selbstmord zu begehen. Der siebzehnjährige Luca de Paolo wurde von seinem Vater am Morgen seines Verschwindens vor dem Schulgebäude des Grigoletti-Gymnasiums abgesetzt, ist jedoch offenbar nicht in das Gebäude gegangen. Es gibt Hinweise darauf, dass er sich zur nächsten Haltestelle begeben und den ersten Bus in Richtung Berge genommen hat. In Maniago soll er umgestiegen und in Richtung Tramonti weitergefahren und dann am See von Redona ausgestiegen sein. Dort soll er zu Fuß weitergegangen sein bis zu einer Anhöhe, die auch in dem Brief beschrieben wird. Man vermutet, dass er sich an dieser Stelle in den über sechzig Meter tiefen, künstlich angelegten See gestürzt hat. Seit ein paar Stunden sind zwei Tauchergruppen des Zivilschutzes unterwegs, um nach dem Jungen zu suchen. Diese wiesen jedoch darauf hin, dass die Sucharbeiten sich verzögern könnten, da der Wasserspiegel wegen der starken Regenfälle in den letzten Tagen stark angestiegen ist.

In den nächsten Stunden berichten wir über die neueste Entwicklung.

Siebzehnjähriger verschwunden:
Turnschuh und Armband gefunden.
Der Vater: Ja, sie gehören Luca.

Die beiden Tauchtrupps haben ihre Suche nach der Leiche des verschwundenen Luca fortgesetzt, bisher ohne Ergebnis. In der Nähe der Stelle, von der aus der Siebzehnjährige sich seinem Abschiedsbrief zufolge vermutlich in den See gestürzt hat, wurden jedoch ein Turnschuh in Größe 41 sowie ein Lederarmband gefunden. Nach unseren Informationen konnte der Vater die beiden Fundstücke als seinem Sohn zugehörig identifizieren, was den Suizid bestätigen könnte. Nach Auskunft einiger Klassenkameraden, mit denen unsere Reporter sprachen, soll Luca schon einmal versucht haben, sich das Leben zu nehmen, indem er vom Balkon des Elternhau-

ses sprang, jedoch konnte er von den Ärzten des Krankenhauses Santa Maria degli Angeli gerettet werden. Die Eltern äußerten sich zu dem früheren Selbstmordversuch nicht. Weshalb der Junge ausgerechnet die künstlich angelegten Seen von Tramonti für seine Tat ausgewählt hat, ist nicht bekannt.

In den nächsten Stunden folgen weitere Berichte.

Luca: Keine Spur des siebzehnjährigen Schülers.
Nach zwölf Stunden haben die Taucher
die Leiche des Jungen noch nicht geborgen.
Die Eltern bitten die Presse um Schweigen.
»Respektieren Sie unseren Schmerz.«

Verrostete Mopeds, alte Möbel und diverse andere Dinge haben die Taucher vom Zivilschutz am Grund des Sees gefunden, doch von der Leiche des Jungen gibt es immer noch keine Spur. Durch die »Vermüllung« des Sees ist die Suche für die Taucher äußerst schwierig. Die Eltern des Jungen erklärten inzwischen, keine Interviews mehr geben zu wollen. »Wir verstehen den Wunsch der Presse, ihre Arbeit machen zu können, doch können wir den permanenten Druck nicht mehr ertragen. Die Ungewissheit, was mit unserem Jungen passiert ist, ist furchtbarer als alles andere«, erklärte der Vater, Ingenieur Marco de Paolo, der als sehr zurückhaltender Mann bekannt ist. »Bitte respektieren Sie unseren Schmerz, und lassen Sie uns in Ruhe.«

Morgen früh folgen weitere Berichte.

Fall Luca d. P.:
Suchaktion der Taucher gestaltet sich als schwierig.
Polizei will warten, bis der See im Sommer austrocknet.
Unter den Beratern der Carabinieri ist auch ein Medium.

Die Seen des Val Tramontina gelten als beliebte Touristenziele, weil sich in den Monaten Juli und August oft das Phänomen ereig-

net, dass das frühere Dorf Movada zu sehen ist, das 1952 durch den Bau des Staudamms und die Anlage des künstlichen Sees unterging. Wenn der See in den heißen Sommermonaten austrocknet, tauchen Reste der Häuser der sogenannten »Geisterstadt« wieder auf. In der regenreichen Herbstperiode oder während der letzten Monate mit ihren außerordentlich starken Regenfällen erreicht der See allerdings Tiefen, die den Tauchern, die immer noch auf der Suche nach der Leiche des am letzten Samstag verschwundenen Siebzehnjährigen sind, ihre Aufgabe sehr erschweren. Da ein Abschiedsbrief gefunden wurde, in dem der Jugendliche seinen Wunsch, sich das Leben zu nehmen, erklärt, und bekannt wurde, dass Luca schon vor ein paar Monaten einen Selbstmordversuch unternommen hatte, schließen die Carabinieri derzeit ein Verbrechen aus. Während die Taucher keinen Zweifel daran lassen, dass es kaum möglich sein wird, die Leiche in Kürze zu finden, scheint es, dass die verzweifelten Eltern ein Medium beauftragt haben: Pierangela Martini, Angie genannt. Sie bezeichnet sich selbst als Geisterbeschwörerin, die mit Toten in Verbindung treten kann. Die Ermittler scheinen die Fähigkeiten der Frau, ihnen den Ort des Geschehens zu benennen, nicht allzu hoch einzuschätzen, schließen aber nicht aus, dass es dank ihrer besonderen »Gaben« möglich sein könnte, das Suchgebiet für die Taucher genauer festzulegen.

Medium Angie ist sich sicher: »Lucas Leiche ist nicht hier.«
Auf der Suche nach möglichen »Schwingungen« des am Samstag vor zwei Wochen verschwundenen Schülers aus Pordenone ging das Medium Angie gestern lange am Ufer des Lago de Redona entlang. Wir sind dem berühmten Medium in einigem Abstand gefolgt, um ihre Wahrnehmungen nicht zu trüben. Hin und wieder blieb das Medium stehen, schloss die Augen und streckte die Hände zur Wasseroberfläche hin, doch offenbar ohne Resultat.

Nachdem sie ihre Erkundungstour beendet hatte, erklärte Pierangela Martini: »Er ist nicht hier.« Von unserem Reporter nach der Möglichkeit befragt, ob der Junge noch am Leben sein könnte, erklärte sie. »Ich weiß nicht, ob er lebt oder tot ist, aber hier ist er sicher nicht.« Inzwischen geht die Suche nach Luca weiter. Da der Jugendliche jedoch nirgendwo anders gesehen wurde und es keine weiteren Spuren gibt, nimmt die Hoffnung der Angehörigen, ihn lebend wiederzusehen, weiter ab.

Diesmal funktioniert das Internet. Langsam wie immer, aber es läuft. Einmal hat ihr Vater etwas Vernünftiges getan und die offenen Rechnungen bezahlt. Auf Google braucht man jetzt nur Luca de Paolo einzugeben, und es öffnen sich Seiten um Seiten, die meisten stammen von den ersten Tagen nach seinem Verschwinden. Dann werden es immer weniger.

Gacco, die Geisterkatze, schläft auf dem Bett, während Gioia am Computer sitzt. Ihre Augen sind vom stundenlangen Lesen auf dem Bildschirm schon ganz rot, in ihrem Kopf herrscht großes Durcheinander. Die Nacht draußen weicht langsam der Morgendämmerung. Gioia denkt an die Geschichte mit den Steinen, an den Ort, zu dem Lo mit seinem Vater ging, als er noch klein war, an das alte Dorf, das auf dem Grund des Sees zu sehen war. Alles fängt an, einen Sinn zu ergeben, doch zugleich scheint alles immer weniger klar.

Mit der Wirklichkeit hat es offenbar nicht viel zu tun, es erinnert eher an Traumsequenzen. Wenn sie nur zwei Minuten über alles nachdenkt, kann sie sich kaum vorstellen, dass es wirklich passiert ist.

Vielleicht existiert das alles nur in ihrem Kopf. Dort ist alles geschehen. Und aus irgendeinem seltsamen Grund ist der Junge, von dem sie in Wahrheit nur geträumt hat, identisch mit einem anderen, der vor ungefähr einem Jahr gestorben ist.

Gacco, die Geisterkatze, öffnet für zwei Minuten die Augen. Dann schließt sie sie wieder.

»Es muss doch irgendwo noch einen aktuelleren Artikel zu dem Fall geben«, murmelt Gioia. Ihr Gesicht ist vom Bildschirm erleuchtet, und sie klickt nervös mit der Maus herum. Erwartungsvoll wechselt sie von der Website einer Lokalzeitung zur nächsten und fürchtet zugleich, einen Bericht zu finden, in dem steht, dass Luca auf dem Grund des Sees gefunden wurde. Als ihr die Augen vor Müdigkeit beinahe zufallen, stößt sie auf eine Seite des *Messagero Veneto*:

Jugendlicher vor Monaten verschwunden.
Keine Leiche auf dem Grund des Sees.

Wie jedes Jahr im Sommer ist der Lago di Redona ausgetrocknet, aber auf seinem Grund hat man keine Spur von dem seit Monaten vermissten Luca de Paolo gefunden. Die Männer vom Zivilschutz hatten noch einen Rest Hoffnung, auf dem Grund des Sees die Leiche des Siebzehnjährigen zu finden, der seit dem 21. Mai verschwunden ist. Ermittler und Taucher, die am Tag des Verschwindens ein paar Gegenstände aus dem Besitz von Luca gefunden hatten, erklären sich die Tatsache, dass man keine Leiche gefunden hat, damit, dass der Junge von der Staumauer gestürzt, von den Strudeln auf den Grund gezogen und dann von der Strömung in den Fluss Meduna getragen und kilometerweit abgetrieben worden sein muss. Nach Meinung der Experten ist dies eher unwahrscheinlich, aber nicht unmöglich. Wenn es so wäre, würde sich der Umkreis, in dem die Leiche zu suchen wäre, um mehrere Dutzend Kilometer erweitern. Inzwischen wäre Luca achtzehn Jahre alt und damit volljährig. Falls der Junge entgegen aller Annahmen doch nicht im See umgekommen ist, sondern sich freiwillig entfernt hat, sieht das Gesetz kein Eingreifen der Ordnungskräfte vor, um ihn wiederzufinden. Laut Gesetz dauert es zwei Jahre, bis der Tod von jemandem erklärt werden kann, der verschwunden ist und dessen Leiche nicht gefunden wurde. Unter den gegebenen Umständen ist jedoch die Hoffnung, den Vermissten lebend wiederzufinden, sehr gering.

Danach findet Gioia keine Artikel mehr.

Sie tritt ans Fenster. Keine Sterne am Himmel. Wären welche da, könnte sie sie fragen, was sie tun soll.

Sie hat Luca gesehen. Sie hat mit ihm gesprochen. Sie weiß, dass er lebt.

Oder zumindest glaubt sie es. Jetzt wo der Himmel etwas heller wird, der neue Tag anbricht, beginnt Gioia sich zu fragen, ob sie sich nicht doch alles eingebildet hat. Sie nimmt ihren Fotoapparat, stellt ihn an und will sich Los Foto noch einmal genau ansehen, sich an sein Gesicht erinnern, um sicher zu sein, dass sie ihn berührt und geküsst hat, dass er wirklich da war, aber ihre Hände zittern so, dass ihr die Kamera aus den Händen fällt und zerbricht. Gioia hebt sie auf, versucht, sie zusammenzusetzen und wieder anzustellen, aber es funktioniert nicht. Sie hat den letzten Beweis dafür, dass es Lo gibt, verloren.

In ihrem Kopf summt es wie in einem Bienenstock. Sie fragt sich, was sie jetzt tun soll. Aber eigentlich kennt sie schon die Antwort.

»Aber wozu soll das gut sein?«, fragt Tonia. »Er ist tot, und du bist völlig durch den Wind.«

»Es ist zu gar nichts gut. Aber ich werde es trotzdem tun«, sagt Gioia und starrt in den Himmel.

»Schwänzt du etwa die Schule?«

»Klar.«

»Also wirklich«, sagt Tonia und schüttelt den Kopf.

2

Heute ist Gioia schon früher zur Schule gekommen.

Sie hat sich an den Rand des Parkplatzes gesetzt, halb verborgen hinter ein paar parkenden Autos, und wartet geduldig auf die Ankunft von Prof. Bove. Und während sie auf dem Bordstein sitzt und das Geräusch der Autos, das Donnern der Lastwagen, das Hupen und Türenschlagen, das nervtötende Piepen der Ampeln und das Geschrei der Passanten an ihr Ohr dringen, denkt sie, dass es ein Glück ist, lebendig zu sein, und zugleich ist es schrecklich. Wenn man als Stein geboren wäre, müsste man dieses Getöse jedenfalls nicht hören, denn Steine spüren nichts. Doch letztlich ist es immer noch viel besser, etwas zu hören, als nichts zu hören.

Dann kommt Prof. Bove mit seinem alten Renault 4 angerumpelt, einer prähistorischen Schrottkarre, von der sich alle Schüler fragen, durch welches Wunder der Technik sie überhaupt noch fährt. Er steigt aus und bemerkt Gioia, die auf dem Bordstein gleich hinter seinem Wagen sitzt.

»Signorina Spada!«, ruft er erstaunt.

»Guten Morgen«, sagt sie leise, bemüht, von niemandem sonst gesehen zu werden.

Der Lehrer steckt den Schlüssel ins Schloss, fummelt ein paar Sekunden herum und schließt dann ab.

»Was ist, haben Sie es mit Ihrer Frage heute so eilig?«

»Das kann man so sagen«, erklärt Gioia vorsichtig.

»Dann mal los! Ich stehe Ihnen zur Verfügung, auch wenn ich noch keinen Kaffee getrunken habe.«

»Wie halten Sie das eigentlich aus, mit so einer alten Karre? Mir gefällt ihr alter Renault ja, aber es gibt genug Leute, die sich über Sie lustig machen, weil Sie mit so einer Rostlaube herumfahren. Macht Ihnen das gar nichts aus?«

»Signorina, ein Auto ist ein Mittel zum Zweck.«

»Und?«

»Da ich Philosoph bin, interessiere ich mich mehr für Ziele als für Wege«, antwortet der Lehrer und stößt seinen Stock in die Erde. »Ist das alles? Haben Sie deswegen heute auf mich gewartet, an diesem kühlen Frühlingsmorgen, um nach meinem Auto zu fragen?«

»Nein, die eigentliche Frage ist eine andere«, sagt Gioia und beißt sich auf die Lippen.

»Ich höre. Eine Frage nach dem Schicksal, nach Gott, nach der Moral, wonach?«

»Nein, dieses Mal ist die Frage eher praktischer Natur. Ich kann heute nicht zur Schule gehen. Könnten Sie mich decken?«

Eins der größten Probleme der Schüler von heute ist das elektronische Meldesystem. Ein teuflisches Instrument, das es den Schülern erheblich erschwert, die Schule zu schwänzen. Es sendet den Eltern automatisch eine Nachricht, wenn ein Schüler fehlt, es registriert alles, und bei Schülern wie Gioia, die unfähig sind, Unterschriften zu fälschen, wird der Direktor am dritten Tag des unentschuldigten Fehlens benachrichtigt. Gioia hat schon an die Benachrichtigung der Eltern gedacht, aber jetzt braucht sie jemanden, der in der letzten Stunde mit einem einfachen Klick das vom Lehrer der ersten Stunde registrierte Fehlen beseitigt. So etwas wäre im Grunde ganz einfach, dies kann nur ein Lehrer machen, und der Einzige, den Gioia fragen kann, ist Prof. Bove. Der Einzige, der im schlimmsten Fall nein sagen und nicht gleich eine Klassenkonferenz einberufen würde, die über Suspendierung, Schulverweis oder Arrest debattiert.

»Ich glaube, ich habe nicht richtig gehört. Sie verlangen von mir, dass ich offizielle Dokumente fälsche?«, fragt der Lehrer sie leise.

»Hm, ich glaube, doch«, sagt Gioia und nickt verlegen.

»Dann habe ich Ihre Bitte also richtig verstanden. Ich wüsste in diesem Fall, welches Mittel ich verwenden muss. Aber darf ich fragen, zu welchem Zweck ich so handeln soll? Wenn es darum geht, eine Klassenarbeit oder Prüfung zu schwänzen ...«, sagt der Lehrer streng.

»Nein, so banal ist es nicht. Der Zweck ist, ein paar Busse zu nehmen und zum Lage di Tramonti zu fahren, um herauszufinden, ob ich verrückt bin.«

3

Die Artikel hat sie wieder und wieder gelesen und hat so viele Fotos gesehen, dass sie mit geschlossenen Augen die Stelle hätte finden können, an der Lo sich in den See gestürzt haben sollte.

Am Ende brauchte sie nur ein Stück Straße zu Fuß zu gehen, den ersten Pfad nach links einzuschlagen und zwanzig Minuten immer geradeaus weiterzugehen.

Jetzt steht Gioia auf der kleinen Lichtung, von der aus Lo theoretisch in den See gesprungen sein soll. Auf dem Boden liegen noch ein paar Blumen, Plüschtiere, Briefumschläge und Fotos von Lo, die wahrscheinlich Freunde und Bekannte hier niedergelegt haben. Auf manchen Briefumschlägen stehen Dinge wie »Du wirst für immer bei uns sein« und »Du hattest ein zu großes Herz für diese engstirnige Welt«.

Irgendwie ist das alles ziemlich makaber.

Alle glauben, dass Lo wirklich tot ist. Nur ein Mensch auf der Welt ist vom Gegenteil überzeugt, und das ist sie.

»Darf man wissen, warum wir hierhergekommen sind?«, fragt Tonia, die ein paar Schritte neben ihr steht.

»Um Antworten zu finden, aber ich fürchte, dass sie alle falsch sind«, entgegnet Gioia und sieht sich um. Dann schaut sie in Richtung See. »Bist du wirklich da unten?«

Tonia steht mit verschränkten Armen neben ihr, schüttelt den Kopf und sagt: »Und was machen wir jetzt?«

»Das weißt du doch«, antwortet Gioia und wendet die Augen vom See ab. »Es gibt nur eins, was wir tun können.«

4

Sie hatte sich den Ort ganz anders vorgestellt.

Sie hatte gedacht, dass es ein richtiger, ein ganz besonderer Ort sein würde. Mit einem Wartezimmer und drinnen einer ganzen Reihe seltsamer Objekte aus afrikanischen Ländern, Kerzen, Lichtern, Teppichen, Räucherkerzen. Aber es ist ein einfaches Haus oder besser gesagt eine ganz normale Wohnung im Torre-Viertel, nicht weit von der Schule entfernt.

»Herein, herein«, sagt Pierangela genannt Angie, eine kleine untersetzte Frau, die an die Frauen erinnert, die man in der Kirche oder auf dem Markt trifft. Über den Lippen sieht man den Schatten eines Damenbarts.

»Setzen wir uns ins Wohnzimmer«, sagt sie und zeigt auf ein mit Zellophan bedecktes Plüschsofa. »Das ist wegen dem Staub«, erklärt sie, »ich hasse Staub.«

Gioia kommt sich bereits wie eine Idiotin vor und hat kaum noch Lust, Signora Pierangela, genannt Angie, ihre Frage zu stellen.

»Also, fangen wir an: Warum sind Sie hergekommen? Was möchten Sie wissen?«

»*Sie* ist doch das Medium, warum weiß sie das nicht längst«, spottet Tonia an der Türschwelle. Pierangela wendet den Kopf in ihre Richtung. Sie zieht die Brauen zusammen, als hätte sie etwas gehört.

»Alles in Ordnung?«, fragt Gioia.

»Ja, ja, alles in Ordnung. Dann erzählen Sie mal«, erwidert das Medium, doch ihr Blick bleibt wachsam.

»Also, tja, es ist so …«, beginnt Gioia, weiß aber nicht, wie sie es formulieren soll.

»Es ist jemand gestorben, richtig?«, fragt Pierangela und sieht ihr in die Augen, so direkt und durchdringend, dass Gioia den Blick abwenden muss.

»Nein, ehrlich gesagt nicht«, erklärt sie, aber da ist noch dieser durchdringende Blick, der auf ihr ruht, und so fügt sie hinzu: »Das heißt, ich weiß es nicht.«

Pierangela lächelt ein wenig und zieht ein Wollfädchen aus ihrem Pullover. Dann sieht sie Gioia wieder an und meint: »Machen wir es so: Sag einfach, was Sache ist, okay?«

Gioia nickt.

»Nun?«

»Jetzt sag es ihr schon!«, zischt Tonia. Pierangela sieht sich wieder argwöhnisch um. Tonia ist nur in Gioias Kopf. Aber es kommt ihr fast so vor, als hätte die Geisterbeschwörerin sie bemerkt.

Schließlich fasst Gioia Mut. »Luca. Luca de Paolo«, sagt sie.

»Ach so!« Pierangela wartet ein paar Sekunden. »Und was willst du von ihm wissen?«

»Das weiß ich nicht so genau. Sagen wir mal so: Ich möchte wissen, ob er am Leben ist oder nicht.«

»Bist du eine Verwandte von ihm?«

»Nein, ich … nein.«

»Verstehe.«

»Was verstehen Sie?«

»Du bist seine Freundin.«

»Ja, sozusagen. Aber warum sagen Sie bist und nicht warst? Alle scheinen überzeugt zu sein, dass er tot ist.«

»Meiner Meinung nach lebt der Junge noch.«

Gioia spürt, wie ihr Herz hüpft. »Wirklich?«

»Er war nicht im See, er war nicht in dem Fluss … in zehn Monaten kann eine Menge passiert sein, aber ich bin sicher, dass er lebt, mein Kind.«

»Wie können Sie da so sicher sein?«

»Ich weiß es eben.« Pierangela steht mühsam von ihrem Sofa auf. Sie geht in die Küche und kommt mit zwei Tassen Tee zurück. Eine davon reicht sie Gioia.

»Aber eigentlich wolltest du mir noch etwas anderes sagen, nicht wahr?«

Gioia starrt sie erstaunt an. Diese Frau sieht vielleicht nicht gerade wie ein Medium aus, aber scheinbar kann sie Gedanken lesen.

»Ja. Eigentlich ja.« Sie nickt etwas hilflos.

»Dann mal los, ich höre dir zu.«

Gioia trinkt einen Schluck Tee, holt tief Luft und dann legt sie los und erzählt einfach alles: von der Bar A, von den Dartpfeilen, von dem Schlag aufs Knie, von den Erinnerungssteinen im Weckglas, den dunklen Momenten, wenn Lo plötzlich ein anderer wurde, vom ersten Kuss, dem Dach, dem aus Versehen gelöschten Foto, einfach alles. Pierangela, genannt Angie, hört ihr zu, nippt zwischendurch an ihrem Tee und sieht sie geduldig an, während Gioia sich bemüht, nichts auszulassen, kein wichtiges Detail zu vergessen.

Als sie ihre Geschichte beendet hat, sagt eine Weile keiner mehr etwas. Sogar Tonia schweigt. Man hört nur die Autos auf der Straße und ein bisschen den Wind hinter den Fensterscheiben. Es ist kein schwer zu ertragendes Schweigen, nur

Stille. Es scheint, als wäre alles gesagt, doch dann beugt sich Pierangela vor.

»Eine Kapuzenjacke.«

»Ja.«

»Und die ist bei dir zu Hause.«

»Ja, sie hängt über dem Stuhl.«

Da beginnt Pierangela zu husten. Sie hustet laut, sehr laut. Es ist ein rauer Reizhusten, und Gioia will schon aufstehen und ihr auf den Rücken klopfen. Als sie es gerade tun will, ist der Hustenanfall vorbei. Pierangela hebt den Kopf, und ihre Augen tränen von der ganzen Husterei, aber sie lächelt.

»Ich wusste, dass er noch lebt«, sagt sie.

5

»Schätzchen? Na, wie war's in der Schule?«

Gioia zieht sich an der Eingangstür die Schuhe aus und merkt erst jetzt, dass sie sich gar nicht überlegt hat, was sie den Eltern erzählen soll. Sie ist heute Morgen an so vielen Orten gewesen, von denen keiner der war, an dem sie hätte sein sollen.

Zum Glück ist die Handynummer, an welche die Schule die SMS mit der Fehlmeldung schickt, nicht mehr aktiv – ihre Mutter hat das Telefon im November verloren, kurz nachdem sie hier eingezogen sind. Danach hat sie eine neue Nummer erhalten und ist nicht auf die Idee gekommen, diese der Schule mitzuteilen. Inzwischen wird Prof. Bove vermutlich die Fehlmeldung komplett gelöscht haben, also muss sie sich keine Ausrede überlegen.

»Wie immer«, sagt sie, bevor sie der Oma in der Kammer einen Kuss gibt und sich die Hände wäscht. Ihre Oma hat heute anders geguckt als sonst. Besorgt irgendwie. Aus der Küche hört Gioia das Geräusch von Spaghetti, die in einem Sieb abgeschüttet werden. Und dann die Stimme ihrer Mutter. »Man hat nach dir gesucht.«

Während sie sich die Hände abtrocknet, überlegt sie, wer das wohl gewesen sein kann. Die Schule sicher nicht, dann wäre der Ton ihrer Mutter ein anderer gewesen. Lo wird es wohl auch nicht gewesen sein, aber vielleicht Giovanna. Wahrscheinlich war sie es. Vielleicht hat sie noch etwas herausgefunden.

»Wer hat nach mir gesucht?«, fragt Gioia, als sie in die Küche kommt.

»Ein Mann hat für dich angerufen«, sagt ihre Mutter und stellt eine Schüssel Spaghetti al burro auf den Tisch. »Ein gewisser Ingenieur de Paolo.«

Gioia bleibt wie angewurzelt stehen. Sie hatte von Anfang an kein gutes Gefühl bei Los Vater, schon beim ersten Mal, als sie ihn sah und noch nicht wusste, wer er war. Irgendwie hat sie gleich gespürt, dass das kein guter Mensch ist, und dann hat sie daran gedacht, wie sich Los Miene immer verdüsterte, wenn die Rede auf ihn kam.

»Du bist solch ein Schaf «, sagt Tonia in ihrem Rücken. »Du hast sie zu Hause angerufen, und sie haben sicher ein Telefon, das die Nummern der Anrufer speichert.«

Ihre imaginäre Freundin hat recht wie immer. Es war wirklich dumm von ihr, dort anzurufen.

»Was ist, Schätzchen, alles okay?«

»Ja schon, aber was wollte er denn?«

»Er hat so etwas gesagt wie, du hättest noch eine Kapuzenjacke von seinem Sohn. Stimmt das?« Ihre Mutter sieht sie seltsam an. Ihr Blick ist zugleich schlau und fröhlich, sie scheint zufrieden und auch neugierig zu sein.

Dass ihre Mutter für sie kocht, auch wenn es nur einfache Spaghetti al burro sind, ist ein außergewöhnliches Ereignis und alles andere als normal.

»Ja, das stimmt schon, aber … warum siehst du mich so komisch an?«

»Verheimlichst du mir was, Schätzchen?«, fragt die Mutter und zwinkert ihr zu.

Na super, offenbar hat sie sich eine Menge Sachen zusammenphantasiert, zum ersten Mal hat sie gehört, dass ihre Tochter etwas mit einem Jungen zu tun hat, und da hat sie sich gedacht, dass Gioia die ersten Schritte in die magische Welt der Liebe gegangen ist. Und tatsächlich ist sie der Sache ziemlich nahe gekommen.

»Nein, Mama, das ist nur ein Freund, der mir eine Kapuzenjacke geliehen hat«, sagt sie und schiebt sich die erste Gabel Spaghetti in den Mund, die übrigens wohl die schlechtesten sind, die je von Menschenhand zubereitet wurden.

Es ist nur zu hoffen, dass sie Los Vater nichts über sie erzählt hat, in welche Schule sie geht zum Beispiel oder wo sie wohnt. Nein, so was Dummes würde wohl selbst ihre Mutter nicht machen.

»Aah, ach so«, sagt die Mutter und steht auf, um sich eine Flasche Bier aus dem Kühlschrank zu holen.

Die einzige Möglichkeit, aus dieser peinlichen Situation herauszukommen, ist, das Thema zu wechseln. »Mama, ich weiß nicht, aber die Oma hat heute einen so seltsamen Gesichtsausdruck, geht es ihr nicht gut?«

»Jetzt wechsele mal nicht das Thema, Schätzchen«, sagt die Mutter und öffnet ihre Bierflasche, die aus dem Discountladen stammt.

»Ich habe diesem Signor de Paolo unsere Adresse gegeben, wenn der Junge kommen möchte und sich seine Kapuzenjacke holen will, kann er das doch tun«, sagt sie eingeschnappt, bevor sie ins Wohnzimmer geht, um fernzusehen.

Gioia bleibt allein in der Küche, aber sie schafft es nicht, die Spaghetti aufzuessen. Nicht nur, weil sie schmecken wie Haargummis, die zu lange in der Sonne gelegen haben. Sondern weil sie sich fragt, was sie Los Vater sagen soll, wenn er hier auftaucht.

Sie muss mit jemandem reden, aber mit jemandem aus Fleisch und Blut. Tonia wird ein bisschen eifersüchtig sein, aber sie muss die Stimme von jemandem hören, die nicht ihre eigene ist.

6

»Weißt du, dass ich dich gerade anrufen wollte?«

Gioia und Giovanna sitzen in der Veranda der Bar A, fast an demselben Tisch, an dem sie zum ersten Mal mit Lo gesessen hat. Diesmal ist die Bar völlig leer, nicht mal die Alte mit den Cappuccinos ist da.

»Warum?«, fragt Gioia.

»Mir ist wieder eingefallen, dass dieser Junge vor sechs oder sieben Monaten in der Zeitung war. Ein paar Tage war von nichts anderem die Rede, und dann war plötzlich Schluss, als hätte sich über alles ein großes Schweigen gelegt.«

»Aber, was meinst du denn …«

»Wenn du sagst, du hast ihn gesehen, dann ist das so. Du bist zwar ein bisschen durchgeknallt, aber ich glaube dir.«

Gioia seufzt erleichtert auf. Es ist schon tröstlich, dass wenigstens ein Mensch auf der Welt sie nicht für verrückt hält.

»Und was meinst du, was ich jetzt tun soll?«

»Wenn du alles diesem Vater erzählst, läufst du Gefahr, dass dein Freund vielleicht für immer verschwindet und sie ihn nicht wiederfinden. Andererseits wollte er vielleicht nur für eine Weile verschwinden, und wenn du dem Vater etwas sagst, finden sie ihn vielleicht, aber unter Umständen fühlt er sich von dir verraten, und dann kannst du ihn genauso vergessen.«

»Na, dann ist ja alles paletti.« Gioia verzieht in komischer Verzweiflung den Mund. Sie selbst könnte die schwierige Lage, in der sie sich befindet, wohl kaum besser zusammenfassen.

»Tja, nicht einfach, die Situation, in die du dich da reinmanövriert hast«, sagt Giovanna und sieht zur Straße hin, wo sich mit schlurfenden Schritten die Alte nähert, die immer ein Kilo Schaum auf ihren Cappuccino möchte.

»Das weiß ich selbst, Giovanna, aber was rätst du mir? Was soll ich machen?«

»Alles, was du machst, kann falsch sein, leider. Ich glaube, es gibt nur einen Weg aus diesem Schlamassel«, sagt sie und geht zur Bar hinüber.

»Und der wäre?«

»Ganz einfach, du musst deinen Freund als Erste finden.«

7

Das japanisches Wort *kensho* bezeichnet den Lichtschein, den kurzen Moment, in dem dir ist, als wachtest du auf. Darin sind alle Worte wie Erleuchtung, Erwachen, Augenblick, Moment enthalten.

Dann gibt es noch ein schottisches Wort – *curglaff* –, das alles beschreibt, was du spürst, wenn du in eiskaltes Wasser gerätst: Schock, Angst, aber zugleich ein Gefühl der Stärke, die Energie, die sich von den Beinmuskeln ausgehend im ganzen Körper ausbreitet.

Und dann gibt es noch das französische Wort *retrouvailles*. Es bringt das starke Gefühl zum Ausdruck, das man verspürt, wenn man nach sehr langer Zeit einen Menschen wiederfindet.

All diese drei Worte zugleich spürte Gioia, nachdem sie sich von Giovanna verabschiedet hatte.

Das Licht überkam sie ganz spontan, dauerte nur einen Moment, war wie eine Erleuchtung, die nach einer Sekunde schon wieder schwächer wurde und sich entfernte, doch sie gab ihren Nerven, ihrer Haut, ihren Knochen den Impuls, den man beim Tauchen in eiskaltem Wasser verspürt, und plötzlich durchströmte sie das warme Gefühl, Lo wiedergefunden zu haben, nach so langer Zeit.

Nein, sie hatte ihn nicht wirklich wiedergefunden, er war nicht hier vor der Bar A und wartete mit seinem Einmachglas voller Steine auf sie. Er stand nicht vor ihr. Aber er war da, und wie!

Gioia verspürte das Gefühl von *retrouvailles*, ganz stark und deutlich spürte sie es, und da wusste sie mit einem Mal, dass er nicht vor ihr weggelaufen war. Auf dem Zettel, den sie auf dem Dach gefunden hatte, standen keine Lügen. Er benutzte nicht die üblichen Ausreden, er war nicht wie die anderen. So schwer es am Anfang auch gewesen war, ihm zu glauben, die Not, von der er sprach, war eine echte Not, es musste größte Not sein, wenn er von zu Hause hatte fliehen und alles hatte tun müssen, was er getan hatte, unvorstellbare Not, aber wenn einer sie sich doch vorstellen konnte, dann war das Gioia.

8

Die folgenden Tage und Wochen waren nicht alle so schön wie der Moment, als Gioia aus Giovannas Bar kam. Gioia trug ein Geheimnis in sich, das für eine Siebzehnjährige zu groß war. Kein Hinweis und keine Spur von Lo, doch die Idee, dass er geflohen war, weggegangen, und das in voller Absicht mit einem genau ausgearbeiteten Plan, wurde für sie immer klarer und deutlicher.

Warum sollte jemand in die Stadt zurückkehren, aus der er unter so großem Aufwand verschwunden war?

Auf diese Frage hatte Gioia keine Antwort.

Es waren schwierige Wochen, denn dreimal klingelte das Telefon, und am Ende der Leitung war Los Vater, der Mann mit den zwielichtigen Augen, und drei Mal beschwor Gioia ihre Mutter, ihm zu sagen, sie sei nicht zu Hause.

Auch bei der Psychologin waren es schwierige Wochen, denn sie ahnte etwas, und der Moment, in dem Gioia alle Kröten ausspucken würde, die sie im Hals hatte, kam unaufhaltsam näher.

An einem Morgen im April passierte es dann.

Gioia war in der Kammer bei ihrer Oma, kurz bevor sie zur Schule ging. Gemmas Falten waren tief, ihr rasselnder Atem ging schwer.

Gioia drückte ihrer Oma die Hand. »Passiert es heute, *nonna?*«

Ihre Oma sah sie mit offenem Mund an, ein kurzes Aufleuchten in ihren Augen, und nickte unmerklich mit dem Kopf.

9

»Du willst ja wohl nicht behaupten, deine Oma hätte eine Art sechsten Sinn?«

»Doch, Tonia. Gemma hat einen sechsten, einen siebten und sogar einen achten Sinn.«

»Ich möchte dir diesen poetischen Augenblick ja nicht verderben, aber dir ist schon klar, dass deine Oma seit ein paar Jahren *gar* nichts mehr versteht.«

»Gemma versteht alles. Sie versteht mehr von den Dingen als ich.«

»Na, dazu gehört ja auch nicht viel!«

»Sie hat mit dem Kopf genickt, das hast auch du gesehen! Seit ewigen Zeiten hat sie mir kein Zeichen mehr gegeben.«

»Ja, ich hab's gesehen. Aber wie kannst du deshalb glauben, dass heute etwas passieren wird?«

»Ich glaube, ich werde heute etwas tun. Ich weiß zwar nicht, was, aber wenn der richtige Moment da ist, werde ich genau wissen, was ich tun muss. Ich lass es darauf ankommen.«

»Das ist ja ein super Plan!«

»Soll ich dir was sagen? Ich weiß schon, was ich machen werde, ich weiß es ziemlich genau.«

»Jetzt sag nicht, du willst …«

»Doch.«

»Bist du dir sicher?«

»Ja, Tonia, ich bin mir todsicher.«

»Dann pass besser auf!«

»Wie meinst du das?«

»Da gab's doch so ein deutsches Wort, das bedeutet ›Versuchen, die Dinge besser zu machen, und dabei alles vermasseln‹.«

»Es geht ein bisschen anders, Tonia. Das Wort heißt *verschlimmbessern*, und es bedeutet ›eine Situation verschlechtern, während man versucht, sie zu verbessern‹. Ist ein erstaunliches Wort, oder?«

»Also, dann achte mal besser darauf, dass du nichts *verschlimmbesserst*!«

10

»Nur die Ruhe, Gioia, lass dir Zeit.«

Frau Roveredo, die Psychologin, sitzt an ihrem Platz, beobachtet Gioia und spielt mit einem Stift.

Gioia ist schon eine Viertelstunde hier und hat noch kein Wort gesagt, dabei sieht man ihr an, dass sie tausend Sachen sagen möchte. Der Grund ist einfach: Sie will es sagen, hat schon beschlossen, es zu tun, andererseits: Wenn sie einer Psychologin, die beim Sozialdienst arbeitet, erzählt, dass sie einen Jungen kennengelernt hat, ihn in einem Zeitraum von zwei Monaten sehr oft getroffen und sogar mit ihm geschlafen hat, und wenn dann herauskam, dass dieser Junge schon vor Monaten gestorben ist, dann weisen sie sie ganz bestimmt in die Klapsmühle ein.

Warum ist es nur so schwierig, etwas zu tun, ohne dass dieser verdammte Gedanke dazwischenkommt und man in drei Sekunden eine ganze Galaxie von Zweifeln um sich hat?, fragt sie sich.

»Gioia?«

Es gibt aber einen Grund, weshalb sie beschlossen hat, es ausgerechnet ihr zu sagen. Nicht nur, weil ihr die Oma heute ein Zeichen gegeben hat, nachdem sie Monate und Monate nur »ghhh« von sich gegeben hatte, nicht nur, weil sie das Gefühl hat, dass heute etwas passieren wird. Es liegt vor allem daran, dass diese Psychologin sich auch um Los Mutter kümmert und deshalb genau weiß, wer Lo ist und was mit ihm passiert ist, so kann sie Gioia den besten Rat geben und das Berufsgeheimnis hindert sie daran …

»Gioia, ich sehe doch, dass du fast platzt. Nun sag schon, was du auf dem Herzen hast.«

Vielleicht hat die Psychologin ja einen besseren Rat als Giovanna, die ihr sagte, sie müsse Lo als Erste finden. Als wäre das so einfach, als wäre das überhaupt möglich.

Gioia holt tief Luft, sie denkt an Gemma und ihr Kopfnicken und sagt: »Na gut.«

»Sehr schön!«

11

Was für ein schönes Gefühl, wenn man sich von einer Last befreit hat. Man braucht ein Wort dafür, einen Namen, um die Leichtigkeit zu beschreiben, die man verspürt, wenn man einen riesigen Felsblock abgeworfen hat, denkt Gioia, als sie aus dem Sozialzentrum tritt, die Straße überquert und ihr ein sanfter Regen die Wangen besprüht. Sicher gibt es dieses Wort irgendwo, in einer afrikanischen oder orientalischen Sprache, oder vielleicht im Deutschen, das praktisch für alle solche Sachen ein Wort hat. Sie wird es suchen, und wenn sie es nicht findet, denkt sie sich eins aus.

Es hat wirklich gut getan, alles zu erzählen.

Die Psychologin war sehr verständnisvoll. Sie hat ihr nicht widersprochen, hat nicht zum Telefon gegriffen, um die Carabinieri anzurufen. Diesmal hatte Gioia recht und nicht Tonia, und diesmal kann sie ihr sagen »Ich habe es dir doch gesagt«. Nur einen Moment, ganz am Anfang, hat die Psychologin sie seltsam angesehen, als wäre sie auf etwas

Unglaubliches gestoßen, aber danach verschwand dieser Gesichtsausdruck völlig.

Wem würden bei einer solchen Geschichte keine Zweifel kommen?

Am Ende hat sich die Psychologin bereiterklärt, ihr zu helfen und ihr den Rat gegeben, Lo einen Brief zu schreiben, einen richtig langen, und an jedem Ort, an dem sie zusammen gewesen sind, eine Fotokopie davon zu hinterlassen.

Wenn sie gleich nach Hause kommt, wird sie sich bei ihrer Oma bedanken, denn ihr Kopfnicken hat sie dazu veranlasst, alles der Psychologin zu erzählen. Dadurch hat diese ihr den Rat mit dem Brief geben können und mit Hilfe des Briefes wird Gioia Lo wiederfinden. Das spürt sie nicht nur, sie weiß es.

Gioia geht im Laufschritt nach Hause, will in die Kammer der Oma gehen, aber dann läutet das Telefon, und sie bleibt stehen und starrt es an. Seit ein paar Wochen hat sie gelernt, nicht mehr dranzugehen, hat es immer die Mutter machen lassen, es könnte ja Los Vater sein. Die Mutter kommt verschlafen die Treppe herunter, sie sieht Gioia schief an und nimmt den Hörer ab.

»Es ist für dich, die Schule ist dran.«

Während sie die drei Schritte zum Telefon geht, überlegt Gioia, aus welchem Grund die Schule sie nachmittags anrufen könnte. Es könnte sein, dass man ihr Schwänzen aufgedeckt hat, vielleicht soll sie von der Schule fliegen, alles ist möglich.

»Hallo?«

»Signorina Spada?«

»Wer ist da?«

»Hier ist die Sekretärin der Schule. Wir rufen Sie an, weil Ihr Foto zu den dreien gehört, die in der letzten Auswahl von ›Rahm es ein‹ sind.«

»Aha.«

»Sie scheinen nicht gerade begeistert, Signorina.«

»Doch, natürlich, ich …«

»Keine Sorge. Wir rufen nur an, damit Sie wissen, dass nächsten Dienstag in der dritten Stunde die Sieger der verschiedenen Sparten bekanntgegeben werden. Sie könnten darunter sein. Das ist schon alles.«

»Danke, tausend Dank!«

»Guten Abend und viel Glück, Signorina.«

Diesmal kneift Gioia sich selbst. Sie kann sich kaum an Tage erinnern, an denen sich so viele schöne Dinge ereignet haben. Einen Moment, nachdem sie den Hörer aufgelegt hat, fragt sie sich, ob das vielleicht ein Traum ist. Dann klingelt das Telefon erneut. Gioia nimmt ab, denn sie denkt, es sei noch einmal die Sekretärin am Apparat, die vielleicht etwas vergessen hat.

»Ja?«, sagt sie, doch am anderen Ende der Leitung ist eine ganz andere Stimme zu hören.

»Hallo Gioia, kannst du mir bitte einen von deinen Eltern geben?«

12

»Es tut mir leid, dass ich Sie so dringend herbestellt habe, aber aus den letzten Gesprächen hat sich etwas Neues ergeben, über das ich Sie informieren möchte. Es scheint mir wichtig zu sein.«

»Keine Sorge, Frau Doktor, sagen Sie schon, was los ist.«

»Ist sie wirklich verrückt? Ich hab immer schon gewusst, dass mit ihr was nicht stimmt!«

»Giorgio, jetzt halt doch mal den Mund!«

»Zuerst möchte ich sagen, dass wir hier keinen klaren Unterschied machen zwischen den angeblich Verrückten und den angeblich Gesunden.«

»Und was soll das heißen? Ist meine Tochter jetzt verrückt, oder nicht?«

»Nein, Signor Spada. Ihre Tochter ist keineswegs verrückt. Und jetzt lassen Sie mich bitte die Dinge in Ruhe erklären.«

»Entschuldigung, bitte sehr.«

»Gioia ist ein sehr sensibles Mädchen, wesentlich sensibler als die meisten Jugendlichen ihres Alters, und diese Sensibilität macht ihr die Welt, in der sie lebt, oft unerträglich. Vielleicht ist ›unerträglich‹ nicht das richtige Wort. Sie fühlt sich den anderen nicht überlegen, doch sie kann nicht mit ihnen in Kontakt treten, denn es muss nur wenig passieren, und schon fühlt sie sich verletzt. Irgendwie möchte sie mit der Außenwelt in Kontakt kommen, aber sobald sich die Welt so zeigt, wie sie ist, macht sie ihr Angst und sie zieht sich zurück. Deswegen macht sie vermutlich auch diese Fotos.«

»Welche Fotos?«

»Haben Sie sie nie gesehen?«

»Wir wissen, dass die Kleine jede Menge Fotos macht, aber gesehen haben wir noch keine.«

»Ich schon, Giorgio. Es sind Bilder, die Leute von hinten zeigen.«

»Von hinten? Was sind das für verdammte Bilder?«

»Giorgio, wie redest du denn?«

»Doch, Signor Spada, Gioia macht gerne Fotos, auf denen man Menschen von hinten sieht. Sie begründet diese Besonderheit damit, dass Leute, die man so sieht, ehrlicher sind, wahrhaftiger, aber was ich Ihnen vorher sagte, fällt noch mehr ins Gewicht, nämlich ihre Angst, der Welt so zu begegnen, wie sie ist.«

»Sie haben uns doch wohl nicht herkommen lassen, um uns zu erzählen, dass unsere Tochter merkwürdige Fotos macht, was?«

»Nein, das habe ich nicht. Ich habe Sie hergebeten, um Ihnen zu erklären, was die Folgen dieser Verweigerung sind.«

»Dann erklären Sie es uns.«

»Sehen Sie, es ist möglich, dass Gioia sich seit einiger Zeit Dinge einbildet. Sie ist überzeugt, Dinge und Menschen zu sehen, die es eigentlich nur in ihrem Kopf gibt. Sie befindet sich in einer Übergangsphase, denn einerseits ist ihr klar, dass manche ihrer Phantasieprodukte nicht real sind, andererseits – und das ist auf eine ganz bestimmte Person bezogen –, scheint sie überzeugt davon, dass es sie wirklich gibt, dass sie so real ist wie für Sie oder mich dieses Telefon oder der Briefbeschwerer.«

»Wer ist diese Person? Eine gewisse Tonia?«

»Wer zum Teufel ist Tonia?«

»Giorgio!«

»Nein, Signora, Tonia ist es nicht. Gioia weiß genau, dass es ihre imaginäre Freundin nicht wirklich gibt. Das Problem ist, dass sie überzeugt ist, einen Freund zu haben.«

»Sie meinen, dass sich Gioia einen Freund ausgedacht hat?«

»Ja, nur das Problem ist, dass sie ihn sich nicht hundertprozentig ausgedacht hat … In dem Sinn, dass es diesen Jungen tatsächlich gibt.«

»Ich verstehe überhaupt nichts mehr.«

»Dieser Junge, der Luca heißt, ist im letzten Mai offenbar im Lago di Redona ertrunken. Sie kommen nicht von hier, aber ein paar Wochen lang haben die Zeitungen über nichts anderes berichtet.«

»Wir lesen sowieso kaum Zeitung.«

»Meine Theorie ist, dass Gioia von dieser Sache erfahren und dass sie großen Eindruck auf sie gemacht hat. So sehr, dass sie das alles, aus einem Grund, den man noch herausfinden muss, verdrängt hat, so, als habe sie nie davon gehört. Jetzt ist die ganze Sache auf etwas andere Art in ihrem Gedächtnis wieder aufgetaucht, sie hat den Jungen in gewisser Weise wieder lebendig gemacht. Dabei beschränkt sie sich diesmal nicht darauf, seine Stimme zu hören oder ihn zu sehen … ihre Phantasien sind wesentlich komplexer.«

»Können Sie uns das bitte genauer erklären?«

»Sicher. Gioia behauptet, sie habe Körperkontakt mit ihm gehabt. Sie hat mir genau seinen Geruch beschrieben, seine Haut und auch … gewisses Besonderheiten, die mit …«

»Frau Doktor, wollen Sie etwa sagen …«

»… die mit Sex zu tun haben.«

»Wollen Sie damit sagen, unsere Tochter bildet sich ein, mit einem Toten gevögelt zu haben?«

»Nein, Signor Spada, ich …«

»Und dann sagen Sie noch, meine Tochter sei nicht verrückt?«

»Frau Doktor, sind Sie da wirklich sicher? Vielleicht weiß Gioia ja doch, dass sich das alles nur in ihrem Kopf abspielt.«

»Nein, sie ist völlig überzeugt davon. Sie ist sicher, dass der Junge noch lebt und ihr Freund ist.«

»Na gut, aber haben Sie schon mal daran gedacht, dass es die Möglichkeit gibt, dass vielleicht …«

»Was vielleicht?«

»Na, dass dieser Junge noch lebt und Gioia sich das nicht nur einbildet.«

»Das kann ich im Moment nicht ausschließen, und deshalb habe ich Sie auch hergebeten, weil wir alle zusammen versuchen müssen, die Dinge zu verstehen. Falls sich meine Theorie in den nächsten Sitzungen bestätigen sollte, wäre aus meiner Sicht der einzig richtige Weg für Ihre Tochter eine Therapie mit entsprechenden Psychopharmaka unter Aufsicht eines Psychiaters.«

»Aha.«

»Perfekt.«

»Fällt dir nichts anders zu sagen ein als perfekt, Giorgio?«

»Doch.«

»Und was?«

»Ich hab' schon immer gesagt, dass Gioia verrückt ist.«

13

Achtzehn Uhr und einundzwanzig Minuten.

Gioia Spada liegt in ihrem Bett. Ihre Eltern sind gerade weggegangen, um mit der Psychologin zu sprechen. Dies ist ein erstes Treffen, um die Situation zu erklären. Also nichts Besonderes.

Vor ihrem Bett steht der angestellte Computer. Sie hat angefangen, Lo einen Brief zu schreiben, der erst mit »Hey« anfing, dann mit »Ciao, Lo«, dann nur mit »Ciao«, und jetzt steht da gar nichts mehr.

»Gioia, sag mal«, hört sie Tonias Stimme. Sie sitzt hinter dem PC, die Füße auf dem Schreibtisch.

»Was ist?«

»Hast du dir jemals überlegt … sind dir je Zweifel gekommen, ich meine ernsthafte Zweifel, ob du dir die ganze Geschichte nicht bloß eingebildet hast?«

»Machst du Witze?«, sagt sie laut Richtung Schreibtisch, wo sie Tonia sehen und hören kann, zugleich aber weiß, dass da gar keine Tonia ist.

»Aber findest du es nicht irgendwie merkwürdig, dass Lo im Nichts verschwunden ist. Genauso seltsam wie, dass er an jenem Nachmittag mit dir einfach so durch die Stadt spaziert ist und ihn niemand erkannt hat … es ist schon seltsam, dass er überhaupt riskiert hat, durch die Stadt zu gehen, wo er doch wusste, dass ihn jemand erkennen konnte.«

»Erinnerst du dich denn nicht, dass er immer mit gesenktem Kopf herumlief, die Kapuze ins Gesicht gezogen? Das heißt also, er … «

Gioia weiß nicht, wie sie den Satz beenden soll.

Alles scheint Tonias Worte zu bestätigen. Alles außer …

»Warte mal«, sagt Gioia und steht auf, um die Umhängetasche zu holen. Sie öffnet sie und sucht darin herum. Dann zieht sie ihr Notizbuch heraus und zeigt ihr den Zettel von Lo. Sie entfaltet ihn und legt ihn auf den Schreibtisch. Sie hat ein merkwürdiges Gefühl. Ihr Atem geht schneller, irgendetwas stimmt nicht.

»Sieh genau hin«, sagt Tonia, und Gioia sieht sich aufmerksam Los Schrift an, Buchstaben für Buchstaben.

»Was zum Teufel sagst du da? Ich bin doch keine Fälscherin!«

»Ihr habt zwei Schriften, die sich ein bisschen zu ähnlich sind, findest du nicht?«

Von draußen hört Gioia, wie der Wagen ihrer Eltern vor dem Haus hält.

»Nein, das kann nicht sein. Ich sage dir, das ist unmöglich!«

Die Haustür geht auf, und vom Eingang her hört sie ihre Mutter rufen: »Schätzchen, wir sind zu Hause!« Ihre Stimme ist honigsüß, noch unangenehmer als sonst.

Gioia begreift sofort, was los ist: Die Psychologin hat die Eltern zu sich bestellt, um ihnen zu sagen, dass sie sehr besorgt ist, weil ihre Tochter sich Dinge einbildet, nicht nur eine imaginäre Freundin hat, sondern auch einen Freund.

»Und was ist dann mit dem Foto, das auch Giovanna gesehen hat?«, sagt sie, um einen letzten Anker zu finden, während sie Schritte auf der Treppe hört und wieder die unerträglich süßliche Stimme ihrer Mutter, die nach ihr ruft.

»Vielleicht sah der Junge auf dem Foto ihm nur ähnlich. Ziemlich sicher sogar. Und jetzt musst du der Wirklichkeit ins Auge sehen. Es hat Luca zwar gegeben, aber jetzt ist er tot«, sagt Tonia, und daraufhin schlägt Gioia mit der Faust auf den Schreibtisch und schreit »Nein!«, gerade als die Zimmertür aufgeht und das Gesicht ihrer Mutter auftaucht und sie sie so ansieht, als sei sie vollkommen verrückt geworden.

»Schätzchen, geht es dir gut?«

»Ja, Mama, alles okay. Und jetzt geh bitte!«, sagt Gioia und macht ihr die Tür vor der Nase zu.

Dann lehnt sie sich mit dem Rücken gegen die Wand, lässt sich nach unten gleiten und setzt sich auf den Boden. Ein paar Augenblicke versucht sie, Tabula rasa zu machen, Tonia aus dem Zimmer zu werfen, alles wegzuwischen. Sie will völlige Leere. Sie will nachdenken. Verstehen.

Es gibt zu viele Dinge, die ihr sagen, dass sie nicht verrückt ist. Sie ist überzeugt davon, dass Lo weggegangen ist, aber nicht sehr weit, er hat sich irgendwo verbarrikadiert und traut sich nicht ins Freie.

Das Foto auf der Siegerliste des Dartspiels.

Giovanna, Mario Breda.

Der See, gerade der See.

Sie ist nicht verrückt, sie kann es nicht sein. Sie hat Lo gesehen, hat mit ihm gesprochen. Sie hat ihn geliebt, ja das hat sie. Sie hat den Geruch seiner Haut wahrgenommen, er ist noch da, als wären da außer dem Rilke-Vers noch die Spuren seiner Hände, seiner Küsse, seines Atems. Wenn sie an einen Beweis denkt, etwas Berührbares, fällt Gioia nur eines ein: sie und er auf dem Dach, der Himmel über ihnen, das Licht am Ende des Tunnels. Wenn das kein Beweis ist, was soll es sonst sein?

Ihre Schriften sind sich ähnlich. Na und? Das kommt öfter vor.

Die Steine. Dublin.

Die Kapuzenjacke, die er ihr geschenkt hat.

Klar, Gioia könnte die Jacke in der Bar A gefunden haben. Dann könnte ihr Geist ihr den Streich gespielt haben, und sie hat sich eine Geschichte dazu erfunden.

»Schätzchen! Kommst du runter zum Essen?«, ruft die Mutter von der Küche her.

»Ich habe keinen Hunger«, ruft Gioia zurück. Dann nimmt sie Papier und Stift und sagt sich, dass es jetzt nur noch einen Menschen auf der Welt gibt, dem sie vertraut und den sie fragen kann, ob sie verrückt ist oder ob es die anderen sind.

Und so beginnt sie zu schreiben.

14

»Nachdem er das gesagt hatte, gab er Rosinante die Sporen, ohne sich um seinen Schildknappen zu kümmern. Der wies weiter darauf hin, dass die, gegen die er anstürmen wollte, keine Riesen, sondern Windmühlen seien. Doch er hatte sich in den Kopf gesetzt, dass es Riesen waren, und hörte nicht auf Sanchos Worte, und als er näher kam, begriff er nicht, was sie wirklich waren. So rief er mit lauter Stimme: ›Lauft nicht weg, ihr Feiglinge und bösen Kreaturen, denn der Ritter, der mit euch kämpft, ist allein und ihr seid viele!‹«

Prof. Bove und Gioia sitzen im Schulhof auf einer Bank. Um sie herum hört man viele Stimmen, Jugendliche, die

Selfies machen, das Öffnen von Chipstüten, Gelächter. Die Sonne scheint, aber von den Bergen her nähern sich dicke bedrohliche Wolken und kündigen Donner und Regen an.

Heute Morgen hat Gioia Prof. Bove im Lehrerzimmer aufgesucht und ihm einen Brief gegeben. Zehn dicht beschriebene Seiten, in denen sie ihm alles erzählt hat, mit allen Einzelheiten. Es hatte gutgetan, alles aufzuschreiben, und zugleich auch nicht, denn all diese Momente wieder zu erleben war schön, es war, als ob sie wieder lebendig würden, aber die Arme auszustrecken und ins Leere zu greifen, nein, das war kein schönes Gefühl.

»Und was ist das?«, fragte Prof. Bove, während die anderen Lehrer herüberschielten und so taten als hörten sie nicht zu.

»Nichts, lesen Sie es, wenn Sie Zeit haben. Und wenn Sie es fertig gelesen haben, möchte ich Sie etwas fragen, aber nur wenn ich Sie damit nicht belästige.«

Gioia dachte, der Lehrer würde mindestens einen Monat brauchen, um all diese Seiten zu lesen, aber zu Beginn der Pause stand er schon vor ihr, mit dem Brief in der einen Hand und einem Buch in der anderen. Das Buch war *Don Quichotte*.

»Was wollen Sie mit diesem Buch?«

»Ich lese Ihnen etwas daraus vor, bevor ich auf Ihre Frage antworte, wenn Sie nichts dagegen haben.«

Und jetzt sitzen sie hier auf der Bank. Prof. Bove liest ihr vor, und Gioia denkt: Warum jetzt dieses Zeug?, wo ich ihn doch unbedingt etwas fragen will. Am Ende der Geschichte, in der es um Windmühlen und Riesen geht, hält Gioia es nicht mehr aus und fragt Bove: »Und? Was meinen Sie zu der ganzen Sache?«

Er überlegt, bevor er antwortet. Einen ganz schön langen Moment. Gioia will schon nachhaken, tut es aber nicht. Am Ende sagt er zu ihr: »Meiner Meinung nach gibt es ihn.«

Gioia streckt den Hals vor: »Was sagen Sie da?«

»Luca. Dieser Lo, von dem Sie sprechen. Er existiert. Es gibt ihn. Und zwar nicht nur in Ihrem Kopf.«

»Und warum glauben Sie das?«

»Weil … ehrlich gesagt weiß ich nicht so ganz genau warum. Es stimmt schon, im ersten Moment könnte man denken, das alles sei nur ein Produkt Ihrer Phantasie, aber andererseits beschreiben Sie diesen Jungen viel zu gut, als dass es ihn nur in Ihrer Einbildung geben könnte.«

Gioia jubelt innerlich vor Freude über seine Worte, und zugleich möchte sie alles hinterfragen.

»Aber warum zeigt er sich nicht? Warum ist er einfach so verschwunden?«

»Das hat er Ihnen doch erklärt, oder?«

»Müssten Sie nicht alles von der rationalen Seite sehen, Prof. Bove? Die Logik ins Spiel bringen? Ich habe Ihnen diese ganze Geschichte ja gerade deswegen erzählt, damit Sie mir helfen, alles unter logischen Gesichtspunkten zu betrachten.«

Da bricht der alte Lehrer in ein heiseres Lachen aus.

Gioia sieht ihn verständnislos an.

»Logik, dass ich nicht lache! Wissen Sie, wie oft sie uns schon aufs Glatteis geführt hat, diese verflixte Logik? Wir haben unvorstellbare Fortschritte in Wissenschaft und Technik gemacht, aber in manchen Dingen kommen wir mit Logik keinen Schritt weiter.«

Gioia versteht nicht, worauf Prof. Bove hinauswill.

»Wollen Sie wissen, wie ich die Sache sehe?«

»Natürlich.«

»Ich vertraue Ihnen ein Geheimnis an. Sie erinnern sich, ja?«, sagt er und winkt mit dem Buch, den Finger als Lesezeichen an der Stelle, die er gerade vorgelesen hat. »Don

Quichotte, der Verrückte, der Windmühlen mit Riesen verwechselt, gegen die er in den Kampf zieht, hat in Wirklichkeit recht. Diese Windmühlen waren wirklich Riesen, diese Stangen waren wirklich Schwerter. Diese Maulesel waren wirklich Rosse. Er hat alles richtig gesehen!«

Gioia senkt den Blick und denkt nach. Prof. Bove klemmt sich das Buch unter den Arm und setzt seinen Hut auf. »Die wirklichen Verrückten, das sind die, die nur sehen, was sie direkt vor Augen haben.«

15

Die Erleuchtung, das plötzliche *kensho*, kam ihr in der Physikstunde.

Thema der Stunde waren die Radiowellen, und irgendwann sprach der Lehrer vom Wow!-Signal.

Am 15. August 1977 arbeitete der amerikanische Astrophysiker Jerry R. Ehman an einem Forschungsprojekt zum Beweis außerirdischen Lebens, und während er versuchte, die winzigsten Schallwellen aus dem Weltraum aufzufangen, ertönte ein lautes Radiosignal, das gut zweiundsiebzig Sekunden anhielt, an der südöstlichen Grenze des Sternbilds des Schützen.

Dieses Signal wurde Wow!-Signal genannt, weil der Astrophysiker einen großen roten Kreis auf die Papiertabellen des Computers gezogen und »Wow!« daneben geschrieben hatte. Bis heute ist dieses Signal einer der wenigen konkreten Beweise für die Existenz außerirdischen Lebens.

Die Erleuchtung kam, als der Physiklehrer, der offenbar nicht im Geringsten glaubte, dieses Signal könne von irgendeiner Art Leben stammen, mit geradezu gelangweilter Stimme etwas sagte, was Gioia aufspringen ließ. Er sagte: »Dem Astrophysiker Frank Drake zufolge hatte diese extraterrestrische Lebenswelt das einzig Richtige getan – nämlich das Signal den nächsten Nachbarn geschickt, denn es weiter wegzuschicken hätte mehr Energie verbraucht und das Fehlerrisiko erhöht.«

»Aber das ist ja ganz klar!«, sagte Gioia, sprang auf, und alle Mitschüler richteten ihre Augen auf sie.

»Signorina! Es tut mir leid, wenn Sie alles, was ich sage, so vorhersehbar finden, doch ich möchte Sie daran erinnern, dass dies die Aussage eines berühmten Astrophysikers ist, der …«

»Nein, Entschuldigung, ich habe damit nicht Sie gemeint … dürfte ich bitte einen Augenblick nach draußen gehen?«

Wieso war sie noch nicht darauf gekommen? Das Signal kam aus der Nähe, aus nächster Nähe!

Gioia stürmte den Flur entlang zum Informatikraum. Ein Glück, dass der Zugang zu diesem Raum den Schülern jederzeit gestattet war. Eins war sicher: Lo konnte das alles nicht allein bewerkstelligt haben. Ohne fremde Hilfe konnte man keinen Selbstmord vortäuschen. Aber wer konnte ihm geholfen haben? Und wie war es Lo gelungen, sich elf Monate hindurch nicht aufspüren zu lassen? Wo versteckte er sich? Ganz bestimmt in der Nähe, denn weiter weg zu gehen hätte das Risiko, entdeckt zu werden, erhöht.

Ein achtzehnjähriger Junge kann sich nicht allein durchschlagen, er kann nicht essen, umherlaufen und schlafen, ohne aufzufallen, vor allem dann nicht, wenn er versucht, sich nicht aus der Stadt zu entfernen, in der ihn alle suchen.

»Lo ist bei jemandem, seit etwa einem Jahr versteckt er sich bei irgendwem«, murmelt Gioia aufgeregt. Das Licht des gerade angestellten PCs erhellt ihr Gesicht. Sie tippt auf die Tasten, bewegt die Maus. Dann erscheint der Artikel, den sie schon einmal gelesen hat und der ihr in den Sinn kam, als der Lehrer die Theorie des Astrophysikers Frank Drake erklärte.

Der Fall Luca: Polizei tappt weiterhin im Dunkeln
Die Suche nach dem vermissten Luca geht weiter, jedoch mit keinen nennenswerten Ergebnissen. Seit ein paar Tagen wäre Luca achtzehn Jahre alt, und falls sein Verschwinden doch als eine freiwillige Entfernung vom Elternhaus zu deuten ist, gibt es keine Veranlassung mehr, Polizeikräfte einzuschalten. In der Schule zeigte man sich bei diesem Thema äußerst zurückhaltend. Für die Kameraden und Freunde von Luca scheint es eindeutig, dass Luca im Lago di Redona ertrunken ist. In den letzten Tagen wurde am Ort des Geschehens eine Gedenkfeier abgehalten. Dass die Leiche nicht gefunden wurde, lässt indes weiter hoffen. Doch wer könnte dem Schüler die notwendige logistische Unterstützung gewährt haben …

Gioia wendet den Blick vom Bildschirm ab. Jetzt ist auch Tonia hier und sitzt neben ihr. Gioia starrt sie an und sagt nur:

»Verdammt! Warum bin ich da nicht schon früher draufgekommen!«

»Glaubst du etwa, dass …«

»Ja, das glaube ich.«

Gioia verlässt eilig den Informatikraum. Sie weiß es jetzt. Sie weiß, wo Lo ist.

16

Der Plan ist ziemlich einfach. Jedenfalls der erste Teil:

Giovanna wird klingeln und dem Alten sagen, dass sie ein paar Rechnungen zum Unterschreiben dabeihat und noch ein paar Fragen zur Bar. Sie wird ihn fragen, ob sie kurz reinkommen darf, um die Sachen mit ihm durchzugehen. Wenn sie dann drinnen ist, lässt sie die Tür angelehnt. Ein paar Sekunden später klettert Gioia über den Zaun, wehrt die Angriffe des wilden Minihundes Toby ab, indem sie ihm einen Knochen gibt, und schleicht ins Haus. Zur Sicherheit wird sie eine Wollmütze und eine dunkle Brille anziehen, damit der Alte sie nicht so leicht erkennt, falls er sie bemerkt.

Die zweite Hälfte des Plans ist weniger präzise. Da muss sie improvisieren. Eigentlich ist das Ganze weniger ein Plan als eine *Schnapsidee*, was im Deutschen eine verrückte und lächerliche Idee bezeichnet, auf die man kommt, wenn man betrunken ist, und die einen oft genug ins Unglück stürzt. Eine SMS mit tausend Fehlern beispielsweise, in der Nacht verschickt, in der man jemandem ewige Liebe schwört, und die alle Hoffnung zunichte macht, ist ein typisches Beispiel dafür. Diesmal besteht die *Schnapsidee* darin, in das Haus des alten Mario Breda einzudringen und das Zimmer zu suchen, in dem sich nach Gioias Meinung Lo versteckt.

Das ist ganz gewiss eine *Schnapsidee*. Bei weitem die schlimmste, die Gioia je im Leben hatte.

Giovanna war erst bereit, ihr zu helfen, nachdem sie sie eine Stunde lang angefleht und ihr versichert hat, sie würde alles auf sich nehmen, wenn man sie erwischt. Und sie hat recht. Sie hat zwei Kinder, um die sie sich kümmern muss, und die Bar am Hals, da kann sie sich einen Einbruch nicht leisten.

»Was willst du? Das sind sicher nur wieder alte Rechnungen«, schimpft der Alte von der Tür her.

»Guten Tag, Signor Mario, ich habe ein paar Sachen zum Unterschreiben dabei und wollte Sie noch einiges wegen der Heizanlage fragen. Darf ich einen Moment reinkommen?«

Signor Breda verschluckt sich, bekommt einen Hustenanfall und winkt Giovanna mit einer Hand herein. Giovanna zwinkert Gioia zu, die sich auch diesmal hinter der Mülltonne versteckt hat. Es gibt ein französisches Wort für das, was sie gerade empfindet, *frisson*, das Zusammenspiel mehrerer Gefühle wie Angst, Erregung, Verlangen. Schön, dass es auf der Welt ein Wort gibt, das sowohl Angst als auch Verlangen bezeichnet. Fast immer treten Angst und Verlangen zu gleichen Teilen auf, wenn man aufregend schöne Dinge erlebt.

Gioia macht sich vor Angst beinahe in die Hose und gleichzeitig steigt ein nervöses Kichern in ihr auf. Die Therapeutin hält sie schon für deutlich neben der Spur und jetzt noch ein Einbruch? Was tut sie da eigentlich? Mit einem Mal ist sie sich nicht mehr so sicher, dass Lo sich in diesem Haus versteckt hält.

»Was, wenn du dich geirrt hast?«, flüstert Tonia.

»Ich irre mich nicht. Ist doch zu merkwürdig, dass der Alte gesagt hat, er hätte ihn nie gesehen, auch als ich ihm das Foto gezeigt habe. Lo war doch auf dem Plakat drauf, er war regelmäßig zum Dartspielen in der Bar, er musste ihn kennen! Warum hat er so vehement darauf bestanden, ihn nie gesehen zu haben? Man muss nur an das Wow!-Signal denken. Lo konnte sich nie weit von dem Ort entfernen, wo er sich versteckt hält, und ich glaube mittlerweile, dass er und der Alte Freunde sind … Giovanna hat doch erzählt, dass der Alte seinen Sohn verloren hatte und …«

»Ja, ich habe es kapiert. Aber wenn du dich geirrt hast?«

»Wenn ich mich geirrt habe, geht jetzt alles ein bisschen schief.«

»Nur ein bisschen?«

Jetzt ist Giovanna drinnen. Gioia kommt hinter der Mülltonne hervor, aber als sie aufsteht, stößt sie aus Versehen an den Deckel, und ein riesiger Pizzakarton fällt heraus, in dem noch ein paar abgeknabberte Ränder sind.

Sie hört Tonias Lachen. Sie zeigt mit dem Finger auf das Pizzastück in ihren Haaren.

»Solltest du nicht eigentlich auf meiner Seite sein?«

»Entschuldigung, aber das war einfach zu komisch!«

Gioia macht sich sauber und geht zu dem Lattenzaun, der den Garten des Alten umgibt. Sie wirft Toby den Knochen weit über den Zaun. Doch der kleine Hund bewegt sich keinen Millimeter und schaut sie knurrend an.

»Tobino, schau, ich habe dir einen feinen Knochen da hingeworfen!«, sagt sie leise, während sie hinter den Zaunlatten kniet.

»Ich muss sagen, dein Plan funktioniert ja wirklich hervorragend«, sagt Tonia.

»Ach, halt einfach den Mund!«, schimpft sie und vergisst, dass sie in der Nähe eines kleinen Hundes ist und hysterisches Bellen beim kleinsten Reiz eine Besonderheit solcher Hunde ist.

Und tatsächlich fängt der berüchtigte Toby an zu kläffen, als sei ein Feuer ausgebrochen, und springt so hoch, dass er es fast über den Zaun schafft.

Schon reißt der alte Breda die Haustür auf und kommt heraus. »Toby, was ist denn los, Toby!«

Gioia wirft sich flach auf die Erde und versteckt ihr Gesicht in den wenigen Grasbüscheln, die hinter dem Zaun stehen, aber die Vogelstraußtechnik erweist sich als eine ganz schlechte Idee, denn der Alte bemerkt etwas und brüllt in ihre Richtung: »Wer ist da?«

Da steht Gioia schnell auf, die Kleider voller Erde und Gras.

»Guten Tag, ich ...«, aber so schnell fällt ihr kein Grund dafür ein, dass sie da vor seinem Garten auf dem Boden gelegen hat wie ein Soldat beim Exerzieren. Sie hofft nur, dass er sie nicht erkannt hat.

»Ach, da bist du ja endlich!«, ruft Giovanna, die hinter Breda steht. »Hast du alles gefunden?!«

»Gefunden? Wie? Kennen Sie sich?«, fragt Breda und streichelt Toby, der an ihm hochspringt, um sich die Belohnung für seine Wachsamkeit abzuholen.

»Ja, sie …«

»Ich bin ihre Mitarbeiterin«, beendet Gioia den Satz.

»Und was haben Sie verloren? Offenbar Ihr Gehirn!« Toby ist mittlerweile wieder in den Garten gesprungen, denn er hat endlich mit einiger Verspätung den Knochen gesichtet.

»Darf ich mal kurz Ihre Toilette benutzen«, fragt Gioia. »Ich fürchte, wenn ich bis zur Bar laufen muss, schaffe ich's nicht mehr.«

»Na, so weit ist die Bar nun auch nicht, das schaffen Sie schon noch«, sagt Breda, aber Giovanna greift schnell ein.

»Sehen Sie nicht, dass es ihr nicht gut geht? Bitte, lassen Sie sie zwei Minuten auf Ihre Toilette.«

Der Alte sieht Giovanna böse an, doch sie lächelt ihm zu, und während Gioia wartet, dass er ja sagt, macht er eine unwirsche Geste und brummt: »Na gut, kommen Sie rein. Aber beeilen Sie sich, und ich brauch auch keine Kommentare über meine Toilette, kapiert?«

17

»Und jetzt?«

»Jetzt, liebe Tonia, muss ich diese Toilette verlassen und nach oben gehen, ohne dass man mich hört.«

»Du?«

»Ja, ich, wer sonst?«

»Du schaffst es ja nicht mal, dich hinter der Mülltonne zu verstecken, ohne Krach zu machen.«

»Wie schön, wenn eine Freundin so an einen glaubt.«

Gioia spricht mit der imaginären Freundin in der vermutlich dreckigsten Toilette von ganz Norditalien.

»Pass auf, gleich wird er an die Tür klopfen.«

»Ich weiß, lass mich in Ruhe nachdenken«, antwortet Gioia und sieht sich nervös um. Vielleicht gibt es etwas in der dreckigsten Toilette Norditaliens, das sie auf eine gute Idee bringt. Zugleich quält sie der Gedanke, dass sie sich geirrt haben könnte. Was, wenn sie nach oben rennt und da keine Spur von Lo ist …

» Moment mal«, sagt sie.

»Was ist?«

»Zwei Bademäntel. Siehst du sie nicht? Da hängen zwei!«

»Na und?«

»Glaubst du, dass jemand, der sein Bad so verdrecken lässt, zwei Bademäntel besitzt?«, sagt sie triumphierend.

»Na schön. Angenommen, er ist oben. Wie kommst du da hin, ohne dich erwischen zu lassen?«

Das ist schon richtig. Nur in Filmen schaffen sie solche Sachen immer. Sie gehen ins Haus, stehlen, suchen, kramen überall herum und alles scheint immer ganz einfach. Jetzt aber, wo Gioia in Bredas Haus ist, wird ihr klar, wie leicht sie entdeckt werden könnte.

»Denken wir gut nach. Die Eingangstür liegt nur ein paar Meter von der Toilette entfernt«, sagt sie zu Tonia.

»Gut.«

»Und von der Küche aus sieht man die Eingangstür nicht.«

»Du musst dich beeilen, Gioia! Du bist schon fünf Minuten hier drin.«

»Ich gehe hier raus, öffne die Haustür, sage laut auf Wiedersehen und schlag die Tür laut zu, und dann renne ich die Treppe hoch.«

»Das schaffst du nie.«

»Doch, ich schaffe das.«

»Nein, niemals.«

Gioia kümmert sich nicht mehr um Tonia, sie ist mehr denn je von sich überzeugt. Sie drückt die Klinke herunter, um ihren Plan umzusetzen.

Als sie die Tür aufmacht, steht der Alte davor, als warte er schon eine ganze Weile auf sie. Sie ist weniger erstaunt, dass er direkt vor ihr steht, als über das, was er zu ihr sagt: »Komm, ich führ dich hin.«

Am Anfang begreift Gioia nicht, was er meint. Ein winziger Teil ihres Gehirns versteht es zwar, aber es scheint ihr unmöglich, dass er es tatsächlich gesagt hat.

»Wie?«

»Nun komm schon, ich bin nicht blöd.« Dann geht er auf die Treppe zu. Er steigt langsam hinauf, und Gioia geht mit einigem Abstand hinter ihm her. Der Holzboden knarrt unter seinen Schritten, es riecht nach nasser Wolle und ganz leicht nach Grappa.

Als sie oben ankommen, bleibt der Alte stehen, dreht sich um und sieht ihr in die Augen: »Wenn du auch nur versuchst, irgendwem zu sagen, dass er hier ist, dann schwör ich dir, dass das deine letzten Worte waren.«

Gioia schluckt und antwortet: »Okay.« Der Alte nickt, dann hält er das Ohr gegen die erste Tür, die rechts liegt, und sagt: »Er hört wieder mal Musik mit den Dingern.«

»Mit den Dingern?«, fragt Gioia leicht außer Atem. Dann öffnet der Alte die Tür, Gioia tritt näher, und da ist er.

Lo liegt auf dem Bett, mit Kopfhörern und geschlossenen Augen, das Glas mit den Steinen auf dem Nachttisch. Lo ist da. Er hat nicht bemerkt, dass sie hereingekommen ist.

»Ich lass euch allein«, sagt der Alte und geht Richtung Treppe. Dort dreht er sich noch mal um. »He!«, ruft er, und als Gioia zu ihm hinübersieht, macht er eine unmissverständliche Geste. Er legt den Finger über den Mund und fährt sich mit der zweiten Hand über die Kehle.

18

Lo. Er ist wirklich da.

Gioia hat sich den Augenblick des Wiedersehens ungefähr tausendmal vorgestellt. Die Orte, an denen es passierte, waren immer andere – in der Bar A, auf dem Dach, bei der kleinen Kirche – und immer tat sie dasselbe: Sie lief ihm entgegen und ging mit den Fäusten auf ihn los. Es ist wie sonst, wenn Gioia sich etwas vorgestellt hat, und dann kommt es ganz anders. Wie vor fünf Minuten, als sie den Plan hatte, wie sie in das Haus des Alten kommen wollte, aber dann kam das Leben und änderte alles, vertauschte die Karten – als wenn ein Regisseur seinen Schauspielern einen Text zu lernen gibt und diese dann etwas ganz anderes sagen. Nicht nur ein paar andere Worte, sie spielen ein ganz anderes Stück, mit einem anderen Bühnenbild und Improvisationen. Als sich Gioia den Moment vorstellte, in dem sie Lo wiederbegegnet, wusste sie schon, dass es wahrscheinlich ganz anders kommen würde, als sie es ich ausgemalt hat.

Diesmal aber, zum ersten Mal, hat Gioia richtig gesehen.

Der Anfang allerdings war ganz anders. Lo liegt auf dem Bett in dem Zimmerchen, die Augen geschlossen, im Halbdunkel, und Gioia steht vor ihm. Von unten hört sie die Stimmen von Giovanna und dem Alten. Los Gesichtsausdruck ist entspannt, er lächelt, und Gioia lauscht, ob etwas durch die Kopfhörer dringt, was erkennen lässt, welches Lied er hört. Sie glaubt es zu kennen, weiß aber nicht, welches es ist, und so bleibt sie stehen, versucht, den Atem anzuhalten, doch der wird immer schneller.

Es sind nur ein paar Minuten.

Aber in den zwei Minuten tut sie, was sie nie geglaubt hätte zu tun, vielleicht, weil sie nie gedacht hätte, dass Lo tatsächlich hier ist, im Haus des früheren Besitzers der Bar A, zwei Schritte von dem Ort entfernt, an dem sie ihn immer getroffen hat. Sie tut gar nichts. Sie sieht ihn nur an. Sie sieht seine Lippen, sein Lächeln, das sie seit Ewigkeiten nicht mehr gesehen hat – es sind nur ein paar Wochen, doch es kommt ihr wie eine Ewigkeit vor –, und sie spürt all die Gefühle, die sie überkommen – *utsura utsura*, was auf Japanisch bedeutet »Wenn du nicht weißt, ob du wach bist oder schläfst«; *Geborgenheit*, was auf Deutsch heißt »das Gefühl der Sicherheit, das man verspürt, wenn man neben jemandem ist, den man gern hat« und auch *gigil*, was in der Nationalsprache der Philippinen den Wunsch bezeichnet, jemandem wehzutun, weil man sich so sehr danach sehnt, ihn anzufassen und zu drücken und zu spüren. Und dann hört sie das Lied, das durch die Kopfhörer zu ihr dringt, allmählich glaubt sie es zu erkennen, es ist *Breathe*, Track 2 von *The Dark Side Of The Moon*. Lo ist hier, hört Pink Floyd, und das bedeutet wahrscheinlich, dass er an sie denkt. Als er die Augen aufmacht und sie sieht, da stürzt sie sich auf ihn, und jetzt schlägt sie tatsächlich mit den Fäusten auf ihn ein, er versucht ihre Handgelenke zu packen, aber sie schlägt so wild, dass die Kopfhörer herunterfallen, sie tut ihm richtig weh, dann spürt sie seine Wange an ihrer und ihre Tränen, und zum ersten und einzigen Mal in ihrem Leben weint sie vor jemandem, der nicht sie selbst ist.

19

»Alles gut, Cosa, hör auf!«

Vorsichtig versucht Lo, Gioias Wut zu bremsen, die nun voll über ihm hereinbricht, zusammen mit einer Art Sehnsucht, die nur jemand kennt, der einen Menschen verloren hat. Im Halbdunkel des Zimmers auf diesem Bett ist alles plötzlich da: Wochen und Wochen ohne ihn, das Lachen hinter ihrem Rücken, Sozialarbeiter, leere Bierdosen im Haus ihrer Eltern, schlaflose Nächte mit dem Blick an die Decke und überall die Angst, nur kurz erfahrenes und gleich wieder verlorenes Glück nie wieder zu erleben, all das ist in diesem Zimmer.

»Ich erklär dir alles, okay?«, sagt er und zieht sie sanft zu sich heran, während die Klänge von *Breathe* noch leise durch den Kopfhörer dringen.

»Heute Abend, okay? Hier können wir nicht reden. Komm heute Abend in die Bar A, und ich sage dir alles.«

20

»Wo soll ich beginnen, gleich am Anfang?«

Es war nicht einfach, ihren Eltern nach dem Abendessen klarzumachen, dass sie weggehen wollte. Alle scheinen überzeugt, dass bei Gioia nicht nur eine Schraube locker ist.

Das Schwerste war, nicht zu verraten, dass sie jetzt weiß, wo Lo ist, dass sie Beweise hat, dass die anderen nicht wissen, was sie weiß, nämlich, dass sie sich nichts einbildet. Dies ist ein Geheimnis, das niemand erfahren darf, und Geheimnisse muss man hüten.

»Können wir es nicht so machen, dass ich dich frage und du antwortest?«, fragt Gioia. Sie sitzen wie immer an ihrem Tisch, dem hintersten in der Bar A auf der Veranda. Auf dem Tisch liegt Gioias Umhängetasche, daneben steht Los Glas mit den Steinen. Vor ein paar Tagen war Zeitumstellung, und draußen sind noch ein paar Leute unterwegs.

»Gut, fangen wir an, Cosa«, sagt er und nimmt ihre Hand. »Lass uns zu der kleinen Kirche gehen, da haben wir mehr Ruhe.« Sie stehen auf, und dann zieht er sie zu sich heran, und so stehen sie da, Körper an Körper. Er sieht sie an und sie ihn.

»Seit dem letzten Mal ist einige Zeit vergangen«, sagt er.

Siebenundzwanzig Tage, drei Stunden, fünfzehn Minuten und dreißig Sekunden, denkt sie und antwortet: »Ja, ein bisschen.«

Sie bleiben noch einen Moment stehen, bis sie es nicht mehr aushält, weil sie nur eins will: dass die Zeit, die sie von ihrem letzten Kuss trennt, keine Sekunde länger wird, als siebenundzwanzig Tage, drei Stunden, fünfzehn Minuten. »Gehen wir?«, fragt sie.

21

An der Kirche ist vor kurzem gemäht worden, es riecht nach frischem Gras, und die Beete sind voller Blumen, darunter auch ein paar Gänseblümchen. Als sie dort vorbeikommen, beugt sich Lo herunter, als wollte er eines pflücken, doch er tut es nicht und lächelt Gioia an.

»Wie wütend bist du auf einer Skala von eins bis zehn, Cosa?«

»Jetzt nur noch eine Million, aber in der letzten Zeit gab es manchmal keine rationalen Zahlen mehr, um meine Wut zu messen«, antwortet sie, während sie sich hinsetzen, mit dem Rücken gegen die Mauer der Kirche, wie immer. Es ist seltsam, aber ihre ganze Wut, die Lust, ihn für alles büßen zu lassen, scheint in dem Moment verschwunden, als sie sich dort hinsetzen, und sie wünscht sich nur noch, wie immer mit ihm zusammen zu sein, herumzualbern, zu lachen, zu reden, sich zu küssen, einfach Lo und Gioia zu sein, als wäre nichts geschehen. Siebenundzwanzig Tage, die ihr mit einem Mal wie eine Minute vorkommen, selbst wenn jede Minute dieser Tage ihr wie ein Jahrhundert erschien.

»Es gibt da ein kleines Problem«, sagt er.

»Und was?«

»Ich weiß nicht, ob du mir glauben wirst. Solche Dinge kommen normalerweise nicht vor. Ich meine in der Wirklichkeit.«

»Bist du ein Gespenst?«

Er gibt ihr einen Stoß in die Seite, als wolle er sagen »Rede keinen Unsinn«, und dann sagt er: »Glaubst du, Gespenster können tun, was wir auf dem Dach gemacht haben?«

»Nein, das glaube ich nicht. Aber es wäre sicher schön, es mit Lord Byrons Gespenst zu versuchen.«

»Lord wer?«

»Byron ist ein Dichter aus dem neunzehnten Jahrhundert.«

»War er ein toller Typ?«

»Jetzt sag bloß nicht, du bist eifersüchtig auf einen Mann, der vor fast zweihundert Jahren gestorben ist und in Griechenland einbalsamiert wurde!«

»Bist du verrückt?«

»Nein, ich bin Gioia.«

Er sieht sie an, mit dem Blick, der in allen Sprachen mehr oder weniger das Gleiche bedeutet. »Was für ein schlechter Witz.«

»Ja, das war ein *jayus*.«

»Das war was?«

»*Jayus* bedeutet auf Indonesisch, dass man lachen muss, gerade weil etwas so schlimm ist, dass es nicht zum Lachen ist«, erklärt Gioia.

»Sah der Typ aus dem neunzehnten Jahrhundert gut aus?«

»Er war vor allem faszinierend.«

»Also wie ich, nur, dass er nicht schön war.«

»Sagen wir, wie du, aber ohne Faszination.«

Lo brummt kaum hörbar, dann sieht er sie an und lächelt. Auch sie lächelt und sagt: »Wann willst du mir denn nun endlich alles erzählen?«

»Warum, meinst du, rede ich seit einer halben Stunde über etwas anderes?«

»Wir können nicht ewig dummes Zeug reden.«

»Wenn ich mich anstrenge, geht das schon.«

»Aber wenn du so weitermachst, kriegst du wieder Prügel.«

»Du hast mir vorhin ganz schön wehgetan.«

»Lo?«

»Was war das – Thai-Boxen? Griechisch-Römisches Ringen?«

»Lo!«

»Was?«

»Jetzt erzähl mir sofort, was passiert ist!«

Lo seufzt, presst die Lippen aufeinander und sieht Gioia an, aber nicht in ihre Augen, sondern ein wenig weiter unten, auf ihre Wangen.

»In Ordnung, aber vorher musst du mir eins versprechen, oder besser gesagt zwei Dinge«, sagt er.

»Ich höre.«

»Ich rede und du sagst nichts.«

»Was ist das für ein blödes Versprechen?«

»Keine Fragen, keine Unterbrechung, bis zum Schluss. Danach kannst du mich fragen, was du willst. Aber lass mich erst zum Ende kommen.«

Gioia möchte ihm sagen, dass sie das nicht mag und sich unmöglich beherrschen kann. Aber sie möchte auch unbedingt alles erfahren, und deshalb sagt sie: »Na gut, und das zweite?«

»Das zweite weißt du schon.«

»Ich darf keinem etwas davon sagen.«

»Genau. Es ist wirklich todernst. Du wirst schon sehen, du wirst das Bedürfnis haben, es zu tun, um mir zu helfen. Du möchtest irgendwo hingehen und es jemandem sagen. Deshalb. Versprich es mir.«

»Das habe ich doch schon.«

»Nein, du musst es richtig sagen, mit deinem schönen Mund.«

»Was sagen?«

»Ich sage es niemals niemanden.«

»Das ist doch blöd, du weißt doch, dass ich …«

»Sag es!«

»Okay.«

»Sehr gut.«

»Ich werde es …«

»Weiter.«

»… niemals …«

»Weiter.«

»… irgendwem sagen.«

»Danke, Cosa.«

22

Ein Flugzeug fliegt am Himmel über ihnen. Mit ihrem Blick folgen sie den blinkenden Lichtern.

»Als ich klein war, habe ich mit meiner Mutter ein Spiel gespielt«, beginnt Lo.

»Was hat das damit zu tun?«, sagt Gioia.

»Hatten wir nicht gesagt: keine Fragen?« Er dreht sich um und sieht sie streng an.

»Vergiss nicht, dass ich ein Mädchen bin.«

»Ja, aber du hast mir ein Versprechen gegeben.«

»Entschuldigung.« Gioia setzt sich bequem hin. »Ich weiß schon jetzt, dass es sehr schwer sein wird, es zu halten.«

»Also. Wir spielten dieses Spiel, während sie sich anzog und ich bei ihr im Badezimmer war. Zeichnen auf dem Spiegel. Nach dem Duschen bildet sich doch immer Dampf auf dem Spiegel, und dann malten wir zusammen, Häuschen, Autos, Kugeln ... so hat sie mir Schreiben beigebracht. Sie malte die Buchstaben auf den Spiegel, und ich musste sie nachmachen, danach lasen wir sie zusammen. Alles fing vielleicht an, als mir klar wurde, dass ich immer sehr viel Zeit mit meiner Mutter verbrachte und dass er bei meinen glücklichen Erinnerungen nie vorkam.«

Schweigen. Gioia beißt sich auf die Zunge.

»Das Gute ist, dass alles ganz plötzlich passierte. Also sehr rasch. Kurz vorher schien alles noch in Ordnung zu sein und dann bumm! Die beiden redeten kaum noch miteinander, meine Mutter lächelte nicht mehr, und ich spielte in meinem Zimmer.«

Gioia würde ihm gern eine einfache Frage stellen: »Wie alt warst du denn?« – aber das darf sie nicht, und so hofft sie, dass er es ihr sagt, bevor sie ganz nervös wird.

»Wir hatten dieses große Haus, und plötzlich wurde es ein leeres großes Haus, in dem jedes Geräusch ein lautes Echo hervorrief, und die beiden gingen sich aus dem Weg. In einem solchen Haus kann man sich sehr leicht aus dem Weg gehen, und ich wusste, dass er es war, verstehst du, dass er etwas getan hatte, und …«

Gioia hält es nicht mehr aus. Sie wird sterben, wenn er ihr nicht sagt, wie alt er damals war. So hält sie eine Hand vor den Mund und mit der anderen kneift sie ihn in den Arm, was bedeuten soll: »Sei einen Moment still.« Dann nimmt sie ihr Notizbuch und einen Stift aus der Tasche und schreibt: Wie alt warst du?

»Ach, Entschuldigung, ich war zwölf.«

Gioia lächelt, holt Luft, als hätte sie lange den Atem angehalten, und sagt ihm mit den Augen danke.

»Ich wusste, er wollte, dass ich genau so werde wie er, aber ich wusste zugleich, dass ich ganz anders war. Er gab mir zu verstehen, dass ihm das überhaupt nicht gefiel, und als Reaktion darauf habe ich – und das war falsch, ich weiß – angefangen, extra das Gegenteil von ihm zu sein, ich tat das Gegenteil von dem, was er von mir erwartete, von dem, was er sich wünschte … er mochte Fußball und Mannschaftssport, und für mich war Darts der einzige Sport, er dachte nur an Geld und Arbeit und ich an Musik hören und in Ruhe gelassen werden … und da wir früher schon keine gute Beziehung gehabt hatten, war es jetzt ganz schwierig. Er strafte mich mit seinem Schweigen ab, sagte nichts außer »Ciao« und manchmal nicht mal das …«

Gioia versucht, sich alles vorzustellen. Das lange Schweigen, das »nur Geräusche und keine Worte«, und das in diesem großen Haus.

»Ich war zwar klein, aber das hieß nicht, dass ich nichts verstand. Ich verstand es schon, nur … mir war nicht *klar*, dass ich es verstand. Vor der Pubertät dachte ich, er sei nur ein bisschen distanziert, nichts mehr … ich dachte an die Sonntage, an denen er mit mir zu diesem See mit dem Geisterdorf gefahren war … im Sommer, wenn der See trocken lag und wir das Dorf sahen, das auf dem Grund wieder zu sehen war, und dann fragte ich mich, warum er es irgendwann nicht mehr machte, warum er mich nie mehr mitnahm, und so blieb ich immer länger von zu Hause weg, erst nur Tage, dann Wochen, ich verschwand und sah sie nicht mehr, und endlich hatte ich begriffen, dass sie sich trennen wollten … und da habe ich angefangen, diese Sachen zu machen, wegen denen ich dann so oft sitzengeblieben bin.«

Gioia möchte gern etwas sagen, aber sie beißt sich auf die Zunge. Notizbuch, Bleistift. Sie schreibt:

1. So oft, wie oft?
2. Welche Sachen?

»Du wirst es nicht glauben, aber zwei Mal, einmal in der Mittelstufe, einmal in der drittletzten Klasse. Ich konnte mich einfach nicht mehr konzentrieren … Ich habe es versucht, aber mein Kopf war leer. Ich war völlig blockiert, verstehst du? Irgendwann dachte ich auch, ich sei dumm, es läge alles an mir … Und dann die zweite Frage, also, ich gab den Lehrern dumme Antworten, brachte alles durcheinander, aber nicht, um zu stören oder Aufmerksamkeit zu erregen, ich wollte einfach nur in Ruhe gelassen werden. Das waren keine Launen eines verwöhnten Jungen, wie sie mir immer gesagt haben, ich tat es aus Wut, das war der einzige Weg, mich nicht als unfähiger Idiot zu fühlen …«

Gioia widersteht der Versuchung, ihn zu unterbrechen, um noch mehr zu fragen, dabei hat sie ungefähr hundert Fragen.

»Und so machte sich mein Vater allmählich davon, er war kaum noch zu Hause … und wenn er nicht da war, nutzte meine Mutter die Gelegenheit, mir lauter schlimme Dinge zu erzählen, die er ihr angetan hatte. Dass er an allem schuld sei, daran, dass sie sich trennten, dass sie nicht mehr lächeln konnte … Wenn er dann nach Hause kam, brach wieder dieses Schweigen aus, eine Qual, und ich kam damit immer weniger klar und galt als der schwierige Sohn, bis mir eines Tages jemand endgültig zu verstehen gab, dass ich recht hatte und mein Vater gefährlich war.«

»Gefährlich?!«, fragt Gioia und wedelt mit dem Notizbuch.

»Ich hatte dir ja gesagt, dass diese Geschichte kaum zu glauben ist, aber du musst bitte bis zum Ende zuhören.«

Gioia nickt und sagt nichts. Aber jetzt fühlt auch sie eine gewisse Beklemmung bei dem Gedanken an diesen Mann, der seit ein paar Wochen hinter ihr her ist.

»Mein Vater war schon eine ganze Weile weg, da nahm mich meine Mutter beiseite, ging mit mir ins Wohnzimmer und erklärte, sie müsse mir etwas Wichtiges sagen. Ich dachte, sie würde mir jetzt sagen, dass sie sich scheiden lassen. Bisher hatte sie mir immer nur gesagt, was sie von ihm hielt, aber bis zu diesem Punkt hatte sie noch nie klar Stellung bezogen … und ich war, ehrlich gesagt, fast erleichtert, weil ich gar nicht erwarten konnte, dass sie sich trennten, ich hielt diese Situation einfach nicht mehr aus. Dann aber sagte meine Mutter mir etwas, womit ich niemals gerechnet hätte.«

Wieder ein Flugzeug über ihnen, nur viel näher, und das Dröhnen überdeckt Los Stimme.

»Was hast du gesagt? Ich habe es nicht gehört!«, ruft Gioia, während das Flugzeug noch über ihnen ist.

Lo wartet, bis es weit genug entfernt ist, und wiederholt dann langsam: »Ich habe gesagt, dass meine Mutter mir an diesem Tag gesagt hat, mein Vater sei nicht mein richtiger Vater.« Er schweigt einen Moment, bevor er fortfährt.

»Es kam nicht so überraschend, wie es sich jetzt anhört. Irgendwie hatte ich das immer schon vermutet. Es gibt auf Erden keinen Menschen, der sich mehr von mir unterscheidet als mein Vater. Ich bin ihm kein bisschen ähnlich. Nicht nur äußerlich, sondern in allem. Niemand könnte sich größere Gegensätze vorstellen.«

Gioia sieht ihn zugleich enttäuscht und erstaunt an, ihr Mund steht halb offen.

»Was ist? Warum siehst du mich so an?«

»Sprich weiter! Was heißt das, du bist nicht sein Sohn. Wer ist denn dein richtiger Vater?«

Lo lächelt, nimmt einen Stein in die Hand und wirft ihn weit weg. »Meine Mutter wollte es mir sagen, dann, während wir noch redeten, kam er nach Hause. Sie fingen gleich an, heftig zu streiten, schrien sich an, schickten mich in mein Zimmer, ich hörte von oben ihr Geschrei und stellte die Musik laut, aber im Innern war ich glücklich … verstehst du, ich war ja nicht sein Sohn. Das ist seltsam, ich hätte ja traurig sein müssen, niedergeschlagen oder so, aber stattdessen war ich der glücklichste Mensch auf Erden, weil ich nun den Beweis in der Hand hatte, dass ich mit ihm nichts zu tun hatte.«

»Und dann? Und dann? Wie hast du erfahren, wer dein richtiger Vater ist?«

»Als sie aufgehört hatten zu streiten, herrschte wieder dieses entsetzliche Schweigen, aber es lastete mehr auf uns als sonst. Ich glaube, er wusste nun, dass ich Bescheid wusste, und wollte meine Mutter daran hindern, es mir zu sagen … Ich spürte, dass sie mir alles erzählen wollte und es nicht konnte … Er ließ sie nicht aus den Augen, und so tat sie, als ob nichts wäre, redete mit mir, aber erzählte nur Nebensächlichkeiten, dabei wollte ich nur wissen, was eigentlich los war …«

Los Stimme klingt erstickt, als sei ihm die Kehle eng geworden. Gioia legt ihre Hand neben die seine, sie zögert, doch dann ergreift sie seine Hand, es ist ihr egal, ob er sauer wird.

Aber er sagt nur: »Glaubst du mir, Gioia?«

»Ja«, sagt sie.

»Am Morgen danach, ich erinnere mich noch genau, weil ich fünfzehn war und mir schon die ersten Barthaare wuchsen, wollte ich versuchen, mich zu rasieren wie ein Erwachsener, mit Rasierschaum und Pinsel und allem. Ich ließ warmes Wasser laufen, und während sich der Dampf über den Spiegel legte, sah ich, wie da plötzlich Buchstaben auftauchten, und dass sie ...«

»Dass sie was ...«

»Dass da Luca stand. Die Buchstaben bildeten das Wort Luca.«

»Aber Luca, das ist doch dein richtiger Name, oder?«

»Ja, Luca ist mein Name, Cosa. Willst du mir jetzt noch vorwerfen, dass ich dir einen anderen Namen gesagt habe?«

»Nein, nur ...«

»Also, ich lese auf dem Spiegel ›Luca‹, und ich verstand gleich, was passiert war. Meine Mutter hatte es geschrieben, weil sie nicht wollte, dass mein Vater merkte, dass sie es mir gesagt hatte. Ich wischte die Schrift weg und schrieb selbst etwas auf den Spiegel. Ich wollte verstehen, was sie mir sagen wollte.«

»Und was hast du geschrieben?«

»Ein Fragezeichen. Sonst nichts. Und am Tag danach tauchte wieder mein Name auf, und diesmal standen zwei weitere Wörter davor.«

»Welche Wörter?«

»›Er hieß‹. Auf dem Spiegel stand: ›Er hieß Luca.‹«

»In den nächsten Tagen taten meine Mutter und ich in der Gegenwart meines Vaters ganz normal, wir redeten nur über die Schule und die üblichen Sachen, aber heimlich redeten wir leise miteinander, in meinem Zimmer oder irgendwo sonst. Ich fragte, und sie antwortete mir. Sie erzählte mir alles. Sie sagte, mein Vater sei der Mann gewesen, den sie heiraten wollte, aber er sei bei einem Unfall ums Leben gekommen. Kurze Zeit später habe sie ihn kennengelernt, und alle glaubten, er sei mein Vater. Er sei bereit gewesen, sie zu heiraten, obwohl sie bereits das Kind eines anderen erwartete.«

»Und wie war es für dich, all dies zu entdecken?«

»Ich weiß es nicht, ich weiß nicht, wie ich mich fühlte. Sicher schlecht, aber zugleich hatte ich immer schon das Gefühl gehabt, meinem Vater nicht zu gefallen. Dass ich mich so anders fühlte als er ... das alles hatte jetzt einen Sinn, verstehst du?«

Gioia nickt und wünscht sich einen Moment, ihn schon damals gekannt zu haben. Um ihm zu helfen, um etwas zu tun. Dabei weiß sie genau, dass man bei solchen Dingen nicht viel tun kann.

»Das Problem war, dass ich mir nicht vorstellen konnte, was für ein schrecklicher Mensch er war. Wie sehr er es war, das konnte ich ja nicht wissen, aber bald entdeckte ich es und ... warte!«

»Worauf soll ich warten?«

»Ich muss dich erst etwas Wichtiges fragen«, sagt er und nimmt ihre Hand.

»Alles, was du willst.«

»Nur eins. Glaubst du mir bisher?«

Auch wenn das, was Lo erzählt, mehr an einen Film erinnert, weiß Gioia, dass jedes Wort wahr ist.

»Ja, sicher glaube ich dir.«

»Wenn das, was ich dir bisher erzählt habe, dir ein bisschen seltsam vorkommt, dann ist das, was jetzt kommt, es noch zehnmal mehr.«

»Ich bin bereit.«

»Meine Mutter war seit ein paar Tagen sehr seltsam, noch mehr als sonst, meine ich. Ich hatte noch tausend Fragen an sie und wartete gespannt auf den Moment, in dem ich wieder mit ihr allein wäre. Doch es ergab sich nie die Gelegenheit. Als sie mir dann eine ganze Weile aus dem Weg ging, beschloss ich, wieder den Spiegeltrick zu verwenden, und schrieb: ›Und dann?‹ Und am Tag danach fand ich dort etwas … Ungeheuerliches. Da stand, dass er …« Lo schweigt und beginnt zu zittern, aus Angst und aus Wut, er beißt die Zähne aufeinander, und Gioia traut sich nicht, etwas zu sagen, sie wartet nur, dass er den Satz zu Ende bringt.

Nach einer Weile hat sich Lo wieder gefangen.

»Da stand, dass er mir etwas antun wolle.« Er schluckt. »Ich habe sehr heftig darauf reagiert. Ich nahm den Seifenbehälter aus Keramik und warf ihn gegen den Spiegel, der zersprang und mit ihm diese furchtbaren Worte: ›Er will dir etwas antun‹. Der Spiegel war völlig zertrümmert, überall steckten Splitter in meiner Haut, und als ich sie herausziehen wollte, schnitt ich mich noch mehr. Der Krankenwagen kam, verstehst du? Ein Krankenwagen bei mir zu Hause, ich hatte völlig die Kontrolle über mich verloren, habe tausend Dinge geschrien, ich weiß gar nicht mehr, was ich da alles von mir gegeben habe. Ich weiß nur, dass es von da an immer schlimmer wurde, weil alle dachten, ich wäre verrückt geworden, und ich sagte, mein Vater sei gefährlich und wolle mir etwas antun, aber keiner hat mir geglaubt. Es ist schrecklich, wenn du der Einzige bist, der die Wahrheit weiß, und niemand glaubt dir.«

Gioia braucht dazu nichts zu sagen, sie sieht ihn ernst an, damit er weiß, dass sie genau versteht, wovon er redet.

»Hast du in deiner Sammlung nicht ein passendes Wort dafür?«

»Ein Wort wofür?«

»Wenn du der Einzige bist, der die Wahrheit kennt, und keiner dir glaubt.«

»Kein Wort, aber da ist so eine Frau bei Homer, vielleicht hattet ihr das auch mal in der Schule, Kassandra.«

»Nein, wer war das?«

»Eine Prophetin, die dazu verdammt war, die Wahrheit vorherzusagen, die ihr aber niemand glaubte.«

»Genau wie ich.«

»Aber wieso? Hat sich die Sache später bewahrheitet? Wollte er dir wirklich was antun?«

Lo holt tief Luft und antwortet nicht, jedenfalls nicht mit Worten.

»Du hast es geschafft, mich zu finden, und sicher hast du dir ein paar Informationen besorgt. Und wenn das so ist, hast du sicher auch gelesen, dass ich ein paar Monate, bevor ich verschwunden bin, versucht habe, Schluss zu machen.«

»Ja, das habe ich gelesen.«

»Damals hatte ich jede Nacht denselben Traum. Mein Vater verfolgte mich in der Nacht im Haus. Er kam mir überall nach, und ich floh, aber in dem Traum konnte ich nie aus dem Haus heraus, ich kam immer zu dem Balkon im ersten Stock und versuchte, die Balkontür zu öffnen, aber sie ging nicht auf. Er kam mir hinterher, und genau dann wurde ich immer wach. Ich dachte, das seien einfach Albträume, schrecklich, aber doch normal, bis dann eines Tages …«

Wieder versagt ihm die Stimme.
Gioia sieht ihn an und wartet.

»Wir waren allein im Haus, er und ich. Es war Nachmittag. Er begann mit mir zu reden, nach dieser ewiglangen Zeit des Schweigens fing er plötzlich an, mir Dinge über meine Mutter zu sagen, nicht sehr schöne Dinge, und ich wurde ärgerlich und sagte ihm, er solle ruhig sein. Ich bin sicher auch etwas lauter geworden, und da hat er mir eine Ohrfeige gegeben, so heftig, dass ich zu Boden fiel. Ich sah in sein Gesicht, es war verzerrt vor Wut, er sah genauso aus wie in meinem Traum, und trotz der Ohrfeige und obwohl ich am Boden lag, hat er weiter auf mich eingeschrien, er hat total die Beherrschung verloren, und da bin ich aufgestanden und weggegangen, ich wollte in mein Zimmer, aber er rannte hinter mir her und brüllte ›Komm her, du!‹, und ich bin einfach weggelaufen.«

»Aber in der Zeitung stand doch, dass du ...«

»Ich weiß, was da stand, dass ich versucht hätte, mich umzubringen ... Es war aber in Wahrheit anders. Er ist mir nach oben gefolgt, und wie im Traum bin ich zum Balkon gerannt, ich weiß nicht warum, im Traum ging diese verdammte Tür ja nie auf, aber ich stand nun dort, und dieses Mal ist die Tür doch aufgegangen, und ich bin nach draußen, und da kam er, und ich habe mich umgedreht und dann ... ich kann mich an nichts mehr erinnern, nur, dass ich im Krankenhaus aufgewacht bin mit gebrochener Schulter und bandagiertem Kopf.«

Gioia ist entsetzt und kann nichts anderes sagen als: »Dann hat er also ...«

»Ja, er war es, er hat mich heruntergestoßen. Er hat es vielleicht nicht vorgehabt, das weiß ich nicht, aber er hat es getan. Ich war es nicht, Gioia! Ich bin nicht von dem verdammten Balkon gesprungen. Aber nach allem, was ich angerichtet hatte, war es für ihn nicht schwer, alle glauben zu machen, ich hätte mich selbst heruntergestürzt.«

Gioia fehlen die Worte. Das Einzige, was ihr durch den Kopf schießt, ist, dass jemand einen Vater hat, der noch schlimmer ist als der ihre. Ihrer hat nicht mehr getan, als zuzuschlagen. Aber er hat nie versucht, sie umzubringen und es aussehen zu lassen wie einen Selbstmord.

»Verstehst du jetzt, dass ich immer so ausgerastet bin, wenn von ihm die Rede war?«

23

Die Zeit vergeht schnell, und sie haben es kaum gemerkt. Kleine Wolken spazieren schüchtern über den Himmel, durch die Strahlen des Mondes, der über den Bergen steht.

Gioia hätte noch viele andere Fragen, aber es ist schon fast elf, und sie weiß, dass sie nicht mehr viel Zeit hat.

Sie möchte vor allem wissen, wie es ihm geht, ob er glaubt, noch lange bei dem Alten versteckt bleiben zu können, oder ob er eine andere Idee hat, und sie wüsste auch gern etwas über den alten Breda und würde gern fragen, was sie tun soll, wie sie sich verhalten soll, weil sein Vater – oder der, den alle für seinen Vater halten – sie seit zwei Wochen erreichen will, weil sie den Fehler begangen hat, zu ihm nach Hause zu gehen und der Mutter von der Kapuzenjacke zu erzählen. All diese Dinge würde sie ihn gern fragen, aber dann legt sie nur den Kopf an seine Schulter und bleibt so sitzen, ohne zu reden.

»Ich hoffe so sehr, dass du mir glaubst.«

»Sicher glaube ich dir«, sagt sie.

Klar glaubt sie ihm. Sie hat die Augen dieses Mannes gesehen, sie haben ihr von Anfang an nicht gefallen. Und sie weiß sehr genau, wie Eltern sein können. Dass Hass aufkommen kann, auf die unterschiedlichste Weise. Und dass Hass so blind machen kann, dass man etwas tut, womit man niemals gerechnet hätte.

»Und was machst du jetzt?«, fragt sie ihn.

»Eigentlich will ich nur eines.«

»Und das wäre?«

Lo nimmt ihr Gesicht in die Hände, beugt sich zu ihr herüber und gibt ihr einen langen, sehr langen Kuss, so dass Gioia ganz vergisst, dass sie keine Zeit mehr hat. »Mit zu dir kommen und bei dir schlafen.«

24

»Diese Woche habe ich jeden Tag dasselbe gedacht.«

»Was denn, Lo?«

»Es ist dumm, ich weiß, aber am letzten Tag, an dem wir uns gesehen haben, wollte ich dich etwas fragen, dann habe ich es nicht mehr gemacht, aber es ist mir die ganze Zeit über immer durch den Kopf gegangen.«

»Und worum geht es?«

»Um die Wörter, die du in dein Notizbuch schreibst.«

»Was ist damit?«

»Welches davon ist dein Lieblingswort?«

»Das ist jetzt so, als wenn du mich fragen würdest, welches mein Lieblingssong von Pink Floyd ist. Ich habe mindestens fünfzig Lieblingswörter, wie soll ich da eine Auswahl treffen?«

»Aber sag mir eines, das dir wichtiger ist als andere.«

»Darüber habe ich noch nie nachgedacht.«

»Denkst du jetzt darüber nach?«

»Vielleicht.«

»Willst du nicht darüber nachdenken?«

»Doch, das Wort ist *magari.*«

»Warum?«

»Es ist eines der wenigen italienischen Wörter, die man nicht in andere Sprachen übersetzen kann.«

»Ernsthaft?«

»Ja, ernsthaft, wenigstens, soweit ich weiß.«

»Und warum magst du es so gern?«

»Vielleicht weil ich gelesen habe, dass es ursprünglich im Griechischen ›glücklich‹ bedeutete und mit seinen gerade mal sechs Buchstaben ausdrücken kann: ›Wenn das doch nur wahr wäre‹.«

»Und das gefällt dir?«

»Ja, das gefällt mir sehr! Denn immer, wenn man es verwendet, schafft man eine Welt, die es nicht gibt, die es aber vielleicht geben kann.«

»Vielleicht.«

»Ja, vielleicht.«

25

Fliegende Schweine.

Gioia Spada denkt in der Nacht, in der sie zum ersten Mal mit einem Jungen in ihrem Bett schläft, irgendwann an fliegende Schweine. Lo ist auf den Baum vor ihrem Haus geklettert, sie hat ihm das Fenster geöffnet und ihn hereingelassen. Sie haben ihr Lachen unterdrückt. Von unten hörten sie das Gedröhn des zu laut gestellten Fernsehers, ihre Eltern dämmerten auf dem Sofa wie immer. Der Schein der Straßenlaterne fiel auf ihre leicht verschwitzten und ängstlichen Gesichter, ihre Lippen fanden sich, ihre Kleider fielen auf den Boden, dann legte er sich zu ihr, als ob dies immer schon der richtige Ort für ihn gewesen wäre, und da kam ihr dieses Lied in den Sinn.

Vielleicht wissen es nur wenige, aber einmal haben die von Pink Floyd ein Liebeslied geschrieben. Ausgerechnet sie, die Intellektuellen mit den komplizierten Metaphern. Ein Liebeslied. Wunderbar übrigens.

Es heißt *Pigs On The Wing*, und auch wenn der Titel von fliegenden Schweinen spricht, bringt es etwas Wunderschönes zum Ausdruck.

If you didn't care
What happened to me
And I didn't care for you
We would zig-zag our way
Through the boredom and pain
Occasionally glancing through the rain
Wondering which of the
Buggers to blame
And watching the pigs on the wing.

Songs haben manchmal die Kraft zu sagen, wer du bist, was du tust, was du willst, und das mit genau den Worten, die du immer selbst gern benutzt hättest, und sie machen es sehr gut und geben dir das Gefühl, dass du sie zwar nicht geschrieben und gesungen hast, aber dass es deine Worte sind. Die besten Songs kommen einem immer wie ein Plagiat vor, und *Pigs On The Wing* ist das größte Plagiat von allen, denn in neun Versen erzählt es ihre Geschichte und sagt mit geradezu chirurgischer Genauigkeit, was Gioia in diesem Augenblick empfindet – obwohl Roger Waters es 1976 für seine Frau Lady Caroline Christie geschrieben hat. Es bringt das

Empfinden zum Ausdruck, dass nur ganz wenig genügt, damit sich alles ändert. Wenn sie sich beide nicht getroffen hätten, genau an dem Abend, auf diese Weise, hätten sie sich immer wie in dem Song im Zickzack zwischen Langeweile und Schmerz hin- und herbewegt, vielleicht hätten sie sich ab und zu gestreift, ohne zu wissen, wer sie waren, sie hätten sich im Regen kaum berührt und sich den Rest ihres Lebens gefragt, wem sie die Schuld geben sollten, welchen Mistkerlen, den Eltern, den Lehrern, dem Pech, allen, und sie hätten den Rest ihres Lebens mit gesenktem Blick verbracht, verloren im Kleinkram, und fliegende Schweine betrachtet.

Weil sie es jeden Tag sieht, weiß Gioia, dass es draußen lauter Leute gibt, denen nichts anderes geblieben ist, als fliegende Schweine zu betrachten.

Nur ganz wenige haben einen guten Grund, nicht schlafen zu wollen.

Wie sie jetzt.

Gioia schläft erst ein, als die Sonne aufgeht.

Die ganze Nacht über leises Lachen, Spiel mit den Händen im Gegenlicht, Erzählungen von Lo und Gioia, wie es ihr gelungen ist, ihn wiederzufinden, die Geschichte der Kapuzenjacke und alles andere, der Vers auf ihrem Arm, der langsam unlesbar wird und unter Los Küssen verschwindet, die Preisverleihung, die morgen stattfindet, Prof. Bove und die Steine. Gioia verspürt eine seltsame Angst, ihm nicht zu gefallen, die Angst, ihren Körper zu zeigen, und zugleich die Lust, es mit ihm zu machen – Angst und Verlangen zugleich, *frisson* – der Rest der Nacht ist wie das Lesen von schönen Büchern, wenn Gioia erkennt, wie schön sie sind, und sie langsamer und mit Genuss liest. Sie hofft, dass die Nacht kein Ende nimmt und der neue Tag nicht kommt.

»Aber wie soll das gehen?«, sagt sie zu ihm.

»Was?«, fragt er schon halb im Schlaf.

»Es wäre schön, wenn es nicht Tag würde.«

Sie schließen die Augen, sie liegt mit der Wange auf seiner Brust, gerade als das erste Morgenlicht durchs Fenster dringt.

Ein paar Stunden später wacht Gioia auf, Lo ist nicht mehr da. Sie sucht vergeblich nach einem Briefchen – unter der Decke, auf dem Schreibtisch, irgendein Zeichen, und sie ist traurig, als sie sieht, dass er gegangen ist, ohne irgendetwas dazulassen. Dann geht sie ins Bad, duscht, nähert sich dem Spiegel über dem Waschbecken und mit dem Dampf, der auf ihm liegt, erscheint wie durch Magie etwas Geschriebenes:

Diese Nacht war ziemlich schön.

PS. Stich sie heute alle aus.

26

»Klar, dass es schwer ist.«

»Was?«

»Das zu glauben, ist verdammt schwer.«

»Klar.«

»Solche Sachen gibt es in der Realität nicht, Tonia. Sie kommen im Film vor, aber nicht im wirklichen Leben.«

»Was, das Herunterstoßen vom Balkon?«

»Nein.«

»Der vorgetäuschte Selbstmord?«

»Nein.«

»Der Vater?«

»Nein.«

»Was dann?«

»Jemanden zu treffen, bei dem man sich so fühlt.«

27

»Jetzt sag schon, wie ist er zu dem Alten gekommen?«

»Ja, aber du darfst es niemandem, wirklich niemandem weitersagen.«

»Das habe ich dir doch schon gesagt. Ich schweige wie ein Grab.«

Giovanna hebt die Stühle von den Tischen, die Rollos sind noch geschlossen. Gioia ist früher von zu Hause weg, nach nur zwei Stunden Schlaf: um zu frühstücken, vor allem aber, weil Giovanna ihr gestern beim Abschied gedroht hat, wenn sie nicht bald vorbeikommt und ihr wenigstens ein bisschen was erzählt, bräuchte sie gar nicht mehr in die Bar zu kommen.

»Du hattest mir ja erzählt, dass der alte Breda seinen Sohn verloren hat. Und in der letzten Zeit bevor Lo verschwand, waren die beiden Freunde geworden. Lo verbrachte viele Stunden hier in der Bar und auch im Haus des Alten. Sie spielten zusammen Darts, und er vertraute sich ihm an, und der Alte war darüber glücklich, denn ihm schien …«

»Ich verstehe, Lo war für ihn wie ein Sohn. Aber wieso hat er ihm angeboten, ihn bei sich zu verstecken? War das nicht ziemlich riskant?«

»Am Anfang ja. Aber dann wurde Lo volljährig, und alles änderte sich. Sie suchten nicht mehr so intensiv nach ihm wie vorher. Und der alte Breda hatte ihm angeboten, dass er bei ihm wohnen kann.«

»Nicht zu glauben«, sagt Giovanna, während sie den Tresen abwischt.

»Ja, denn als Lo aus dem Krankenhaus kam, nach dem Sturz vom Balkon, hatte er Angst, dass so etwas wieder passieren könnte, dass sein Vater ihm noch einmal etwas antut.

Und da hat Breda ihm gesagt, wenn er achtzehn ist, kann er gern bei ihm wohnen.«

Giovanna sieht Gioia skeptisch an. »Aber Lo hat doch die Sache mit dem See inszeniert, bevor er achtzehn wurde.«

»Er hielt es einfach nicht mehr aus. Er hatte zu große Angst vor diesem Mann. Zuerst wollte er nur für ein paar Tage verschwinden und allen einen Schreck einjagen und dann wieder nach Hause kommen. Das schien ihm damals der einzige Weg, um aus der Situation herauszukommen.«

»Ganz schöner Mist«, bemerkt Giovanna und zieht die Rollos hoch.

»Vielleicht kann man es verstehen. Ich meine – sein Vater wollte ihn umbringen … Doch dann verging Tag um Tag, und er konnte die Vorstellung, nach Hause zurückzugehen, nicht mehr ertragen, da war es ihm lieber, sich hier zu verstecken, nur einmal in der Woche nach draußen zu gehen, immer am Abend, und Darts zu spielen, oder manchmal zu der kleinen Kirche, wo ihn niemand sehen konnte … das passte ihm gut und dem Alten im Grunde auch, und dann …«

»Und dann?«

»Hat er mich getroffen.«

»Na schön. Das klingt zwar alles etwas merkwürdig, aber es ist, wie es ist. Aber eine Sache passt wirklich nicht.«

»Und was?«

»Er hat dir mehr als vier Wochen lang erzählt, dass er tagsüber nicht nach draußen gehen könnte, und so habt ihr euch immer nur abends draußen an der Bar getroffen, oder?«

»Ja.«

»Aber wie konnte er dann an diesem Nachmittag mit dir in den Park gehen und auch noch durch die halbe Stadt. Da hat er doch viel riskiert!«

»Er hat mir auch das erklärt.«

»Verstehe.«

»Was verstehst du?«

»Er hat dir gesagt, er habe es für dich getan«, sagt Giovanna und gestikuliert wie ein Prinz im Märchenfilm.

»Nein, so war es nicht, sondern etwas raffinierter.«

»Das heißt?«

»Er hat gesagt, er hat es getan, um mich nicht zu verlieren«, sagt Gioia und redet jetzt selbst wie eine Märchenfigur. Beide lachen und Gioia steht auf, um zur Schule zu gehen. An der Tür ruft Giovanna ihr nach: »Pass bloß auf, wenn dieser Typ auftaucht.«

»Wen meinst du?«

»Diesen Vater – der sucht dich doch immer noch wegen der Sache mit der Kapuzenjacke.«

28

Noch nie hat Gioia etwas gewonnen. Im Sport ist sie ziemlich schlecht. Sie kommt nur bei den Sportarten klar, in denen es nicht viel Ablenkung gibt und die für Menschen mit übergroßer Phantasie verhängnisvoll sind. Da man sich bei fast allen Sportarten konzentrieren muss, ist sie nur im Laufen keine Niete. Aber auch hier gibt es einen wunden Punkt. Sie mag es einfach nicht. Wenn sie bei einem Wettlauf sieht, dass andere Mädchen hinter ihr sind, mag sie das nicht. Die anderen tun ihr leid, sie denkt, wie enttäuscht sie sind, als Letzte anzukommen, und so wird sie langsamer und lässt sie vorbei. Deswegen kommt sie immer als Letzte an, obwohl sie schnell laufen kann. Kein Wunder, dass man sie Trauerkloß nennt.

Wenn man sein Leben lang verliert, ist der Tag, an dem man etwas gewinnt, selbst wenn der Preis etwas Gebrauchtes oder ein Küchengerät ist, etwas ganz Besonderes. Man ist zufrieden, fühlt sich geehrt und anerkannt, aber auch im Inneren geschieht etwas. Was einen verändert, ist die Perspektive. Man beginnt, die Dinge anders zu sehen. Aber nicht nur diese. Man sieht sich selbst in einem anderen Licht. Man sagt sich: Sieh an, auch ich kann etwas …

Die Sporthalle ist rappelvoll. Alle Schüler des Leopardi-Gymnasiums sind da. Der klassische, der naturwissenschaftliche und der soziale Zweig machen zusammen über tausend Kinder aus. Alle sind hier wegen der Preisverleihung von »Rahm es ein«. Gioia hätte nie gedacht, dass es so viele Schüler sind. In ihrer früheren Schule waren es höchstens halb so viele.

»Ich hätte nichts dagegen zu gewinnen«, sagt sie zu Prof. Bove, neben dem sie hinten in der letzten Reihe sitzt. »So könnte ich allen beweisen, dass ich auch etwas wert bin. Sie haben es mir ja gesagt: ein bisschen höher springen als die anderen und sich nicht unterkriegen lassen.«

Prof. Bove hat das Kinn auf seinen Stock gestützt und beobachtet die Jugendlichen, die sich in die Seite stoßen und mit Papierkügelchen bewerfen.

»Sie könnten den Nervenkitzel des Erfolgs erleben.«

»Wen interessiert schon Erfolg? Alle stieren nur darauf. Ich will keinen ›Erfolg‹ haben«, sagt sie und ahmt mit den Fingern die Anführungszeichen nach.

Prof. Bove hebt das Kinn von seinem Stock und wendet sich Gioia mit einem Lächeln zu.

»Der Erfolg ist ein zweischneidiges Schwert. Alle denken, er sei ein Geschenk, das alle haben wollen, sie schätzen ihn, wollen Autogramme haben, und ich bin mit Ihnen einig, dass Erfolg haben wollen oft etwas Oberflächliches hat. Jungen wollen Fußballstars werden, Mädchen Models.«

»Fashion Blogger.«

»Wie?«

»Heute will kein Mädchen mehr Model werden. Die wollen heute alle Fashion Blogger sein.«

»Aha. Das ist mir neu. Nun jedenfalls – Erfolg ist nicht unbedingt etwas Schlechtes. Das Wort Erfolg ist doch sehr schön.«

»Tatsächlich? Und warum?«

»Erfolg heißt nicht unbedingt, über den roten Teppich zu gehen und immer die Paparazzi am Hals zu haben. Es bedeutet, dass etwas *erfolgt* ist. Etwas ist passiert! Das ist möglich. Es ist der Beweis, dass man die Dinge voranbringen kann, dass das Leben seinen Lauf nimmt, dahin, wo man hin möchte. Erfolg kann auch heißen, einen schönen Garten zu pflegen, sein Haus in der Farbe anstreichen, die man sich wünscht, zu Fuß durch Europa zu gehen. Erfolg ist nichts anderes, als die Dinge geschehen zu lassen. Und das wird Ihnen noch oft passieren.«

»Wenn alle Anwesenden so freundlich wären, leise zu sein«, ruft Direktor Spataro durchs Mikrofon, »ich rufe die drei Teilnehmer der Endrunde im Bereich Fotografie auf die Bühne.«

Gioia steht auf und geht an Prof. Bove vorbei auf das kleine für den Anlass aufgestellte Podest zu. Plötzlich spürt sie am linken Bein zwei leichte Schläge, sie dreht sich um und sieht, dass der Lehrer ihr zuzwinkert.

»Schön, jetzt seid ihr alle drei da. Wie fühlt ihr euch? Seid ihr aufgeregt?«, sagt der Direktor mit dem Mikrofon in der Hand. Die beiden anderen sind ein Junge und ein Mädchen.

»Signorina Spada, sind Sie denn gar nicht aufgeregt? Sie sind neu in unserer Schule, und schon sind Sie in der Endrunde unseres Wettbewerbs.«

Das Mädchen neben ihr stößt sie in die Seite.

»Wer? Ich?«, fragt Gioia, als wäre sie gerade erst aufgewacht.

Die Schüler lachen. Diesmal aber ist es kein höhnisches Lachen. Es ist ein offenes, freundliches Lachen. Verrückt, wie sich alles ändert, wenn man auf der Seite der Sieger ist.

»Und jetzt wollen wir den ersten Preis in dieser Kategorie verkünden«, sagt der Direktor und gibt einem der Lehrer, die auf dem Podium sitzen, ein Zeichen. »Ich rufe unseren Kunsterzieher, den legendären Herrn Florian, auf.«

Während der Lehrer aufsteht, erhebt sich schwacher Applaus. Jetzt fordert der Direktor die Preisträger auf, zwei Schritte weiter nach vorne zu treten. Und da, gerade als Gioia nach vorne geht, sieht sie ihn. Hinten im Saal, gleich neben dem Notausgang, da ist er.

Los Vater steht dort mit verschränkten Armen.

29

»Liebe Schüler, hier könnt ihr sehen, dass Fotografie eine Kunst ist, die irrtümlicherweise mit Glück in Zusammenhang gebracht wird. Viele meinen, um ein gutes Foto zu machen, müsste man nur den richtigen Augenblick erwischen, und der Bruchteil einer Sekunde machte den Unterschied zwischen einem künstlerischen und einem banalen Foto aus. Das stimmt aber nicht. Ein guter Fotograf ist niemand, der Glück hat und zufällig den richtigen Moment erwischt. Ein guter Fotograf ist derjenige, der sucht und so viel ausprobiert, dass er, wenn der richtige Moment da ist, diesen ohne Zögern nutzen kann. Und genauso haben auch wir schnell, und ohne allzu lange zu überlegen, beschlossen, wer den ersten Preis für die beste Fotografie des Jahres bekommen soll.«

Die Stimme des Kunstlehrers dringt an Gioias Ohr, als käme sie von ganz weit her. Ihre Freude hält sich in Grenzen, denn da ist dieser Mann hinten im Saal, der sie ansieht, mit ernstem entschlossenem, ja geradezu bedrohlichem Blick. Er würde ihr Angst machen, auch wenn sie nichts über ihn wüsste, auch wenn sie nicht wüsste, dass er nach ihr sucht.

»Gut«, sagt der Kunstlehrer mit einem breiten Lächeln, »es ist mir ein Vergnügen, jetzt bekanntzugeben, wer der Preisträger ist …«

Gioia dreht sich einen Moment zu dem Lehrer um, da er aber »der Preisträger« gesagt hat, glaubt sie schon zu wissen, wer es ist. So sieht sie ein wenig nach links, wo Prof. Bove sitzt, und wirft ihm einen Blick zu, der bedeutet: »Ich habe es versucht und habe es immerhin unter die ersten drei geschafft.«

»Es ist Gioia Spada, ihr Foto trägt den Titel *The Funeral.*«

Dann erfolgt der Applaus, erst langsam, dann immer lauter und lauter. Gioia wird rot im Gesicht, so rot, dass man ihre Sommersprossen kaum noch sehen kann, und in der letzten Reihe steht Prof. Bove auf, applaudiert und ruft: »Bravo! Großartig!«, so dass sich alle Schüler nach ihm umdrehen.

Der Direktor überreicht Gioia eine Urkunde und einen Gutschein über 50 Euro für den Kauf von Foto-Utensilien. Gioia lächelt vor Freude, schüttelt den beiden anderen Mitstreitern die Hand und blickt zufrieden ins Publikum.

Sie ist so glücklich, dass sie für ein paar Minuten vergisst, dass hinten in der Turnhalle jemand steht, der auf sie wartet.

30

Seit sie Los sogenannten Vater zum ersten Mal gesehen hat, damals im Garten vor dem großen Haus, hat sie sich gefragt, wann er wieder auftauchen würde. Sie war sich sicher, dass er früher oder später bei ihnen zu Hause stehen würde, um sie abzupassen. Aber sie hat nicht geahnt, dass er sich während der Preisverleihung eines Wettbewerbs in der Turnhalle ihrer Schule postieren würde.

Nachdem sie all diese schrecklichen Dinge über ihn erfahren hat, weiß sie, dass es ungeheuer dumm von ihr gewesen ist, zu Los Elternhaus zu gehen und all diese Fragen zu stellen. Hätte sie es nicht getan, hätte sie Lo vielleicht nicht wiedergefunden, aber sie hätte auch nicht das Problem gehabt, diesem gefährlichen Mann Rede und Antwort stehen zu müssen.

Als sie den Preis überreicht bekommt, bedankt sie sich mit klopfendem Herzen bei dem Direktor und den anderen Lehrern. Dann rennt sie zur Toilette, um sich ihr Gesicht zu kühlen.

Sie braucht jetzt Ruhe, muss nachdenken und sich konzentrieren. Sie muss genau überlegen, was sie ihm sagen wird, wenn er auftaucht und sie nach Lo fragt. Sie muss sich eine handfeste Geschichte ausdenken, die glaubwürdig klingt. Sie darf sich nicht verhaspeln. Zwei Hände voll Wasser ins Gesicht, ein Blick in den Spiegel.

»Ja, ich hab noch die Kapuzenjacke. Er hat sie mir vor einem Jahr geliehen, da wohnte ich noch gar nicht hier. Wir haben uns zufällig kennengelernt, als ich Verwandte besuchte, und als ich hierherzog, wusste ich nicht, wohin er verschwunden war. Deswegen war ich sehr betroffen, als seine Mutter es mir gesagt hat.« Sie steht vor dem Spiegel der Mädchentoilette und redet mit Tonia.

»Das ist nicht hieb- und stichfest, meine Liebe«, sagt Tonia, die auf einem der Waschbecken sitzt und ihre Fingernägel betrachtet.

»Es stimmt, ich habe seine Jacke. Er hat sie mir vor etwa einem Jahr geliehen. Ich wollte sie nur zurückgeben. Das mit seiner Mutter war ein Missverständnis. Ich wusste natürlich, dass er tot ist.«

»So wirst du auffliegen, das ist mal sicher«, sagt Tonia und schüttelt den Kopf.

Gioia beugt sich vor, um noch mehr kaltes Wasser in ihr Gesicht zu schaufeln. Sie muss sich beruhigen. Sie schließt die Augen. Das kalte Wasser auf ihrer Haut tut gut. Als sie den Kopf wieder hebt und in den Spiegel sieht, entdeckt sie jemanden hinter sich. Gioia stößt einen kurzen Schrei aus, dann dreht sie sich um und lehnt sich gegen den Rand des Waschbeckens.

Er, der »Vater« von Lo, steht in der Toilettentür.

31

»Ich wollte Sie nicht erschrecken«, sagt er mit ruhiger Stimme.

»Hier ist die Damentoilette!«, stößt Gioia mit dem Rücken zum Spiegel hervor. Wenn sie könnte, würde sie durch die Wand verschwinden.

»Du hast recht, Entschuldigung. Ich habe dich vor fünf Minuten reingehen sehen. Ich wollte draußen warten, aber dann habe ich gedacht, es geht dir vielleicht nicht gut. Da wollte ich nachsehen.«

Seine Stimme ist ruhig, beinahe sanft. Vielleicht hat man gerade deshalb Angst vor ihm. Weil er wirkt wie ein freundlicher höflicher Mensch und in Wirklichkeit das genaue Gegenteil ist.

»Es geht mir gut, alles okay. Warten Sie bitte draußen!«, sagt Gioia.

»In Ordnung, ich bitte um Entschuldigung, lass dir ruhig Zeit«, sagt er und geht hinaus.

Sie ist ganz schön in der Klemme. Sie weiß noch immer nicht, was sie dem Kerl erzählen soll. Wie soll sie das mit der Jacke erklären? Wie sie sie bekommen hat und warum sie darüber mit seiner Frau gesprochen hat. Und er steht jetzt da draußen und wartet.

Sie kann sich auch einfach bis heute Abend hier einschließen.

»Also … ich wusste von seinem Tod«, murmelt sie. »Und das mit der Mutter war ein Missverständnis. Aber was ist mit der Jacke? Wann hat er sie mir gegeben und warum?«

»Sag die Wahrheit«, meint Tonia und zuckt die Achseln.

»Das darf ich nicht, ich habe es Lo versprochen.«

Gioia sieht auf die Uhr: Noch eine Minute, bis es klingelt, und dann ist Schulschluss.

»Warte! Er hat sie mir geschenkt, wann, das weiß ich nicht mehr genau. Ich habe sie in den Schrank gelegt, und erst neulich fiel mir wieder ein, dass ich sie noch hatte. Und da habe ich gedacht, dass sich seine Mutter vielleicht freut, wenn ich sie zurückgebe.«

»Das ist gut, so könnte es gehen«, ermuntert Tonia sie in einem Ton, der eigentlich bedeutet »Das kriegst du nie hin«.

Gioia trocknet sich das Gesicht ab und geht hinaus. Er sitzt auf einem Stuhl im Flur und schaut auf sein Handy. Als er aufsieht und ihr zulächelt, ergreift sie die Panik. Er scheint das genaue Gegenteil von dem, was er wirklich ist.

Er steht auf, kommt auf sie zu. In diesem Moment läutet es. Tausend Kinder kommen aus der Turnhalle gestürmt, laufen an ihnen vorbei und manche rufen »Bravo, Gioia!« und »Super, ein cooles Foto!«. Die Welle von Schülern bewegt sich vorwärts, ein paar Schüler drängen dicht an ihr vorbei und schieben Gioia in seine Richtung. Nun ist er nur noch wenige Schritte von ihr entfernt und sieht sie direkt an.

32

»Was wollen Sie von mir?«

Der Flur ist inzwischen leer, und sie sind allein.

»Ich hätte da ein paar Fragen an dich. Es war schon etwas seltsam für uns, dass du –«

»Ich muss nach Hause. Meine Eltern warten auf mich«, unterbricht sie ihn.

»Wenn du willst, kann ich dich auch nach Hause fahren, dann bist du auf jeden Fall rechtzeitig da, und wir können uns noch ein bisschen unterhalten«, sagt er so freundlich wie der Wolf, der Kreide gefressen hat.

»Nicht nötig, ich gehe zu Fuß!«, erklärt Gioia, die genau weiß, dass er sie nicht weglassen wird.

»Schon gut, es ist kein Umweg und macht mir keine Umstände. Und deine Mutter ist mittlerweile schon fast eine Freundin von mir, so oft, wie ich mit ihr telefoniert habe!« Er lächelt. Am Ende fällt Gioia nichts Besseres ein als »Na gut« zu sagen, dann geht sie in ihren Klassenraum, um dort die Bücher und ihre Tasche zu holen.

Als sie auf dem Parkplatz ankommen, scheint die Sonne ganz grell, und Gioia schließt geblendet die Augen. Sie sprechen kein Wort, bevor sie ins Auto steigen.

Kaum sind sie eingestiegen, da betätigt er die automatische Türverriegelung.

»Du heißt Gioia, richtig?«, sagt er und fährt los. »Ein schöner Name. Wenn wir eine Tochter bekommen hätten, dann hätten wir sie auch so genannt.«

»Hätten?«, fragt Gioia und bereut es sofort. Sie hört Tonia, die hinter ihr auf der Rückbank sitzt, sagen, dass sie eine Idiotin ist. Sie hat damit angedeutet, dass sie weiß, dass Luca nicht sein Sohn ist. Er wendet sich ihr zu und sieht sie ein paar Sekunden an. Dann redet er weiter, mit ruhiger Stimme. Vielleicht ist es gut gegangen, und er hat es nicht gemerkt.

»Ich meinte anstelle von Luca«, sagt er.

»Ah, ich verstehe.«

Los Vater fährt sicher, aber auffällig langsam, weit unter der erlaubten Geschwindigkeit. So als wolle er die Autofahrt so lange wie möglich dauern lassen. »Luca war ein guter Junge, wirklich«, sagt er dann. »Das haben nur wenige begriffen. Nun gut, er hat Dinge getan, die nicht in Ordnung waren, aber das hat er nur gemacht, weil es ihm nicht gut ging, das ist die Wahrheit. Er war einfach verzweifelt.«

»Er war?«, fragt Gioia. Diesmal ist die Frage legitim.

»Ja … er war. Seit kurzem rede ich in der Vergangenheit von ihm. Nicht weil ich sicher bin, dass er tot ist … Ich weiß nicht, wie ich es erklären soll … Einerseits mache ich es, weil ich weiß, dass es wenig Chancen gibt, dass er noch lebt, und ich will mich an den Gedanken gewöhnen, damit der Schlag nicht zu hart wird. So, als könnte man das Unglück fernhalten. Als ob es Unglück brächte, von ihm zu reden, als lebte er noch.«

Gioia fühlt sich in diesem sauberen Wagen mit den Ledersitzen zum ersten Mal ganz unsicher. Sicher hat der Mann am Steuer, als sie ihn zum ersten Mal sah, einen zweideutigen Eindruck auf sie gemacht, vielleicht wirkte er sogar ein bisschen gefährlich, und er hat Lo vom Balkon gestoßen und in Lebensgefahr gebracht, aber jetzt, wo sie gemeinsam im Auto sitzen, wirkt er ganz anders auf sie. Er wirkt wie ein Mann, der Kummer hat, und zwar schon lange.

»Warum bist du zu unserem Haus gekommen, um uns seine Kapuzenjacke zu bringen?«, fährt er fort. »Warum hat er sie dir gegeben? Und wann?« Er fragt mit seiner ruhigen Stimme, doch jetzt fühlt sie sich wie in einem Verhör.

»Showtime«, sagt Tonia auf dem Rücksitz.

Gioia holt tief Luft. Jetzt muss sie ihre Geschichte erzählen, geradeheraus und ohne sich zu verhaspeln. Keine Pause, kein Nachdenken, sie muss es sagen, als sei es die natürlichste Sache der Welt.

»Gar nicht so einfach, die Ruhe zu bewahren, wenn du ihm jetzt gleich jede Menge Lügen auftischen musst«, sagt Tonia.

Da hat Gioia eine Idee: Sie wird eine Lüge erzählen, die ganz nah an der Wahrheit dran ist. Das ist überzeugender, und vielleicht hört er dann auf, Fragen zu stellen. Sie nimmt also Anlauf und redet drauflos: »Er hat sie mir eines Abends gegeben, in der Bar, in der er immer Darts spielte. Wir haben uns dort kennengelernt. Es war kalt draußen, und da hat er mir netterweise seine Jacke geliehen. Dann habe ich sie in die Wäsche getan, und meine Mutter hat sie zusammen mit meinen Sachen ganz hinten in den Schrank geräumt. Tja, und da habe ich sie dann erst vor kurzem wiedergefunden.«

Gioia beendet ihre Rede und wartet.

»Aha«, sagt er nur.

»Ich ... ich habe mich erinnert, von wem ich sie hatte, und habe mir gedacht, Sie würden sich vielleicht freuen, die Jacke wiederzubekommen. Und so kam ich zu Ihnen.«

Los »Vater« denkt nach, als versuche er, die verschiedenen Puzzleteile in seinem Kopf zusammenzubringen.

»Aber meine Frau hat mir gesagt ... Als ich nach Hause kam, war sie völlig aufgelöst. Sie sagte, du hättest über Luca gesprochen, als hättest du ihn erst vor kurzem noch gesehen. Deswegen habe ich dich gesucht. Ich wollte unbedingt mit dir sprechen.«

Gioia spürt ihr Herz schneller schlagen und rutscht nervös auf dem Beifahrersitz herum.

»Jetzt reiß dich zusammen! Sonst bist du geliefert«, sagt Tonia.

»Ich … äh … ich glaube, das hat Ihre Frau falsch verstanden«, stammelt Gioia. »Ich habe nicht … ich meine … das habe ich so nicht gesagt. Es war wohl ein Missverständnis.«

Der Wagen hält an. Sie stehen jetzt vor ihrem Haus. Er stellt den Motor ab.

»Weißt du, das ist eine ganz furchtbare Geschichte, dass wir nach Monaten immer noch nichts Genaues wissen. Ich habe noch ein bisschen Kraft, aber meine Frau … man muss sehr vorsichtig sein, sie ist so zerbrechlich, es genügt schon eine Kleinigkeit, und die Wunde reißt wieder auf.«

»Wenn ich etwas gesagt habe, was sie falsch verstanden hat, dann bitte ich um Verzeihung«, sagt Gioia leise.

Sein Blick ist sehr ernst. Jetzt fühlt sich Gioia doch ein wenig schuldig.

»Gibt es etwas, was ich tun kann, um es wiedergutzumachen?«, fragt sie.

»Du brauchst dich nicht zu entschuldigen, es ist schon gut«, antwortet er und legt eine Hand aufs Steuer, eine an den Schlüssel. »Wenn du möchtest, komm gerne auf einen Sprung vorbei und bring uns die Jacke. Wer weiß? Vielleicht bringt sie Glück und hilft dabei, dass er wiederkommt.«

33

Gioia hat in ihrem Leben mindestens zwanzig Redensarten gezählt, aber sie ist sich sicher, dass es noch viel mehr gibt. Redensarten oder Sprichwörter, die in keiner Weise der Wahrheit entsprechen. Wenn man sie hört, denkt man nur: nein, wirklich nicht. Zum Beispiel *Chi fa per sé fa per tre*, »Wer selbst anpackt, schafft für drei«. Was soll das bedeuten? Dass man die Pyramiden mit einem Drittel der Sklaven hätte bauen können? Dass Rockgruppen von drei Leuten wie Green Day oder Blink 182 auch nur aus einer Person bestehen könnten?

Wer alles allein macht, muss zusehen, wie weit er damit kommt. Das ist die Wahrheit.

Auch »Wer lebt, wird sehen«. Was soll das bedeuten? Man kann hundert Jahre alt werden und am Ende doch nichts begreifen. Alles kann endlos lange in der Schwebe bleiben. »Wer lebt, wird sehen« ist nicht nur als Sprichwort falsch, es ist eine Täuschung: Wer lebt, der kann vielleicht, wenn er die Augen offen hält und viel Glück hat, möglicherweise ein bisschen was sehen, einen winzigen Lichtstrahl, wenn es gut geht. Das ist die Wahrheit. Auch »Die Kutte macht noch keinen Mönch«. Das ist ein starkes Stück. Wer diesen Unsinn gedacht hat, muss in einer Gesellschaft gelebt haben, in der alle Mönchsgewänder trugen und niemand wusste, wer nun einer war und wer nicht. In der Gesellschaft, in der Gioia lebt, wird man durch seine Kleidung Mönch, Schwester, Kardinal, Bischof und Priester. Das ist die Wahrheit.

»Die Nacht bringt guten Rat.« Nein das tut die Nacht nicht. Die Nacht belädt dich tonnenweise mit Gedanken, Ängsten, Fragen, Zweifeln, Albträumen. Unmöglich, in dem nächtlichen Chaos eine Lösung zu finden. Das ist die Wahrheit.

»Bist du sicher, dass es richtig war, Los Vater all das zu sagen?«, fragt Tonia, die am Fuß des Bettes am Boden sitzt.

»Schläfst du denn nie?«

»Imaginäre Freunde gehen nie ins Bett.«

Unten sehen ihre Eltern einen Film in Oberlautstärke. Wahrscheinlich haben sie den ganzen Nachmittag geschlafen und sind nicht müde. Gioia müsste im Haus Zettel anbringen, auf denen steht: »Ihr habt eine Tochter, die jeden Morgen in die Schule muss.« Das scheinen sie vergessen zu haben.

»Es könnte schlimmer sein«, meint Tonia.

»Wirklich?«

»Ja. Du könntest Eltern haben, die sich noch stärkere Lautsprecherboxen leisten können.«

Gioia muss lachen. Ist schon gut, dass Tonia da ist. Auf diese Weise hat sie immer jemanden, mit dem sie reden kann.

Schade, dass sie gerade jetzt nicht viel tun kann. Sie liegt da, starrt in die Dunkelheit, und der Kloß, den sie seit heute Nachmittag im Hals hat, wird immer dicker. Und mit ihm wächst ein seltsames Unbehagen, das sie sich nicht erklären kann.

Eigentlich weiß sie genau, was es ist, aber sie möchte es am liebsten weit weg schieben. Es ist Angst.

Sie hat Angst, dass sie sich in Lo getäuscht hat.

Sein Vater kam ihr heute alles andere als gefährlich vor. Er wirkte auch nicht wie jemand, der etwas Böses tun könnte. Seinen wenigen Worten hat sie entnommen, dass sein Sohn ihm sehr fehlt, dass es ihm nicht gut ging und dass er Hilfe brauchte.

Je länger sie über Los Geschichte nachdenkt, desto seltsamer kommt sie ihr vor, es fehlen zu viele Teile. Sie denkt auch an die Momente, in denen er plötzlich so komisch war, zum Beispiel oben bei der Kirche, als er von jetzt auf gleich ein ganz anderer zu sein schien.

Als Lo der andere Lo wurde.

Und wenn es tatsächlich so wäre? Wenn Lo derjenige wäre, dem es schlecht geht, der Hilfe braucht, was soll Gioia dann tun? Dem Vater die Wahrheit sagen, ihr Versprechen brechen? Sie würde Lo sicher verlieren, wenn sie das täte, er würde ihr nie verzeihen, dass sie ihn verraten hat. Aber wie lang soll dieses Versteckspiel noch dauern? Und wie lange könnte es zwischen ihnen so bleiben, wie es jetzt ist?

Wenn Lo herausbekäme, dass sie das Geheimnis verraten hat, würde er ihr sein anderes Gesicht zeigen. Er würde der andere Lo, der, vor dem sie sich fürchtet.

Gioia weiß nicht, welche von Los beiden Seiten die wahre ist. Bisher tauchte der andere Lo immer nur für fünf Minuten auf, aber auch als er ihr an dem Abend in der Bar A begegnete, gab es ein paar Dinge, die sie hätten warnen sollen.

Seine Augen, sein Lächeln und seine Küsse haben ihre Zweifel, ihre Sorgen und alle Alarmglocken immer zum Schweigen gebracht. Jetzt aber ist es anders, jetzt kann sie ihn sich vorstellen, wie er der andere Lo wird, vor dem man Angst haben muss, und der nicht mehr ihr Freund Lo ist. Gioia geht ins Bad. All diese Gedanken machen ihr Angst. Ihr wird schlecht.

»Musst du dich übergeben? fragt Tonia.

»Nein, es geht schon.«

Gioia kneift sich in die Wangen, trinkt einen halben Liter Wasser, putzt sich die Zähne, und alles scheint sich wieder zu beruhigen. Dann öffnet sie die Tür, die Eltern unten stellen gerade den Fernseher aus, und es wird ganz still im Haus. Sie hat Mühe zu atmen und geht langsam in ihr Zimmer zurück. Als sie die Tür öffnet, liegt er auf ihrem Bett und streichelt die Katze.

»Ciao, Cosa!«, sagt er.

34

»Du siehst merkwürdig aus.«

»Nein, nein, alles okay.«

»Und ich bin ein Sofa.«

»Ja, du bist sehr bequem, wenn ich mich auf dich setze.«

»Willst du mir vielleicht sagen, was du hast?«

»Nichts, nur diese ganze Sache … Ich bin immer noch ziemlich durcheinander, verstehst du?«

»Ich will nicht, dass du dich wegen mir schlecht fühlst, Gioia!«

»Du hast ja meinen richtigen Namen gesagt!«

»Tja, was will man machen. Ab und zu rutscht er mir raus.« Er sieht sie aufmerksam an. »Was ist mit dir?«

»Nichts. Ich brauche nur etwas Zeit.«

»Bist du sicher, dass es dir gut geht? Vorhin, als wir zusammen waren, kamst du mir …«

»Was?«

»Du kamst mir so abwesend vor.«

»Glaub mir, es ist alles okay.«

»Achtung, Gioia, pass auf, dass du nicht zu viel sagst. Ich fühl mich schon ganz zugetextet.«

»Ach Lo, ich hab dir gesagt, dass ich ein bisschen so bin.«

»Ja, das habe ich verstanden. Ich möchte nur, dass du mir sagst, was du mit ›ein bisschen so‹ meinst. Du findest doch sonst immer für alles die passenden Worte.«

»Vielleicht finde ich sie diesmal eben nicht. Es kommt ja nicht alle Tage vor, dass man mit jemandem im Bett liegt, über den man mit niemandem reden kann.«

»Schon gut, entschuldige bitte. Ich hake nicht weiter nach.«

»Und dann ist noch Folgendes passiert. Ich …«

»Ja?«

»Ich habe heute deinen Vater gesehen, Lo. Er ist in die Schule gekommen, zur Preisverleihung. Er hat mich abgepasst. Er kam wegen der Sache mit der Kapuzenjacke.«

»Verdammt, Cosa, wie lange wolltest du noch warten, bis du mir das erzählst?«

»Tut mir leid, ich hätte es dir gleich sagen sollen.«

»Sicher? Oder hätte ich noch einen Monat darauf warten müssen?«

»Ich habe gesagt, es tut mir leid.«

»Und? Was hat er für einen Eindruck auf dich gemacht?«

»Wir haben ziemlich wenig geredet, aber er kam mir recht freundlich vor, ein ziemlich ruhiger Mann.«

»Typisch. Seine beruhigende Maske. Nimm dich bloß in Acht! Er hat auf diese Weise schon viele Leute reingelegt.«

»Und du, Lo?«

»Was ich?«

»Hattest du nie die geringsten Zweifel? Dass dein Vater vielleicht anders ist, als du denkst?«

»Heilige Scheiße!«

»Was ist?«

»Er hat dich rumgekriegt.«

»Was meinst du damit?«

»Er hat dir erzählt, ich wäre schizophren, und du hast ihm geglaubt.«

»Nein! Er hat mir nichts gesagt, ich habe dich nur gefragt.«

»Du glaubst mir nicht mehr, deshalb warst du vorhin so seltsam.«

»Versetz dich doch mal in meine Lage. Du verschwindest einfach, und dann kommst du und erzählst mir eine haarsträubende Geschichte, ich brauche einfach etwas Zeit, um ...«

»Sieh mich an! Fass mich an! Bin ich verrückt? Sag mir, ob du mich für verrückt hältst.«

»Was soll das, Lo?«

»Du hast mir etwas versprochen. Vergiss das nicht. Wenn du dein Versprechen brichst, siehst du mich nie wieder.«

»Lo, was hast du denn? Warum bist du so? Wo willst du hin?«

»Ich gehe jetzt, ich muss allein sein.«

»Aber wir reden doch gerade. Du musst mir helfen, das alles zu verstehen!«

»Gioia, da gibt es nicht viel zu verstehen. Entweder du bist auf seiner oder auf meiner Seite. Und jetzt sag mir klar und deutlich, für wen du dich entscheidest.«

»Was sagst du denn da? Ich will mit dir zusammen sein. Ich will dich! Das weiß du doch.«

»Ich weiß es nicht, Gioia, ich weiß es nicht mehr. Ich gehe jetzt, ciao.«

»Lo!«

»Lo!«

35

»Wie denken Sie darüber, Signorina?«, sagt Prof. Bove und sieht Gioia an.

Sie hatte sich sehr bemüht, sich zu konzentrieren und aufzupassen, aber etwa zehn Sekunden lang war sie ganz und gar auf dem Planeten Lo.

»Was meinen Sie?«, fragt sie und sieht aus, als sei sie gerade vom Himmel gefallen.

»Ich fragte: Wie denken Sie über diese Geschichte?«

»Signor Bove, der Trauerkloß hat jetzt einen Freund, und deshalb kann sie Ihnen nicht mehr folgen«, ruft Casali aus der hintersten Reihe und sieht sich beifallsheischend um. Aber diesmal lacht die Klasse nicht. Keiner verzieht eine Miene. Das passiert zum ersten Mal, seit Gioia in dieser Schule ist.

»Wie haben Sie Ihre Mitschülerin gerade genannt, Signor Casali?«, fragt der Lehrer und verschränkt die Arme.

»So heißt sie nun mal. Alle nennen sie so!«, entgegnet Casali und sucht bei den anderen nach Zustimmung.

Doch nur Boccia, sein ewiger Kumpel, nickt.

»Nein, Casali, so heißt sie nicht. Sagen Sie bitte ihren richtigen Namen, wenn ich Ihnen keine Fünf geben soll.«

»Sie können mir doch keine Fünf geben, nur weil ich ...«

»Ich warte.«

Casali macht ein düsteres Gesicht und sagt leise: »Gioia, sie heißt Gioia.«

»Sehr gut, Casali. So gefällt es mir«, sagt der Lehrer. Dann wendet er sich an Gioia: »Also, Signorina Spada, wenn Sie tatsächlich den wunderbaren und zugleich aufregenden Wald betreten haben, den wir Liebe nennen, dann sollten Sie sich für die Geschichte interessieren, über die wir heute reden, denn darin kann man auch heute noch sehr viel über die Liebe lernen.«

»Das glaube ich kaum. Als Jungfrau in die Ehe – das ist doch tiefstes Mittelalter«, erklärt Boccia. Die Klasse lacht.

Bove tut, als hätte er den Einwurf nicht gehört.

»Wie ich schon gesagt habe, Psyche war allein in dem wunderschönen Palast, der nur von Stimmen und unsichtbaren Dienerinnen bewohnt war. Dies war jetzt ihre Welt, und langsam begann sie, sich darin wohlzufühlen. Sie wartete und fragte sich, wo ihr Gatte war und warum er sich erst so spät zeigte. Ihr müsst wissen, Hochzeiten, bei denen sich die Brautleute erst vor dem Altar kennenlernten, gab es damals sehr oft, und Psyche war das erste Mädchen der Geschichte, das mit jemandem verheiratet war, den sie nie gesehen hatte. Es wurde Nacht, und plötzlich war er da, in ihrem Zimmer zusammen mit ihr. Amor persönlich. Eros, ihr Gatte war im Nu unter ihrer Decke.«

»Jetzt ficken sie!«, sagt Casali hinter vorgehaltener Hand. Diesmal kichert die Klasse.

Prof. Bove lächelt. »Na sicher, Casali, was denkst du denn? Im Dunkeln konnte Psyche ihn berühren, seine Stimme hören, und in dieser Nacht hatte sie so schöne Gefühle und Empfindungen wie nie zuvor, aber sie konnte ihn nicht sehen. Hätte sie ihn auch nur eine Sekunde angeschaut, wäre der Zauber vorbei gewesen, und er wäre für immer verschwunden.«

Gioia bedauert, dass sie der Geschichte nicht von Anfang an zugehört hat. Vor allem, weil darin – abgesehen von den absurden Namen und dem wunderschönen Palast – eigentlich von ihr die Rede ist.

Bove geht indessen durch die Bankreihen und fährt mit seiner Erzählung fort, während er hier und da den Schülern in die Augen sieht. »Psyche konnte nicht daran glauben: all diese Liebe, so viel Schönes, und sie konnte ihn nicht mal im schwachen Licht einer Kerze sehen. Die Nächte vergingen wie Augenblicke, und der Verdacht eines Betrugs keimte auf, ihre Schwestern sagten ihr, da stimme etwas nicht: ›Sei vorsichtig, er könnte ein Dämon, ein Betrüger sein, trau ihm nicht!‹, und ein Teil von ihr sagte: Da geschehen zu viele merkwürdige Dinge. ›Ihr habt recht, ich traue ihm nicht mehr‹, sagte Psyche da, ›was ich empfinde, ist wunderschön, aber ich habe kein Vertrauen mehr!‹ Amor hatte ihr gesagt: ›Kein Licht. Mein Gesicht muss dir unbekannt bleiben. Das ist der Preis, die Bedingung für unsere Liebe!‹ Es gab nichts anderes, entweder Dunkelheit oder nichts. Er hatte sie gewarnt: ›Wenn du das Versprechen nicht hältst, wirst du leiden.‹«

Bove sprach von ihr, von Gioia.

»Was war Ihrer Meinung nach Psyches Fehler?«, fragt der Lehrer.

Ein paar Hände gehen in die Höhe.

»Ich finde, sie hat es richtig gemacht. Vertrauen ist gut, Misstrauen ist besser«, sagt die Batta.

»Vielleicht hätte sie noch ein bisschen warten sollen. Sich einfach amüsieren«, meint ein anderes Mädchen lächelnd.

»Sie hätte die Dinge mit dem Typ, diesem Amor, gleich klären sollen«, sagt Casali.

Als alle etwas gesagt haben, meldet sich auch Gioia.

»Ja, Signorina Spada?«

»Ich sehe nicht, was sie falsch gemacht haben soll.«

»Es wäre sicher gut gewesen, die Geschichte von Anfang an zu hören. Was sie falsch gemacht hat? Sie hat das Licht angezündet.«

»Nur das?«

»Ja, Signorina Spada, nur das. In einer Nacht, während Amor friedlich im Bett schlief, nahm sie eine Lampe und zündete sie an, um zu sehen, ob er ein Monster oder Betrüger war, wie ihre Schwestern gesagt hatten. Das war Psyches Fehler, verstehen Sie? Die Idee, Licht ins Dunkel zu bringen. Zu glauben, sie könne Amor mit den Augen des Verstandes behalten. Es gibt nämlich zwei parallele Welten, die sich nie kreuzen dürfen. Man soll nicht denken, man könne begreifen, könne lesen und interpretieren, logische Erklärungen finden. Hierbei nicht, anderswo schon, aber hier nicht.«

Die Klasse ist mucksmäuschenstill. Man hört nur das Rauschen der Bäume vor dem Fenster. Gioia hebt erneut die Hand: »Und was passiert danach? Was tut Amor?«

»Aus der Lampe fällt versehentlich ein Tropfen Öl auf die Schulter des Gottes und er wacht auf. Als er begreift, dass sie das Versprechen gebrochen hat, verschwindet er und kommt nie wieder.«

36

»Warum sehen Sie mich so böse an, Signorina?«

»Sie wissen, warum.«

»Wie bitte?«

»Sie waren es! Sie haben mir all diese Dinge gesagt mit diesem Wort ›blenden‹, Sie haben gesagt, man soll sich lieber vom Licht blenden lassen als von der Dunkelheit. Und wenn dann so etwas dabei herauskommt?«

»Ich fürchte, ich kann Ihnen nicht ganz folgen.«

»Ich habe mich nach dem gerichtet, was Sie gesagt haben, das wissen Sie nicht, aber ich habe getan, was Sie mir gesagt hatten. Und jetzt entdecke ich, dass das, was ich für Licht gehalten habe, in Wirklichkeit ganz dunkel war und dass es ein Fehler war, Licht anzuzünden ... Ich verstehe überhaupt nichts mehr.«

»Wollen Sie mir vielleicht sagen, dass, wie soll ich sagen, es Ihnen schwerfällt, mit dem Dunkel umzugehen?«

»Nein, ich meine nur, Sie hätten es früher sagen, die Leute warnen müssen, erklären, dass man, wenn man Licht haben will, sich danach mit dem ganzen Dunkel herumschlagen muss.«

»Ah, jetzt verstehe ich.«

»Sie hätten das gleich sagen müssen. Alles. Nicht sich lauter Märchen ausdenken, damit man Ihnen wer weiß was glaubt. Denn so ist es wie ein Betrug.«

»Sie haben recht, ich kann nichts anderes sagen als, Sie haben recht. Jeder von uns braucht jemanden, der ihm die Wahrheit sagt, ohne darauf zu warten, dass das Leben die Märchen in Lügen verwandelt.«

»Ja, genau so ist es. Das waren alles Lügenmärchen. Am Ende gewinnt das Dunkel.«

»Nein, es ist genau das Gegenteil. Aber damit, wie Sie sagen, das Licht am Ende siegt, muss man erst eine Wahrheit anerkennen, die man nur schwer beiseiteschieben kann.«

»Und das wäre?«

»Sehen Sie, Einstein und Bohr haben Jahre damit verbracht, recht haben zu wollen, sich Briefe zu schreiben, zu diskutieren. Einer sagte, wenn man von Licht redet, gibt es keine Gewissheit, sondern nur Wahrscheinlichkeit, der andere wollte, dass es eine einfachere Erklärung gab. Am Ende sind wir noch alle da, hundert Jahre später, wir wissen alles über das Licht, aber wir wissen noch nicht, was zwischen einem Photon und dem anderen ist und wo sie enden, wir können uns nur auf Wahrscheinlichkeit stützen, nicht auf Gewissheit.«

»Gar nicht?«

»Nein, und nicht, weil die Wissenschaft es uns nicht bewiesen hat, sondern weil sie es nicht kann, sie kann es einfach nicht. Und dies ist die Wahrheit, die man so schwer beiseiteschieben kann.«

»Und wie lautet die?«

»Dass jedes Licht ein Herz aus Dunkelheit hat.«

37

»Bist du denn von dem, was du tun willst, überzeugt?«

»Natürlich nicht, Tonia! Sehe ich aus wie jemand, der überzeugt ist?«

»Was machst du dann hier mit dieser Jacke in der Hand?«

»Ich warte auf eine Eingebung.«

Gioia und Tonia stehen gegenüber von Los Elternhaus auf der anderen Straßenseite. Es tut ihr ein bisschen leid, die Kapuzenjacke zurückzugeben, denn jetzt kann sie sie nicht mehr aus dem Schrank nehmen und daran riechen, wie sie es sonst mindestens zehnmal am Tag macht.

»Also los«, sagt Tonia.

»Wenn ich über die Straße gehe und an der Tür klingele, könnte ich aus Versehen das Licht anschalten, mein Versprechen brechen und ihn nie wiedersehen. Wenn ich aber hierbleibe, könnte ich alles so lassen, wie es ist, und mich weiter heimlich mit ihm treffen.«

»So lange, wie ihn keiner entdeckt, oder bis Giovanna ihn verpfeift.«

»Dann würde es noch eine Weile weitergehen.«

»Aber vielleicht könntest du …«

»Was?«

Tonia kommt näher, als wollte sie ihr ins Ohr flüstern. »Du kannst doch einfach reingehen, ein bisschen mit dem Vater reden, und dann verstehst du alles vielleicht ein bisschen besser, denn im Moment kapierst du gar nichts.«

»Gute Idee, dann ist es nur ein ganz kleiner Verrat. Ich muss ihm ja nicht sagen, dass ich weiß, wo sein Sohn ist.«

»Genau.«

»Jetzt stelle ich die Musik an und wenn *Born To Run* anfängt, klingele ich.«

Das erste Lied geht an, aber es ist nicht *Born To Run*.

»Egal, ich gehe trotzdem«, sagt Gioia und überquert die Straße.

38

Das Haus blinkt innen vor Sauberkeit. Porzellanvasen, polierte Holzmöbel, Bilderrahmen – alles sieht aus, als käme es gerade aus der Spülmaschine.

»Nimm doch Platz«, sagt er und weist auf ein Sofa, dessen hellen Bezug sie kaum zu berühren wagt. Goia dankt ihm, setzt sich und legt die Jacke auf eine der Lehnen.

»Meine Frau ist oben und ruht sich aus. Wie ich dir schon gesagt habe, leidet sie am meisten unter der Situation«, sagt er leise, so wie man redet, wenn man kleine Kinder nicht aufwecken will. Dann fällt sein Blick auf die Jacke. »Ach, das ist die berühmte Kapuzenjacke. Ich glaube, die habe ich noch nie gesehen.«

Gioia reicht sie ihm, und plötzlich wird ihr klar, wie schwer es sein wird, nichts Falsches zu sagen.

»Vielleicht war sie damals noch ganz neu, und er hat sie nicht oft getragen«, sagt sie mit wenig überzeugter Stimme.

Verfluchte Tonia, die sie überredet hat zu klingeln. Gioia wird wie Psyche, von der Prof. Bove erzählt hat, bei der kleinsten Unachtsamkeit einen Tropfen heißen Öls fallen lassen, und dann ist der Zauber für immer vorbei. So sagt sie: »Entschuldigung, ich müsste mal eben auf die Toilette.«

Sie atmet tief durch, um sich zu sammeln. Sie möchte die Wahrheit über Lo erfahren, will aber zugleich nicht ihr Versprechen brechen.

»Sicher, die Tür hinten rechts«, antwortet der Vater. Oder »der Vater«, jedenfalls er.

Als sie die Tür zugeschlossen hat, sieht sie sich den Spiegel an. Sie weiß nicht, ob es das Bad ist, in dem Lo und seine Mutter Nachrichten austauschten, aber sie schaut trotzdem genau hin. Sie versucht, etwas zu lesen, zu begreifen. Dann betätigt sie die Spülung.

Als sie herauskommt, hört sie ein seltsames Geräusch. Es kommt aus dem Wohnzimmer, wo Los Vater noch sitzt. Es scheint etwas ganz Bestimmtes zu sein, aber doch nicht das! Doch als sie näher kommt, merkt sie, dass es genau das ist. Er schluchzt. Seine Schultern beben, und er versucht sich zu beherrschen. Gioia weiß nicht, was sie tun soll. Stehen bleiben und warten, bis er aufhört, oder hingehen und tun, als ob nichts wäre.

Sie hat noch nie einen Erwachsenen weinen sehen, keinen Mann jedenfalls. Das ist seltsam. Einen Mann in Tränen zu sehen, verunsichert einen, nimmt einem die innere Mitte. Auch wenn man ihn nicht kennt, auch wenn man nicht weiß, wer er ist, wenn man einen Mann weinen sieht, ist es wie ein kleines Erdbeben unter den Füßen.

»Komm ruhig her«, sagt er schließlich und zieht die Nase hoch.

Gioia geht langsam ins Wohnzimmer. Auf dem Tisch stehen zwei Becher und eine Flasche Wasser.

»Hast du das Bad gefunden? Alles in Ordnung?«

»Ja, danke.«

Gioia setzt sich. Los Vater sieht aus dem Fenster. Er hat rote Augen. Sein Gesicht ist nicht traurig, das heißt nicht nur, auf diesem Gesicht sind mindestens zwölf Dinge zu lesen, und die Traurigkeit ist das Einzige, was sie versteht.

»Entschuldige bitte, jedes Mal stürzt die Wand ein bisschen mehr ein«, sagt er und schnäuzt sich.

Gioia sagt nichts. Sie wüsste auch nicht, was sie sagen sollte.

»Ich bin Ingenieur und bin hier die tragende Wand. Meine Frau ist nervenkrank, ich muss alle zwei Tage mit ihr zur Psychologin, sie braucht eine ständige Behandlung.«

»Sie brauchen mir das nicht zu erklären, ich ...«, beginnt Gioia.

»Doch, gerade dir will ich es sagen. Du scheinst ein kluges Mädchen zu sein. Ich weiß nicht, wie ich es ausdrücken soll. Sicher hattest du ihn gern. Man sieht es deinen Augen an, dass ihr euch nah wart. Und daher möchte ich, dass du weißt, was geschehen ist.«

»Sie meinen, was passiert ist, nachdem Luca ...« Sie starrt ihn überrascht an.

»Nein, was vorher geschehen ist. Und warum wir uns beide so schuldig fühlen.«

Gioia beobachtet ihn, seinen steifen Rücken, die Art, wie er das Taschentuch zerknüllt. Er wirkt hilflos wie ein Kind. Einerseits macht er ihr noch immer ein wenig Angst, andererseits würde sie gern zu ihm gehen und ihn umarmen.

»Ich bin nicht Lucas richtiger Vater. Du hast sicher bemerkt, dass zwischen meiner Frau und mir ein ziemlicher Altersunterschied besteht. Bevor sie mich geheiratet hat, war sie mit einem Mann zusammen und wurde schwanger. Als sie im zweiten Monat war, starb dieser Mann bei einem Unfall. Wir haben uns ein paar Monate vor Lucas Geburt kennengelernt und uns gleich ineinander verliebt. Ich wollte sie heiraten und Luca als meinen Sohn anerkennen, das machte mir nichts aus, ich habe sie sofort geliebt und ihn auch. Ich habe sie nur darum gebeten, es ihm erst zu sagen, wenn Luca groß genug sei, und dass wir es ihm beide gemeinsam erzählen. Durch diese Vereinbarung entstanden die ersten Probleme.«

Der Mann schnäuzt sich und hält dann das Taschentuch unter sein rechtes Auge. Gioia beginnt, die beiden Geschichten miteinander zu vergleichen. Sie versteht gar nichts mehr.

»Sie meinte, Luca sei schon mit zehn Jahren alt genug, und das war vielleicht richtig, ich weiß es nicht, er war ein so reifer, sensibler Junge. Ich war dagegen, und so fingen wir an zu streiten. Erst deswegen, dann wegen anderer Dinge. Zu dieser Zeit hatten wir noch andere Probleme, aber diese Meinungsverschiedenheit hat alles ins Rollen gebracht. Luca bekam mit, dass es zwischen seiner Mutter und mir nicht gut lief, und irgendwann hat er angefangen, merkwürdige Dinge zu tun. Er zeigte unerklärliche Reaktionen, es gab Momente, in denen ich ihn kaum beruhigen konnte. Er war freundlich und lustig, und dann gab es Augenblicke, in denen ich ihn nicht wiedererkannte. Er schien ein völlig anderer Junge zu sein. So haben wir mit seinen Lehrern gemeinsam beschlossen, mit ihm zu einer Psychologin zu gehen, die jetzt auch meine Frau behandelt. Nach ein paar Sitzungen hat sie ihn von dem PAS …«

»Was ist das, PAS?«, fragt Gioia und hält ihr Glas ganz fest.

»Es ist ganz normal, dass du es nicht weißt. Niemand redet darüber, dabei sollten alle wissen, was das ist. PAS ist die Abkürzung eines englischen Begriffs – *Parental Alienation Syndrome* – und bedeutet *Syndrom der Entfremdung gegenüber den Eltern*. Um es kurz zu sagen, es ist eine Störung der familiären Beziehungen, die dazu führt, dass das Kind einen Elternteil oder beide ablehnt. Wenn man es hat, will man mit seinem Vater oder seiner Mutter nichts mehr zu tun haben und entwickelt paranoide Gedanken in Bezug auf Sie.«

Gioias Herz schlägt schneller, sie denkt an Los Geschichte oben bei der Kirche, in der Nacht, als sie ihn wiedergefunden hatte. Die beiden Geschichten passen genau zusammen, und zugleich sind sie ganz verschieden.

»Das Syndrom wird nicht von allen Fachleuten anerkannt, manche glauben nicht einmal, dass es eine echte Krankheit ist, und beschreiben es eher als Unbehagen. Es trifft oft Kinder von geschiedenen Eltern und bricht aus, wenn ein Elternteil in Abwesenheit des anderen schlecht über diesen redet, ihm Fehler zuschreibt. Bei den Kindern, die PAS haben, rastet etwas ein, eine Art Negation, zuerst zeigt sie sich in der einfachen Weigerung, mit demjenigen zu reden, dann wird es immer stärker …«

»Aber Sie beide sind doch nicht …?«

»Geschieden? Nein. Aber damals standen wir kurz davor. Wir stritten oft, sagten uns schreckliche Dinge, und das war für Luca sicher nicht einfach. Wir bekamen die Dinge irgendwie nicht in den Griff, und deswegen beschlossen wir, dass es am besten wäre, wenn ich in den Momenten schwerer

Krisen von zu Hause weggehen sollte. Das Problem war, dass meine Frau, nicht aus Bosheit, sondern um sich das Herz auszuschütten, ihm gegenüber schlecht über mich redete. Luca und seine Mutter hatten immer eine besondere Beziehung, außerdem, das hat die Psychologin uns gesagt, fühlte er sich vielleicht von mir verraten, er sah, dass ich fort war, und dachte wohl, ich wollte ihn im Stich lassen, wer weiß, was in ihm vorging.«

Gioia hört aufmerksam zu und muss ab und zu schlucken. Sie denkt an das, was Lo ihr gesagt hat, an jedes Wort.

»Es kam uns merkwürdig vor: ein nicht anerkanntes Syndrom und die Tatsache, dass wir uns am Ende ja doch nicht getrennt hatten. Wir haben der Psychologin nicht geglaubt. Lucas Lehrer hatte sie uns empfohlen, sie gehörte zum Sozialdienst, sie schien uns zu unerfahren, und so haben wir uns an einen privaten Fachmann gewandt, der gleich gesagt hat, dass es das PAS gar nicht gäbe und man die Probleme anderswo suchen müsse. Aber die Diagnose der Psychologin war offenbar richtig, aber vielleicht kam noch etwas anderes hinzu, irgendein Trauma, das wir uns nicht erklären konnten …«

Die Stimme von Los Vater wird leiser, während er dies sagt, er hat Mühe, den Satz zu beenden.

Gioia wartet einen Moment und sagt dann: »Was für ein Trauma?«

»Es muss etwas passiert sein, das ihn traumatisiert hat, aber wir wussten nicht, was, und dann … hat er uns verlassen.«

»Und haben Sie versucht, herauszufinden, was es gewesen sein könnte?«

»Ja, wir haben auch viel mit der Psychologin darüber geredet, zu der wir dann doch wieder gegangen sind, aber wir haben nichts gefunden. Dazu müssten wir mit ihm selbst reden, er allein könnte es uns sagen …« Los Vater schweigt, nimmt einen großen Schluck Wasser. Gioia muss derweil an Lo denken, der jetzt oben im Haus des alten Breda sitzt, während sie hier miteinander reden. Sie wäre jetzt gerne dort, um ihn zu fragen: Was kann das bloß für ein Trauma sein, von dem dein Vater redet? Lo hat nie auf etwas Derartiges angespielt, kein Ereignis, das passierte, bevor er von seinem richtigen Vater wusste. Ist wirklich etwas geschehen, oder vermuten die Eltern es nur? Es gibt so viele unklare Punkte in der ganzen Angelegenheit, zu viele Versionen derselben Geschichte. Und leider gibt es nur einen Weg herauszufinden, welche die wahre Version ist.

Inzwischen hat Los Vater wieder zu reden begonnen: »Aufgrund dieses Syndroms hat sich das Verhältnis zwischen Luca und mir immer weiter verschlechtert. Irgendwann hörte er auf, mit mir zu reden, und zwar radikal. Er tat, als gäbe es mich nicht. Dabei war er erst fünfzehn, kannst du dir das vorstellen?«

Gioia ist völlig verunsichert. Sie weiß nicht mehr, was die Wahrheit ist. Ihr wird leicht schwindelig.

Sie trinkt einen Schluck Wasser, ihr Atem geht schneller.

»Von der Schule gar nicht zu reden, wo alles sehr schlecht lief. In der Grundschule war er immer unter den Besten gewesen, aber jetzt schaffte er es plötzlich nicht mehr, Mathematikaufgaben zu lösen, eine Buchseite Geschichte zu lernen. Es war, als ob sein Problem ihm etwas im Kopf kaputt gemacht hätte«, sagt er.

»Aber der neue Psychologe hat nicht …«

»Nein, er hat das Problem immer heruntergespielt, dabei wurde es immer schlimmer, und Lucas Ablehnung mir gegenüber war mittlerweile so stark, dass …«

Gioia weiß schon, was er sagen will, und sie fängt an zu zittern.

»… dass er mich nicht mehr als Vater angesehen hat.«

Gioia würde am liebsten wieder in das Bad rennen, eine Pause machen, sich sammeln, sich das Gesicht kühlen und versuchen, irgendetwas zu verstehen. Los Vater scheint nicht zu bemerken, wie unwohl sie sich fühlt.

»Dann hat meine Frau einen Fehler gemacht, und auch deswegen geht es ihr heute so schlecht. Sie kann vor Schuldgefühlen nicht schlafen, denn eines Tages, als ich für eine Weile fort war, hat sie begonnen, mit ihm über mich zu reden.«

Gioia hat nicht den Mut, etwas zu sagen oder zu fragen, denn irgendwie weiß sie schon, was er erzählen wird.

»Irgendwann ist es ihr herausgerutscht. Sie hat ihm gesagt, dass ich nicht sein richtiger Vater bin, und deshalb haben wir uns, als ich zurückkam, heftig gestritten. Sie dachte vielleicht, so würde alles in Ordnung kommen, sie glaubte, wenn er die Wahrheit wüsste, würde es ihm besser gehen, und hinter meinem Rücken hat sie ihm alles gesagt, wer sein echter Vater war …«

Gioia denkt an die Mutter, die jetzt oben auf dem Bett liegt, vollgepumpt mit Schlafmitteln, sie denkt an den unverzeihlichen Fehler der Mutter, gedacht zu haben, dass sie das Richtige tat, und wie schlecht sie sich wegen dieses Irrtums fühlen muss.

»Dann brach die Hölle los. Lucas Verhalten wurde immer schlimmer. Seine Abwehr hatte jetzt einen Grund, verstehst du? Jetzt hatte er einen Grund, mich abzulehnen, weil ich nicht sein Vater war. Als ob das wahr wäre …« Er schüttelt den Kopf.

Gioia sieht ihn zweifelnd an, sie ist nicht sicher, ob sie ihn richtig verstanden hat.

»Wer ist dein Vater, der dich gezeugt hat oder der, der dich auf die Welt hat kommen sehen, der dich an die Hand genommen und dir Laufen beigebracht, der dein erstes Zähnchen in einer Schachtel aufbewahrt hat. Wer ist dein Vater, der eine Nase hat wie du, oder derjenige, der immer da war, wenn du ihn gebraucht hast?«

Gioia nickt und denkt, dass ihr Philosophielehrer, den sie erst seit ein paar Monaten kennt, viel mehr ein Vater für sie ist als ihr richtiger Vater.

»Ich weiß, dass es jetzt zu spät ist, über all diese Dinge nachzudenken. Ich kann es nur dir sagen. Denn wenn ich es meiner Frau sagen würde, würde es ihr noch schlechter gehen. Ich hatte sie ja gebeten zu warten, bis Luca stark genug wäre, aber sie war so sicher, so überzeugt. Sie dachte, wenn er die Wahrheit wüsste, dann würde er die Dinge innerlich ordnen. Aber genau das Gegenteil geschah, er betrachtete mich als Feind und dachte, er sei in Gefahr, dass ich … mein Gott, es fällt mir schwer, das auszusprechen …«

»Ich verstehe«, sagt Gioia, um ihm zu helfen.

»Inwiefern hast du das verstanden? Was meinst du damit, du verstehst?«

Gioia stockt der Atem. Sie schluckt, räuspert sich und sagt mühsam: »Ich weiß es nicht, aber nach dem, was Sie erzählt haben, dachte er vielleicht, dass Sie ihm etwas antun wollten?«

»Ja, genau. Luca kam in die dritte Phase …«

»Welche dritte Phase?«

»Die Psychologin hatte uns erklärt, dass dieses Syndrom drei Phasen hat. In der schlimmsten treten Vorstellungen auf, die an Paranoia grenzen, der Betroffene glaubt Dinge zu sehen, die es nicht gibt. Luca muss, warum, weiß ich nicht, gedacht haben, dass ich ihm etwas antun wollte, und …«

Jetzt steht Gioia auf. Sie geht ins Bad, ohne etwas zu sagen.

Sie bleibt fünf Minuten dort. Und sie weiß nicht, was sie machen soll.

Vielleicht hat es die Schrift auf dem Spiegel, mit der die Mutter ihm sagte, dass der Vater ihm Böses wollte, nie gegeben. Nur er hatte sie gesehen, dann hatte er den Spiegel zerbrochen und sich dabei verletzt. Aber ist es denn möglich, dass man wegen seiner Eltern so wahnsinnig werden kann?

Vielleicht ja. Gioia hat sich selbst ja schon oft gefragt, warum sie noch nicht wahnsinnig geworden ist. Was hat sie vor dem schwarzen Loch gerettet, das sie so oft gesehen hat und in das sie ganz leicht hätte fallen können?

Vielleicht die Fotos oder die besonderen Worte in ihrem Notizbuch oder Tonia oder die Pink Floyd. Vielleicht hat alles zusammen sie davor gerettet, in den Abgrund zu stürzen. Vielleicht hat Lo nichts gefunden, das ihn retten konnte.

Gioia ist in der Toilette und weiß nicht mehr, was sie tun soll. Das heißt, eigentlich weiß sie es doch. Sie weiß es sehr genau, aber es ist die schwerste Sache der Welt. Psyche hat aus Versehen einen Tropfen heißes Öl auf Amors Schulter fallen lassen, hat ihn damit aufgeweckt und den Zauber gebrochen. Sie aber muss es bewusst und mit Absicht tun, sie muss ihr Versprechen brechen. Weil es Lo schlecht geht, weil er Hilfe braucht, weil er begreifen muss, dass sein echter Vater nicht der Typ ist, der jetzt irgendwo unter der Erde liegt, sondern der Mann mit den feuchten Augen und dem von Tränen nassen Taschentuch in der Hand, der dort im Wohnzimmer sitzt. Er muss zurückkommen, damit seine Mutter wieder lächeln kann.

»Aber dann will mich Luca nie mehr sehen.«

»Ich weiß, Schätzchen.«

»Keine Steine mehr, kein Darts mehr, keine Abende mehr bei der kleinen Kirche.«

»So ist es.«

Gioia steht vor dem Spiegel, und ihre Freundin sitzt auf dem Toilettendeckel. Die Sekunden vergehen.

»Tonia.«

»Was ist?«

»Was zum Teufel soll ich tun?«

»Ich weiß es nicht. Es hängt davon ab, was du willst.«

»Ich will Lo.«

»Dann darfst du seinem Vater nichts sagen.«

»Aber ich will auch, dass es Lo gut geht.«

»Dann geh hin und sag, wo er sich versteckt hält.«

»Es gibt keinen Mittelweg, oder?«

»Ich fürchte, nein.«

»Etwas, wodurch es Lo gut geht und er doch bei mir bleibt.«

»Vielleicht, wenn er geheilt ist.«

»Wenn überhaupt, Tonia.«

Sie hört Tonias Stimme klar und deutlich, und sie gibt ihr Hoffnung, dass alles wieder werden kann wie vorher, als sie jetzt sagt:

»Genau, wenn.«

Wie sie so vor dem Spiegel steht und leise mit ihrer imaginären Freundin redet, erinnert sich Gioia an etwas. An etwas aus Los Geschichte, die Geisterstadt auf dem Grund des Sees. Und während sie sich daran erinnert, begreift sie, dass sie die Antwort immer wusste. Dass sie immer wusste, was sie tun muss.

»Verdammt, er selbst hat es mir gesagt!«

»Wer er?«

»Lo, und er hat mir gesagt, was ich tun muss«, sagt Gioia.

Ganz gleich, welche Wahl sie trifft, irgendwer wird leiden. Diesmal gibt es kein Entkommen. Es ist eine Situation, in der es unmöglich ist, jemandem Leid zu ersparen. Der Vater, die Mutter, sie, Lo. Einem von ihnen wird es schlecht gehen, ganz gleich, was Gioia tun wird, wenn sie gleich hinausgeht.

Egal, ob sie nichts sagt oder sich entschließt, alles zu sagen. In der Geschichte, die er ihr erzählt hatte, ließ Gott die Geisterstadt nicht untergehen, weil die Menschen andere Menschen quälten, sondern weil es unmöglich war, dass es nicht geschah. Gott war erbost über die Einwohner der Geisterstadt, weil sie aufgehört hatten, es zu versuchen. Weil sie nicht mehr glaubten, dass es möglich wäre.

Sie kann das nicht, sie kann sich nicht verhalten wie die Menschen in dem Ort unten im See. Sie muss hingehen und sagen, was sie weiß, Los Vater helfen, seinen Sohn wiederzufinden, damit er gesund wird, denn es wird Lo nie besser gehen, wenn er nicht das Unglück, das in ihm steckt, verarbeitet. Gioia könnte sein geheimes Leben eine Weile hinauszögern, ihre Treffen bei der Kirche, die Küsse und das alles, aber das wäre nicht richtig. Es wäre egoistisch und würde nur sie glücklich machen.

Gioia ist noch immer dieselbe, die, wenn sie als kleines Mädchen gefragt wurde, was sie später machen wollte, sagte: »Jemanden glücklich machen.«

Es gibt wenige Dinge, über die Gioia sich ganz sicher ist. Es sind vielleicht zwei oder drei. Eins davon ist, dass es das Schlimmste ist, groß zu werden und das Kind, das man gewesen ist, zu verraten.

Was sie tun muss, was richtig ist, ist in der Geschichte des versunkenen Ortes enthalten.

An einem der ersten Abende hat Lo ihr schon gesagt, was sie tun muss.

DRITTER TEIL

besa (albanisch):

Ein Versprechen, das man halten muss, ein Ehrenwort,
Treue zu einem Schwur.

1

Hey, Lo,

es ist nun schon eine Weile her, dass wir uns bei mir zu Hause nachts heimlich getroffen haben (um genau zu sein, sind es zehn Tage, eine Stunde und sieben Minuten).

Wenn du mitgezählt hast, weißt du es. Es ist fünf Uhr morgens, und ich schreibe dir. Es wäre schön, dir sagen zu können, dass ich eine Frühaufsteherin bin und gern zeitig aufstehe, um Brief um Brief zu schreiben, doch die Wahrheit ist, dass ich in letzter Zeit kein besonders gutes Verhältnis mehr zum Schlaf habe. Wir gehen uns sozusagen aus dem Weg.

Sie haben mir gesagt, dass du von mir nichts mehr wissen willst. Sie waren sehr diplomatisch. Sie haben nämlich gesagt, im Moment wollest du mit niemandem reden, aber an der Art, wie sie es gesagt haben, konnte jeder verstehen, dass das gemeint war.

Ich habe gedacht, wir könnten eine Art Kompromiss versuchen: Ich schreibe dir, sie bringen dir meine Briefe, du steckst sie in ein Nachtkästchen, denn ich vermute mal, du hast ein Schränkchen neben dem Bett, da, wo du jetzt bist, und wenn du doch mal neugierig wirst und wissen willst, wie es hier geht, oder von mir hören möchtest – natürlich nur in Form von Worten auf diesem Papier, die mit einem uralten Stift geschrieben wurden, auf dem ich ständig herumkaue –, kannst du die Umschläge ja öffnen und meine Briefe in Ruhe lesen, und dann kannst du immer noch entscheiden, dass du mich nicht sehen willst.

Machen wir es so?

2

Hey, Lo!

Deine Eltern haben mir gesagt, dass es dir dort, wo du bist, immer noch nicht gut geht und du natürlich »niemanden« sehen möchtest.

Ich weiß nicht, ob dies eine verschlüsselte Nachricht nur für mich ist, um mir zu sagen, dass du dich daran erinnerst, dass ich dich mal gefragt habe, ob du Niemand heißt.

Ich tue so, als ob es so wäre, und schreibe dir trotzdem. Ein bisschen, weil ich nicht anders kann, ein bisschen deshalb, weil du, wenn ich dir schreibe, hier bist. Deshalb schreibe ich auch ganz langsam und sorgfältig, Wort für Wort. Auf diese Weise bist du länger hier bei mir.

Es ist jetzt fast Sommer.

Der Sommer ist nicht meine liebste Jahreszeit, ich mag lieber die Zeiten, die eigentlich keinen Namen haben, wie die Zeit zwischen April und Mai, die zwar zum Frühling gehört, aber wie eine Jahreszeit zwischen zwei größeren ist, in der die Tage länger werden und man das Gefühl hat, etwas sei noch nicht zu Ende und etwas anderes habe noch nicht begonnen. Ich liebe auch den September, die letzte Woche genauer gesagt. Eigentlich müsste man für diese letzte Woche eine eigene Bezeichnung finden, denn in dieser Woche gibt es alles –Sommer, Herbst und manchmal sogar ein bisschen Winter. Man plant und überlegt, was man in diesem Jahr noch alles machen wird, und alles scheint möglich, auch wenn es vielleicht am Ende dann doch nicht so ist, aber das ist unwichtig.

Auf jeden Fall gibt es zwischen den Jahreszeiten die meisten turadh. *Das Wort ist aus dem Gälischen und bezeichnet die leuchtend blauen Streifen, die sich nach einem Gewitter zwischen den Wolken zeigen. Ich liebe die* turadh *und könnte sie stundenlang ansehen. Dir würden sie sicher auch gefallen, da du Irland so magst.*

Ich habe nach dir gefragt, aber nur wenig erfahren. Das Einzige, was man mir gesagt hat, ist, dass du dich verloren fühlst. Dass du da, wo du jetzt bist, unglücklich bist.

Einmal habe ich den Hausschlüssel verloren, da war ich dreizehn, und ich wusste, wenn ich nach Hause käme und es meinem Vater sagen würde, würde er ein Riesentheater machen, da habe ich es mit der Technik versucht, im Geiste alle meine Schritte zurückzugehen, ich bin alles durchgegangen, was ich gemacht hatte, den Weg von der Schule nach Hause, die Hausaufgaben in der Bibliothek. Und da fiel mir ein, dass ich in der Bibliothek auf der Toilette gewesen war und der Schlüssel mir wahrscheinlich dort aus der Tasche gerutscht ist.

Vielleicht muss man es, jedes Mal wenn man etwas verliert, genauso machen. Zurückgehen und herausfinden, an welchem Punkt man es verloren hat. Ich weiß nicht, vielleicht kannst du es mal ausprobieren.

Auch ich hatte eine Zeit, in der ich mich verloren habe, weißt du? Ich bin nachts herumgeirrt und wirklich alles schien verloren. Aber in dieser Nacht habe ich dich getroffen, und mit einem Mal hatte ich das Gefühl, etwas gefunden zu haben, zum ersten Mal im Leben hatte ich einen Jungen kennengelernt, mit dem ich sprechen konnte, und es war, als spräche ich mit einem verborgenen Teil von mir, als käme ich mit diesem Teil wieder in Verbindung, dem schönen Teil, den niemand, nicht einmal ich selbst, mehr gesehen hatte.

Manchmal kann man sich, wenn man sich verloren hat, allein nicht wiederfinden. Aber vielleicht ist es gerade dann möglich, wenn man zulässt, dass jemand einen findet. Du hast mich damals gefunden und vielleicht, wer weiß, kann auch ich dich finden. Jedenfalls stelle ich mir das gerne vor.

Ich umarme dich
Gioia

PS. Du sollst wissen, dass ich jetzt richtig gut im Dartspielen bin. Ich schaffe es immerhin, bei jedem zweiten Mal nicht die Wand zu treffen!

3

Ciao, Lo,

ich habe es dir nie gesagt, aber ich habe eine imaginäre Freundin. Sie heißt Tonia. Sie ist groß, hat einen südlichen Akzent und spielt Volleyball. Sie ist ein seltsames Mädchen, sagt mir immer direkt, was sie denkt. Was mir an ihr gefällt, ist, dass sie mir immer wieder Fragen stellt. Ja, ich habe eine imaginäre Freundin, die mir immer wieder Fragen stellt. Und weißt du, was sie mich dauernd fragt?

Sie fragt nach dir.

Wir sitzen beispielsweise hier auf meiner Bank im Park oder auch in meinem Zimmer und dann fragt sie. »Wie geht's?«, und damit meint sie nicht mich. Sie meint: »Was ist mit Lo?«

Ich gebe ihr jedes Mal eine andere Antwort:

Erinnerst du dich an die Hunde, wenn sie dich eine Weile nicht gesehen haben und dann freudig angerannt kommen, an dir hochspringen und wild mit dem Schwanz wedeln? Und weißt du, wie wichtig man sich dann vorkommt, wenn sie das machen?

Immer, wenn ich Lo sehe, fühle ich mich so.

Das antworte ich ihr dann.

Kennst du die Nächte, in denen alles still ist, und du magst es, weil Stille etwas so Seltenes ist, bei mir zu Hause und überhaupt, man lauscht und freut sich über die Stille, und dann hört plötzlich der Kühlschrank auf zu brummen, und erst dann merkst du, dass es vorher gar nicht still war und die eigentliche Stille, über die du dich so gefreut hast, erst jetzt eingetreten ist? Lo ist der Augenblick, in dem selbst der Kühlschrank verstummt. Diese Stille, bei der man versteht, was wahre Stille ist.

Das antworte ich ihr.

Weißt du noch, als es neue Erfindungen gab wie das Mobiltelefon? Meine Mutter hat mir erzählt, dass kaum jemand eins hatte, als ich geboren wurde, nur Angeber hatten solche Telefone, und die waren riesig groß und ziemlich schwer, und man konnte sie nicht in die Tasche stecken, aber nur wenige Jahre später hatten alle eins, und selbst die Leute, die vorher bestens ohne so ein Telefon leben konnten, merkten plötzlich, dass sie es ohne nicht mehr aushielten. Wenn sie das Handy nicht dabeihatten, wurden sie ganz nervös und kamen sich vor, als ob ihnen ein Arm fehlen würde, und das ist eigentlich absurd, denn nur wenige Jahre zuvor hatte diesen Mangel niemand verspürt. Ich habe Lo getroffen, und dann war es genauso, ich hatte nie das Bedürfnis verspürt, ich dachte, ich käme bestens ohne es aus, aber dann habe ich Lo getroffen und wie durch Zauber wurde mir klar, dass ich ohne ihn nicht mehr leben kann.

So antworte ich meiner imaginären Freundin, wenn sie mich nach dir fragt.

Ciao, neach-gaoil

(Ja, das ist Gälisch)
(Nein, ich sage dir nicht, was es bedeutet)

4

Hey Lo!

Ich weiß, dass ich unser Abkommen verletzt habe, ich weiß, dass ich etwas getan habe und du mich deshalb nicht mehr sehen willst, ich weiß, dass Versprechen etwas Wichtiges sind, genauso wie ich weiß, dass die Briefe, die ich dir seit etwa einem Monat schreibe, vermutlich im Papierkorb landen, aber ich glaube, es ist wichtig, dass du ein paar Dinge weißt, und wenn es nur die geringste Chance gibt, dass du diese Worte liest, möchte ich dir Folgendes sagen:

1. *Du fehlst mir.*

2. *Als ich beschlossen habe, zu deinem Vater zu gehen und ihm zu sagen, wo du dich versteckt hältst, wusste ich genau, dass ich riskiere, dich nicht wiederzusehen.*

3. *Du bist nicht irgendwer, du bist nicht wie der Freund von der nächsten Ecke, den man nicht mehr sieht, was einen enttäuscht und man weint ein bisschen, aber dann ist es vorbei.*

4. *Nein, du bist der Grund, weshalb ich lachen kann, du bist der erste Farbfilm nach Jahren Kino in Schwarz-Weiß, du bist die elektrisch aufgeladene Luft vor dem ersten Schnee, du bist der Wind, der die Tüte im Film* American Beauty *durch die Luft wirbelt, du bist der Geruch von warmem Brot, das gerade aus dem Ofen kommt, du bist der Stein, der auf der Wasseroberfläche des Sees hüpft, du bist Eddie Welder, wenn er plötzlich den Refrain von Roger Waters'* Comfortably Numb *mitsingt und das Publikum nichts mehr versteht, du bist der Tropfen Wachs, der von der Kerze tropft, du bist der Abdruck des Kis-*

sens auf der Wange, du bist der Regen nach einem unerträglich schwülen Tag …

5. *Du bist mein* neach-gaoil, *auch wenn du immer noch nicht weißt, was das bedeutet, aber es genügt, wenn du weißt, dass es eine ziemlich wichtige Sache ist.*

6. *Und du weißt nicht, dass ich bei der Klinik war, in der du bist, dem Ort, an dem so viele Leute sind, denen es nicht gut geht …*

7. *Ich habe dort mit einer Frau gesprochen, sie war dreißig, sehr freundlich, und es schien ihr gut zu gehen, aber dann hat sie mir gesagt, dass sie jetzt schon sechs Jahre in der Klinik ist, seit ihr Kind gestorben ist, das erst zwei Jahre alt war, es ist ertrunken, und ihr geht es seither nicht mehr gut, sie kann nicht arbeiten, kann gar nichts tun, und nachdem ich mit ihr gesprochen hatte, habe ich gedacht, oje!*

8. *Ich sage mir immer wieder, dass ich richtig gehandelt habe, auch wenn ich dich damit verloren habe, war es richtig. Ich habe deinen Vater gesehen, Lo, und es ging ihm so schlecht. Einen Sohn zu verlieren kann einen Menschen wahnsinnig machen, und du bist sein Sohn, und deshalb bin ich froh, dass ich ihm gesagt habe, wo du warst, ich würde es ihm auch jetzt wieder sagen, sofort.*

Das waren die acht Dinge, die du wissen solltest.
Und jetzt sage ich dir Adieu.

Gioia

5

»Und? Gibt es Neuigkeiten?«

Gioia sitzt am Tresen der Bar A, vor sich einen Cappuccino und ein Cornetto.

»Nein, nichts, gar nichts. Aber sein Vater hat mir gesagt, dass es ihm etwas besser geht. Dass sie angefangen haben, wieder miteinander zu reden.«

»Das ist doch eine gute Neuigkeit. Freust du dich denn nicht?«, fragt Giovanna, die ein neues Tatoo hat, eine bunte Schlange, die sich um ihr Handgelenk windet. Gioia zieht ein Gesicht.

»Ach, weißt du«, sagt sie leise und kann ihre Enttäuschung kaum verbergen, während sie an ihrem Cappuccino nippt, »ich dachte, wenn es ihm besser geht, dann würde er …«

»Ich verstehe, du dachtest, dass er dich dann wiedersehen möchte.«

Gioia nickt. Aus dem Fernseher oben auf der Konsole dringt die Musik einer Telenovela, und auf der Veranda sind mindestens fünf Tische besetzt. Die Bar A ist zu neuem Leben erwacht.

»An eine Sache hast du vielleicht noch nicht gedacht, aber ich weiß nicht, ob du es hören möchtest«, sagt Giovanna und stellt Saft und Kaffee auf ein Tablett.

»Bin gleich wieder da«, sagt sie.

Während Gioia ihr Cornetto isst, denkt sie, dass sie in diesem Monat schon alle Möglichkeiten durchgespielt hat und nichts von dem, was Giovanna ihr sagen will, sie überraschen kann. Aber als Giovanna an den Tresen zurückkommt und sie so mitleidig ansieht, befürchtet sie, dass sie ihre Meinung ändern muss.

»Gioia, vielleicht hast du seine Krankheit, nennen wir es mal so, unterschätzt. Ich habe viele Männer kennengelernt, die ein Problem hatten – wenn ich ehrlich bin, glaube ich, dass ich gar keine anderen kenne, aber diese Lektion habe ich wirklich gelernt.«

Gioia sieht Giovanna fragend an.

»Welche Lektion?«

»Dass Männer uns manchmal suchen, weil es ihnen nicht gut geht. Sie hängen sich an uns, und dann, wenn es vorbei ist und sie sind wieder gut drauf, vielleicht sogar durch dich, weil du sie aus dem tiefen Loch gezogen hast, in dem sie saßen, dann heißt es tschüss!«

6

Eigentlich haben sie ihr geraten, es sein zu lassen.

Giovanna, die Psychologin, Tonia, alle. Sogar Oma Gemma hat, als sie ihr erzählte, was sie vorhat, ein seltsames Gesicht gemacht. Vielleicht bedeutete es auch nichts, aber Gioia kam es so vor, als wolle die Oma ihr sagen, wie sie es oft tat, als sie noch sprechen konnte: »So eine Dummheit!«

Niemand hat begriffen, dass Gioia es nicht tun will, um Lo auf Umwegen zurückzuerobern. Sie will es machen, um alles zu verstehen. Um das letzte Stück, das ihr noch fehlt, einsetzen zu können.

»Wer ist da?«

»Hier ist Gioia Spada, ich hatte Sie schon angerufen wegen …«

»Komm nur herein, ich mache dir die Tür auf.«

Jetzt kennt sie den Weg. Sie hätte viel früher hingehen sollen, zumal Los Vater sie gebeten hatte, vorbeizuschauen, wenn sie anrief, um Neuigkeiten zu erfahren.

»Ach, komm doch bei uns vorbei«, sagte er immer. Aber Gioia hatte nicht hingehen wollen. Sie hatte keine guten Erinnerungen an dieses Haus.

Diesmal ist sie entschlossen, es zu tun. Sie hat ihren Mut zusammengenommen, hat angerufen und sich angekündigt. Sie hat ihre Schuhe angezogen, Gemma über die Wange gestreichelt und ist losgegangen. Und jetzt ist sie da und hat gerade geklingelt.

Ein paar Sekunden später geht das Gartentor auf, und dann steht Gioia endlich Los Mutter gegenüber.

7

Eines Tages kam Prof. Bove mit einer großen Waage in die Klasse, einer altmodischen, aus Metall, mit zwei Schalen, die an Ketten hingen. Er gab jedem Schüler ein Steinchen, alle ungefähr gleich schwer. Dann sagte er: »Jetzt erzähle ich euch eine Geschichte, in der es einen Guten und einen Bösen gibt. Ich stelle euch die Waage auf, und wenn ihr Lust habt, könnt ihr euren Stein in eine der Waagschalen legen. In die Schale, die nach eurer Meinung das Gute der Geschichte ist.«

Niemand hatte etwas gefragt, die Sache schien klar zu sein.

»Gut. Es war einmal ein Schreiner, der viele Schulden hatte, und um sie zu bezahlen, viele Stunden in seiner Werkstatt verbrachte. Zwischen Hobeln, Hämmern, Nägeln und Holzspänen verbrachte er fünfzehn Stunden am Tag in der Werkstatt und brach sich buchstäblich den Rücken. Dieser Schreiner hatte einen erwachsenen Sohn von zwanzig Jahren, der den ganzen Tag zu Hause blieb und nichts tat und nicht einmal seinem Vater zur Hand ging. Der Vater war sehr erzürnt über ihn und machte ihm abends Vorwürfe, dass er nicht gekommen war, um ihm zu helfen. Doch immer kochte er das Essen, und sie aßen zusammen.

Der Lehrer machte eine Pause und schwieg.

»Ist das alles? Ist die Geschichte schon zu Ende?«, fragte einer der Schüler.

»Ja, das ist alles.«

Die Schüler standen auf und legten alle ihr Steinchen in dieselbe Schale, die des Vaters. Die Waage sank auf eine Seite ganz tief, und alle setzten sich wieder.

»Ach, ich habe noch etwas vergessen zu sagen«, sagte Prof. Bove.

»Und was?«

»Dass der Sohn des Schreiners nicht zur Arbeit gehen konnte, weil er schwerkrank und bettlägerig war und gar nicht aufstehen konnte.«

Da protestierte die Klasse. »So geht das nicht, das war nicht richtig!«, und einer fragte, ob er seinen Stein in die andere Schale legen könnte.

»Sicher, man kann immer seine Meinung ändern, oder?«, meinte Prof. Bove, und so standen alle auf und legten ihr Steinchen in die andere Schale. Jetzt war die Waage ganz auf Seiten des Sohnes.

Der Lehrer wartete, bis alle wieder an ihrem Platz waren, und sagte: »Ich habe noch etwas vergessen!«, und wieder protestierten die Schüler, und das lauter als vorher. »Der Sohn hatte die ganzen Schulden gemacht, er hat das Geld seines Vaters durchgebracht und ist krank geworden, weil er so ein ausschweifendes Leben geführt hat. Versprochen, jetzt ändere ich nichts mehr!«

Da gingen die Schüler zum dritten Mal nach vorn, um die Steine neu zu verteilen, und meinten, dass jetzt eindeutig der Vater der Gute und der Sohn der Böse sei.

»Heute haben wir über Moral gesprochen, über gerecht und ungerecht. Was, meint ihr, wollte ich euch zeigen?«

»Dass man sich auf das Wort eines Lehrers nicht verlassen kann?«, sagte Casali. Die Schüler lachten und Prof. Bove auch.

»Ja, mag sein. Aber noch mehr wollte ich euch zeigen, dass es bei der Frage der Moral zwei wichtige Regeln gibt, nur zwei, die im Grunde einfach sind. Die erste ist, dass es schwierig, ja fast unmöglich ist, dass der eine nur recht und der andere nur unrecht hat. In allen Situationen, auch wenn diese noch so klar scheinen, ist das Recht niemals ganz auf der einen oder anderen Seite. Es gibt noch eine zweite Regel, die gleich danach kommt.«

Der Lehrer schwieg und drehte sich zur Waage, um die Steinchen eins nach dem anderen aus der Schale zu nehmen. Dann warf er sie vor der Klasse auf den Boden und sagte:

»Die zweite Regel lautet: Urteilt nur über das Leben der anderen, wenn ihr es unbedingt müsst. Wenn ihr aber weder Gott noch Richter seid, vermeidet es, wann immer ihr könnt.«

8

Als Los Mutter ihr die Tür öffnet, ist sie ganz anders, als Gioia sie in Erinnerung hatte. Ein langes Kleid mit Blumenmuster, offenes Haar, ein strahlendes Gesicht. Sie scheint in ein paar Wochen zehn Jahre jünger geworden zu sein.

»Komm nur herein! Endlich lernen wir uns richtig kennen«, sagt sie und führt Gioia ins Haus.

Auch das Haus sieht anders aus. Weniger aufgeräumt, nicht so geleckt, viel mehr Unordnung im Vergleich zum letzten Mal, als Gioia hier war. Alles ist schöner und einladender. Beim letzten Mal hatte sie fast Angst, irgendetwas anzufassen.

»Mein Mann hat mir sehr viel von dir erzählt.«

»Dann bin ich ja jetzt berühmt.«

Sie setzen sich nicht auf das Wohnzimmersofa, sondern in den Garten auf der Rückseite des Hauses. Es ist ein großer Garten voller Bäume mit einem Gitterpavillon und zwei weiß gestrichenen Holzbänken.

»Sie haben uns ein unvorstellbares Geschenk gemacht«, sagt sie, als sie sich auf eine der Bänke setzen.

»Ich musste es einfach tun.«

»Luca geht es besser. Die Ärzte sagen, dass er gesund wird. Langsam, aber es wird werden. Sie sind sehr optimistisch.«

Dieser Satz macht Gioia froh und traurig zugleich. Sie freut sich für ihn, aber sie ist traurig, weil sie denkt, dass Giovanna wahrscheinlich recht hat. Wenn sie aus dem Loch gekommen sind, dann tschüss.

»Mein Mann hat mir erzählt, dass ihr euch durch einen Zufall kennengelernt habt und dass Luca dich sehr sympathisch findet.«

»Ja, mehr oder weniger.«

Sie kann kaum sagen, welchen Eindruck diese Frau auf sie macht, jetzt, wo sie ihr gegenübersitzt. Sie hat sie gehasst, so sehr gehasst, weil sie Lo wehgetan hatte, und auch wenn es Lo ist, der nicht mehr mit ihr sprechen will, ist es doch so, als wäre diese Frau daran schuld. Sie hätte sie gern verurteilt, doch am Ende war immer die zweite Regel der Moral wichtig, die ihnen Prof. Bove beigebracht hatte. Und sie musste auch immer daran denken, wie Los Mutter an jenem Nachmittag aus dem Gebäude des Sozialdienstes kam und ganz langsam und gebeugt am Arm ihres Mannes ging wie eine alte Frau. Jetzt sitzt sie hier vor ihr und hat das Lächeln von Menschen, die aus Seenot gerettet worden sind oder aus dem Krieg zurückkommen.

»Ich habe etwas für dich«, sagt sie.

»Für mich?«, fragt Gioia.

»Ich habe es schon seit ein paar Tagen, ich wollte es dir eigentlich vorbeibringen, aber dann hast du angerufen«, sagt Los Mutter. Sie steht auf, geht ins Haus und verschwindet hinter den Vorhängen. Ein paar Sekunden später kommt sie wieder heraus und setzt sich zu ihr.

Sie hat einen verschlossenen Umschlag in der Hand. Darauf steht nur ein Wort, und dieses Wort ist »Cosa«. Als Gioia den Umschlag öffnet, findet sie darin einen kleinen Kieselstein und ein Blatt Papier, das mit kleiner Schrift eng beschrieben ist.

»Luca hat ihn mir gegeben und gesagt, dass ich ihn dir geben soll.«

9

Ciao Cosa,

damit hast du nicht gerechnet, was?

Wenn du mich fragst, ob ich noch wütend auf dich bin, dann ist die Antwort ja. Wenn die Frage ist, ob ich immer wütend auf dich sein werde, dann ist die Antwort nein. Ein Teil der Arbeit, die ich hier mache, oder besser gesagt, der beste Teil, dient dazu zu verstehen, wozu es gut ist, dass ich hier bin.

Ich möchte dir ein paar Dinge erzählen, damit du das, was ich am Ende des Briefes sage, akzeptieren und verstehen kannst.

Das Erste ist, dass ich, seit ich hier bin, viele Dinge verstanden habe, vieles über mich, was ich nicht einmal selbst wusste, über meine Familie, über meine Eltern und auch über mich und dich.

Ich habe jeden Tag Gespräche mit einem Therapeuten, und ich muss auch Tropfen von einem durchsichtigen Zeug nehmen, das furchtbar schmeckt, etwa wie verdorbener Obstsaft. Zuerst wollte ich es nicht nehmen, aber dann habe ich gemerkt, dass ich dadurch etwas ruhiger werde, und jetzt nehme ich das Medikament und es ist okay, aber davon wollte ich gar nicht sprechen.

Ich wollte dir sagen, dass ich in den Gesprächen mit dem Therapeuten eine wichtige Sache herausgefunden habe, die vielleicht die Ursache von allem ist. Etwas Schlimmes, das passiert ist, als ich klein war, und das vielleicht dieser Punkt ist, an dem ich, wie du sagen würdest, den Schlüssel verloren habe (ja, ich habe deine Briefe gelesen. Nicht sofort, erst als mir danach war, wie du gesagt hast, aber ich habe sie gelesen).

An dem Tag, als ich den Hausschlüssel verloren habe, schien die Sonne ganz heiß, du kennst ja diese sonnigen Nachmittage, wenn es den ganzen Vormittag geregnet hat. Also es war Nachmittag, und ich kam vom Fußball. Ich war elf und also noch in dem Alter, in dem ich meinem Vater beweisen wollte, dass ich total sportbegeistert bin, aber an diesem Tag war mir klar geworden, dass ich Fußball nicht mochte, dass ich eine absolute Null war, und so habe ich getan, als hätte ich mir den Knöchel umgeknickt, und bin früher als sonst mit dem Fahrrad nach Hause gefahren. Ich konnte natürlich nicht sofort nach Hause, sonst hätte ich ja erklären müssen, warum ich so früh vom Training weggegangen war, also bin ich mit dem Fahrrad durch die Felder gefahren, die in der Nähe unseres Hauses liegen. Da, wo der Fluss Meduna fließt, der Fluss, der weiter oben in den See mit der Geisterstadt mündet. Ich versuche es kurz zu machen. Während ich durch die Maisfelder fuhr, hörte ich ein Geräusch und stieg vom Rad ab. Ich trat näher, und da sah ich unter ein paar Sträuchern am Ende des Maisfeldes das Auto meines Vaters und darin eine Frau, ein junge Frau, sie waren so gut wie nackt. Du weißt schon, was es war. Mein Vater hat an diesem Tag nichts gemerkt, er weiß nicht, dass ich ihn gesehen habe.

Der Arzt hat mir erklärt, dass ich diesen Zwischenfall in eine Schachtel gepackt und tief im Keller versteckt habe. Aber ab hier fing alles an einzustürzen. Ein Stein nach dem anderen, alles hat da angefangen. Und weil meine Mutter entdeckt hatte, dass mein Vater sie betrog, fing sie an, so schlecht über ihn zu reden, dabei hasste ich ihn schon, tief im Innern, in der Schachtel unten im Keller.

Von da nahm alles seinen Ausgang. Da habe ich den Schlüssel verloren. Ich weiß, dass ich dir eigentlich böse sein sollte, aber ich muss dir auch danke sagen, wegen dem, was du mir über deine Schlüssel geschrieben hast. Deswegen habe ich mich entschlossen, den Weg zurückzugehen. Wegen dem, was du mir geschrieben hast, habe ich entdeckt, wo ich sie verloren hatte.

Cosa, ich weiß nicht, ob ich gesund werde.

Cosa, ich weiß nicht, ob ich mich je wegen dieser Sache mit meinem Vater versöhnen werde und wegen allem anderen mit meiner Mutter. Vielleicht ja, hier sagen sie das jedenfalls.

Der Punkt ist, dass ich hier nicht mehr bleiben möchte, verstehst du? Mir gefällt die Vorstellung nicht, dass Menschen anderen Menschen wehtun. Ich will bei Null anfangen. Ich möchte in meine Geisterstadt zurückkehren und von dort aus neu anfangen, bevor sie im Wasser versinkt, ich möchte wieder anfangen zu atmen, und ich weiß, dass ich das nur fern von hier kann, fern von allen. Wenn du dich jetzt fragst: auch fern von dir?, dann ist die Antwort ja.

Was ich hier nämlich auch noch verstanden habe, ist, dass ich wirklich, wirklich, wirklich (tu so viele Wirklichs dazu, wie du magst) nicht so mies, so dumm, so unglaublich idiotisch hätte sein dürfen, dich in die Tunnel, in die ich manchmal abgetaucht bin, mitzunehmen. Das war nicht nur meine Angelegenheit, ich hätte dir damit auch schaden können. Es ist, als hätte ich eine ansteckende Krankheit und erlaubte mir den Luxus, andere damit anzustecken, weil es mir guttut, mit ihnen zusammen zu sein.

Solange wir allein waren, du und ich, solange die Welt so weit weg war, war es, als wären wir in einem Flugzeug, das in achthundert Metern Höhe fliegt, nur du und ich, und es gab kein Dunkel, es streifte mich nur ab und zu und ging wieder vorüber.

Inzwischen habe ich begriffen, dass man nicht ewig in diesem Flugzeug bleiben kann. Dass man irgendwann aussteigen muss. Dass man mit seinen Schatten fertig werden muss.

Ich möchte dich nicht in diese Schatten hineinziehen.

So einer möchte ich nicht sein. Ich will dich nicht traurig machen.

Bei anderen ist mir das nicht so wichtig, aber bei dir doch. Ich könnte dir nie wehtun, Cosa. Ich möchte dich erst wiedersehen, wenn ich absolut sicher bin, dass ich sicher gelandet und ausgestiegen bin. Wenn ich wieder draußen in der Welt bin. Wenn ich sicher sein kann, dass ich dir niemals wehtue.

Aber ich fürchte, dass wird nie passieren, auch wenn die Ärzte etwas anderes sagen. Bald bin ich hier sowieso weg.

Wenn die Ärzte einverstanden sind, wollen meine Eltern mit mir nach Florenz ziehen. Sie wollen, dass wir eine neue Beziehung aufbauen, Zeit zusammen verbringen.

Einerseits bin ich wütend auf sie, andererseits bin ich dankbar, weil ich sehe, dass sie alles wieder herrichten wollen, was zerbrochen ist. Das Problem ist, dass es Dinge gibt, die man nicht reparieren kann. Wenn man Steine heftig zu Boden wirft, zerbrechen sie und wachsen nicht mehr zusammen. Sie werden zu etwas anderem. Andere Steine. Andere Geschichten. Deswegen werde ich tun, was ich tun muss. Wenn wir in Florenz sind, werde ich heimlich die Kreditkarte meines Vaters nehmen und fortgehen. Ich gehe an den einzigen Ort, den ich Zuhause nennen kann.

Deswegen ist dies mein Abschiedsbrief an dich.

Um dir zu danken, dass du mir die Augenblicke geschenkt hast, die die schönsten von allen waren, und mir genügend Steinchen ausgelegt hast, um meinen Weg zu finden – wenn nicht den zurück nach Hause, dann doch zumindest einen Weg, den ich gehen kann.

Ciao, Cosa
Lo

FINALE

Einen Monat später

ming-gat (indonesisch):
Weggehen, ohne auf Wiedersehen zu sagen

1

Ein Mädchen steht auf dem Dach eines Hauses in der Stadtmitte, während an einem Juliabend die Sonne untergeht, in der Zeit, wenn die Tage lang sind und der Himmel voller rosa und orangefarbener Streifen ist.

Sie hat ein Blatt Papier in der Hand, das sie eine Million Mal gelesen und wieder gelesen hat, es enthält als letztes Wort zwei Buchstaben, die bis vor kurzem nur ein bestimmter Artikel waren, aber jetzt bedeuten sie ihr alle Liebe, die sie je empfunden hat.

Da ist auch ein kleiner Stein, winzig, ein Kiesel, den sie in die Tasche ihrer Shorts gesteckt hat, bevor sie das Blatt zusammenfaltete.

Ein Lehrer wartet auf seiner Terrasse auf eine Schülerin, während diese einen kleinen Koffer mit Kleidern und Büchern füllt. Ab und zu nimmt sie eine Hose oder Bluse heraus und legt dafür ein weiteres Buch hinein.

Ein alter Mann sitzt am Küchentisch seines alten Hauses, neben ihm ein winziger Hund, davor das gerahmte Schwarz-Weiß-Foto eines Jungen, und in der Hand hält er ein Glas Grappa.

Es gibt ein rumänisches Wort aus nur drei Buchstaben, das eine Idee zum Ausdruck bringt, die zu beschreiben ein ganzes Buch füllen würde. Das Wort heißt *dor* und bedeutet »Das Leid, das man durch die Trennung von einem geliebten Menschen empfindet«.

Eine Frau mit tätowierten Armen steht hinter dem Tresen einer Bar. Sie schimpft leise vor sich hin, während sie zum x-ten Mal Schaum in den Cappuccino einer alten Dame gibt.

Es gibt ein Lied von Pink Floyd, *Wish You Were Here*, das von zwei weit voneinander entfernten Menschen spricht, und einer von ihnen sagt irgendwann, die Distanz bestehe darin, dass sie nur zwei verlorene Seelen sind, die in einem Goldfischglas schwimmen.

Ein Vater geht neben seinem Sohn zum Ponte Vecchio, immer wieder schaut er ihn an und lächelt ihm zu, weil er geglaubt hatte, sie könnten nie mehr gemeinsam irgendwohin gehen.

Eine alte Frau mit wunderbaren Falten liegt in einer Kammer unter der Treppe in einem Arbeiterhaus und hat auf den Ohren Kopfhörer, durch die alte Opernarien dringen.

Eine Katze ist aus dem Nichts herangesprungen und hat schon wieder einmal ein gerahmtes Foto von der Kommode gefegt.

Auf diesem Foto sieht man einen Mann, eine Frau und ein kleines Mädchen. Das Mädchen hat eine Spielzeugkamera in der Hand und lächelt.

Da ist immer noch das Mädchen auf dem Dach, es hat immer noch das Blatt Papier in der Hand, und sie faltet es zu einem Flugzeug.

Sie lächelt es an und zielt Richtung Sonne.

Und dann tut sie es.

2

»Eine schöne Aussicht hat man hier.«

»Danke.«

»Ich nehme an, Sie verbringen die meiste Zeit hier auf der Terrasse, Prof. Bove.«

»Jedenfalls die angenehmste.«

»Auch im Sommer?«

»Im Sommer schließe ich das Haus zu und ziehe durch die Welt. Dieses Jahr fahre ich, glaube ich, in die Bretagne.«

»Warum gerade die Bretagne?«

»Wegen der Roten. Dort gibt es die schönsten, auch wenn die meisten Leute das nicht wissen.«

»Sie meinen die Weine?«

»Nein, die Frauen.« Er lächelt. »Warum sind Sie hergekommen, Signorina Spada?«

»Zuerst, um mich bei Ihnen zu bedanken.«

»Wofür?«

»Dass ich versetzt worden bin. Ich weiß, dass Sie es nie zugeben werden, aber ich wette, dass ich das vor allem Ihretwegen geschafft habe.«

»Keine Sorge, das gebe ich gern zu, meine Liebe. Bei Ihren Noten in Biologie, Physik und Mathematik hätten Sie es versiebt.«

»Also wirklich herzlichen Dank.«

»Ihr Besuch hat aber noch einen anderen Grund, richtig?«

»Ja, da ist noch etwas. Eine Art Frage. Das heißt, ich weiß nicht, ob es eine Frage ist. Ich wollte Ihnen eher etwas sagen.«

»Ich bin ganz Ohr.«

»Ich habe diese Geschichte ganz gelesen.«

»Welche Geschichte?«

»Die von Amor und Psyche.«

»Sehr schön. Und? Was haben Sie daraus gelernt?«

»Ich finde, dass das alles großer Unsinn ist.«

»Wie bitte?«

»Ja, auch das, was Sie über die Liebe gesagt haben. Dass man sie im Dunkeln erlebt, dass dabei das Licht des Verstandes keine Rolle spielen darf, heißt doch ungefähr so etwas wie, Liebe ist Wahnsinn, oder? Das ist doch letztlich der Sinn.«

»Ja, ich glaube, es hat viel damit zu tun.«

»Gut, aber das ist alles Unsinn.«

»Aha. Können Sie mir wenigstens erklären, warum?«

»Alle, die glauben, dass Liebe Wahnsinn ist, die Lieder, die Filme … immer wird einem weisgemacht, wenn zwei sich lieben, verlieren sie den Verstand und tun lauter absurde Dinge oder verstehen gar nichts mehr, stehen völlig im Dunkeln, sind blind vor Leidenschaft et cetera.«

»Und Sie halten das nicht für richtig?«

»Nein, es stimmt nicht im Geringsten. Wenn man liebt, wird man nicht krank, wenn man liebt, wird man gesund. Die anderen, alle die, die nicht lieben, das sie sind die Verrückten, das sind die, die nichts verstehen. Diejenigen, die wirklich lieben, sind die einzig Gesunden in einer Welt von Verrückten.«

»Wissen Sie, dass ich das mit meinen sechzig Jahren noch nie so gesehen habe?«

»Wirklich nicht?«

»Nein, niemals.«

»Na gut. Denn wissen Sie … ich habe es selbst erlebt, ich weiß, es war nur von kurzer Dauer, aber – jetzt müssen Sie sicher lachen – für mich ist es, als hätte es Jahre gedauert. Ich habe es erlebt, als nur Licht war, und auch, als es nur dunkel war, und das Dunkel war sehr stark und ist es immer noch, aber eins weiß ich, nämlich, dass ich vorher nicht ich selbst war, ich dachte immer, ich wäre es, aber ich wurde es erst wirklich, nachdem er gekommen ist. Er hat nichts getan, er hat keine Berge versetzt, er war einfach nur da, das war das Einzige, was er tat, und als er da war, war auch ich da, wurde endlich ich selbst, hatte gar nicht gewusst, dass ich so bin, doch ich war es immer gewesen. So ist das.«

»Donnerwetter!«

»Ja.«

»Apuleius wäre stolz auf Sie.«

»Und Sie?«

»Ich?«

»Was sagen Sie dazu? Glauben Sie immer noch, dass Liebe heißt, das Licht zu löschen?«

»Wollen Sie eine ehrliche Antwort? Die Wahrheit?«

»Ja.«

»Sehen Sie, Gioia, nach dem, was Sie mir da gerade erzählt haben, denke ich nur eins.«

»Was?«

»Dass es großer Unfug ist.«

3

Der Vater von diesem Jungen hat versucht, dich zu erreichen. Er ruft um neun noch mal an.

Als Gioia nach Hause kommt, findet sie das Post-it am Kühlschrank.

Irgendwie wusste sie schon, dass es passieren würde. Sie hatte sich etwas Dramatischeres vorgestellt, zum Beispiel, dass seine Mutter sie eines Tages in Tränen aufgelöst empfängt, weil Luca schon wieder verschwunden ist. Sie braucht nicht mit Ingenieur de Paolo zu sprechen, um zu wissen, was geschehen ist.

»Meinst du, dass er es wirklich getan hat?«, fragt Tonia.

»Wüsstest du einen anderen Grund, warum mich sein Vater abends aus Florenz anrufen sollte?«

»Vielleicht wollte er sich nur mal bei dir melden.«

»Ja, ganz sicher.«

Gioia Spada öffnet den Kühlschrank, nimmt sich Käsescheiben, Mayonnaise und Tomaten und isst allein in der Küche einen Toast. Ihre Eltern sind wahrscheinlich in einer Bar. Seit ihr Vater seinen festen Lohn bekommt, gehen sie öfter dahin, manchmal direkt nach der Arbeit.

»Was glaubst du, wo er jetzt ist?«

»Das ist doch ziemlich klar, Tonia.«

»In Irland?«

»Vielleicht ist er jetzt erst am Flughafen oder im Taxi, aber er fährt bestimmt dorthin.«

»Wirst du es seinem Vater sagen?«

»Nein, diesmal nicht. Diesmal geht er nicht weg, weil es ihm schlecht geht, diesmal macht er es, weil er geheilt ist.«

Gioia isst ihren Toast auf, trinkt einen Schluck Wasser und legt sich auf ihr Bett. In weniger als zwei Minuten ist sie fest eingeschlafen, und als um neun Uhr das Telefon läutet, hört sie es nicht.

4

»Hier ist der Anrufbeantworter der Familie Spada. Hinterlassen Sie eine Nachricht nach dem Piep.«

»Gioia, ciao, hier ist Lucas Vater. Entschuldige, dass ich um diese Zeit anrufe, aber … Luca ist wieder verschwunden, und ich wusste nicht, wen ich anrufen sollte. Vielleicht kannst du mir helfen … Wir wissen nicht, wo er ist … Wir waren zusammen in einem Café in der Innenstadt … Anschließend sind wir ein bisschen bummeln gegangen, und dann war er plötzlich weg, abgetaucht in der Menge. Das Problem ist, dass er meine Kreditkarte genommen hat … Glaub mir, wir sind verzweifelt, wir hatten nicht damit gerechnet, dass er wieder wegwill. Er wirkte in letzter Zeit so ruhig und ausgeglichen … bitte sag mir Bescheid, wenn du etwas von ihm hörst, ja?«

5

»Du wusstest es schon?«

»Ja, aber bitte sag es niemandem, okay?«

Gioia sitzt am Tisch in der Bar A, vor ihr sitzt Giovanna, hält ihre kleine Tochter im Arm und gibt ihr ab und zu ein Löffelchen Obstbrei.

»Wie heißt sie?«, fragt Gioia, und Giovanna zeigt auf eine ihrer Tätowierungen, wo der Name ›Andrea‹ steht.

»Schöner Name. Ich mag Namen, die man für Männer und Frauen nehmen kann.«

»Was machst du jetzt? Sagst du seinem Vater, wo er ist?«

»Ich glaube nicht. Diesmal lass ich ihn in Ruhe. Ich weiß ja auch nur, in welchem Land er ist, also *vielleicht* ist.«

Giovanna gibt dem Kind einen weiteren Löffel, und es schluckt begeistert. Sie sammelt mit dem Löffel etwas Brei auf, der aus seinem Mund rinnt, und ohne Gioia anzusehen, fragt sie: »Und wie geht es dir?«

»Es geht so«, antwortet Gioia und starrt auf den verschmierten Mund des kleinen Mädchens.

»Kann ich mir vorstellen, wie viele Male ist mir das passiert, dass jemand einfach verduftet. Aber darf ich dir etwas sagen, was dir vielleicht nützt?«

Gioia beobachtet die kleine Andrea, die ihre Mutter mit großen Augen ansieht, und antwortet: »Klar!«

»Es geht vorüber.«

»Hmmm.«

»Ja, es geht vorbei. Jetzt denkst du, das passiert nie, das ist unmöglich, aber glaub mir, in kurzer Zeit, wenn du am wenigsten damit rechnest, denkst du gar nicht mehr daran.«

Gioia lächelt und denkt, dass sie gar nicht will, dass es vorbeigeht. Das wäre das Letzte, was sie sich wünscht. Auch wenn es ihr höllisch wehtut, weiß sie doch, wenn es eines Tages vorbeigeht, heißt das, dass Lo ihr nichts mehr bedeutet, dass die Seite aus dem Buch nicht mehr da ist, dass sie heimlich zerrissen wurde, mit dem nicht unbeträchtlichen Vorteil, dass sie dann auch an etwas anderes denken könnte als an dieses Lächeln und seine Stimme, die »Ciao, Cosa« sagt, oder an dieses blöde Glas voller Steine. Oder, dass sie sich ständig an die Erinnerungen klammert und davon Magenscherzen bekommt. Gioia will Lo nicht aufgeben. Sie hat ihn vielleicht verloren, aber erst wenn die Erinnerungen fort sind, wenn sie das Buch umdreht und die zerrissene Seite findet, erst dann weiß sie, dass sie ihn *wirklich* verloren hat.

Dies alles würde sie Giovanna gern sagen, die ihr Kind auf dem Arm hält und füttert, aber am Ende lächelt sie nur, streichelt über den Arm der Kleinen und sagt: »Danke.«

6

»Dieser de Paolo hat wieder angerufen.«

»Ach ja?«

»Er ist wirklich verzweifelt. Er sagt, sie können den Jungen nicht finden.«

»Ja, ich weiß.«

»Armer Junge, so jung und so viele Probleme.«

»Ja, genau.«

»Hast du keine Ahnung, wohin er gegangen sein kann? Der Vater meint, es gäbe nur einen Menschen, der das wissen könnte, und das wärst du.«

»Nein, Mama, ich weiß es wirklich nicht.«

7

Gioia kommt oft hierher, in die Bar A, wenn sie nachts geschlossen ist. Manche Orte sind wie Fotos, in die man hineingehen kann, die Oberfläche der Tische berühren, das Ächzen der Holzbohlen unter den Füßen hören und den Geruch von Feuchtigkeit wahrnehmen, bei dem sie sich zu Hause fühlt.

Gioia muss aber immer erst den schweren Teil hinter sich bringen, diese wenigen Meter vor dem Eingang, wenn sie ihre Schritte beschleunigt und hofft, das Geräusch der Pfeile, das *Tum* an der Zielscheibe zu hören. Sie hat in letzter Zeit versucht, den Zauber zu wiederholen, jedes Detail dieses Abends hat sie sich vor Augen geführt, als sie ihm zum ersten Mal begegnet ist. Sie hat sich genauso angezogen, hat sich an einem der Tische ausgeruht. Das hat nur dazu geführt, dass sie sich wie eine Idiotin vorgekommen ist und spätnachts wieder nach Hause ging.

»Vielleicht solltest du aufhören hierherzukommen«, meint Tonia.

»Nein, im Grunde fühle ich mich gut.«

Da hört sie ein Geräusch, wie das von Schritten auf der Straße.

Sie steht langsam auf, stellt sich in eine dunkle Ecke und lauscht in die Richtung, aus der die Schritte kommen.

Nichts zu machen, gleich darauf entfernen sie sich wieder.

»Zeit, nach Hause zu gehen«, sagt Tonia. »Oder denk dir einen neuen Freund aus, um den ich mich kümmern kann, während du hier deine Erinnerungen pflegst.«

Gioia geht nach Hause und denkt an Psyche, der es am Ende doch noch gelingt, ein glückliches Ende zu finden und wieder mit Amor zusammenzukommen. Für Gioia wird es das glückliche Ende sein, zu Hause ihre Eltern halb eingeschlafen auf dem Sofa vorzufinden.

Oder wach, aber dafür halb betrunken, denkt sie, als sie den Schlüssel ins Schloss steckt.

Als sie hereinkommt, liegen die beiden wie erwartet mit geschlossenen Augen und halb offenem Mund auf dem Sofa, während der Fernseher läuft. Wenn sie ihn ganz ausstellen würde, würde sie sie wecken, deshalb macht sie nur den Ton etwas leiser.

Gacco, die Geisterkatze, ist in der Kammer der Oma: Sie haben sie dort eingeschlossen, wahrscheinlich, um zu verhindern, dass sie wie üblich etwas kaputt macht. Gioia öffnet ihr die Tür, sieht sie nach draußen huschen und nach ein paar Sekunden zurückkommen.

Sie geht die Treppe hinauf und ins Bad.

Wie jeden Abend das Ritual mit dem warmen Wasser. Sie lässt es laufen und wartet, dass sich der Dampf am Spiegel niederlässt.

Nichts.

Wie blöd ich doch bin, denkt sie.

Sie dreht den Wasserhahn zu, trocknet sich die Hände ab und löscht das Licht.

Als sie zu ihrem Zimmer geht, hört sie, wie unten der Fernseher ausgestellt wird und das Haus ganz still wird. Nicht einmal der Kühlschrank brummt.

Nach ein paar Schritten spürt sie etwas unter ihrem Fuß, als seien jemandem Perlen heruntergefallen, und er habe sie einfach liegen lassen. Sie macht Licht im Flur und sieht, dass es Steinchen sind, winzige Kiesel. Sie hebt einen auf, hält ihn gegen das Licht. Er sieht genauso aus wie der in dem Brief, aus dem sie das Flugzeug gefaltet und es vom Hochhaus hat fliegen lassen. Während sie ihn näher betrachtet, bemerkt sie zum ersten Mal, dass es genau die Art Kiesel ist, die vor ihrem Haus liegen, unter dem Baum vor ihrem Fenster.

Lo muss diesen Stein aufbewahrt haben, vielleicht hatte er ihn zu den anderen Steinen in sein Glas gelegt und dann in den Umschlag gesteckt. Aber warum? Gioia runzelt die Stirn, sie versteht nicht so richtig, was das bedeuten soll. Sie geht noch ein paar Schritte weiter, ganz vorsichtig, und spitzt die Ohren, um vielleicht ein leises Geräusch wahrzunehmen. Aber da ist nichts, nur Stille.

Sie schaltet das Licht im Flur aus, öffnet ihre Zimmertür, ein Mondstrahl scheint auf das Kissen.

Jemand liegt auf dem Bett. Jemand, der die Hände hinter dem Kopf verschränkt hat und ein Glas mit Steinen neben sich auf dem Nachttisch stehen hat. Und der lächelnd zu ihr sagt: »Ciao, Cosa.«

GIOA SPADAS WÖRTERBUCH DER UNÜBERSETZBAREN WÖRTER

in zufälliger Reihenfolge

komorebi (japanisch): der besondere Lichteffekt, wenn die Sonne durch die Blätter der Bäume fällt

potschemutschka (russisch): eine Person, die sich zu viele Gedanken macht

Fernweh (deutsch): Sehnsucht nach Orten, an denen man nie gewesen ist

shu (chinesisch): den anderen ins Herz schließen

iktsuarpok (Sprache der Inuit): die Enttäuschung, die man empfindet, wenn man auf jemanden wartet, der sich verspätet

Waldeinsamkeit (deutsch): das Gefühl, das man empfindet, wenn man ganz allein im Wald ist

mamihlapinatapai (Aborigines von Feuerland): sich ansehen und dabei Lust haben, sich zu küssen, wobei keiner den Mut hat, damit anzufangen

ilunga (Sprache Zentralafrikas): jemand, der beim ersten Mal alles verzeiht, es beim zweiten Mal hinnimmt und beim dritten Mal keine Gnade mehr kennt

won (koreanisch): die Schwierigkeit, Illusionen aufzugeben und die Wirklichkeit anzuerkennen

Luftmensch (jiddisch): jemand, der ständig mit offenen Augen träumt

verschlimmbessern (deutsch): eine Situation verschlechtern, während man versucht, sie zu verbessern

yakamoz (türkisch): das Schimmern des Mondes auf dem Wasser

cafuné (portugiesisch): mit der Hand über das Haar eines geliebten Menschen streichen

Geborgenheit (deutsch): das Gefühl der Sicherheit, das man verspürt, wenn man neben jemandem ist, den man gernhat

gezelligkeit (niederländisch): die Wärme, die man im Beisein von Menschen, die man gernhat, verspürt
dor (rumänisch): das Leid, das man durch die Trennung von einem geliebten Menschen empfindet
begadan (indonesisch): die ganze Nacht aufbleiben und reden
oodal (Sri Lanka): Liebende, die so tun, als seien sie aufeinander böse
retrouvailles (französisch): das starke Gefühl, das man verspürt, wenn man nach sehr langer Zeit einen Menschen wiederfindet
hoppípolla (isländisch): in die Pfützen springen
cwtch (gälisch): nicht nur eine einfache Umarmung, sondern eine herzliche Umarmung und noch mehr, eine Umarmung, die zu einem sicheren Ort wird, wo man sich in den Armen eines geliebten Menschen zu Hause fühlt
akihi (hawaianisch): der Moment, in dem einem jemand einen Weg erklärt, was man eine Minute später vergessen hat, nachdem man sich bedankt hat und weggegangen ist
trepverter (jiddisch): die richtige Antwort, wenn es zu spät ist
yuugen (japanisch): Wissen um die Welten, die ein so tiefgründiges Gefühl erwecken, dass man es mit Worten nicht ausdrücken kann; Verweis auf die nicht zu entziffernde Tiefe und die verborgene Schönheit, die Faszination nur halb zu erkennender Dinge, die man nicht völlig verstehen kann
dap jeong nieo (koreanisch): Wenn jemand genau weiß, was er von einem anderen hören möchte, und sich wünscht, dass er ihm ebendies sagt
jayus (indonesisch): dass man lachen muss, gerade weil etwas so schlimm ist, dass es nicht zum Lachen ist
goya (urdu): Aussetzung der Ungläubigkeit, die dazu dient, sich in eine Geschichte oder einen Film zu vertiefen
Vorfreude (deutsch): im Wortsinn: was vor der Freude kommt, das Glück, das von der Vorahnung späterer Freude herrührt

desenrascanço (portugiesisch): wenn man in einer schwierigen Lage mit wenigen Mitteln ein Problem löst
nunchi (koreanisch): die Kunst, den Charakter anderer zu erspüren und zu verstehen
sisu (finnisch): besondere seelische Ausdauer bei der Bewältigung langwieriger schwieriger Aufgaben
mbuki-mvuki (Bantu-Sprache): der Wunsch, sich auszuziehen und zu tanzen
a-un (japanisch): die non-verbale Kommunikation zwischen guten Freunden, die sich auch so verstehen
frisson (französisch): mehrere Empfindungen zugleich wie Angst, Erregung, Verlangen
qarrtsiluni (Inuit-Sprache): sich mit jemandem ins Dunkel setzen und warten, dass etwas ganz Besonderes passiert, eine Art Ruhe vor dem Sturm
besa (albanisch): ein Versprechen, das man halten muss, ein Ehrenwort, Treue zu einem Schwur
doxa (griechisch): Volksglaube, öffentliche Meinung
filoxenia (griechisch): Liebe zu Gästen oder Fremden
gjensynsglede (norwegisch): das Glück, jemanden zu treffen, den man lange nicht gesehen hat
ming-gat (indonesisch): weggehen, ohne auf Wiedersehen zu sagen
mann vaasanai (tamilisch): der Geruch von Regen auf trockener Erde
nja (schwedisch): weder ja noch nein
onsay (Boro-Sprache): Liebe vortäuschen
Schnapsidee (deutsch): eine verrückte und lächerliche Idee, auf die man kommt, wenn man betrunken ist, und die einen oft genug ins Unglück stürzt
Torschlusspanik (deutsch): die Angst, dass sich mit fortschreitendem Alter die Tür zu künftigem Glück schließt

zhaghzhagh (persisch): dir klappern die Zähne vor Kälte oder Zorn
schmegegge (jiddisch): saublöd und arschkriecherisch
nonplussed (englisch): der seelische Zustand, wenn man so viele Gefühle in sich hat, dass man nicht weiß, wie man sie beschreiben soll
proairesis (griechisch): die Fähigkeit, Entscheidungen mit dem Verstand zu treffen
vybafnout (tschechisch): überraschend hervorspringen und »Buh« rufen
curglaff (schottisch): was man spürt, wenn man in eiskaltes Wasser gerät: Schock, Angst, aber zugleich ein Gefühl der Stärke, einer Energie, die sich von den Beinmuskeln ausgehend im ganzen Köper ausbreitet
utsura utsura (japanisch): wenn du nicht weißt, ob du wach bist oder schläfst
mokita (kilivila): eine Wahrheit, die alle kennen, über die aber niemand sprechen will und die keiner zugibt
turadh (gälisch): die intensiv blauen Streifen, die sich nach einem Gewitter zwischen den Wolken zeigen
magari (italienisch): wenn dies doch nur wahr wäre (kommt vom griechischen *makarios*: glücklich)
kogarashi (japanisch): der erste kalte Windzug, der den bevorstehenden Winter ankündigt
gigil (tagalog/Nationalsprache der Philippinen): der Willen, jemandem wehzutun, weil man sich danach sehnt, ihn anzufassen und fest zu umarmen und ihn zu spüren, und dazu noch vieles andere
neach-gaoil (gälisch): der Mensch, der in deinem Herzen lebt
kensho (japanisch): der Lichtschein, der kurze Moment, in dem dir ist, als wachtest du auf. Darin sind alle Worte wie Erleuchtung, Erwachen, Augenblick, Moment enthalten

DANK

Ich weiß nicht, warum, aber ich lese immer die Danksagung am Ende eines Buches. Vermutlich aus demselben Grund, weshalb man sich den Abspann von Filmen anschaut.

Zuerst möchte ich einer früheren Schülerin danken: Eleonora Trevisan. Eines Nachts habe ich geträumt, dass sie sich zwischen mich und einen achtzehnjährigen Halbstarken warf, der sich immer mit mir prügeln wollte, und ihm zurief: »Er ist mein Lehrer, lass meinen Lehrer in Ruhe!« Als ich aufwachte, hatte ich eine Art Erleuchtung, einen Gedanken, der mein Leben verändert hat: Wenn ich Videos darüber machte, was jeden Tag in der Schule passiert? Ohne diese Videos hätten viele Menschen nicht gelesen, was ich schreibe, auch nicht Ilaria Marzi und Elisabetta Migliavada, zwei sehr sympathische Frauen, die aus purem Zufall Lektorin und Verlagsleiterin der Belletristik bei Garzanti sind. Euch beiden möchte ich als Nächstes danken und auch Adriana Salvatori, die ebenfalls bei Garzanti arbeitet.

Mein Dank geht auch an Alex Ballato, Nicola Selenu, Francesco Dominelli und Paolo de Nadai, denn ohne euch wäre nicht passiert, was passiert ist.

Unendlichen Dank an meine früheren Schüler und Freunde, die *Und doch fallen wir glücklich* gelesen haben, als es noch den Titel *Lo* trug, und an diejenigen, die ich um Rat gefragt habe, besonders Enrico Marchi, Clara Zorzin, Giulia Taiarol, Francesca Princivalli, Alessandro del Salvio, Silvia Bovio, Elisabetta Macri, Roberta de Chiara.

Dank an alle, die mich auf Facebook lesen: Auch euch ist zu verdanken, dass es dieses Buch jetzt gibt.

Mein Dank geht an die vielen hundert Schüler, deren Lehrer ich in diesen Jahren war: Ihr habt mir nicht nur Stoff für mindestens zwanzig Romane geliefert, ihr versorgt mich jeden Tag mit jeder Menge Energie und Adrenalin und weckt in mir die Lust, meinen Traum fortzusetzen. Es gibt kein italienisches Wort, um euch zu danken, wie ich es gerne tun würde. Ein unübersetzbares Wort, das Gioia sicher gefallen würde, heißt *mahalo*, es ist hawaianisch und bedeutet: danke, ihr seid großartig, ich habe Achtung vor euch, ich habe euch gern.

Mahalo, vor allem für alles, was ihr mir beigebracht habt.

EIN GESPRÄCH MIT ENRICO GALIANO

Gioia und Lo, die Protagonisten Ihres Romans, sind zwei Jugendliche, die sich zufällig begegnen, und von diesem Moment an ändert sich ihr Leben. Wie ist die Idee zu diesem Buch entstanden?
Mir kam eines Nachts im Auto eine ziemlich absurde Idee, während ich mit einer Freundin sprach. Ich wollte eine Liebesgeschichte schreiben, in der man nie wusste, ob sie eine Erfindung der Hauptfigur oder Wirklichkeit war. In dieser Nacht wurde Gioia geboren und mit ihr zusammen Lo und die ganze verrückte Geschichte. Am Ende kamen dann noch ganz andere Entwicklungen darin vor als zur Zeit ihrer Geburtsstunde.

Gioa hat eine besondere Leidenschaft: Sie sammelt unübersetzbare Wörter aus aller Welt.
Gioia hasst die Art und Weise, in der Leute miteinander kommunizieren. Immer benutzen sie einen »Übersetzer«. Ihr wird bewusst, wie wenig Menschen die Dinge genau so sagen, wie sie sie im Sinn haben, weil sie zu seltsam oder zu schwer zu verstehen sind. Deshalb liebt sie Wörter, die man nicht übersetzen kann. Wörter, die ungewohnte, besondere, eben unübersetzbare Dinge sagen, aber tiefe Gefühle ausdrücken. Für mich als Menschen, nicht als Schriftsteller, war es wunderbar, diese Leidenschaft mit Gioia zu teilen, zu entdecken, dass es viersilbige Wörter gibt, die bedeuten »das Licht, das durch die Blätter der Bäume fällt« oder »die Sehnsucht nach Orten, an denen man nie gewesen ist«. Das ist doch wunderbar!

Eines der wichtigen Themen in Ihrem Buch ist die Pubertät. Diese Zeit des Lebens, in der man sich fühlt, als habe man alle gegen sich, in der man sich anders und unverstanden fühlt. Was, glauben Sie als Lehrer, suchen die Jugendlichen von heute?

Eigentlich sehr einfache Dinge. Dass man ihnen zuhört und sie respektiert. Sie wollen nicht wie kleine Kinder behandelt werden, vor allem wollen sie von uns keine Predigten, immer dieselben festgefahrenen Reden, vielleicht wollen sie gar keine Reden, sondern lieber Gespräche. Das sind zwei sehr verschiedene Dinge. Sie möchten auch die Gelegenheit bekommen, sich zu beweisen, Dinge auszuprobieren und dabei Fehler machen zu dürfen. Aber das lassen wir heute nicht mehr zu. Sie werden zu lange in wohliger Wärme festgehalten, wir trauen ihnen nichts zu und überlassen ihnen keine Verantwortung. Wenn sie Mühe haben, Schmerzen zu ertragen, dann ist das auch unsere Schuld.

Gioia kommt aus einer Problemfamilie. Inwieweit beeinflusst das Milieu, in dem man aufwächst, die Zukunft?
Sehr stark: Man kann sich wegwerfen oder die Kraft haben, stabil zu werden. Was dich nicht umbringt, macht dich stark. In dem Sinn, dass wer da lebend rauskommt, mit allem fertig werden kann. Bei meiner Arbeit als Lehrer habe ich Jungen erlebt, die nicht klarkommen, und andere, die plötzlich Männer werden, und oft stammen sie aus sehr schwierigen Familien.

Wer Gioia in Ihrem Roman sehr nahe steht, ist ihr Philosophielehrer. Wie viel steckt von Ihrem Beruf, der Sie täglich mit vielen Schülern zusammenbringt, in diesem Buch?
Eine ganze Menge. Alle Schulszenen des Buches stammen aus dem realen Leben, ich habe sie erlebt oder meine Schüler haben sie mir erzählt. Der Unterricht von Prof. Bove entspricht in etwa meiner täglichen Arbeit. Er ist zwar sechzig und ich erst neununddreißig, er unterrichtet Philosophie und ich Sprache und Literatur, aber viele Dinge, die er erzählt, hat er von mir.

Dieser Roman ist auch eine sehr schöne Liebesgeschichte und erzählt von dem Augenblick, in dem man die Liebe seines Lebens verlieren kann. Was ist für Sie Liebe?
Der Grund, weshalb wir da sind. Um auf diese Frage zu antworten, müsste ich zehn andere Romane wie diesen schreiben, doch am Ende ist die Aussage die gleiche: der Grund, weshalb wir da sind.

Gioia hat noch eine andere Passion, nämlich die Fotografie. Sind auch Sie von dieser Kunst begeistert?
Ja, vor allem in Schwarz-Weiß. Mein Lieblingsfotograf ist Stanley Kubrick, als er noch Fotoreporter für die Zeitschrift *Look* in New York war. Ich muss aber zugeben, dass ich auch viele Dinge mag, die ich auf Instagram sehe. Es gibt da Seiten mit professionellen Fotos, die einen verzaubern. Besonders gefällt mir an der Fotografie, wenn es ihr gelingt, in Bewegung zu sein, obwohl sie statisch ist, wenn da eine Geschichte zu sehen ist, eine Handlung. In dieser Hinsicht sind die Fotos des jungen Kubrick phänomenal. Ich mag auch die Cover der Pink-Floyd-Alben, von dieser Gruppe, die Gioia so mag, diese Bilder sind Geschichten, wunderschön, surreal und poetisch.

Da gibt es noch die Sammlung der Steine von besonderen Orten, an denen Ihr Held Lo war, wo er unvergessliche Moment erlebt hat. Sammeln auch Sie etwas?
Ich sammele Aufnahmen von Filmdialogen. Ich habe Unmengen davon in meinem PC und höre sie oft. Besonders die aus Woody-Allen-Filmen. In hundert Jahren wird man sie in Lesebüchern finden. Ich habe auch eine Sammlung Filmdialoge von Aldo, Giovanni & Giacomo, auf die ich besonders stolz bin.

Wann haben Sie Ihre Freude am Schreiben entdeckt?
Mit sieben Jahren, in der Grundschule. Ich habe als Dichter angefangen und habe für meine Mutter zwei unsterbliche Verse verfasst: Mamma, ogni giorno che passa / diventi sempre più grassa (Mama, jeden Tag, an dem ich dich sehe, wirst du dicker). Unvergessen vor allem wegen der Ohrfeigen, die ich dafür bekam.

Haben Sie schon eine Idee für einen neuen Roman?
Nur einen? Scherz beiseite, ich will die Spannung nicht kaputt machen: Ich sage nur schon, dass es ein gedrucktes Roadmovie wird.

ISBN 978-3-85179-409-0

Die Originalausgabe erschien bei Garzanti S.r.L., Mailand
Titel der italienischen Originalausgabe:
Eppure Cadiamo Felici

Umschlaggestaltung: Christina Krutz, Biebesheim am Rhein
Satz: Christine Paxmann • text • konzept • grafik, München
Druck und Bindung: GGP Media GmbH, Pößneck

www.thiele-verlag.com